中篇小说卷（2011—2017） 《收获》编辑部 主编

蘑菇圈
大乔小乔

阿 来　张悦然 等 著

人民文学出版社
PEOPLE'S LITERATURE PUBLISHING HOUSE

图书在版编目(CIP)数据

蘑菇圈 大乔小乔/阿来等著;《收获》编辑部主编.—北京:人民文学出版社,2017
(《收获》60周年纪念文存:珍藏版.中篇小说卷.2011—2017)
ISBN 978-7-02-013038-2

Ⅰ.①蘑… Ⅱ.①阿… ②收… Ⅲ.①中篇小说-小说集-中国-当代 Ⅳ.①I247.5

中国版本图书馆CIP数据核字(2017)第157841号

总 策 划　黄育海　程永新
责任编辑　甘　慧　杜　晗
装帧设计　汪佳诗

出版发行　人民文学出版社
社　　址　北京市朝内大街166号
邮政编码　100705
网　　址　http://www.rw-cn.com
印　　刷　上海利丰雅高印刷有限公司
经　　销　全国新华书店等
开　　本　720毫米×1000毫米　1/16
印　　张　21
字　　数　300千字
版　　次　2017年8月北京第1版
印　　次　2017年8月第1次印刷
书　　号　978-7-02-013038-2
定　　价　89.00元

如有印装质量问题,请与本社图书销售中心调换。电话:010-65233595

| 编者的话 |

巴金和靳以先生创办的《收获》杂志诞生于一九五七年七月，那是一个"事情正在起变化"的特殊时刻，一份大型文学期刊的出现，俨然于现世纷扰之中带来心灵诉求。创刊号首次发表鲁迅的《中国小说的历史的变迁》，好像不只是缅怀与纪念一位文化巨匠，亦将眼前局蹐的语境廓然引入历史行进的大视野。那一期刊发了老舍、冰心、艾芜、柯灵、严文井、康濯等人的作品，仅是老舍的剧本《茶馆》就足以显示办刊人超卓的眼光。随后几年间，《收获》向读者奉献了那个年代最重要的长篇小说和其他作品，如《大波》（李劼人）、《上海的早晨》（周而复）、《创业史》（柳青）、《山乡巨变》（周立波）、《蔡文姬》（郭沫若），等等。而今，这份刊物已走过六十个年头，回视开辟者之筚路蓝缕，不由让人感慨系之。

《收获》的六十年历程并非一帆风顺，最初十年间她曾两度停刊。先是称之为"三年自然灾害"的困难时期，于一九六○年五月停刊。一九六四年一月复刊后，又于一九六六年五月被迫停刊，其时"文革"初兴，整个国家开始陷入内乱。直至粉碎"四人帮"以后，才于一九七九年一月再度复刊。艰难困顿，玉汝于成，一份文学期刊的命运，亦折射着国家与民族之逆境周折与奋起。

浴火重生的《收获》经历了拨乱反正和改革开放的洗礼，由此进入令人瞩目的黄金时期。以后的三十八年间可谓佳作迭出，硕果累累，呈现老中青几代作家交相辉映的繁盛局面。可惜早已谢世的靳以先生未能亲睹后来的辉煌。复刊后依然长期担任主编的巴金先生，以其光辉人格、非凡的睿智与气度，为这份刊物注入了兼容并包和自由阔放的探索精神。巴老对年轻作者尤寄予厚望，他用质朴的语言告诉大家，"《收获》是向青年作家开放的，已经发表过一些青年作家的作品，还要发表青年作家的处女作。"因而，一代又一代富于才华的年轻作者将《收获》视为自己的家园，或是从这里起步，或将自己最好的作品发表在这份刊物，如今其中许多作品业已成为新时期文学经典。

作为国内创办时间最久的大型文学期刊,《收获》杂志六十年间引领文坛风流,本身已成为中国当代文学的一个缩影,亦时时将大众阅读和文学研究的目光聚焦于此。现在出版这套纪念文存,既是回望《收获》杂志的六十年,更是为了回应各方人士的热忱关注。

这套纪念文存选收《收获》杂志历年发表的优秀作品,遴选范围自一九五七年创刊号至二〇一七年第二期。全书共列二十九卷(册),分别按不同体裁编纂,其中长篇小说十一卷、中篇小说九卷、短篇小说四卷、散文四卷、人生访谈一卷。除长篇各卷之外,其余均以刊出时间分卷或编排目次。由于剧本仅编入老舍《茶馆》一部,姑与同时期周而复的长篇小说《上海的早晨》合为一卷。

为尊重历史,尊重作品作为文学史和文学行为之存在,保存作品的原初文本,亦是本书编纂工作的一项意愿。所以,收入本书的作品均按《收获》发表时的原貌出版,除个别文字错讹之外,一概不作增删改易(包括某些词语用字的非标准书写形式亦一仍其旧,例如"拚命"的"拚"字和"惟有""惟恐"的"惟"字)。

特别需要说明的是,收入文存的篇目,仅占《收获》杂志历年刊载作品中很小的一部分。对于编纂工作来说,篇目遴选是一个不小的难题,由于作者众多(六十年来各个时期最具影响力的作家几乎都曾在这份刊物上亮相),而作品之高低优劣更是不易判定,取舍之间往往令人斟酌不定。编纂者只能定出一个粗略的原则:首先是考虑各个不同时期的代表性作品,其次尽可能顾及读者和研究者的阅读兴味,还有就是适当平衡不同年龄段的作家作品。

毫无疑问,《收获》六十年来刊出的作品绝大多数庶乎优秀之列,本丛书不可能以有限的篇幅涵纳所有的佳作,作为选本只能是尝鼎一脔,难免有遗珠之憾。另外,由于版权或其他一些原因,若干众所周知的名家名作未能编入这套文存,自是令人十分惋惜。

这套纪念文存收入一百八十余位作者不同体裁的作品，详情见于各卷目录。这里，出版方要衷心感谢这些作家、学者或是他们的版权持有人的慷慨授权。书中有少量短篇小说和散文作品暂未能联系到版权（毕竟六十年时间跨度实在不小，加之种种变故，给这方面的工作带来诸多不便），考虑到那些作品本身具有不可或缺的代表性，还是冒昧地收入书中。敬请作者或版权持有人见书后即与责任编辑联系，以便及时奉上样书与薄酬，并敬请见谅。

感谢关心和支持这套文存编纂与出版的各方人士。

最后要说一句：感谢读者。无论六十年的《收获》杂志，还是眼前这套文存，归根结底以读者为存在。

《收获》杂志编辑部

上海九久读书人文化实业有限公司

人民文学出版社

二〇一七年七月二十四日

| 目 录 |

杨争光	驴队来到奉先畤	1
阿 乙	春天	92
双雪涛	平原上的摩西	150
阿 来	蘑菇圈	193
张悦然	大乔小乔	288

驴队来到奉先时

杨争光

一

蝗虫忽一下就来了。不是那种说来就来的来，而是那种不打招呼没有预兆的来。忽一下，像谁往天上扬了一铁锹土，然后就着了魔一样，呼呼呼从西边的天空往上升，就遮天蔽日了。

最先看见蝗虫的是在地里务弄庄稼的人。玉米已半人高了，一行一行顺顺溜溜的，很蓬勃。他们没想到会来蝗虫。他们直起腰看着西边的天空，以为起龙卷风了，起沙尘暴了。可是，不对啊，声音不对啊。龙卷风沙尘暴只有拉呼哨一样的呼啸声啊，没有那咯喳喳咯喳喳的声响啊！

就是那种咯喳喳咯喳喳的声响让他们骇怕了。他们立刻变了脸色，短促地"咦"了一声，就撒腿往村里跑。

他们想不通他们为什么那么骇怕蝗虫的声音。

后来，他们认真地把蝗虫和龙卷风沙尘暴做过对比。龙卷风也让人骇怕，但比不过蝗虫。龙卷风旋着转着说不定就绕过去了，就是不绕过去拔树拔屋子把人旋到天上，等摔下来的时候人也就死毬了，死了就没知觉了，没知觉也就无所谓骇怕不骇怕了。沙尘暴呢？闭着眼捂着鼻子随它作践么，过去了就啥事也没有了，最多落下一层沙尘。落一层沙尘能算个事么？

驴日的不是龙卷风么，不是沙尘暴么。它们不但狂风一样拉着呼哨还咯喳喳咯喳喳嘛呀哎！

不就是平日能见到的蚂蚱嘛，能跳几下飞一截儿，胆子也不大嘛，不聚群嘛，咋就成了蝗群呢？咋就这么狂风一样拉着呼哨咯喳喳咯喳喳遮天蔽日地来了呢？

他们听说，也是后来听说的，蝗虫的后腿有个部位不能碰，一碰就会受刺激，一受到刺激就会改变习性，就喜欢聚群了，不但聚群还要集体迁飞，一飞可以三天三夜不落地，一落地就是灾。

谁个驴日的闲毬没事干为啥要碰人家的后腿嘛！驴日的你要飞就一直飞一直飞死你个驴日的再落地不行吗呀哎！

村庄里所有的人都从屋里院里跑到村街上了，都梗着脖子，都直愣着眼，把眼睛直愣成了眼窝，看着西边的天空，都"咦"了一声。

"咦！"

就一声。每个人只"咦"了一声，蝗虫就到他们的头顶上了。他们被震慑住了，没法"咦"第二声。他们的心立刻收缩成了一块肉疙瘩，肉管子一样的喉咙也挤严实了，没一点缝隙了，没法出声。人在恐惧骇怕的时候叫唤几声会好受一些的，但他们确实只"咦"了一声。

就算他们的喉管没挤严实，还能"咦"，也听不见的。蝗虫不但遮住了太阳糊住了天空，还狂风一样拉着呼哨咯喳喳咯喳喳要搅昏天地呢！把全村人排成演唱队伍让谁指挥着一起"咦"，也听不见。他们"咦"不过蝗虫。

他们抱着头，跑回各自的家，紧紧地关上了门。

为什么要抱头呢？蝗虫又不是飞来的砖头。他们抱头抱得有些自作多情了。就算蝗虫是砖头，也不是冲着他们来的。

为什么要跑回屋关上门呢？他们太把他们的屋子当回事了，以为把他们关在屋里就安全了。事实不是这样的。后来，他们也认真地把屋子和蝗虫和安全关联在一起思量过。屋子是用来遮风挡雨的，遮挡邻人的目光的，当然也能遮挡仇人撇过来的砖头。但蝗虫不是风雨，也没想偷看他们的隐私，也没和他们结怨结仇，用不着把自己变成解冤消仇的砖头。蝗虫只是蝗虫。蝗虫对他们的头和他们的屋子都没兴趣。蝗虫感兴趣的是他们在地里种出来的田禾，具体到眼下，就是已长到半人高的玉米。他们到底还是思量明白了，真正能给他们安全的，实在不是他们费心使力建造起来的以为可以一劳永逸的屋子，屋子没有这么大的能耐。真正能给他们安全的，也正是蝗虫感兴趣的东西——地里的田禾么。

狂风一样拉着呼哨的声音没有了，只剩下那种咯喳喳咯喳喳的声响。他们知道蝗虫已经落地，正在啃嚼着他们的田禾。全村的人都直直地坐在他们的屋子里听蝗虫的声音。他们没睡没躺，直直地坐着，直愣着眼窝，听得很仔细，很耐心，一直听了三天三夜。

也有人听得不耐心了，不服气了。再说它们也只是蝗虫啊！再说咱们是人啊！难道就这么一声不吭地让虫虫治咱们人么？他们拉开门，跑出村，就看到了蝗虫啃嚼田禾的情景。他们太多太多了，没法说清他们的数目。它们咯喳喳咯喳喳地拥着铺排在田地里，看不到边沿。它们啃嚼得多认真啊，多细心啊，多从容啊，多有章法啊。玉米不是半人高了么？它们就互相摞在一起搭成架子从上往下啃。它们咯喳喳咯喳喳啃完一片，就挪到另一片地里，挨个儿往过啃。

踢它们驴日的！可是，你的脚有多大的能耐呢？把脚踢断也踢不散它们。

踩它们驴日的！一脚下去，能踩出一个蝗虫肉饼。可是，腿脚上的力气是很有限的，你能踩多少下？对整个蝗虫队伍来说，你踩多少下也没有知觉的，和没踩一样，它们依然啃嚼得很从容，很细心，不乱章法，啃嚼完一片再挪移到另一片里继续啃，结果只能是，你踩得没了一丝力气，一屁股坐下去，眼睁睁地看着它们啃嚼，咯喳喳咯喳喳，你服气不？不服气也没办法啊。想哭不？想哭也哭不出声的，没力气哭了嘛。这就叫绝望。

如果不带意气不带情感的话，你就会佩服蝗虫的。三天三夜之后，它们忽一下又走了，和来的时候一样，不打招呼，没有预兆。村庄里没有一个人看见它们是怎么走的。服不？

还有，它们啃嚼得多开心啊！不光是玉米，还有各种草，还有树叶，方圆多少里连个碎渣渣都找不到的。所有的田地都一个成色了，连成一片了，光秃秃一丝不挂，平展展裸袒着，让太阳照着，好像遭了劫掠连衣服也被扒得净光的人，在用它们的裸体给所有围观的人说：别看了没啥看的了，它们搞得很彻底。

驴日的把咱弄净光了嘛。没冤没仇啊！驴日的你还不如冲着人来呢，哪怕把人弄死呢！驴日的你不弄人弄田禾！既然你不弄人让人活着为啥要断人的活路嘛你个驴日的。

这就叫自然灾害，没冤没仇给你弄个灾，害你么。

你说的意思就是天灾嘛，非要说成个自然灾害好像你念过书一样。

不不不，龙卷风沙尘暴是天灾。地震也是。上半年的大旱也是。这是蝗虫么。

那叫虫灾！

你看你看，咱犟这嘴有啥意思嘛又犟不来口粮。

就是没口粮才犟嘴呢嘛，有口粮吃饱肚子我就上我女人的肚子去了，哪有心思和工夫和你磨这号闲牙！

那些天，村庄里时常有人在一起磨这样的闲牙。其实那些天他们还是有口粮的。说蝗虫走了以后什么都没留下也不符合实情。实情是，蝗虫走的时候留下了许多死蝗虫。他们用脚踩出的蝗虫肉饼算是被动留下的，更多的是它们主动留下的尸体。谁也弄不清楚它们是怎么死的，是咀嚼的时候拥着挤着互相踩踏死的，还是搭架子从玉米顶头往下啃的时候压死的,还是吃得太饱撑死的?一连吃了三天三夜,难道没有撑死的?没有人细究这个问题,反正它们被留下了,就成了人的口粮。他们提着草笼子背着背篓,用扫帚在地里抢着扫拾那些死蝗虫。也有人用的是装粮食的麻布袋子,装满了摇一阵压一阵继续装,装得很实在。也有人为抢拾发生过口角,甚至恶言相向,到了要动手脚的地步。多亏蝗虫的尸体是有限的,很快就抢拾完了。

咋吃呢?蝗虫挺肥的,身体上不但有肉也有油,在锅里一炒,又酥又香。他们过了几天好日子。但很快就有了不良的后果,许多人屙不下来了,要用手抠,抠出来的全是蝗虫皮。

这时候,他们才知道,蝗虫的尸体可以当口粮,却实在不是真正的口粮。可以当口粮的蝗虫嚼断了他们获取真口粮的路。

这时候,他们也知道了,在很多情况下,虫虫是可以把人治住的,尤其像蝗虫这样的虫虫,不但能把人治住,还要往绝路上治呢!

他们一年种两料田禾。上半年的田禾因为一场大旱全死了,田禾变成了柴禾,土地不但没有给他们一粒口粮,还龇着牙咧着嘴给他们示威一样。他们也龇牙咧嘴了。他们龇着牙咧着嘴用他们的力气和汗水把龇牙咧嘴的土地抚弄平顺了,松软了,种上了第二料田禾,眼看着半人高了,忽一下,蝗虫来了。

驴日的明年来也成啊,让咱收一料庄稼有点口粮就能对付了咋拣这时候来嘛哎哎!

驴日的就是干旱了才碰后腿才聚成群胡飞哩要不就不是驴日的蝗虫了。

如果听到这一类的对谈,五十九岁的吴思成就会一脸轻蔑地给对谈者撂过去两个字:扯淡。村上已经有饿死的人了,许多人已经撂下了他们的屋子院子推车挑担逃难去了。他不屑于这样的对谈。在他看来,这时候还说这样的话,就不是拉闲话也不是犟嘴了,而是纯粹的扯淡。扯淡就是虽有动作却无所作为的意思。

然后是驴队。

二

驴队比蝗虫简单。

是啊，不能光扯淡啊，肚子也不悦意啊。哪怕逃难呢！哪怕去远地方伸手讨要呢！哪怕做三只手当贼娃子呢……

"不行。要有所作为，但不能下贱。"

这是吴思成撂出来的另一句话。他们老中青一共十二个人，聚合在村外的一个草庵子里，都是没离开村庄想有所作为都不知道怎么才能有所作为的人。他们要在这里商量出一个有所作为的办法来。他们都同意吴思成"要有所作为但不能下贱"的观点。在他们中间，吴思成年龄最长，也是十二个人里唯一没有被饥饿捏弄得面露凶相的人。他高而干瘦，像麻秆，有一对老鼠一样贼亮的小眼睛，三十多岁的时候娶过一房女人，没等到生养儿女，女人病死了。他一直单身，和村上一个寡妇好，隔三岔五到寡妇炕上放松一次。逃难的人里就有那个寡妇。他没留她，也没跟她走。他不愿逃难，原因就是他说的：不能下贱。

现在，吴思成站着，小眼睛一下也不眨。他的小眼睛只在兴奋的时候才会眨的。他在给蹲坐在地上的十一个人说话。他说：

"咱不投亲靠友不伸手讨要不做三只手，也不能等着饿死。"

瓦罐打断了吴思成的话：别说饿啊，你一说饿我就会想把蝗虫当口粮的那些天贪吃屙不下，现在连吃了屙不下的东西也没了你还说饿！

瓦罐本不叫瓦罐，因为头越长越像瓦罐，就叫他瓦罐了。瓦罐的表情和声调都很痛苦。他不让吴思成话里带饿字。他在十二个人里年龄最小。

吴思成一丝同情也没有：扯淡。

瓦罐急了，站起来了：没有啊我的手在屁股上你看么。

瓦罐把屁股摆给吴思成看。瓦罐的手确实在屁股那里。瓦罐说他那些天抠得太过火了还没好彻底。

吴思成说：扯淡！

瓦罐蹲下了：好吧，就算我扯淡了。

吴思成继续说他要说的话了。他说：

"人拿天没办法，拿虫虫也没办法，人拿人呢？那就看怎么办了。咱不想把咱活成贱人，就只能当强人。强人就是明着抢人的人，也是不怕死不得已也敢杀人的人。把你们家的驴拉出来，再掂一样家伙，最好是带铁的，注意，镢头锄头镰刀不行，这些家伙虽然带铁，一看就是种地的家伙。最好是榔头、砍刀。有了驴和家伙，咱就是队伍了。"

有人问：女人和娃咋办？

吴思成说：留着守村子，守家。咱有吃有喝就由咱了，要么接他们出去，要么咱再回来，继续种地。

瓦罐又起身了：我媳妇娶进门还不到一年啊叔哎！

吴思成说：扯淡。成队伍就没有叔了。队伍要有个头儿，注意，我年岁大了，当不了头儿，咱弄一个头儿。咋弄？你们往外边看——

草庵外边放着两只木桶，凉水满得要溢出来了。

吴思成说：谁有能耐往肚子里灌进去一桶，谁就是咱的头儿。

十一个人都看着那两只木桶。

吴思成看着看木桶的十一个人。

瓦罐咽了一口唾沫，把目光从木桶上移开，看吴思成了。

吴思成说：想试试，得是？

瓦罐说：我没想试。

吴思成说：没想试就别看我。

瓦罐说：别刺激我啊。

吴思成说：凭你那么一点肚子也装不下的。

瓦罐说：你刺激我了！

吴思成不理他了。

瓦罐说：你又刺激我了！

吴思成还是不理他。瓦罐站起来了。

瓦罐问：一桶还是两桶？

吴思成说：一桶。

瓦罐低头看了一下自己的肚子，走到吴思成跟前，又问了一个问题：当头儿能带媳妇不？吴思成说不能。瓦罐又看了一下自己的肚子，想了一下，又问：当了头儿说话算数不？吴思成说那得看说什么话，还有军师呢。瓦罐问军师是谁？吴思成说：我么。瓦罐又想了一下，说好吧那就再问一句，头儿大还是军师大？吴思成说头儿大。瓦罐说我真受刺激了，蝗虫受刺激就聚群了我受刺激就想喝那桶凉水了。吴思成说这时候说再多的话都是扯淡往木桶跟前去才是有所作为你往木桶跟前去。

瓦罐真朝木桶走过去了，走到木桶跟前了。他歪过头又问了吴思成一个问题：头儿和军师的话顶牛了听谁的？

吴思成说：听头儿的。

瓦罐冲着草庵里的人说：你们可都听见了啊！

瓦罐一脸悲壮，跪在木桶跟前了。他看着桶里的凉水，一只手在肚子上来回摸着，看摸了好长时间。这时候他才知道，他要把满满一桶凉水全灌进肚子实在不是一件容易的事情，甚至根本就是不可能的事情。

吴思成说：你看摸的时间太长了，再看凉水不会变少再摸肚子也不会变大的。

瓦罐扭过头要哭了一样，对吴思成说：你又刺激我了！

吴思成说：你又扯淡了。

瓦罐说好吧我不扯淡了我喝。他把嘴伸进木桶，开始喝了。

咕咚一口。咕咚一口。

除了吴思成，没有人看瓦罐。他们在听。

咕咚。咕咚。

该有小半桶了吧。

咕咚……咕咚……

咕咚声的间隔越来越长了，响动也越来越小了。快要变成一口一口往进吸的声音了。

吴思成说：满满一桶凉水是喝不完的，要抱着桶往下灌。

瓦罐把头从木桶里抽出来了。他没看吴思成,他的脸对着桶里的凉水:你管我喝还是灌呢!喝和灌都要进肚子呢!

他把头又埋进了木桶里。

他已经咕咚得很艰难了。听声音就能知道他咕咚得有多么艰难。他不像在喝凉水,像在受刑,快受不下去了。

咕……咚。

他把嘴从凉水里抽离出来,头脸依然埋在木桶里,好像要歇会气。

他说:我不叫你叔要叫你吴思成了!

他说:虫把人没整死你拿凉水把人往死里整啊!

吴思成好像没听见一样。其他人也是。他们都阴着脸,一直阴着脸。

瓦罐又把嘴塞进凉水里了。

吴思成皱眉头了,他听见瓦罐喝凉水的声音好像变化了,不再咕咚了。他走到瓦罐跟前看了一会儿,然后就叫了起来:

"瓦罐你个驴日的喝一口吐一口等于没喝啊难怪不咕咚了!"

又给草庵里的人说:他驴日的喝进去一口啵儿一声又吐出来了不往肚子里咽了!

这一回,瓦罐很快速地把头脸从木桶里抽出来了,直直地对着吴思成。瓦罐不但满脸是水,眼里也有水了,说话的声音也不如前了:

"我早喝到喉咙眼了,一口也下不去了,再下去一口喝到肚子里的凉水就会全吐出来的不吐就会死的你信不信嘛啊唔唔……"

瓦罐哭了。他跪着,两只手在木桶沿上把着。

"我想我要喝下去这桶凉水头一样事就是另换个军师肚子不给力么你为啥不让带媳妇嘛啊唔唔……"

瓦罐的眼泪水像断了线的珠子一样往木桶里掉着。

九娃几步就到了瓦罐跟前。九娃的脚大而厚重,落地稳而有力。他走得很快,最后一脚没落地,反而抬高了,一脚就踏在了瓦罐的屁股上。

瓦罐没想到会有人踢他。他哼了一声想拧过头看一眼踏他的是谁,身子却朝前扑去了,扑在了木桶上,和木桶一起倒了。他翻了个身,就仰着肚子躺在他没喝完的那大半桶水里了。他像打嗝一样，嗝一声嘴里就会冒出一口凉水。他不哭了，也没心情看踏他的是谁了。他大张着嘴在冒水。

九娃抱起了另一只木桶。

九娃往喉咙里灌凉水的声响很清晰。

麻秆吴思成快速地眨了一阵小眼睛，给草庵里的人说：拉你们的驴去。

他们都起身了。他们没人追究九娃到底能不能把那桶凉水全灌到他的肚子里去。

吴思成没忘记躺在泥水里的瓦罐：听见我的话了么？

瓦罐还在冒水，一边冒着水一边给吴思成点着头。

三

驴队是朝着东南方向走的。他们认为东南方向雨水多，好长庄稼。

驴队有一条纪律：走到任何地方见了任何人，都要把面目摆弄成一副凶狠的样子。这不难，蝗虫已经让他们一脸凶相了。但吴思成想得比较远：有吃有喝了就不一定老这么一脸凶相了，所以，一定要有这么一条纪律。

三个月以后，他们换了装备，把从家里带出来的榔头砍刀换成了清一色的鬼头刀。吴思成嫌鬼头刀不好听，就另起了个名字，叫护胆夺命刀，给自个儿壮胆，必要时夺他人性命的意思。

半年以后，他们接收了一个打兔的。他有一杆土枪。他们私下叫他打兔的，公开场合叫他土枪手。他们不但有了铁器，也有了火器，真成队伍了。

驴队就是驴队，最好不往里边掺杂其他牲口，所以他们给打兔的也弄到了一头驴。这时候的他们要弄到一头驴已经不算什么事了，顺带着就能办到。

驴队上路没多少天，九娃就给瓦罐分配了一样特别的差事，要他把一路上走过的村住过的店记下来，不但要记住村名店名还要记住方位和线路。瓦罐问为啥，九娃说不为啥让你记你就记少问多做。瓦罐说走村过店大家一起的大家都记嘛为啥要我记，九娃说你年龄最小脑子最好使。瓦罐说脑子好使就应该管账。九娃说管账有吴思成呢！你就给咱记村名店名。瓦罐说好吧你是头你说钉子就是铁我记。九娃说可不能记乱啊。瓦罐说不会乱的不过我得问清楚，你说的是经过的村还是进过的村？九娃说进过的经过的都记。瓦罐说咱经过的村比进过的可就多了去了，不过那也不会乱的，你不是说我脑子好使么我也承认。

每天晚上临睡前，瓦罐都会把他们走过的村住过的店在脑子里过滤一遍。不难么。不但不难，而且还很享受么，很刺激么。因为过滤的时候会顺带着过滤出一些情景来的，过滤到进某个村要吃要喝要钱款很顺利的情景，他就觉得很享受，过滤到那些逢凶化吉化险为夷的情景，他就觉得很刺激。这实在是一件出乎意料的好差事么，不但能锻炼记性，还能品咂经世活人的滋味么。

但很快就过滤不出享受和刺激了。走过的村住过的店越来越多，瓦罐过滤不过来了。不光是村名店名啊，还有方位啊，还有线路啊，那么多村名店名加上方位线路在脑子里快要搅成一锅粥了。真搅成一锅粥就没法给九娃交代了。

他给九娃说：我脑子不听使唤了我受不下心里也不平衡了。

他说：每天晚上我都要在脑子里演皮影戏一样走村过店你们睡得和猪一样。

他说：再这么折磨几个晚上我脑子就残废了。

他让九娃另找个人。他说我不是怕脑子残废是怕误你的事。

九娃问吴思成咋办？吴思成笑着说瓦罐：你驴日的肚子不行脑子也不行。瓦罐说你别给我笑你人瘦脸瘦咋笑都看着不厚道，打人不打脸骂人不揭短啊。吴思成说你脑子不行就找个东西代替脑子嘛。瓦罐说你可真能说话脑子不行还能想出个东西代替脑子啊？吴思成说你找张牛皮纸往上画嘛。瓦罐在自己的额颅上拍了一巴掌，说：是啊，咋就想不到牛皮纸呢！可是，光有牛皮纸也不行啊还得有笔有墨才能往上画啊。也不行，总不能因为一张牛皮纸还要揣上笔和砚台吧？砚台是石头啊！吴思成说哪个村都有识文断字的人都能找到笔墨你只揣一张牛皮纸就成。瓦罐又在额颅上拍了一巴掌，说：服你了服你了我找牛皮纸。他找到了一张牛皮纸。

从此，每过一个村庄住一个店吃了喝了以后，瓦罐就到处找笔墨，在牛皮纸上画记号，写村名店名，不会写的字就问吴思成。他把牛皮纸画成了一张地图。

瓦罐的牛皮纸快画满了，驴队还在往前走。但九娃说了，走到一个合适的地方，就想办法试着落脚。

瓦罐说：再不落脚我就得另换一张牛皮纸了。

九娃说：你再画小一点就能多画一阵子。

瓦罐说：不再往上画了多好，你的话真让我绝望。

瓦罐质问过吴思成：你说有吃有喝了就咋就咋你说过没？

吴思成说：说过，咋啦？

瓦罐说：我以为你忘了。

吴思成说：我没忘。

瓦罐说：那我再问你，咱现在算不算有吃有喝了？

吴思成没回答瓦罐的问题，他说你问九娃去。

瓦罐没问九娃。瓦罐避开吴思成，私下给九娃说了一番话。他说："吴思成说等咱有吃有喝了要么把女人接出来要么咱回去，依我看吴思成压根就没想这么做。他钻了多年的那个寡妇撂下他连影子都没了他接谁去？他光毱一个人和咱一边当强人一边逛世界他跑回去做啥？种地啊？在外边有吃有喝他为啥要回去种地？他和咱情况不一样心思也不会一样的。咱有女人啊，你还有娃儿呢！咱抢人劫人这么长时间总有些积攒了吧？你一路上只让劫财不准劫色硬憋着熬着不就是还想看咱自个儿女人么？我不信你晚上不想女人。吴思成去年五十九今年过六十了还说饱暖思淫欲呢！他年岁大了过个嘴瘾能行，咱血气正旺说不想就能不想么？实话给你说，我天天晚上都想！你是头儿，你可不能忘了咱拉驴出来时说的话。要不你就把规定放宽一些，实在憋不住了也劫点色。"

九娃给瓦罐的回答是：你个驴日的敢动这心思敢动哪个地方的女人我让土枪手把枪里的火药和铁砂全打到你驴日的脸上，让你到阎王那里动女鬼去。

然后，又替吴思成说了几句话：你别把人家吴思成想恶了。我也实话给你说，劫财不劫色就是吴思成的主意。财是身外之物，女人不是。咱走了一路劫了一路没死一个人没伤一个人就是因为咱只劫财不劫色。你以为我不想？不想就不是人了。敢劫么？有人会和咱拚命的。就算不拚命，咱劫着劫着会乱心性的。你听好了，驴日的你老实憋着，憋死你个驴日的也不能坏规矩。生锈？你驴日的真能想也能说出口啊。你那东西不是铁多长时间不用也不会生锈，只要不割下来就不会坏不会变成一吊子烂肉！咱现在还不算有吃有喝，咱还没有积攒。咱还没走到合适的地方还得继续走，你好好给牛皮纸上画记号去！

瓦罐在自己的嘴上扇了一巴掌，说：明白了我嘴上爱说淡屁没味的话你别生气你赶紧看土枪手正瞄呢要放枪了——

驴队要停下来了。他们骑在驴背上，看着土枪手。

土枪手也在驴背上，他正在瞄准。他拿枪瞄准的姿势很特别，不是两手一前一后端着枪朝前瞄，而是两只胳膊直伸出去，横握着，枪口朝着旁边。这实在不能叫瞄准，应该叫对准。他不用眼睛用的是感觉。他感觉对准了就等于瞄准了。然后，右手食指一勾，砰——他不会打偏的。

九娃喜欢看土枪手这么瞄准这么放枪。这么拿枪不是本事。这么拿枪每一次都能打准都不会失手才是本事。土枪手就有这样的本事。土枪手说他的这手本事是让兔逼出来的。兔不会卧在你前边让你瞄着打它嘛。你看见兔的时候它也不一定正在你前边嘛，它在你旁边咋办？你转身还没瞄它就跑了。它胡乱跑不给你瞄的时间嘛。你要瞄你的身子你的枪就得跟着它胡转，转几下兔跑了你晕了。你晕乎乎端着一杆土枪你会是个啥感觉？你让兔把你当猴耍了嘛。"所以，"土枪手说，"我不胡转，我不动身子只动枪。"

现在，驴背上的土枪手就那么直伸着两只胳膊，横握着那杆土枪。

不光九娃，整个驴队都喜欢看土枪手这么瞄准这么放枪。他们顺着那杆土枪看过去，不远处有一道土台，长着许多杂草，草丛里好像有一只黄羊。他们提紧缰绳，不让他们的驴挪动蹄脚。万一惊扰了黄羊呢？

"砰——"

看不见黄羊了。

瓦罐拍了一下驴屁股，紧跑了几步，第一个跑上土台，这才看见土台上不是长乱草的地方，土台上边只长着一溜杂草。土台是个打麦场。铺在场子中间的麦秸秆已碾压过无数遍，成麦草了。一头拉碌碡的驴戴着笼嘴在麦草上站着，很安静，也很孤独。它不用拉着碌碡在麦草上无休止地转圈了，因为赶它转圈的人中了土枪，栽倒在土台边上的那一溜杂草里了。它竟然没有受到土枪的惊吓。

驴队全上了土台，围在那个误挨了土枪的碾场人跟前了。

瓦罐给九娃说：不是黄羊。

骑在驴背上的九娃没有吭声，脸上的茬茬胡子里满是灰土。

他们都没有吭声，都一脸灰土，都骑在驴背上。

驴到底是不省人事的牲畜，有几头不但打了几声响鼻，还轻松地挪了几下蹄脚，引得麦场上的那一头也刨了几下前蹄，表示它和它们是一类的。

瓦罐跳下驴背，把蜷拱成一团的碾场人摆弄平顺了。是个老头，光着屁股，裤腰在腿弯处。然后，瓦罐又看见了一泡人粪尿。

瓦罐明白了，给土枪手说：人家正撅着屁股屙屎呢，你看成黄羊了。

又说：屁股稀烂稀烂了，成马蜂窝了。

又惊讶地叫了一声，说：不会吧？脸咋也稀烂了？噢噢明白了全明白了，你瞄他的时候他也撅着屁股瞄你呢，屁股和脸都给你了。

又发表了几句看法：他不瞄你也许还死不了。屁股打得再稀烂也不会致命，头脸可是致命的地方。他不知道要挨土枪么，要知道肯定不会撅着屁股往后看的。

土枪手很尴尬，给九娃说：我看走眼了。

九娃好像没听见土枪手在给他说话。他扭着头朝周围看着。到处都能看到碾完场收完粮食以后摞起来的麦草垛。

土枪手说：肯定是坡底下那个村里的。咋办？

九娃和吴思成商量了一阵子，就有了断语。

九娃说：命该如此。

吴思成说：我同意。

九娃：这地方有好收成了。

吴思成说：我看见那些草垛了。

九娃说：还是个出细粮的地方。

吴思成说：全是麦草垛。

九娃和吴思成又商量了一阵，就定了主意。

九娃给瓦罐说：你去把那头驴卸了。

又给其他几个说：把死人搭到驴背上，驴认识路，会驮着死人进村的。

他们问：咱们呢？

九娃说：驴进村一袋烟的工夫，咱也进。

他特别叮咛要让死人的屁股朝上，看见的人首先看到的是他马蜂窝一样钻满铁砂的屁股。

他们立刻紧张起来了。

土枪手也很紧张。九娃拍了一下土枪手的肩膀，说：别紧张，你给咱往土枪里装火药装铁砂，我看着你装。他真蹲在了土枪手跟前。

他说：你得把打兔的姿势改一下了，要改成直瞄。

一阵锣鼓唢呐声从坡底下的村子里传了过来。

瓦罐拍了一下驮着尸体的那头驴。它挪动蹄脚，下了土台。

九娃他们也骑上了他们的驴背，模样都变成了驴队纪律要求的那种模样。

驴队来到奉先时

四

那天，正是村庄庆祝丰收的日子。

村庄在山坡底下，近百户人家，是真正依山临水的村庄。从山里流淌出来的河水在村庄旁边绕了一个弯，好像特意给村庄腾出来一块地方，然后，又朝前流去了。河水流经的地方是平整的良田。"上山么——打柴，过河么——脱鞋"，在其他地方说这句话，多少会有一些遂天认命的无奈，在这里说这句话，说的可就是村庄优越的地理和它的自如自在了。同样的话说在不同的地方，意思会大不一样的。

村庄叫奉先畤，证明着村庄是知道感恩的，感恩他们的先人给他们选了一块好地方，也感恩天地神明允准他们的先人选择这里作安居栖息之地，并在这里永久地繁衍生息。逢年过节之时，村庄就烧香上供，感恩他们的先人；收粮归仓之后，村庄就组织锣鼓唢呐，踩高跷跑竹马，用锣鼓唢呐和他们的肢体取悦天地神明，也自娱自乐。

指挥锣鼓唢呐的是村长赵天乐。他把缠着红绸布的鼓槌抡成了两朵花。踩高跷的领队是赵天乐的儿子赵包子。他们穿着花花绿绿的奇装异服，脸上涂抹得五马六道，绑着细长的柳木腿，随着锣鼓和唢呐，在村街上转圈子走着各种花样，给围观的女人们抛着媚眼。有人摔倒了，村街上立刻就会跳荡起一阵欢叫和浪笑。

全村的人都在村街上了。他们忘记了村外土台上的任老四，更想不到会有人在他们欢叫和浪笑的时候把任老四搭在他家的那头驴背上，让驴驮着叮咣叮咣地走进村街，让他们的锣鼓唢呐和他们的嘴立刻收声。

最先看见那头驴和任老四的是鞋匠周正良的徒弟马鸣。他十五岁，是个结巴。他看热闹看得尿急了，想找个能撒尿又不耽误看热闹的地方，就跑到了村口外边。村庄没有城门，敞开着的，在那里既能背身撒尿，又能扭回头看村街。事后想起来，结巴马鸣真有些可怜，他想得很好，却落空了。他刚解下裤带，就看见了任老四家的驴。然后，又看见了搭在驴背上的任老四。然后，又看见了任老四被土枪打得稀烂的屁股。然后，就看见了驴队。

他一滴也没尿出来，全夹在尿管里了。他提着裤腰和裤带，失眉吊眼地跑进村街，拦住了转圈子走花样往前进着的高跷队伍。他惊恐又焦急，努力地扯着嘴，却说不出一句话来，手也不知该怎么比画了，看得高跷上的包子也焦急了。

包子朝马鸣喊了一声：唱啊！

马鸣立刻唱出来了：咿呀哎土匪——土匪把任老四打，打呀嘛打哎打死了！

先收声的是浪笑，然后是鼓乐。满村街的人都定住了身子，把头扭向村口。

九娃的驴队已排列在村口了，十三头驴齐齐地排成一行，不动一下蹄脚。

动蹄脚的是任老四家的那头驴，叮咣，叮咣，往里走着，走得不紧不慢，很从容。

它到底收住了蹄脚。

他们看清了任老四，也看清了任老四的屁股，看清的顺序和结巴马鸣一样。

他们没有惊叫。他们脸上的神情由迷惑变成了恐惧。他们把目光从任老四的屁股转到了土匪们的脸上。土匪们粗糙肮脏的脸像一块块毛铁。

土枪手适时地把那杆装着火药和铁砂的土枪伸了出去。他没有横握，是直瞄。

一直提着裤腰和裤带的结巴马鸣实在夹不住了，把那一泡尿不声不响地一下一下全溜在了裤裆里。

没有人追究土匪为什么要弄死任老四。不是不想追究，是顾不上追究，都顾着骇怕了。他们在村街上和驴队对视了很长时间，有人突然"哇"了一声，他们突然也就乱了，丢下了锣鼓家伙，丢下了一截截的柳木腿，不见了。眨眼的工夫，村街上就剩下了村长赵天乐一个人，还有任老四家的那头驴。就因为赵天乐是村长,在别人都不见了的时候,他把自己留在了村街上。他不和驴队对视了。他放下鼓槌,走到那头驴跟前,在驴脸上轻轻拍了一下,驴就叮咣叮咣朝任老四家走去了。驴不但识得路,也认得门。

任老四的家人也没有追究。他们尽可能小心仔细地用镊子夹出了一些打进任老四脸里边的铁砂粒。只能是一些,不可能是全部,因为有许多打得太深,要全部取出来,任老四的脸就没法看了。屁股里的用不着费神取,穿好衣服就看不见了,不影响形象。他们给他穿好寿衣,入殓了。任老四已年近七十,儿女们早就给他看好了寿衣寿材。这是奉先时的先人们留下来的讲究,老人上了年岁,就要备好寿衣寿材。所以,任老四的寿衣寿材是现成的,只是提前使用了。

村长赵天乐也没有追究。他一连做了几样事情。一,他把九娃他们的驴队安顿在了村公所。二,他叫出了一些不见了的村人,让他们给驴队备酒做饭。三,他去了一趟任老四家,除了言语安慰,也给了实惠的安慰。任老四意外死亡,按出公差对待,丧葬费用由全村人分摊。任老四家人问他:他们为什么要打死人?他说这得问他们。又说:想问也可以问,就怕问出更大的事来,所以我主张不问。任老四的家人说好吧不问了。他说:你们好好安顿老四的事我还得去村公所,饭菜差不多好了我得招呼他们吃喝。

饭菜已经好了,摆了两桌。依奉先时的先人们留下来的讲究和礼数,待客坐席面一桌六个人,加一个招呼照应陪酒的,坐在席口。驴队十三个人,两桌十二个,多出了一个。赵天乐说按礼数应该再开一桌。瓦罐说不另开了我坐这一桌的席口代替了,不算坏你们的礼数。九娃也说不另开了就两桌。赵天乐没有坚持,说:那就委屈那位兄弟了。瓦罐说不委屈不委屈咱开吃。饭菜很丰盛,酒也不坏。他们已经很饿了,本该狼吞虎咽的,但吴思成饭前有交待,要尽量吃得斯文一些。所以,他们就吃得有些斯文。九娃一边吃喝着一边和赵天乐拉家常一样说了一段话。

九娃:你是村长?

赵天乐：村长。

九娃：你们这地方好。

赵天乐：就是。

九娃：你们的先人有眼力。

赵天乐：就是。

九娃：你们该记着先人的好处。

赵天乐：记着呢么，所以叫奉先畤。

九娃：为啥不叫村要叫个畤？

赵天乐：也要记着天地神明么。

九娃：噢噢。你们这儿出了不少念书人吧？

赵天乐：讲究耕也讲究读么，耕读之家么。

九娃：有大识文家吧？

赵天乐：听说过去有，老早了。

九娃：你算不算识文家？

赵天乐：不算。一代不如一代了。我爷给我起名叫天乐，我爸给他孙子起名叫包子，离文远了，离嘴近了。

九娃：实惠么。我们就是为了嘴才走到这儿的。

赵天乐：是人都一样，这么活那么活，说到底都是为了一张嘴。你们是远道来的，还要上远路，吃好喝好。托老天爷的福，这里风调雨顺，今年尤其是，多打了粮。就是不多打粮，对远道来的客人也会尽心款待的。这也是先人留下来的礼数。

九娃：噢噢……

五

九娃礼貌地谢绝了村长赵天乐的好意，没有在村公所过夜，他和他的驴队住在了村外的天地庙。九娃让赵天乐放心，他说驴队的牲口都是经过训练的，吃饱喝足以后很安静，不会胡屙乱撒，脏不了庙院。驴队的人就更不用说了，在庙殿里只是睡觉，不会动庙殿里的任何东西，惊扰不了殿里的神灵。

事实上，不是所有的人都住庙殿。住庙殿的只有九娃和吴思成。土枪手和瓦罐在庙门后三尺远的地方轮换睡觉。十三头驴拴在庙殿后边，有两个人照看，万一有事就立刻解缰绳。其余七个人在前院里，可随意找地方睡。安排好以后，九娃又吩咐他们：不管睡哪儿，家伙都放在手跟前。

九娃说的家伙就是他们的护胆夺命刀，他一直改不了口，把刀叫家伙。

按说该踏实睡一觉了，但九娃睡不着，翻了十几回身都不行。他说咋搞的睡不着么真的是的。睡在另一头的吴思成没给他声气。九娃不再翻身了，坐起来说：月亮咋这么亮。吴思成还是没有声气。九娃起身出了庙殿，一会儿又回来了，后边跟着瓦罐。瓦罐说三更半夜了迟不叫晚不叫我刚迷糊住我是两个人轮着睡啊我的哥哎，你睡不着我能睡着嘛。九娃让瓦罐把供桌前的两根大蜡烛点着。瓦罐说我听你给村长说不动庙里的东西。九娃说点蜡烛是替他们敬神哩我顺便借个光。瓦罐说有光亮晃着你更睡不着的。九娃说你个驴日的。瓦罐说噢噢我点我点。瓦罐点着了那两根大蜡烛。九娃说我要光亮不是照着我睡觉我想看那张牛皮纸了你拿出来我看看。瓦罐说不用看吃完酒席我一刻也没耽搁就找笔找墨把奉先時画上去了。九娃说你的话比屎还多你赶紧。瓦罐就掏出了那张牛皮纸。九娃说你让蜡烛离我近些。瓦罐就从蜡架上拔出来一根蜡烛照着让九娃看。

九娃看了好长时间。

瓦罐说要看你好好看别走神啊。

九娃确实有些走神了。九娃说好吧不看了你装好吧蜡烛插好回你睡觉的地方去。

瓦罐走了，吴思成坐了起来。

九娃说：把你弄醒了。

吴思成说：我没睡着。

九娃说：噢噢。

吴思成说：我耳朵听着心里揣摩你哩。

九娃说：噢噢。

吴思成说：你心里搁事了。

九娃说：就是。

吴思成说：酒桌上你和村长说话我就听出来了。你叫瓦罐进来要看牛皮纸我就认定了。又说：你心里不安稳。

九娃说：就是。

吴思成说：硬睡是睡不着的要不咱出去再转转看看？

他们就到了庙外边。他们没转。他们在外边坐了一会儿，看不远处的山，看山坡底下的奉先畤，看从山里流淌出来的河水。天地庙就在河水拐弯处的高台上。月光很清亮，把河水照得也很清亮。

然后，他们说话了。

九娃：咋看都是个好地方。

吴思成：就是。

九娃：和咱那儿照的是一个月亮吧？

吴思成：一个。

九娃：一个太阳吧？

吴思成：一个。天上只有一个月亮一个太阳。咱没走到天外么。

九娃：都在一个太阳一个月亮底下，他们咋就摊了个好地方。

吴思成：命好么。

九娃：咱不可能走到天外吧？

吴思成：不可能，天外还是天。

九娃：那咱还走啊？咱不能永远走吧？

吴思成：这就看咋想了。坐地为匪危险大。

九娃：坐住了就不是匪了。窜匪永远是匪。

吴思成：你定心了？

九娃：想听你的意思嘛。定心了就睡去了。

吴思成：不是咱的地方么。

九娃：咱走了一路吃的喝的住的哪一样是咱的？还不是吃了喝了住了？

吴思成：就怕万一。

九娃：万一万一万一！

吴思成：你别激动么。走和坐是不一样的。不是咱的咱能吃能喝能住还能拿，就因为咱是走着的。要坐着可就没那么简单了，先得能坐住才行。坐不住呢？

九娃：坐不住再走嘛。

吴思成：坐不住又走不了呢？

九娃：我听不懂你的话。

吴思成：那你就仔细听。坐住了就是拿住了，拿住了也就坐住了，就啥事也没有。坐不住就是拿不住，拿不住就啥也没准头了。你好好想想我的话。咱十三个，他们一个村，二百多号人。我已经把话说得很直白了，再说就不美气了。你想想蝗虫吧，忽一下，没打招呼没有兆头，你来得及么？

九娃真想了一会儿蝗虫。

九娃：你不说蝗虫我心里还一直嘀咕呢，你一说蝗虫把我提灵醒了。你踩一个蝗虫肉饼再踩一个踩再多对别的蝗虫没影响，你踩你的，我啃我的，踩到我了我死踩不到我照旧啃。这就是蝗虫，不知道死活不知道骇怕。人和蝗虫不一样，人知道死活知道骇怕。咱一路能吃能喝能拿，是因为软的碰到硬的了，硬的碰到不要命的了。咱是提着命寻活路呢。你想想，咱要是在随便哪个地方碰上和咱一样不惜命的，咱就走不到这儿了。

吴思成开始眨他的眼睛了：说么，刚说出点滋味来了接着说么。

九娃：咱不能只往万一坐不住上想，也要往万一能坐住上想。

吴思成：嗯嗯，越说离万一能坐住越近了，再说。

九娃：骇怕死不敢死，人再多也是单个的，不是一堆，更不是一伙，一杆土枪就能拿住。

吴思成：再说再说。

九娃：真要在这儿碰上了硬拿肉身子往枪口刀刃上扑的，也就认了。

吴思成：好了打住。

吴思成站了起来：话说到这份上，也就说到底了。还说么？

九娃：不说了，没了。

九娃也站了起来：再说就是和他们说了。

六

那天晚上，奉先畤村长赵天乐和儿子包子也有过一次谈话。

赵天乐没想和谁说话，也包括包子。招呼土匪吃过酒席送他们到天地庙以后，他不想和任何人说话了。他穿过村街往回走，许多村人在他们各自的家门口叫他"村长"。他们叫得很小心。他知道他们想和他说话，想打问点什么知道点什么。他"嗯啊噢"地应着，没停脚，径直进了他家的大门。他拒绝和他们说话至少有两个理由：一，土匪进村的时候你们为啥不叫村长，"吱哇"一声老鼠见了猫一样不见了呢？把村长一个人撂在当街上了呢？你们知道他把土匪安顿好，又老鼠一样贼溜溜从门背后溜出来叫村长了。老鼠的村长应该是老鼠，不是赵天乐。二，从放下鼓槌，把搭着任老四的那头毛驴拍回任老四家开始，你们知道村长是怎么挨过来的么？你们知道骇怕他不知道骇怕么？说得不好听一点，毬蛋都吓得上楼了！浑身上下从里到外连头皮都绷着劲呢！绷了多长时间？世上还有比应付土匪费体力更费心力的事情没？那时候你们在哪儿呢？都在你们家里缩着呢！现在你们想和村长说话了？村长不想说！连"嗯啊噢"一声也不想！想知道什么新闻到天地庙找土匪去。更何况，你们想知道的问我也没用，因为我也不知道。知道的是土匪。

他不但拒绝了村人，也拒绝了家人，连他爸赵礼让和他婆娘也拒绝了。他一进门他们就围上来，他给他们竖了一下手掌心，就把他们急切切张开的嘴堵住了，想问的话全噎在了喉咙里。包子也是。他们看着他倒在炕上，闭着眼睛睡了。

包子妈说：算了不问了人安安全全回来了他想睡就让他睡咱都睡。

包子不睡。包子说天刚黑不久没到睡的时候咋睡？他坐在了他爸他妈的炕沿上，说他要守着他爸等他爸醒来。包子妈说你爸累了也许一觉到天亮了。包子说不会的他睡不踏实。他往他爸脸上瞄了一眼，说：我爸虽然闭着眼但眼皮跳哩证明我说得没错。

又说：我爷我奶也睡不踏实的。

又说：全村人没几个能睡踏实的。

又问他妈：妈你能睡踏实么？

赵天乐忽一下坐了起来：你小子听着，踏实也好不踏实也好你让我睡着，你坐在我跟前影着蛤蟆一样咯哇咯哇叫唤着我就能睡踏实了？

包子说：我不影着不咯哇你也睡不踏实的。不就几句话的事嘛。

赵天乐说：我不想说话，不想和任何人说话，也包括你。

包子说：明明都说了几句了嘛。

赵天乐上了一趟茅房，回来又躺下了。

包子很固执，坐在炕沿上不走。

包子妈说：娃想和你说话你就说几句，你不说娃不睡，娃不睡我也睡不着。

赵天乐闭着眼说：没啥说的。

包子说：有。

赵天乐又一次坐了起来：满满一街人，吱哇一声全不见了，就剩我一个人在当街上了。你是我儿你也不见了，我没说错吧？

包子：我以为你也会不见的。

赵天乐：屁话，都不见了土匪咋办？

包子：我也招呼他们吃酒席了。你没叫我我自动去的。不是因为村长是因为我爸。

包子妈：就是就是，娃也是提着心吊着胆去的。

赵天乐用鼻子长吸了一口气，一直吸到肚脐眼那儿，然后，又把它们长呼了出来。他似乎不再拒绝说话了。

包子：好好一场丰收锣鼓让他们搅塌伙了。

赵天乐：又是屁话。任老四都搭在驴背上了，他家悄没声儿想着埋人呢，你想的是锣鼓！

包子：好吧不说锣鼓了，说他们。他们杀了人好像没杀一样。

赵天乐：你不能这么想。你按先人说的话去想——天有不测的风云，人有旦夕的祸福。

包子：欠债还钱杀人偿命也是先人说的。

啊啊啊啊！赵天乐立刻瞪圆了眼睛，梗过脖子定定地看着包子。他没想到包子会这么想。你咋能这么想你用的是啥脑子你是！他说。你这么想很危险你知道不你！你朝着这方向想几步就会出事知道不你！他叫了一声包子，他说别看你长到十九了要为人夫了你还个生瓜蛋子么你！他不想出事，就是出事也不能在包子身上。他又叫了一声包子，他说咱三辈单传啊你爷你奶你爸你妈都巴望你赶紧娶媳妇生娃造人兴旺门庭呢啊哎！嗨！

赵天乐的嘴角已冒出白沫了。他越说越觉得事关重大。他觉得要把事情给包子说清楚靠嘴角的白沫是不行的。他想他得让心情平缓下来，把话头拉回去说。他抹了一下嘴，让心情平缓了一些。

赵天乐：你说的欠债还钱杀人偿命确实也是先人的话。可是，你想没想过，先人的话是给人说的，不是给土匪说的，这你没想过吧？

包子：土匪也是人。

"错！"他说，"土匪是人，也不是人。"

他不让包子说话了。他要包子听他说。

他说：人行人道，匪行匪道。土匪行人道的时候是人，行匪道的时候是匪。他们说了是误伤，他们把任老四当成黄羊了。假话真话？不能追究。为啥？不重要，因为人已经死了。重要的是，他们这么说的时候，还是人话，还在人道上。你要追究，他们就不会说人话往匪道上拐了，拐到匪道上，奉先峙埋人的就不是任老四一家人了。明白不？

他说：接下来给你说偿命。人命能偿么？给钱财不叫偿命，因为人命不是钱财，钱财也不是人命，给再多的钱财死人能用么？能用就不是死人了，也就不用给钱给财了是不是？有本事就偿给他一个命，让任老四活过来，能么？所以，命是没法偿的。我也没见过偿命，只见过抵命，一命抵一命。可是，你想让土匪给人抵命么？小子你听着，这不是人的想法。是人就不能这么想。谁这么想谁就是想做第二个任老四了。你想让谁做第二个任老四？你？还是我？你别支吾嗯啊了，听我说。

他说：能做的我都做了，对人对匪都做了。我去了任老四家。我给土匪摆了酒席。我把他们安顿在了天地庙。我没让他们拐上匪道。还有更好的办法么？吃一顿喝一顿，安安生生睡一觉，然后就走人了，爱去哪去哪。他们一走，奉先峙还是奉先峙。所以，小子你再听一句，别给我发昏犯混，别想土匪的事，也别想丰收锣鼓，要想就想想你和芽子的事去。

芽子是包子未进门的媳妇，鞋匠周正良的女儿。

七

土匪没吓着芽子和她爸周正良，因为他们没看见土匪。土匪进村的时候他们已经从村街上回家了。周正良不喜欢热闹。周正良说太乱了太乱了锣鼓震得人头疼回回回。芽子说看嘛再看看嘛。周正良知道芽子想看的是包子。周正良说你想看高跷以后嫁给包子让他踩给你一个人看。芽子不情愿回去。周正良说你一对荷包做了一个还有一个呢。一说荷包，芽子就情愿了，跟她爸回去了。

院子里铺了一张芦席。芽子弯腿坐在芦席上做荷包,用丝线给荷包上绣花鸟。她爸周正良坐在屋檐下的台阶上,两腿夹着顶板绱鞋。

芽子突然说:爸哎你听,锣鼓停了。

周正良说:你看你,回来这长时间心思还在街上。

芽子说真的你听么。周正良正想说不听,门被马鸣撞开了。

马鸣脸蜡黄,扯着嘴用手比画着:土、土土土……

周正良说:唱么。

马鸣:咿呀哎土匪——把任老四打呀嘛打死了!

周正良:啊啊啊是不是?

马鸣:是呀么就是任老四在呀么驴背上血糊滋拉拉……

周正良:再唱啊!

马鸣:咿呀哎锣鼓呀么撂一地人呀么跑光了!

周正良和芽子都有些紧张了。

芽子问包子哥呢?马鸣使劲给她摇着头。

周正良起身关了大门,并使上了横杠。

芽子扔了手里的荷包针线,手抓着马鸣的胳膊:你别抖啊我问你包子哥呢!

马鸣紧夹着两条腿缩着身子:咿呀哎没顾上嘛看哎我尿了么尿了么哎哎!

芽子看见了马鸣尿湿的裤子,格儿格儿笑了。马鸣蜡黄的脸又涨红了,身子缩得更紧了,要把自己缩没了一样。芽子笑得更响了,笑得坐在芦席上了。

周正良:笑笑笑!

芽子说不笑了不笑了赶紧换裤子去格儿格儿。

马鸣换裤子去了。

周正良说你看你看,多亏咱回来了。芽子不笑了。芽子说我担心包子哥我去街上看看我不怕。说着就要去抽门上的杠子。周正良嗨了一声,堵住了芽子。

驴队来到奉先畤

周正良：担心谁也不能出门！

他让芽子给马鸣洗裤子。芽子洗着马鸣的裤子，说她还是担心包子哥。周正良说担心就担心着先在家里听听动静。他们就在家里听动静了，一边听动静一边听马鸣说土匪和驴队，说土枪和长刀。也说了驴背上任老四血糊滋拉的脸面和尻子。芽子更担心包子了。周正良说马鸣你打住别说了。他不想让芽子担心。他说马鸣少见多怪说过火了。

天黑以后，村上终于有动静了。周正良想让马鸣去街上打探消息，马鸣不去。马鸣说不不不。芽子说我去。周正良说你不能去。周正良抽了门杠子，自己去了。

他们就知道了村长给土匪摆酒席土匪住了天地庙，也知道了村长已经回家睡觉了等等。芽子问他爸看见包子哥没有，周正良说包子哥包子哥心里就记着个包子哥！你担心人家人家在他家里门关得牢实又牢实你不骇怕人家骇怕么你知道不？芽子说爸哎你净拣人家不爱听的说！周正良说爱听不爱听是实话么，你担心包子哥你想出去我怕你出去土匪还在天地庙里呢！周正良又把门后的横杠插上了。芽子说我谁也不担心了我不出去。芽子回她屋了。

马鸣问周正良：土匪还会杀人不？

周正良说：这得问土匪。

马鸣说：噢噢。

马鸣和周正良睡一个炕。进了被窝，马鸣又问：土匪要杀人咋办？周正良说土匪要杀人也杀不到你头上你放心睡。马鸣说会不会杀到你头上？周正良蹬了马鸣一脚，说，天塌下来有大个子撑着呢我是小个子。马鸣说天不会塌下来可土匪会杀人的。周正良又蹬了马鸣一脚，说，前边有村长挡着为啥杀我？马鸣说任老四不是村长。周正良说哎哎你是咋了非把土匪和我往一起拉我真想把你从炕上蹬下去。马鸣说我睡不着么土匪老在我眼前晃呢么晃得我心慌。周正良说把眼睛闭实。马鸣说闭实也晃啊！周正良说那你就受着别问我话。马鸣不再问了。马鸣闭着眼睛咬了一会儿被角，竟睡着了。

周正良反而没睡着，不是因为土匪，是因为芽子。

芽子和包子是春上说的婚。包子十九，芽子十六，和歌里唱的三哥哥四妹子一般大：三哥哥今年一十九，四妹子今年一十六。

在奉先時的人看来，女子长到十六，就长到一生中最好的时候，为啥？水格灵灵么，嫩格生生么。他们是把女子当蔬菜当水果说的。还有一句：嫩得能掐出水来。这就把水格灵灵和嫩格生生连在一起说了。十六岁之前就不嫩不水了？但不能掐，太嫩，不到掐的时候，要掐就要流氓了。十六岁以后呢？能掐，也不流氓，却晚了一些，闪过了一段最好的时光。再晚些呢？再晚再晚呢？你掐去，使劲掐，连她喊叫的声音都听不出水色了。所以，奉先時的人说女子十六的时候最好，不但是说水和嫩，还有"能掐了"的意思在里头。

赵天乐就是依了这一条，一打春就找鞋匠周正良给包子提了婚，也依了这一条还要说服鞋匠尽快同意包子和芽子在当年完婚。鞋匠周正良好像有一些舍不得女儿出嫁，赵天乐专门和他提说过几次，他都支吾过去了。赵天乐让包子想想他和芽子的事，意思是让包子在芽子身上下点功夫，让芽子说动她爸。

周正良确实有些舍不得女儿出门。芽子六岁的时候，周正良死了婆娘，成了鳏夫，芽子成了没娘的娃。周正良本想续一房，看着芽子叫他爸的时候眼睛总是水汪汪的，就打消了续房的念头，怕后续的娘对芽子不好。他一直单身，当爹又当娘，直到芽子能缝补洗刷了，才只当爸不当娘了。芽子是那种很会长的女子娃，眉眼儿身条儿都往好处长，越长越好看。芽子手也巧，喜欢剪窗花做女红，承了她爸的血脉。周正良给人做鞋，芽子就帮着刮鞋底。父女俩刚刚把一个家过得富足又有人情味儿了，咋就忽一下到了谈婚论嫁的时候了呢？周正良有些接受不了，太快太突然了嘛！听到赵天乐要提亲的耳风以后，周正良心里咯噔了一下，"啊啊"了半晌。"啊"是不顶用的，再怎么"啊"，芽子也到了该说亲的时候了，芽子迟早是别人家的一口人么哎哎！

两年前，周正良收了马鸣做徒弟。马鸣没家没舍，流浪到奉先時的。

马鸣心眼实在，也勤快，小芽子一岁。小一岁不是问题，说话结巴么，胆小么，做上门女婿太可惜芽子么，没法和芽子提说么。

但还是和芽子提说了一回，就在听到赵天乐要提亲的耳风以后。他说马鸣来咱家两年了，实在又勤快，对你对我都好，一家人一样。芽子说就是就是我把他当亲弟呢干脆让他给你当儿子。又说，过两年有合适的茬口就给马鸣提一房亲，我走了也放心。芽子压根就没往马鸣身上想么。芽子正在做一只荷包。周正良说噢噢你这荷包给谁做的？芽子从炕头的匣子里取出来一串，排成两溜儿，说，这一溜儿是给你的，这一溜是给马鸣的。周正良说我问你手上的呢？芽子说要做一对呢还没主呢，谁有福气就是谁的。周正良说噢噢你是不是听到村上人说什么了？芽子说爸哎，你今天咋成个啰唆爸了。周正良不啰唆了，就和芽子说到了包子。

周正良：包子他爸要来提亲我咋说？

芽子：该咋说咋说么。

周正良：我就说我要找个和我家芽子般配的。

芽子：这么说啊？人家要问包子般配不你咋说？

周正良：包子端正倒是挺端正，眼睛小一点。

芽子：不么？眉毛浓黑浓黑的，眼睛就显得有神了。

周正良：噢噢，我得好好思量思量。

芽子噘嘴了，把荷包扔在一边：我要嫁就嫁在奉先时，不出村。

周正良不再说了。芽子的心思很明了么。不出村能配上芽子的就只有包子么。芽子分明已经知道赵天乐要提亲么。芽子的荷包就是给包子做的么。

就订了婚。

芽子说：爸哎，我不出村是为了照顾你不是为了别人啊。

嘴上是这么说的，一订婚心就移到包子身上了嘛。一天不说包子就过不去一样了嘛。说天上的事七拐八拐也能拐到包子身上嘛。而且，一句一个"包子哥"，听着比叫她爸还要亲嘛。八字才一撇啊，他咋就成了比她爸还亲的人了呢？你说亲和亲不一样你爸也知道不一样可心里咋就不是滋味呢？土匪吓得马鸣都尿裤子了，你一个女娃你要上街你说你不怕你担心包子哥！你不怕你爸还怕呢！不是怕土匪把你爸怎么了是怕把你怎么了！你包子哥呢？在他家睡觉呢！

那天晚上，周正良就这么想着想着，把自己想累了，快要睡着的时候，又让敲门声吓灵醒了。有人敲他家门。他头皮一下绷紧了，连蹬了马鸣几脚：快快马鸣！

马鸣忽一下坐了起来。周正良听见芽子噔噔噔开门去了。周正良一边啊啊啊叫着一边穿衣服要下炕。衣服没穿好，芽子已经到屋门口了。

芽子说：是包子哥。

周正良浑身绷着的劲立刻松散了，靠在炕墙上呼了一口气。

芽子说：包子哥说他想和我说几句话。

周正良：人呢？

包子说在哩，我和芽子说几句话。

周正良浑身又有劲了，坐直了身子：进来！

包子和芽子都进屋里了。

周正良冲着包子说，你偷偷摸摸来过我家多少回了你以为我不知道？你每次来要么让芽子给你留着门要么贼一样撬门关子今晚咋就敲门了？包子说今晚也撬了，可门后边插了横杠子么。周正良说你看你把马鸣吓成啥了！马鸣说没没没我怕是土土土匪么。马鸣缩到被窝里去了。包子说我爸说土匪在天地庙睡一晚明天就走了。芽子说爸哎你看你没完了。芽子拉着包子要去她的屋，周正良说别啊我有话要问。芽子又叫了一声爸。周正良说好吧不问了想问的已经知道了。周正良也缩进了被窝，自己给自己嘟囔着：说去吧我不松口看你能说个啥！

包子也确实没说个啥。他们先说了几句土匪。芽子问土匪啥样，包子说人样，不骑马不骑骡，全骑驴，一人一把长刀，还有一杆土枪，吓得满街一个人也没了。芽子说你骇怕不？包子想了一下，说，骇怕么。芽子说你骇怕这么晚还出门？包子说当时骇怕后来就不怕了还招呼他们吃酒席了。芽子说马鸣吓得尿裤子了他一说土匪我就担心你了，我爸不让我出去。芽子的眼睛忽一下泪盈盈了，手指头捏着包子布衫上的纽扣。芽子说你都不知道我急成啥了我爸咋说我的。包子揽住了芽子的腰。包子说我爸也说我了不让我想土匪的事，我爸说土匪一走奉先時还是奉先時他让我想我和你的事，我想不出个结果就找你来了。包子把芽子抱得紧了一些。包子说我爸找你爸一回你爸支吾一回找一回支吾一回。芽子把头埋在包子的胸脯上了。芽子说你想么我一走就我爸和马鸣了。包子说迟早的事你咋想嘛。芽子叫了一声包子哥。芽子说你别急嘛我不想让你急我爸也知道是迟早的事。包子一只手伸到芽子的衣服里了，捂到什么上了，出气立刻粗了。芽子想出声怕她爸听见，就咬着嘴唇不出声，让包子捏摸着。包子不安分了，另一只手要解芽子的衣扣，芽子使劲给包子摇着头，按着包子的手不让解。包子说我看看我想看。周正良咳嗽了一声。芽子忽一下摘离了包子的手。芽子声音高了一些，说，才做了一只做好了看嘛。包子听不明白，芽子低声说是说给我爸听的。包子的手好像没地方放了，很失望的样子。芽子不想让包子失望，又把包子的一只手拉进衣服里。包子又捏摸了。芽子说包子哥你可要对我好。包子说嗯。芽子说包子哥我是你的人了，我心里早就是了。包子说嗯。芽子说包子哥你再这么一会儿我就没办法了。包子说嗯。周正良又咳嗽了一声。芽子说包子哥你不走我爸睡不着的。包子说嗯。包子又捏摸了一会儿。

八

赵天乐早早起来了。包子妈给他端了一盆洗脸水。他问包子呢，包子妈说昨晚出去后半夜才回来睡着呢。咋啦？他说不咋。他胡乱洗了几下，擦了擦，就把擦脸巾扔在水盆里。包子妈说不行不行没洗净，把擦脸巾捞出来让他再洗。他又洗了一遍，让包子妈看：净了没？包子妈在他脸上仔细看了一会儿，用洗脸巾在他眼角那里擦了几下，说，净了。

他们都想不到，这张脸很快会嘭一下就没了。

赵天乐说：包子起来别让他出门，在家刷房子。送走土匪我就去找鞋匠。躲过初一躲不过十五的。

出门时又叮咛了一句：记着别出门。

包子妈说知道了你不叮咛也不让他出去的，土匪不走都小着心呢，许多人家连门都不开呢。赵天乐说可笑，土匪要进谁家门杠子顶着也没用的。包子妈说知道了门开着人不出去。

然后，赵天乐就去了天地庙。

土匪不像要走的样子么。晚上睡觉的铺盖在院子里胡撂着没收拾么。十几头驴在庙殿后边拴着没拉出来么。气氛好像有些不对劲，从庙门到庙殿这一段路，土枪手和那个叫瓦罐的在他后边像押犯人一样么。看着他进了庙殿他们又回到庙门口把守去了。院子里的土匪一个个脸都像生铁一样，看着他往进走不打招呼么，不像昨天在酒席桌上的那一帮人了么。

这就更得小心一点了，怎么也要让他们说人话，不说匪话，平平顺顺地送他们走。

进庙殿的时候，赵天乐就是这么想的。

从看见土匪的那一刻起，他都是这么想的。这是个耐心的活儿。从始到终都要有耐心。每一句话都得耐心。

九娃和吴思成在烧香叩头用的布垫上坐着，专门等他一样。

赵天乐想让自己放松一些，扭头朝庙殿外边瞄了一眼，说：都刚起来啊，我紧赶慢赶以为你们早起来了。

吴思成拉过一个垫子让赵天乐坐。赵天乐说噢噢，和九娃面对面坐了。

九娃揉了一下眼，说：没睡好，想了一夜事情，越想越睡不着。

赵天乐也揉了一下眼，说：我也是后半夜才睡的，一想天地庙还有一帮客人要送得早起，就硬睡了，也没睡好，洗了两次脸，眼角的眼屎还是婆娘给擦的。

九娃给吴思成说：你看，我没想错吧。

吴思成说：就是就是。

赵天乐觉得他们说的好像和他有关，演双簧一样。他解不开他们话里的意思，就说：你想我早上起来要洗两次脸了？想我洗两次脸还洗不净眼角的眼屎了？我不信。

九娃说：不是不是。我在想，你把我们当成要饭的了。

啊啊？赵天乐没想到九娃会这么说。没有啊，咋会呢？从你们一进村，你想想，我把你们当要饭的了？没有没有，有给要饭的摆酒席的么？

九娃：摆酒席打发我们么。

赵天乐：打发？摆酒席？还装了粮啊。

九娃：对啊，吃点喝点再拿点睡一觉赶紧走，就是打发嘛。

赵天乐心里紧了一下。他想起了他昨晚上给包子说的那些话。土匪这么说好像也没说错啊。他心里又紧了一下：不能让土匪这么想啊。

赵天乐：噢噢，你是这么想的。

九娃：不这么想还能咋想？把你和我掉个儿，把你换成我，你会咋想？

赵天乐：想成欢迎呢？

九娃：欢迎你们来。吃点喝点拿点，然后走人，还是打发嘛。

赵天乐：好心好意得往好处想。照你这么说的话，酒席就摆错了。

九娃：错不在摆酒席，在打发。你早早来天地庙，就是打发我们走嘛。

赵天乐：别这么想啊。我说打发了么？我说我来打发你们了？

九娃：你没说打发，你说送，换了个说法，把老鼠叫了个耗子，你说是不是？

赵天乐：不是！我说不是！

赵天乐忽一下急了，躁了，瞀乱了，从垫子上站起来，来回走着。

赵天乐：我都不知道我该咋说了。我都不想说了。我真想从这儿走出去。真是奇了怪了，世上还有你这么想事情的人！

他突然又站住了，不说了。他自个儿说的话把自个儿提灵醒了：和他说话的人就是世上这么想事情的人嘛。他被自己刚才说的话吓住了。

九娃：说么，再说么。

赵天乐舒了一口气，又坐下了：好吧，我说。我是说，咱说话要好好说。咱好好说行不？打发，送，送，打发，你们把我搅糊涂了。你冤枉我了嘛。我没想打发，也不想打发，你非要说打发。我想不来咋样就不是打发了，你说个不打发的，我就按你说的不打发做去，行不？

九娃：咱不说打发了。问你个话。

赵天乐：问么。你好好问，我好好说，咱都好好的。

九娃：你见过蝗虫么？

赵天乐：蝗虫？没见过。听老人说过，蝗虫到过的地方寸草不留。

九娃：你咋就没见过蝗虫呢？

赵天乐：没到这来么，托老天爷的福。

九娃：你说蝗虫该到啥地方去不该到啥地方去？

赵天乐：这你就把我问住了。不知道。

九娃：老天爷不公嘛。你说老天爷公不公？

赵天乐：这你又把我问住了。说不来，咱咋说到蝗虫上去了？

九娃：那就不说蝗虫了。你昨晚上想啥了？

赵天乐：刚说了嘛，想你们了么，你千万别往歪处解啊，我可没想打发，我想你们是客人。还想了些家务事。儿子大了，该娶媳妇了，都是些琐碎事。

九娃：我想老天了。我想的是老天不公。

赵天乐：噢噢，你们是走世界的人，经见得多，想的都是大事情。

九娃：老天不公，人就得出手。我这么想对不对？

赵天乐：解不开，还真解不开你这话。

九娃：你想没想任老四？

赵天乐：没有。已经死了么。活人的事情都想不过来，死人就不想了。

九娃：那你想想，任老四为啥死了？

赵天乐想了一会儿。九娃一说到任老四，他头皮就紧了一下，他想他每一句话都要小心说，说好。

赵天乐：想一想，好像是人的事，是人用土枪打死了。仔细一想，还是老天爷的事。老天爷给他的寿数到了，就在那一忽儿让他变成黄羊了，撞到土枪上了。

九娃：你不想撞土枪吧？

坏了，要往匪道上拐了。赵天乐的头皮又紧了一下。他感到他的头像苍蝇扇了一下翅膀，又扇了一下。他不敢往九娃的脸上看。

赵天乐：不想么。

九娃：刀呢？

赵天乐：也不想。都是要命的东西么。

九娃：你刚说了，咱都好好的，是不是？

赵天乐：对么对么。咱都好好的。

九娃：我想让我们这一伙在奉先畤扎下来，你是村长，你觉得咋样？

赵天乐：扎下来？

九娃：你想想栽树。把树从别的地方挪过来，栽上，浇水。栽树你该知道吧？

赵天乐不说话了。

九娃：你要觉得难办，就先给我们筹几石粮食。这不难吧？

赵天乐：说难么？也不难，说不难么？也难。就看咋想了。就是，你说的先是啥意思？

九娃：先的意思就是把筹粮放在前边，然后再说栽树的事。

赵天乐：噢噢。

赵天乐说他听明白了，他得回去了。九娃问赵天乐要不要派几个人跟着去帮忙，赵天乐说不用。九娃说有麻烦我帮你解决。赵天乐说噢么。

九娃看着赵天乐出了庙门。

瓦罐从庙门口跑进来问九娃：来了咋又走了？弄酒饭去了？

九娃没理瓦罐。他心里不踏实，问吴思成：咋样？

吴思成说：我看不咋样。

九娃说：那就得杀人了。

瓦罐瞪大眼睛，说，杀人？杀谁？

九娃抬头看着瓦罐。瓦罐说别看我啊好像要杀我一样。瓦罐转身要走，九娃说你别走。瓦罐的眼睛又瞪大了。瓦罐说不会吧，九娃说不杀你让你杀行不，瓦罐啊了一声说不会不会吧，九娃要看那张牛皮纸。瓦罐一边掏一边说，你昨晚看过了还看啊。九娃看着牛皮纸问瓦罐，你想咱村不？瓦罐说想啊实话实说我更想我媳妇。九娃又问瓦罐，按牛皮纸上的记号能走回去不？瓦罐说不看记号也能你刚说杀人现在又说回村。九娃说一回事。瓦罐说我听不明白。九娃说村长筹粮去了，筹来粮你就把粮送回村上去。顺便看看你媳妇，也看看大家的媳妇。筹不来粮你就给咱杀人，然后再筹粮再回去，这下明白了么？瓦罐说明白了太明白了可是，为啥要我杀？九娃说大家都想媳妇你最想让你回去看媳妇么。瓦罐说是的是的我最想媳妇可为啥非要把杀人和想媳妇看媳妇拉在一起让打兔的杀不行么，九娃说打兔的没媳妇不是咱村的人我选中你了没选中他么。瓦罐说是不是村长。九娃说也许是也许不是，到时候看情况。瓦罐从刀鞘里抽出他的刀看了看，问九娃：就用这？九娃说废话。瓦罐说我怕我下不了手村长给咱吃肉喝酒挺好的。九娃说筹不来粮就不好。瓦罐说人急了才会怒从心中起恶向胆边生村长不像那种让人发急的人。九娃说你驴日的想媳妇的时候急不急，他筹来粮你才能回去见你媳妇他筹不来你急不急，我看你驴日的是没胆气尻子松。吴思成说你手里拿的是护胆夺命刀你先护胆嘛，胆气旺了就敢夺命了。瓦罐说好吧我去院里挥几下刀给自己吆喝几声。我先想媳妇再想他驴日的筹不来粮挡了我见媳妇的路，然后我就生气了，越想越气越想越气，就怒从心中起恶向胆边生了，行不？九娃说你先别去院子你去村里看看动静。瓦罐立刻紧张了，问：我一个人去？九娃说叫上打兔的。瓦罐说我一个人去也行但人多力量大么。

瓦罐和土枪手很快就回来了。瓦罐说村街上狗大一个人也没有，村长根本没筹粮在他家刷墙准备给儿子娶媳妇呢！九娃说是不是？瓦罐说我去看了嘛和他儿子一人一个泥水盆一块抹布往墙上刷泥水呢，我险些恶向胆边生了但还是回来给你说一下好。

九娃给吴思成说：我去看看。

吴思成有些担心，问九娃：行不行？九娃说人不是蝗虫我给你说过的。瓦罐问他和打兔的去不去，九娃说废话。瓦罐说我还没护胆呢。九娃说我真想让打兔的把你的头轰了去。瓦罐摸了一下头说，好吧我一边走一边护。

瓦罐没说错。赵天乐和包子用抹布蘸着泥水漫刷着他家一间屋子的墙壁。泥水是用细土和成的，漫刷后墙壁会变得平顺又光亮。

九娃他们刚到大门口，包子妈就慌神了。包子妈说来了来了还多了一个人咋办？赵天乐说你到上房屋，照看两个老人去，包子妈就上了上房屋。

九娃他们就到屋门口了。

瓦罐说你看咱来了他们好像没事一样还在刷。

九娃看着他们刷了一会儿墙，然后让包子出去。包子看看九娃，又看看他爸，不知道他该不该出去。九娃说你最好出去。赵天乐说让你出去你就出去，包子就去了院子。赵天乐说我刷墙啊刷墙不耽误说话。九娃说刷么没人不让你刷墙可你没筹粮么。又说，你就没想筹粮的事么。赵天乐说我想了把头都想疼了，想来想去还是得让你们走，奉先峙要过正常的日子。

"噢噢。"九娃不说话了。九娃点了几下头，然后又说了。

九娃：在天地庙说的话白说了，你一句也没听进去。

赵天乐：我没法听么。

九娃：为啥？

赵天乐不刷墙了，扭过身子看着九娃。

赵天乐：因为你不好好和我说。因为你说的是匪话。

九娃也看着赵天乐，好像给赵天乐笑了一下。赵天乐扭回身子又刷墙了。

九娃：这村长你当不成了。

赵天乐：为啥？

九娃：你不听话么，我换个听话的。

赵天乐又把身子扭过来了：你？你换？

九娃：噢么，我换。

赵天乐：奉先畤的村长要由奉先畤的人换吧？

九娃：我让他们换。

赵天乐笑了：那肯定还是我，不信你试去。

赵天乐又扭回身子刷墙了。

九娃：奉先畤的人能让死人当村长不？

赵天乐：我没死么。死不死由老天爷说呢。

九娃：别人由老天爷说，你由我说。

赵天乐又扭了一回身子，这一次扭得很快，忽一下就扭过来了。他看见那杆土枪已经到了九娃的手里。他一动不动，眼睛越睁越大。他手里的泥抹布滴答滴答往下掉泥水。他的腿正在发软，打抖了。

赵天乐：别，你别，我和他们说筹粮……

九娃：晚了。

九娃抬手一勾，嘭一声，赵天乐的脸就没有了。

瓦罐惊呼了一声：哇！他看着赵天乐的肚子往前腆了一下，整个身子就重重地撞到了后边的墙上，弹了几下，顺着墙壁溜下去了，折在了墙根下。他手里的泥抹布竟然没飞出去，在手里攥着，和手一起落在了旁边的泥水盆里。

包子叫了一声"爸"！跌绊着过来了，没等看见他爸，就被瓦罐和土枪手扭住了胳膊，揪住了头发，跪在了屋门外边。包子叫喊着：我要看我爸！

　　九娃几步就到了包子跟前，把土枪头塞进了包子的嘴里，对哭着喊着跌绊着从上房屋跑出来的包子妈包子爷包子奶说：别动！

　　他们立刻收声不动了。

　　包子被土枪撬开的嘴里往下流着口水。

　　九娃给包子说：让村里人去村公所。

　　包子眼睛往上翻着，看着九娃。

　　九娃：让男人们去，听见没？

　　包子妈：听见了听见了包子你听见了！

　　九娃：听见没？

　　包子给九娃使劲点了几下头。

　　九娃说听见了就好。他把土枪从包子嘴里拔了出来，给瓦罐和土枪手说，放开他让他看他爸去。

　　包子没起来。他抱着头把自己蜷成一疙瘩，喉咙里呜一声呜一声响着。

　　九娃他们还没走出大门，包子妈就跌绊到了赵天乐跟前。她抱着赵天乐的身子哭着叫着：包子啊你赶紧看你爸是你爸么你爸脸咋不见了哎啊啊啊啊……

　　包子蜷曲着，呜呜着。

九

　　芽子说爸啊你能坐住包子他爸让土匪杀了你能坐住啊！芽子又跺了一下脚。已跺了几下了。

　　周正良正在绑鞋，马鸣在纳鞋底。他们一人一副顶板，并排坐着，在院子里。

　　芽子：你吭声啊爸！

周正良没吭声。他绑好了那只鞋，把鞋从顶板里取下来，用剪子剪断了针线。把鞋拿在手上前后左右看了看，起身进屋了。

芽子用手背抹眼泪了。

马鸣说别嗯哎哭啊。

芽子背过身去了，哭出声了。

周正良拿出来一只鞋，和刚绑好的那一只放在一起端详着，比对着。它们是一对儿。每绑好一双鞋，周正良都要这么放在一起比对端详，是检查也是欣赏。马鸣说哭了你看。周正良说楦子。马鸣噢一声起身了，腿脚很快，取来了放楦子的木箱。周正良从里边取了几块合适的，把它们一块一块塞进鞋窝里，砸实在了，两只鞋立刻有了精神和生气，鼓绷绷的。他把它们并排放在了窗台上。

这才到了芽子跟前。

周正良拉了一下芽子的胳臂：不哭了不哭了。

芽子把身子趔到一边了，哭得更厉害了，抹不完的眼泪水。

周正良说芽子不理她爸了是不？又拉了一下芽子的胳臂：不哭了行不？

芽子把身子趔到另一边了，还在哭。

周正良不拉芽子的胳臂了。周正良说不理你爸了你爸就没办法了你哭吧。

芽子：是你不理我！

又哭去了。

周正良说理嘛理嘛刚才忙着绱鞋最后几针嘛现在理嘛。

芽子：我让你和我去包子家你不去我说我去你不让。

周正良：包子哥变成包子了。

芽子：叫包子哥你笑话嘛你去不去？

周正良：不去。

芽子：我去！

周正良：我说的是现在不去。你想不想知道为啥？

芽子：为啥？

周正良：你知道包子家现在是啥情况么？你知道土匪还会不会再去包子家呢？包子现在年轻气盛土匪杀了他爸他会不会提一把砍刀和土匪拚命呢？包子和土匪拚命你和我在旁边是跑呢藏呢还是给包子帮忙呢？躲了藏了跑了会给人留下一辈子的话把儿，帮包子一起和土匪拼咱拚不过的。土匪是匪咱是人啊，人能拚过匪么？拚不过硬拚结果人死了匪还是匪。包子他爸死了包子还好好的就证明没拚，这你想过没有？包子他妈他爷他奶也没拚啊，这你想过没有？这一回没拚再来一回呢？你连这些都不想你就去包子家去包子家包子包子包子情况不明咋去？去不回来咋办？包子他爸那么聪明的人也没想到今天是他的死期！你知道去了会发生啥事情？你咋知道土匪不会再去包子家？

也说了芽子和包子的事。他说包子家刚遭了难这时候说这事好像有些不仁不义。他说包子能配上你不光是因为包子，也有他爸的原因。包子说话走路做事有底气，一半是他爸给的。把村长的原因撂在一边不算，包子他爸要是个傻子瘸子二流子你看包子说话走路做事还有没有底气？就算有底气，也不会那么有底气。现在情况变了，他爸死了，给他长气的人没有了，包子还是不是以前的那个包子就难说了。

芽子叫了一声：爸！

周正良：好好你不爱听就不说了，再问你一句话总行吧？

芽子：啥话？

周正良：你先不要急着回答你想好了再回答。我是说，包子要不是以前那个包子了你，我问了啊？你还嫁不嫁他？

芽子：嫁。

周正良：为啥？

芽子：你问的不是一句了。

周正良：再问一句么。你回答得也太快了么。

芽子：你这是给人家伤口上撒盐呢爸哎！

周正良：撒盐？你把你想成盐了？你是盐，难道？

芽子：我不做落井下石的事。

周正良：那也不能跟着往井里跳啊芽子！

芽子：我就跳我认准他了不和你说了。

周正良：不说了不说了我也是闲问呢。你想么，土匪还在呢，不定会出什么事呢。包子真要去天地庙和土匪——你想想，咱说这些还不是闲闲的闲话？

芽子急了。芽子说你别这么想不让你这么想，要捂她爸的嘴。嘭嘭嘭，有人敲门了。

马鸣的腿立刻夹紧了。

周正良说赶紧，推了一下芽子，让芽子去屋里。

是包子。包子又敲了几下门说：鞋匠叔是我。

"包子哥是包子哥！"芽子像雀儿一样叫着，打开了门，让包子进来。

包子没进来。包子头上戴着孝布。包子的脸像霜打过的树叶一样。

包子说鞋匠叔土匪让村上的男人吃过饭去村公所选村长呢。

包子的声音也像霜打了一样。

芽子说包子哥你进来你进来说。包子说我戴着孝不能进邻家门。芽子一把拉掉了包子头上的孝布。芽子说你头上没孝了这儿也不是邻家你来我让你进来嘛。包子说还有几家没传到呢。芽子说没传到待会儿传进来！芽子嗯呀一拉，就把包子拉进了门。

芽子关上门，回身看着包子。

包子整个人也像霜打了一样，低着头。

芽子的眼泪忽一下涌出来了。

芽子：包子哥。

芽子用两个手轮换擦着眼泪。

马鸣说别别别哭啊。

周正良说：往里边一点隔一道门外边能听见。

芽子干脆把包子拉到她屋里去了。周正良说屋里也好更保险，就在屋外边听芽子和包子说话。

　　芽子又叫了一声包子哥。芽子说我要去看你的。包子摇着头。芽子说包子哥你嘴咋了你心里苦你咬嘴了。包子摇着头说,他们用土枪戳的,他们揪着我头扭着我胳膊把土枪塞到我嘴里不让我动。包子呜咽了。包子说和我爸说了几句话就放枪了把我爸的脸打没了唔唔唔。包子哭了,蹲下去了,手捂着鼻子和嘴,硬不让自己哭出声来。包子说他们要我爸筹粮我爸先不愿意后来又愿意了他们说晚了就朝我爸放枪了咿,咿咿,我刚叫了一声爸他们就塞土枪了我憋屈啊!唔啊!包子放声哭了。包子说我想找个地方哭一场在家我不敢哭我妈已经哭死过去几回了还有我爷我奶咋办嘛唔啊,啊!

　　芽子拉着包子的胳膊一声一声叫着包子哥,不嘛不哭嘛不哭嘛,说着说着也哭了。屋外的周正良和马鸣也掉着眼泪。周正良还掉了几滴清鼻涕。周正良说芽子你就让包子哭几声他心里苦嘛。

　　包子说我不想骇怕我知道土枪打了我爸就没火药了可我还是骇怕他们还有刀嘛啊啊!他们打死了我爸还要我挨家挨户叫人去村公所我不想叫可还是叫了嘛啊啊!包子说每到一家我就想说你们别去了我不敢这么说嘛啊唔唔,唔。

　　包子不哭了。包子擦了眼泪和鼻涕,说他得走了。芽子不想让包子走,她想把自己变成一样东西,软软的暖暖的一样东西,把包子包在里面。她想她能的,只要想就能。她让包子晚上来她这儿。她说包子哥你晚上再来。

　　周正良把窗台上的那双新鞋给了包子。他说这是你爸让我做的没想到出了这么大的事。他说刚做好楦子还在里边你连楦子都拿去给你爸穿的时候再取出来。他说我不要钱算我送你爸的让你爸穿上新鞋去。他还给包子说,村长选不出来的没人能把村长当得像你爸一样。他说奉先畤没有人昧着良心当这个村长的不信看么。

　　包子走了。芽子问他爸去不去村公所。周正良说去么,我和马鸣都去。没人敢不去的,不信看么,谁不去村公所土匪就会去谁家的。

十

奉先峙的男人都去了村公所。七八十人蹲坐在村公所的院子里。昨天用过的锣鼓家伙和柳木腿在台阶上随便扔着，好像和院子里的这些人没什么关系一样。

包子也去了，在人堆里，戴着孝布，把头在臂弯里埋着。

土匪没有全去。九娃给天地庙留了两个人，让他们盖厨房。

选村长用的是抓阄的办法。九娃说让你们推选你们没人吭声，我指定一个人又怕不合你们的心意，那就抓阄吧，谁抓到谁当，公平合理，村长就是发话的人，你们每个人都能当。

土枪手在九娃跟前站着，端着那杆装满火药和铁砂的土枪。其他几个人提着他们的护胆夺命刀，分开站着。他们不紧张，因为九娃还宣布了一条规矩：蹲着也行坐着也行，只要不站起来就行，谁要站起来谁就是不想活了。所以，他们只瞄着有没有人要站起来。

瓦罐和吴思成在一间屋里团着纸蛋蛋。桌上放着一个铙钹，是瓦罐从台阶上随手拿的。他们团好一个纸蛋儿就扔在铙钹的凹窝里。瓦罐一边团一边给吴思成发着感慨。

瓦罐：咱一路上也杀过人，都是急眼了胡乱杀的。这一回不是，好好的正说着话，头儿拿过土枪说了一句"晚了"，抬手一勾，嘭一下，村长的脸就整个儿被揭走了。神勇神勇。我都护好胆了，等着头儿发话呢，嘿，头儿自个做了，用土枪。还是土枪解馋，嘭一下。

只剩一个小纸片了。瓦罐把纸片儿举起来看着，说：你就是村长了。他用小竹筒给纸片儿上按了个红圈儿，吹了一口气，说：我团了啊？吴思成说团了。瓦罐把那张纸片儿团成了纸蛋儿，扔进铙钹里，胡乱搅了一阵。他端起铙钹又说了一句：能这么选皇上多好，我死活也要蹭着抓一个，碰运气嘛。

端着铙钹的瓦罐站到九娃跟前了。

瓦罐给九娃说：按人头团的，一个不多一个不少。

九娃：让他们抓吧。

瓦罐挨个儿让奉先時的男人们抓纸蛋儿了。瓦罐说一人抓一个，抓着了就赶紧拆开看，看到红圈儿就说，一说就是村长了。

院子里只有抓纸蛋儿的声音了。也能听见出气的声音，抓的时候都提着气，一看没红圈儿就呼出来了。

包子也抓了一个，没有红圈儿。他也出了一口气，把纸片儿扔在了脚跟前。瓦罐说别扔啊都扔了就说不清了。包子又捡了起来。

周正良不让马鸣抓，他说马鸣是未成年人。瓦罐说抓，不抓就会多一个纸蛋儿，刚好是有红圈儿的咋办？马鸣就抓了一个。

周正良也抓了一个，他正要拆他的纸蛋儿，马鸣叫起来了：不不不不！周正良说咋了咋了？马鸣抽扯着嘴让周正良看他拆开的纸蛋儿。瓦罐折转身，一把夺了过去，看了一眼，又仔细地看了一眼，然后就看马鸣了。

瓦罐：咋让你给抓到了嘛你说。

没轮到抓的都不用抓了，都长出了一口气。

马鸣的脸已经不像人脸了：不不不不！

九娃走过来，拿过纸蛋儿看着。

周正良急了，要起身说话，被瓦罐一脚踹倒了。

瓦罐给九娃说：没错，就是这一个，我按的嘛。

被踹倒的周正良说：他当不了当不了村长！

九娃看着周正良，说：你咋知道他当不了？

周正良：他十五岁，是个结巴，他不是奉先時的人是我收的徒弟。

九娃说：那你就替他当。

周正良愣了，看着九娃，眼珠子一动不动。他在地上坐着。

马鸣要哭了：不不不不！

瓦罐举起手里的铙钹，照准马鸣的头扣了下去。马鸣叫了一声，倒在了周正良怀里。

九娃给院子里的人说：你们有村长了。

村人们起身了，一个跟着一个，悄无声息地往外走了。

瓦罐说：明早村长收粮，每户一斗。

吴思成快速地眨着小眼睛走到九娃跟前，说：你没说错，人不是蝗虫，再多也是单个的。

周正良突然叫了起来：别走啊我不能替马鸣啊马鸣当不了啊你们不能走！

他们好像没听见周正良的喊叫，撂下了周正良和马鸣。

周正良给九娃说：我当不了。

土枪手看了一眼九娃，忽一下把土枪顶在了周正良的额颅上。

九娃问周正良：能当不？

周正良不说了。他感到马鸣又尿裤子了。马鸣在他的怀里。他说马鸣你尿裤子了。马鸣说没没没有。马鸣自己不知道。他说马鸣回吧。瓦罐说记着明天的事。

周正良一到家就躺在炕上睡了。芽子问马鸣，才知道了选村长的经过。马鸣说都是他害了师傅，把奉先畤的祸患惹到师傅身上了。他说他想把他的手剁了去。他说芽子姐我是个没出息的人我自个儿洗裤子去。马鸣头上起了一个大包。他说他头疼他也想睡一觉去。芽子抓着马鸣的胳膊说你不能睡你得给我说清楚！芽子说你结结巴巴说了半天我还没听明白我爸到底是不是村长了。马鸣说土匪说是了师傅啥也没说土枪在师傅额颅上顶着呢，师傅没说他是不是只说我尿裤子了。

芽子不再问了。芽子感到她浑身忽然一下没了力气，连问话的力气也没有了。她坐在屋檐下的台阶上，一直坐到了天黑。

后来，包子就来了。

芽子没像她想的那样安慰包子，正像她爸周正良说的，情况变了。芽子反倒需要包子的安慰了。芽子说包子哥咋成这样了咋能这样嘛天要塌下来一样，我爸一回来就埋头睡不吃不喝咋问也不说话我不知道该咋办了一直在院子里坐着呢你说我咋办我爸咋办呀嘛。

包子：不知道，我也不知道。

芽子说我知道的你也在难过你家遇那么大的事情。

包子：我的难过快过去了，现在落到了你爸身上，难过还在后头呢。

芽子说包子哥我不想让你难过也不想让我爸难过。

包子：不知道你爸当不当村长？

芽子说不知道么一句话不说问马鸣结结巴巴说了半晌说不清。

包子：明早就知道了，收粮了就当了不收粮就没当。

芽子说不能当嘛包子哥可不当咋办呀嘛当也不是不当也不是。

包子好像要走的样子。芽子说包子哥你想走就走吧我今晚肯定不睡了我得守着我爸。芽子说我想得好好的等你晚上来我好好待你我没想到成这样子你不会怪我吧包子哥？

包子：我不怪你。

芽子把包子的一只手拉到她脸上放了一会儿。芽子说包子哥你可要对我好啊不管咋样你都要对我好。她说我明天一早就在你家给你说我爸当没当村长。

第二天早上，芽子真去了包子家。包子打开门，没等芽子开口，就说：

"我知道你爸当村长了，我听见锣声了。"

包子好像没有让芽子进门的意思。他们一个门里一个门外。

芽子：我爸半夜起来像换了个人一样。我爸问我芽子你想不想我死？我说不想。我爸说那你给我做碗面我饿了。我给我爸做了一碗面。我爸连汤都喝净了，然后又睡了。我问他当不当村长他不说。大清早来了两个土匪叫我爸，村长村长收粮去，我爸就去了。

包子说：你没拦你爸？

芽子：我想拦挡，又没拦挡。

包子说：噢么。

芽子要流泪了：我不想让我爸当村长也不想让我爸死。

包子妈在屋里叫包子：包子包子你来把这让芽子给她爸拿回去。

包子拿出来一双鞋。芽子的脸立刻煞白了。她看见是她爸做的那一双。

包子说：我妈让你拿回去说我爸有鞋穿。

芽子的脸又涨红了：包子哥你不能你不能这样。

包子说：我爸真有鞋他只能穿一双没法穿第二双了。

包子把鞋塞到了芽子的手里。

眼泪水在芽子的眼睛里打旋儿了。

芽子：包子哥，你不理我了是不？

包子说：没有不理么，我爸不能穿两双鞋入土……

芽子咬住嘴唇，没让眼泪水滚出来。她转身跑了，抱着那双鞋，越跑越快。

跑到她爸跟前的时候，芽子已经满脸泪水了。

周正良提着一只铜锣，每到谁家门口就敲一声。本来不用敲锣，各家各户该把粮交到村公所的，但等不来人。九娃派来帮着收粮的瓦罐和土枪手躁气了，要挨家挨户踹门。周正良拦住了他们。周正良说收粮是个麻烦事就看麻烦谁了。交到村公所麻烦一村人。你不是要挨家挨户踹吗？咱不踹，咱挨家挨户收，就只麻烦咱三个人。他让他们回天地庙拉了两头驴。村公所有大粮袋，他给驴背上各搭了几条，又提了一面铜锣。他说咱挨门挨户走一趟，这些粮袋就会装满的。他们就这么收粮了。每到一家，敲一声锣，主人就会打开门，把盛粮的粮具或口袋放在门口，等周正良把粮倒腾进驴背上的大粮袋，再把他们的粮具用脚勾进门里。他们不看周正良，也不看瓦罐和土枪手。有人还会朝旁边吐一口唾沫，关上门的。瓦罐说他吐咱呢！周正良说没吐你吐我哩。瓦罐说那也不行你是村长他们咋能吐村长！周正良说他喉咙刚好难受了想吐一口村长刚好收粮来了。瓦罐说你这村长这么收粮太窝囊了。周正良说不不不我每天坐着绱鞋这么收粮正好能舒筋展腰。他还提醒关门的人说：别关门了粮一交就没事了每天关在屋里不管地里的庄稼以后就没日子过了。

啪嗒啪嗒，两只鞋扔到了他的脚跟前。他很诧异。他先诧异的是那两只鞋，然后是芽子满脸的泪水。他说我好好的没死啊你咋哭成泪人了？他给瓦罐和土枪手笑了一下，说：我女儿。

芽子：包子哥不理我了。

周正良这才看清了那两只鞋。

周正良：不是给包子他……噢噢，不要了。不要了就撂了去。

瓦罐说哎哎新新的没沾脚咋就撂了去我穿。他捡起了那两只鞋。

芽子：我真想把驴背上的粮食掀了去！

正在试鞋的瓦罐把头扭过来说：为啥？芽子说没和你说话。

芽子又和她爸说了：昧良心的话是你说的。

周正良：那是我昨天说的。现在情况变了，我不那么想了。我没昧，我比他们勇敢。

又说：这儿不是说话的地方你先回去给我晒一盆水。

瓦罐问土枪手：他们在说啥？

土枪手：听不来。

瓦罐看了一眼芽子：这女子挺水灵的么。

芽子朝旁边呸了一声，走了。

瓦罐给周正良说：你女儿不是喉咙刚好难受了吧？

周正良：也许吧。

瓦罐说：她脾气不好。

周正良：咦！坏极坏极。

瓦罐脚太小，穿不了那双鞋。土枪手穿着正好。

土枪手没穿，他把那双鞋别在了腰里。

十一

周正良一到家就问芽子给他晒好水没有。芽子说晒好了一大盆。周正良让马鸣帮他把大水盆抬到房背后。他说马鸣你去拿马勺来我得好好冲一下身子，狗日的粮食吃着好收拾着净是土，汗水一搅和又黏糊又难闻。他把自己脱了个精光，先坐在水盆里让马鸣给他洗搓，然后站起来让马鸣用马勺给他身上泼水。他说从头上挨着往下泼。马鸣泼一勺他就说一声舒服死了舒服死了。马鸣来了兴致，想这么一直泼下去。马鸣说师傅你和土匪一出门我就担心今天怕都过不去了。周正良说没有过不去的火焰山以后每天这么泼一回身子。马鸣说阴天呢下雨呢？周正良说阴过了下过了太阳好了就晒水就泼么噢舒服死了。

然后，又让芽子端了一盆水，连耳朵背后耳朵窟窿都洗到了。然后，他坐在绱鞋的凳子上，叫芽子过来。他说我现在身上心里都清爽了我和你说话。

关于包子，周正良是这么说的：

"土匪打死他爸的时候他在跟前，他做啥了？除了骇怕他做啥了？他爸让土匪打死了他叫人去村公所选村长代替他爸。没错，是土匪让他叫的。那我呢？难道是我自个儿争着当的？他因为啥叫人去村公所，我就因为啥当的村长。他和我一样，不比我高。说他比我矮才更合情理呢！他都没想想，他应该感谢马鸣感谢我才合情理。要是让他抓到了呢？他抓到了替他爸给土匪筹粮的就是他了。他爸在家里还没入殓呢，他在街上给打死他爸的土匪筹粮，他会是个啥滋味？他咋就不这么想呢？

"你别嫌我说他不好，我也没说他不好，我说的是他不比我好。我去他家筹粮他吐了一口唾沫，当然是朝旁边吐的，那我也知道他是吐给我的。我说了他两句。我说包子你好好的，凭我家芽子对你那一份死心眼的感情你也不该给我一口唾沫。我说唾沫能打发我打发不了土匪。我说你不怕那杆土枪了？我是为了不死人才收粮的，不收粮就会死人，说不定就是你。他问为啥不是我？我说我交粮了，我不吐唾沫。

"我没和包子说那双鞋。我怕说了给他惹事，两个土匪在旁边呢。那双鞋是他爸让我做的，说得早我做晚了，可我不是故意的。找我绱鞋的人多么，有个先来后到么。他爸一死我就想赶紧赶紧做好了让他穿一双新鞋入土，我不收工钱，送的么。包子不要了，拿回去又不要了，明摆着是拿鞋羞辱我嘛。鞋是他爸让做的，他凭啥不要？不要了得他爸说！

说不要就不要了？工钱呢？有志气把工钱给我。芽子你知道你把鞋扔到你爸跟前你爸啥心情么？你爸心跟烂了一样。我心想赶紧赶紧来个狗叼了去。没来狗么，奉先畤的狗也骇怕土匪么。狗没叼，土匪别到他腰里去了。"

关于当村长，周正良是这么说的：

"赵天乐是村长可土匪不让他当了么，把他打死了。你以为赵天乐是因为不怕土匪才死的？不是么，包子亲口给你说的时候我在外边听着哩。赵天乐骇怕得晚了，土匪嫌他晚了么。土匪不但要人怕他们还看时间呢么。赵天乐早说一句筹粮就不会死还是村长。土匪让他死就是要另换一个村长。土匪瞅上你了说你能当你就得当，你不当你就是第二个赵天乐，也得死。马鸣抓上了马鸣当不了土匪也看马鸣当不了，就顺势撂到我头上了。我想耍赖我不敢么。我怕土匪用土枪揭我的脸么。"

也说了村里人：

"都和我一样么，怕挨土匪的枪土匪的刀么。不怕咋都乖乖去了村公所？不怕咋都把粮乖乖地交了？对土匪的气往我身上撒，撒错人了么。狗日的不想么，我当时要说一句我不当死也不当嘭一声我就和赵天乐一样了，光荣了。赵天乐也不咋光荣，只能叫半截子光荣，他一见土枪也怕了说筹粮，土匪不让他筹要让他死他才死的。我要说不当我死了才真叫光荣，完全的光荣。我没光荣。我没光荣你们才能一个跟着一个从村公所往外走，回你们家吃饭睡觉。我光荣了你们能出村公所能回家么？把我的尸首撂在一边去继续选村长！我一身子背了，狗日的们没人说句体谅话反而另眼看我，有人还给我吐唾沫。给你们自个儿吐去吧！"

周正良问芽子：你爸说得对不？

芽子说：对也不对。

周正良：你这是啥话？

芽子说：听着好像都对想着啥地方又不对，我说不来。你把我的心说乱了我不听了。

周正良：我也说完了。你仔细地慢慢地想去。

十二

　　瓦罐和土枪手也冲身子了。脱了个精光，在庙院里，用的是凉水。粮食筹到了，土匪们高兴，就把瓦罐和土枪手冲身子弄成了玩闹。他们围着他们俩，用马勺泼，或者干脆用水桶从头上往下浇。

　　瓦罐和土枪手没说舒服死了。他们说痛快啊痛快啊噗噗！

　　有人说：瓦罐你精身子了你想你媳妇让大牛起来我们瞧瞧。

　　有人说：长时间不用成锈牛了起不来倒小了缩回去了你们看么。

　　瓦罐说：凉水啊你们泼几桶热水看它起来不啊噗噗！

　　吃过晚饭，他们安静了。他们坐在院子里，听九娃安排瓦罐回村送粮的事。九娃让一个叫三平的和瓦罐一起回去。土枪手不是他们村的，就在庙门外守门了。

　　九娃说：咱走了一路，到底走到个好地方了，该有的都有，有山有水有粮，不该有的没有，没有蝗虫，不怕天旱。咱就坐这儿了。咱每年轮换着回村送粮探亲。为啥头一回要瓦罐回去？他一路给咱记地图用心了，就算美他一回吧。三平算沾光了。谁往家里捎话，睡觉前说给瓦罐，他们天不亮就上路。

　　瓦罐立刻成了红人。他们围着瓦罐让他记他们要捎的话。瓦罐挨个儿听了一遍。瓦罐说你们各说各的太乱我记不了干脆统一成几条我好记回去也能说明白。他们说行么你给咱统一么。瓦罐统一成了三句话：给你们的女人就说毬想你们了；给你们的娃儿就说你爸要你们乖乖地听你妈的话；给你们的老人就说你儿在外边好着呢你们放心你看这不送粮回来了。他们说瓦罐统一得好，给瓦罐鼓了一阵掌。瓦罐说鼓毬呢我心里瞀乱着呢只让在家里住一晚上，我说好不容易回去了多住两天求你了，头儿说存这心思就换人你们说瞀乱不？有人说一晚上也行啊你一进门就拉着媳妇上炕别下来。有人立刻反对说那不行腿软了咋传咱捎的话？他们觉得有道理，说就是就是咱给瓦罐也统个一：先传话再上你家炕。

　　那天晚上他们都没睡好觉，都在想他们的村子，有人想得流眼泪抽鼻子了。

让瓦罐和三平天不亮就上路是吴思成的主意。他说大白天四头驴驮着粮走太扎眼。九娃说粮食是明打明挣的为啥要偷偷摸摸做贼一样。吴思成说咱正在坐而未住的时候，还得顾着奉先峕人的感受。你说人不是蝗虫我服了，可咱想坐住，就得让他们天天不是蝗虫永远不是蝗虫，万一把他们刺激成蝗虫了呢？

送瓦罐和三平走的时候，九娃说你们可记住，舍命也要保住这些粮食。瓦罐说你放心人在粮在。九娃说人不在呢？瓦罐说咋可能啊碰上劫道的我就——瓦罐唰一下抽出他的护胆夺命刀，演示了一下：兄弟你没看出咱是同行么？瓦罐说我们两个人啊，万一碰上了镇不住就一个对付一个赶着驴跑啊，要不，白天睡觉晚上走行不？总之，粮会送到的。九娃说驴也要喂好，回去四头回来还是四头。瓦罐说当然当然。九娃摸着一头驴的屁股好像舍不得让它们走一样。九娃说走吧走吧美你驴日的一回我不是头儿送粮的就是我了。

那天，任老四和赵天乐平安入土。

也就从那天开始，奉先峕的人不再白天关门了。他们互相走动了。也有人在地里看庄稼了。除了天地庙，他们好像哪儿都敢去了。

吴思成给九娃说：看来第一脚踏实了。

九娃说：那就想着踏第二脚。

也有土匪去村里找人要烟叶了。

吴思成适时地让九娃宣布了一条纪律：不能常去村里，不准透露咱的底细。

十三

所有的人好像妥帖好过了，连任老四和赵天乐也妥帖地躺到了地底下了，周正良却妥帖不了，好过不了。

他失业了。

一连几天，没有人来找他绱鞋。绱好的鞋也没人来取。不取也罢，让马鸣给他们送去。送鞋的马鸣连工钱和鞋一起拿回来了，都说鞋不要了工钱不少你的，好像商量过一样。还有更刺耳的话：让鞋匠把鞋送给土匪去。

啥意思嘛！你们付了钱鞋就是你们的，送土匪？你们不送我送？明着欺侮人羞辱人嘛！

十几双新鞋在院子里摆放着，好像不是周正良在看他们，而是它们在看周正良。看得周正良心口疼。

周正良想把那些鞋撇到他们的脸上去。周正良想站到街上胡毬骂去，一边骂一边把那些鞋一只一只胡乱撂到谁家的房上去，粪堆上去，挂在树上也行。你们的鞋你们不要我也不要！

周正良不好过，芽子和马鸣也就不好过。

芽子说：咋办呀嘛没人理睬这日子咋过呀嘛！

马鸣又说剁手的话了。马鸣说都怪我的手抓了那个纸蛋儿。马鸣说师傅你去骂街我和你一起去。

周正良没骂街也没撇鞋。他说我为啥要骂他们？我骂他们我还嫌费力气费唾沫呢！我为啥要撇？这么多鞋都是没日没夜一针一针做的我为啥要撇？我不撇我自己穿。马鸣你也穿，我穿大的你穿小的，芽子穿女的。芽子说我不穿。周正良脱了一只鞋，把脚随便塞进了一只新鞋里，在院子里一踩一踩来回走，给芽子说：芽子你看，你看，你看……

周正良的声音越来越小，脚越踩越慢了，坐在地上了，捂着脸不出声了。

芽子进她屋里去了。

马鸣不知该咋办，想把师傅拉起来，闪了几下身子，到底还是没挪脚，原地站着，直到看见九娃和土枪手来了，才说师师师傅他们来来来了，把地上的鞋收了起来。

坐在地上的周正良没起身。他看着九娃和土枪手。土枪手牵着一头驴。驴背上有一袋粮食。

周正良：咋了？粮食有问题？

九娃：没有没有，每一颗都是好粮食。

周正良：那你这是？

九娃：退给你的。你辛苦，还受委屈。

周正良：不退不退，一视同仁。再说，我没啥委屈，也没觉得么。

九娃：那就算犒赏你的。

土枪手把粮食卸下驴背，搬到了台阶上。

九娃：客人来了你就这么一直坐地上啊？

周正良：我腰疼。

九娃：腰疼坐地上更疼起来展几下嘛。

周正良：头也疼。坐着不是站着也不是，我正想去炕上躺一会儿呢。

九娃：噢噢，我就几句话，说完事你躺去。

周正良：还有事啊？粮不是筹了么还有事啊？

周正良忽一下站起来了。

九娃：也是为村上好的事。我们不能老占着天地庙。天地庙是村上敬天地敬神灵的地方，我们住着不好，成吃喝拉撒的地方了，不恭敬么。庙殿也太小，十几个人挤不下。村公所倒是能住，可村公所在村子里，都是精气旺盛的大男人，保不住钻谁家被窝里去就成麻烦事了。你说呢？

周正良用大拇指一下一下捏着他的鬓角。

九娃：你头疼就坐地上说。

周正良：不疼了，正在晕。

九娃：让你徒弟扶着你。

马鸣赶紧过来扶住了周正良。

周正良：我想不来该让你们住哪儿么。我头晕想不成事了我。

九娃：不用你想。山上那么多树，盖一院房很容易的。地方我瞅好了，任老四家的碾麦场那儿就行，离村子不远不近。你和村上人商量商量，伐树的打土坯的分个工，一块儿动，快么。

周正良又用手拍额颅了。

九娃：我把事说完了。你头晕又腰疼你躺去我们走。

周正良把手从额颅上取下来，听着九娃、土枪手和毛驴走远了。他突然跳了起来：

"躺你妈个毛啊我！"

马鸣被周正良突然的跳骂吓住了，瞪眼看着周正良。芽子也跑出屋门看着她爸。

周正良又跳了一下：没人理我了我和谁商量去我躺去躺去躺你妈个——

他打住了，因为九娃又拐回来了，在大门外看着他。

九娃：骂谁呢？

周正良：骂，骂，马鸣么。我不想躺他非要我去躺，我得想伐树打土坯的事我咋能躺去？我正想把鞋脱下来扇他的嘴呢！

九娃：噢噢我以为你咋了，徒弟是好心你躺着也能想么。

九娃走了。周正良没再跳骂。他又坐在地上了，用手捂着脸。

周正良想了一晚上，也没想出个好办法把村里人召在一起商量给土匪盖房子，就用了个笨办法。他让马鸣帮他扛着九娃退返的那一袋粮食，挨门挨户去退，顺便把上山伐树打土坯盖房的事说给他们。粮食爱要不要，不要就掬几把放你家门口，哪怕让猪拱了去让鸡啄了去，那是你们的事。我的事是通知伐树，打土坯。

"水生，土匪退了一袋粮，每家均分，你拿升子来。顺便说个事，土匪要盖房，让咱去山上伐树，去不去你自个儿拿主意。"

"金宝，土匪要盖房，让咱打土坯，我把话给你传到，去不去你自个儿做主。"

就这么，周正良一家不漏把全村走了一遍。任老四和包子家也去了。粮分完了，话传到了。周正良把空粮袋搭在肩膀上往回走了。走到村街中间了，周正良收住了脚步，思量了一会儿，然后，周正良仰起脖子，像尖叫的一样，拍打着胸脯，给奉先畤的人吼了几句话：

"你们都听着！土匪不是我舅，也不是我爷！我周正良咋当的村长你们清楚。我没得土匪的好处。土匪要盖房，我一个人盖不了！不盖房他们要往村里住。盖不盖你们思量去。思量好了就去山上砍树，打土坯！"

然后，他一个人提着斧头上山了。他给他自己是这么说的。我把话传到了，我也砍树了。我不敢得罪土匪，也没逼迫你们任何人。我只能这么做了，老天爷评断去。

山上很静，只有周正良一个人砍树的声音。他砍得很专心，流汗了，光着膀子了。他忽然感到他现在这么砍树是天底下最好的事情。树不会让你骇怕么。树不会不理你埋怨你么，更不会羞辱你么。好，砍树，砍它个狗日的树！

哎哎哎，有人上山来了，拿着斧头锯子和绳，都是砍树的工具么。都是奉先畤的精壮劳力么。包子也在里边么。任老四的儿子也在里边么。

他想和他们打声招呼。他们好像没有理他的意思。那就不打招呼了，都砍树。

斧头声锯子声给手心里吐唾沫的声音都有了，也有树被绳拉倒的声音了。可在山上，把这些声音放在山上就不算什么了不起的声音了，就和一大片草滩里有几个蛐蛐叫唤一样。

他偶尔也会看他们一眼。他们也光着膀子了。他们胳膊上鼓着肌肉，亮着汗水的油光。他们手上身上满是力气么。可他们也骇怕土匪，骇怕那杆土枪。他们和他一样么。

他也留心了一下包子。十九岁的身板，真正男子汉的身板么，难怪芽子喜欢。他抡着斧头很结实很有力么，听声音就能听出来么。

用斧头能砍树咋就不能砍人呢？噢噢，斧头造出来不是砍人的么，和土枪不一样和长刀不一样么。噢噢，斧头能砍人一见土枪就骇怕了么，手上身上就没力气了么。

咔咔咔咔，又一棵树被放倒了。

九娃和吴思成在天地庙门口站着，他们能看见山上砍树的人。九娃受了感染。九娃说咱也砍树去。吴思成说不行不行。九娃说闲着也是闲着，身子骨还难受。吴思成说闲着难受用刀砍砖头也不能和他们一块儿砍树，你想么。九娃一想就明白了。九娃说那就让咱的人在庙院里抡刀去，砍砖头也行。

两个多月以后，九娃他们从土地庙搬进了新盖的院子。正房三间，偏房两排，还有一间厨房，也搭了驴棚。茅房在大院外边。

吴思成给他们的院子起了个名：舍得大院。对外的意思是，人生在世有舍有得，有得必有舍，能舍才有得。对内的意思是，敢舍命就能得你想要的。

九娃和吴思成住了正房。

九娃问吴思成：咱这算不算坐住了？

吴思成说：差不多算坐住了，离坐稳还有一截儿。

九娃：你说话像教书先生一样。

吴思成：古人说，居安思危。

九娃：噢噢，还真成教书先生了。

地里的秋庄稼正在成熟，不出院门就能闻到那种味气。九娃说他爱闻这味气。吴思成说这可是个危险的讯号。九娃问为啥？吴思成说咱不是种庄稼的是匪啊，鼻子和鼻子是不一样的，各有各的喜好。

九娃没再说话。他不太服气吴思成的说法。匪的鼻子就不能爱闻庄稼的味气了？他觉得吴思成神神乎乎有些卖弄。

十四

一进舍得大院，瓦罐"哇"一声哭了。他一个人，拉着两头驴。

舍得大院的人都从他们的屋里跑出来了。九娃和吴思成也出来了。他们围着瓦罐，叫着瓦罐。瓦罐好像没看见也没听见一样，只是个哭。

九娃有些急了。九娃说你个驴日的一走几个月回来啥也不说你给我哭!

瓦罐哭声更大了,一边哭一边用手抹着他脏脸上的泪水。

九娃说你个驴日的四头驴咋成两头了三平呢?

瓦罐松开了驴的缰绳,用两个手抹脸了,哭得止不住了。

九娃说你驴日的是不是半道上折回来了没走到村上?

瓦罐一边哭一边使劲摇着头。

九娃说驴日的十几个人急着听你说话呢再哭我把你的嘴缝了去!

瓦罐终于迸出了一声:我媳妇跟人跑了啊,啊呜!

九娃说你媳妇跑了别的媳妇呢?

瓦罐说你媳妇你们的媳妇也跑了老人娃们都没了咱村一个人也没了连个鬼都没有了,啊啊,呜!要蹲下去哭了。

九娃没让他蹲下去。九娃真急了。九娃抡起胳膊,巴掌就扇在了瓦罐的脏脸上。瓦罐打了个趔趄,捂着脸往后跳了一下,不哭了,直勾勾地看着九娃。

九娃说你哭啊!

瓦罐看九娃还要扇,又往后跳了一下:我不哭了。一进村我就哭回来哭了一路把肠子快哭断了我哭够了!

九娃:哭够了就说话。

瓦罐:你问的我都说了。

九娃:说详细点。

瓦罐:详细点就是村上一个人都没有了女人都跟人走了我媳妇……

瓦罐又要哭了,看见九娃的巴掌随时都会扇过来,就说:你别啊你要回去找不着你媳妇找不着一个人连只狗也找不着你也会哭的。我和三平在自家院子里哭了半晌,坐在村街上哭了半晌,后来又坐在村头上哭,把眼都哭肿了,把四头驴都哭得尥蹶子了。然后我们就往回折。

九娃:三平呢?

瓦罐:三平和我折到半道上不愿折了,说要找他媳妇去。我说天底下那么大你到哪儿找去?我说你媳妇跟了别人你找见也是人家的媳妇了你算老几？你硬说她是你媳妇人家往你脸上唾！就算人家不唾，你媳妇热被窝热炕头有吃有喝愿意再给你当媳妇么？我这么给三平说的时候我的心像刀子在搅扒一样。我给他说也是给我自个儿说呢。我媳妇也在不知道啥地方哪个人的炕上呢。我说三平你还有仁有义没有？咱一路来一路回去见了大伙你再走。三平不听。我说我一个人四头驴还有粮食照顾不过来。三平说我没想让你把四头驴都拉回来。三平拉走了两头驴，不让拉他跟我动刀。我动不过他。

九娃：粮食呢？

瓦罐：枭了。

瓦罐掏出来几块银圆，交给了九娃。瓦罐说三平要走了一半不给也要和我动刀。瓦罐也掏出了那张牛皮纸。瓦罐说村子没有了每家院子的草有半人高回去只能看草里的虫虫了。他把那张牛皮纸也给了九娃。瓦罐说你留着作个纪念。

没人吭声了。九娃也不吭声了。吴思成说好了好了这是没想到的事情都清楚了给瓦罐弄点吃的去。瓦罐说我不想吃只想哭。我媳妇娶进门才多少天……

瓦罐真的又哭了。

瓦罐一连哭了几天，吃了喝了放下碗筷就流泪，要不就发愣，愣着愣着眼里就有眼泪了。吴思成说瓦罐你把舍得大院上边的天都哭阴了舍得大院除了叹气没别的声音了。瓦罐说我没哭我只是流泪。吴思成说你惹得每个人都抹泪呢你没看见？瓦罐说不是我惹得各有各的伤心。吴思成说你看你还像不像个男人。瓦罐说就因为是男人才这样了不是男人就不会有这样的伤心。吴思成说你能不能忍住不流眼泪？瓦罐说我忍不住你给我个媳妇我不用忍就没眼泪了我满脸都是笑。吴思成说我给不了么。瓦罐说那你就别说我你让我有泪就流着。吴思成说你流眼泪流不来媳妇啊。瓦罐说就因为流不来才流呢，能流来不用你说就不流了。吴思成说噢噢流吧你流吧小心九娃扇你。

九娃没扇瓦罐。九娃在看那张牛皮纸。那几天，九娃时不时就会掏出那张牛皮纸看一会儿，然后就叫瓦罐到他跟前去。

九娃：我不信村里一个人也没有了。

瓦罐：你回去看去么。方圆几十里的村子都没人了，不光是咱一个村。

九娃：你驴日的是不是把你媳妇安顿在啥地方了？

瓦罐：咦！咦！

九娃：比如说这儿附近的哪个村里。

瓦罐：老天在上啊。

九娃：你敢说你没给你私藏粜粮的钱？

瓦罐：天地良心啊。

九娃：你咋知道你媳妇是跟人走了？你一个人也没见着。你咋知道？

瓦罐：你想么，没吃没喝，没指望了，来了个男人说你跟我走。这不就走了？要不，就是给门上挂一把锁，自个儿去了，走到别处人家的炕上去了。

九娃：你说你到我家看了我信，可我咋也不信我媳妇会跟人走。

瓦罐：咦！咦！咦！

瓦罐在自己脸上扇了一巴掌。瓦罐说我媳妇你媳妇咱的媳妇都跟人走了跟了人了你不信你老这么问我还不如一巴掌把我扇死算毬了我一句话也不想说了。

吴思成给九娃说，你就别刻迫瓦罐了，我是你女人也会跟人走的。九娃问为啥？吴思成说，就是她愿意守着可肚子不愿意啊。人是张口虫么，一张口就得给里边填东西，你算算咱出来多长时间了？为了肚子还卖身子卖儿卖女呢！天要下雨鸟要飞，退一步想，跟人走了还算一条好路。又说，我看你就别想这事了，想村子村子成了蒿草滩了，想女人女人成了别人的女人了，想也没用。

九娃：儿女呢？儿女也是别人的了？

吴思成：儿女和女人不一样。女人吃谁的上谁的炕就是谁的女人。

儿女到天尽头也是你的骨血，吃谁的就是谁替你养着呢，谁想变也变不了，所以，也用不着想，你让人家长着去，成着去，将来见了是你的儿女，不见也是你的儿女，都在这世上呢么，你想着做啥？想着也是个没用么。你是头儿，不能和瓦罐一样。

九娃：我咋和瓦罐一样了？

吴思成：瓦罐一天到晚干流泪，你一天到晚干想么。知道没用还要流泪还要干想。

九娃不爱听了。九娃说你光毬一个没家没舍没女人站着说话不腰疼！九娃说我想得好好的收了秋庄稼就筹粮我也回一趟村可现在女人没了村子也没了筹粮也没用了你让我想啥去？吴思成说哎哎哎还有十几个人在这儿你咋能说筹粮没用呢？吴思成说依我看没女人没家没舍也就没了牵挂，从今往后舍得大院就是咱的家舍，十几个人就是亲兄热弟，你把心思往这儿扭！

吴思成说的话起了作用。几天后，九娃给吴思成说他扭了几天把心思扭过来了，也想好了，要把舍得大院的人召到正房厅会事。吴思成说你都想了些啥咋想的咱两个先通个气。九娃没和吴思成通气，九娃说到时候你就知道了。

人到齐了。

九娃先把那张牛皮纸掏出来给他们看了一下，说：这张纸是我让瓦罐费神费心画的，想着也许有一天会有用。瓦罐用了一次就没用了，再也没用了，谁拿着也没用了，因为村子没了，咱女人跟别人走了，谁也用不着回那个地方去了。没用了也好，没用了也就没牵挂了。说着，就把那张牛皮纸撕成了碎片，撒在了身子背后。

九娃说：咱拉驴队出来的时候是十二个人，后来加了打兔的，十三个。现在走了一个，又成十二个了。你们里边还有谁想走？想走就走，我不拦，还给盘缠。有没有？

没有。

九娃：走的那一个说是找媳妇去了，难道你们没人想找媳妇去？

已经是别人的女人了去毬吧不找不找。

九娃：这就对了。找也是瞎找。咱不走也不找，咱有捷路。咱就地筹！

啊啊啊啊？筹女人啊？

九娃：对了，咱筹女人。这几天我胡思乱想头快要变成萝卜干了。吴思成把我提灵醒了。他说我净想些没用的，要想有用的。他说得对，我就听他的。

吴思成说哎哎哎我让你往有用处想没说让你筹女人啊。

九娃：你别打岔。你说从今往后这舍得大院就是咱的家舍，咱十二个人就是亲兄热弟。亲兄热弟就要为亲兄热弟着想。我想着想着就想到了筹女人。咱的女人能跟别人，别人的女人为啥就不能跟咱？咱能筹粮筹钱，为啥就不能筹女人？

吴思成：反对反对，你们的女人跟别人走是自愿的。

九娃：你这话我才反对呢！不是自愿的，是逼的！

吴思成：那是老天逼的啊兄弟！

九娃：老天不公。老天不公人就得出手。这话我给赵天乐说过，你知道的。

吴思成：人不是粮食，粮食到你手上你想吃就能吃，人不一定。

九娃：咱试么，摸着石头过河么。试着摸着就知道了，咱不试就没有这舍得大院。

吴思成：劫财不劫色，咱出来的时候说过的。你也骂过瓦罐你忘了。

九娃：咱出来的时候说没说过在奉先时盖个舍得大院？我骂瓦罐的时候，咱还不算有吃有喝，现在有了。我骂瓦罐的时候我以为我们的女人还在呢。现在知道不在了。

吴思成：你这么说我就说不过你了。我没想到你把心思扭到这儿了。

九娃：你想想，真要筹到女人了，咱就不光是立住了，就把根扎在这儿了，这你没想过吧？

吴思成：没想过，确实没想过。筹出事来呢？

九娃：那就对付事。

吴思成：噢噢，我想不来这筹女人咋个筹法。你们商量吧，我不支持，也不反对。

九娃：筹女人比筹粮难，没法摊派。咱一次筹不够就分期分批筹。咱也抓个阄，排个队，筹到了就按顺序来。我不抓阄，我把我排在最后。打兔的也不抓，排第一。为啥？他拿的是火器，威力大。

打兔的说不不不，我不要女人，我吃了女人的亏，你们筹我不眼红。九娃说你驴日的是不是想走？打兔的说我不走，要走早走了，我跟你们一起热闹，我一个人打兔打烦了我喜欢人多。九娃说要走也行你把土枪留下。打兔的说不走不走。

吴思成说他也不抓阄不排队。他说将来真要像九娃说的把根扎住了，他就和以前一样，找个相好的，吃零食。

没人反对，就按九娃说的定了。他们抓了阄。

九娃说从现在开始你们就留心打听着，谁家有好女人先号下。

瓦罐问九娃自个儿能挑不？九娃说筹来的就不能挑，要挑也得按顺序，排在前边的先挑，除非你自己瞅上的人家也愿意跟你。九娃说他把他排在最后就是想自己瞅。瓦罐说噢噢。

他们很快就摸清了奉先峙女人的情况。他们很兴奋，因为可筹的女人远远多于他们的需求，有媳妇也有黄花闺女。九娃说这是第一步，秋庄稼一收咱就走第二步。

瓦罐号了芽子。九娃说你真会号我想扇你！瓦罐说为啥？九娃说芽子是村长的女儿不能动，咱第二步能不能走出去靠的就是村长！瓦罐郁闷了。瓦罐说噢噢。

吴思成心里不踏实。九娃说你放心我记着你的话，我不会把他们惹成蝗虫的。吴思成还是不踏实。九娃说你想么，咱不是每家筹一个，咱号了二三十，只筹九个十个。九户十户能成蝗虫么？成蝗虫了也是一脚踩的事。

驴队来到奉先峙

十五

九娃给周正良一份名单，把话说得很直白：一，奉先時该有女人的都有女人，舍得大院的人没有。这不行。二，这一次把筹粮放在第二位，先筹女人后筹粮。筹到谁家的女人就免谁家的粮。三，谁家有可筹的女人都在名单上，到底筹谁家的，你要么召集全村人一起商量，要么按名单挨门挨户去说，说通了谁家就筹谁家。四，名单上没有你女儿。你要是不管，第一个就筹她。你要是不尽心尽力，也筹她。

周正良把眼睛瞪得像死鱼一样，看着屋顶。两只手抓在两个脚腕子上一动不动了。盖舍得大院的时候，他在梯子上给房上揭瓦送瓦，有人使坏，勾倒了梯子，崴了一只脚。他几十天没出门，在家养他的脚脖子。这几天能下地走动了，但在炕上的时候多。他想让脚好得快一些，一上炕就会用手在脚腕上搓摩。九娃领着土枪手和瓦罐来找他的时候，他就在炕上。九娃说你别下炕搓你的几句话我说完就走。

九娃说到第二句，周正良的眼睛就变成死鱼了，手抓着脚腕不动了。

九娃：我说完了村长。

周正良没反应。

九娃：我走啊。

周正良立刻慌失了，一把拉住了九娃的胳臂。周正良说别别别你别走说了一大串我只记住了三个字，我脑子停在那三个字上不动了后边的没听清。

九娃：哪三个字？

周正良：筹女人么。

九娃：你把这三个字听清就行了其他的不重要。

周正良：重要重要听清了没解开么。

九娃：那我再说一遍？

周正良：不不不，你先说筹女人，你说的筹女人是啥意思？

九娃：奉先時该有女人的都有女人了，听清了没有？舍得大院的人没有，听清了没有？所以不行，所以要筹女人，给他们每人筹一个女人，这下听清了没？

周正良：噢噢，我好像在睡梦里听梦话呢。世上有这样的事么？

九娃：世上的事无奇不有。世上的事都是人做出来的。就算没有，咱一做不就有了？

周正良：噢噢。你说奉先峕该有女人的都有了，不对么，我就没。

九娃：那就给你也筹一个，顺便的事。你瞅么，瞅上了给我说，我给你筹。

周正良：不不不，我不是这意思。我是说，咱筹了人家的女人，人家就没女人了。人家没女人了咋办？舍得大院的人有了，人家又没有了，是不是？

九娃：你脑子转得挺快的，我还没转到这一层。那就先筹黄花闺女，不够再补。给他们说让他们心放大一点么。他们天天有女人，舍得大院的人一直没有，匀一匀么，哪天我们走了，再还给他们。

周正良：我的爷呀，女人可不是椅子板凳也不是袜子布衫，匀不成吧？

九娃：试么。试一下就知道了。

周正良：女人不是鞋么穿成穿不成脚上可以试女人不行么，这事我弄不来。

九娃：你好好看看名单。我刚说了名单上没你女儿芽子。

周正良：芽子有主了。我把人家彩礼都收了。过些天就办事全村人都知道。你也知道么就是老村长的儿子包子。

九娃：所以么，这事你得弄，要不第一个就筹你家芽子，刚才也说了么。有人已号上芽子了，我扇了他一个耳光，我说村长的女儿不能动，为啥？就因为是村长，给咱办事呢。

周正良：你另换村长吧，这村长我没法当。

九娃：啊啊？你再说一遍。

周正良：这村长我没法当，真的真的。

驴队来到奉先峕

九娃：那就让你徒弟和芽子给你准备后事。你挑个日子。这样对芽子也好，进舍得大院就无牵无挂了。

周正良：不不不，不是。我说没法当的意思是，村上到现在没人理我，这么大的事没人理我找谁商量去？我的脚咋崴的你知道么。你换谁村上人就不理谁。你让谁当村长你得让村上人理他。

九娃：噢噢，你是说你又愿意试了？

周正良：试么。成不成试么。我说换村长的意思不是弄死一个换一个。弄死一个换一个弄死一个换一个把村上人换完了到最后就剩一个人给他自己当村长了。你要让我试着筹女人就得先试着让村上人理我。我保证一说换村长他们就会理我的。他们理我了一河水就开了，我就好试了。我说的意思是这。

九娃说噢噢你的意思就是让我帮你给村上人演一回戏么。周正良说对对对。九娃说演砸了咋办？周正良说演不砸的人心我还是知道一点的我也是人么。周正良说你试么你就当耍呢你试么。九娃笑了。九娃说没想到筹女人还要先演戏有意思有意思那就演一回。周正良说要演就演得真一些。九娃说我当着他们的面让土枪手抵着你的后脑勺你觉得真不？要不就抵额颅。周正良想了一下说，都不是好地方么。

周正良选择了后脑勺。周正良说眼睛看不见心里不慌乱就后脑勺吧。

又提了个要求：能不能让土枪手的指头离枪钩儿远一点？

九娃说要远一点就不真了。他让周正良放心。他说土枪手是老把式我不发话他不会给你手指头上乱使劲的。

周正良：你不会让他勾吧？

九娃：我要的不是你的命是顺顺当当筹女人，只要顺当我就不会。

就真演戏了。

奉先時的男人们又一次蹲坐在了村公所的院子里。土枪手的土枪真抵着周正良的后脑勺。九娃说这个人不愿给你们当村长了你们就再换一个，换了新的就让新村长给这一个收尸。谁愿意当谁就站起来没人站就和上次一样抓阄，谁抓到就是谁。

周正良打抖了，不是装的，是真骇怕了。不是骇怕抵着后脑勺的土枪，是骇怕有人站起来。

没人站起来。

也没人说抓阄。

九娃：你们没人站起来也不愿抓阄，那你们就想个办法让这个人继续当。

周正良的腿不太抖了：我不当了我当得很窝囊，我像奉先时的罪人一样生不如死，你们赶紧把我弄死嘭一下我就解脱了。

九娃：那不行，你再受一会儿，有了新村长你就是想活也不让你活。

周正良有些放心了：没人站起来抓阄太麻烦我给你推荐一个，你让我快点我就是不想活了才不当的。

周正良真用眼睛在人堆里瞅了。瞅到金宝了。

金宝变了脸色。金宝知道只要周正良一叫出他的名字，那杆土枪就会抵到他的头上。他不能让周正良叫出来。金宝说村长当得好好的咋能不当呢？别推荐也别抓阄我同意村长继续当。

金宝的话立刻得到了满场人的响应：同意。同意。同意。

周正良好像没听见一样，继续瞅着，瞅到包子了。

包子：鞋匠叔你就当吧，全村人在求你呢。

九娃：村长你听见了没有全村人在求你呢，你再说一句你不当我就立马让土枪手勾手指头。

周正良胆壮了，一把推开抵着他的土枪，冲着满场的人说：让我当就别给我吐唾沫！

他们说：没有么没吐么不会的。

周正良：我的脚让我弄崴了我担心我的腰腿。

他们说：村长想多了不会的不会。

周正良：把我绑好的鞋都拿回去。

他们说：拿么给谁绑的谁拿么。

周正良：咱有事好好商量。

他们说：商量么好好商量么。

周正良放缓了口气，他说眼下就有事商量。他拿出九娃给他的那份名单，念了名字。他说念到名字的人明天早饭后都来这儿。行不？他们说行么行么。

他们咋能想到要商量的是筹他们的女人呢？更想不到这会有一连串的想不到。他们说行么行么。和村长一团和气了。

周正良似乎很满意，和九娃也一团和气了。他说：戏没演砸，我就知道砸不了，接下来我就试着和他们商量。

九娃也很满意。一进舍得大院，九娃就给吴思成说：很顺当很顺当村长要给咱踏第二脚了。

十六

芽子叫了一声爸。芽子说你和土匪说的话马鸣听见了，都给我说了，你真要给土匪筹女人？周正良说噢么。芽子说你和土匪成一家了。周正良看芽子了。周正良说马鸣没给你说演戏的事？芽子说也说了。周正良说那你就不能这么说你爸，你爸不答应给他们筹女人你爸已经死了你已经让他们筹到土匪窝里去了，你爸不想和土匪成一家死了反倒成一家了，白搭一条命。他让芽子给他弄点吃的。他说：你爸是死里逃生啊芽子。土枪一直在你爸后脑勺上抵着呢，土枪手一不留神手指头一勾你爸就呜呼了。他们另弄一个村长你还得去土匪窝。这下你知道你爸这一天是咋过来的了吧？知道你爸的心思了吧？他说赶紧赶紧吃过饭天就黑了让马鸣叫包子去我要和包子说话。他说包子要有点人心就应该和我说话。

包子来了。周正良说芽子你先到你屋里去，我和包子说几句话，说完你们说。

周正良说：包子你能过来就好，你几个月不理我不理芽子你看芽子把眼睛哭成啥了？再这么哭几天就哭烂了哭瞎了。你的心是肉长的还是石头做的你不知道芽子天天想着你？

周正良：你知道为啥要换村长？土匪要在本村里给他们筹女人呢！你没想到吧？是人都想不到！包子，我叫你一声包子你听着，两次选村长你都经见了，你现在该能知道你鞋匠叔的难肠了吧？难肠是啥？肠子和心连着呢！肠子知道心的难，和心一起难着呢！你不理你叔你叔不怪罪你。也不怪村上人，还要感谢呢！今天在村公所不管谁站起来说他愿意当村长，你想想，你叔就和你爸一样了。芽子就到土匪窝了，比你爸还惨！

周正良说：我再叫你一声包子你听着，叔叫你来有两个意思，一个是想给你说说你叔的难肠，再就是说你和芽子的事。你给你爷你奶你妈说说，别低看你叔。低看你叔也行，别牵带到芽子。芽子是好娃，乖娃，你把她领走，到天尽头她都是乖女子，都能配上你，丢不了你的人。你们走，离开奉先畤。不走有危险。只要有土匪就有危险，村上人还不知道土匪要筹他们的女人呢，知道了不知会咋样呢。你和芽子走你们的，你让我和他们和土匪搅和着，搅和到土匪走了你们再回来。你听清了没有？就算叔求你了。

包子说：你今天看我的时候我怕你要我当村长呢。

周正良说：叔没想让你当，也没想让任何人当。叔给你和芽子铺路呢。你和芽子说去，她听你的你好好和她说，叔等你的话。

门帘一挑，芽子进来了。芽子说爸你别难为包子哥了我不会去的。芽子说我不能撂下你包子哥也不会撂下他家的人。芽子说包子哥你能撂下你爷你奶你妈不？包子说我不知道。芽子说爸你都不想一下我和包子哥走了你和包子哥家的人能活不？

周正良把头低下去了。周正良说想过么，想着就是让你们走么。你们不走，我就得死心塌地给土匪筹女人了，接下来会咋样我想不来。他说包子你能想来不？

包子：我也想不来。

芽子：你能想来要我不？

包子说能想来马鸣叫我的时候我就想来了。包子说我回去就刷房子，我现在就想你和我一件事。

然后，包子就回去了。就碰上了瓦罐。他没想到他会碰上瓦罐。

瓦罐心里很郁闷。他想号芽子九娃不让他就开始郁闷了。别的女人能号为什么就不能号村长的女儿？村长的女儿就不是女人了？村长的女儿脾气不好可咋看都是个好女人啊！九娃不让号是想着留给他自己吧？他想问九娃又不敢问，就更郁闷了。今天去村长家说筹女人的事，瓦罐的心思一直在芽子的屋子的。他真想进去看看芽子，不敢么。九娃脾气一上来会拿过土枪揭他的脸的。看样子女人是筹定了，肯定能筹到女人的。可是，筹到的女人不是你最想要的你能不郁闷么？瓦罐躺在被窝里这么想着，越想越郁闷，郁闷得不行了，就出去尿尿，尿完尿就不想进被窝了，就在外边胡转悠了。转着转着就转到村口了。转悠到村街里了。就和包子碰上了。包子正要进他家门。

瓦罐说：站住站住。

手里没长刀，没摸到，才想起他是因为尿尿胡转出来的，没带家伙。

包子站住了。

瓦罐：这么晚了你不睡觉胡转啥？

包子看瓦罐是一个人，没带长刀，胆壮了些。他说：我去村长家了。

瓦罐：村长家？这么晚了你不在家睡觉你去村长家？做啥了？

包子：村长叫我去的。村长想把他女儿嫁给我，我不愿意。

瓦罐：不愿意就对了。

包子：为啥？

瓦罐：村长没给你说筹女人的事？

包子：说了。村长说不会筹他女儿。

瓦罐：听他胡吹。这一回筹不到下一回就筹到了，迟早的事。

包子：为啥？

瓦罐：我们头儿给他留着呢。头儿嘴上不说主意在心里呢。

包子：噢噢。

瓦罐：我想号给我，头不让么。郁闷郁闷。我真想和村长说说，和他女儿说说，迟早都要进舍得大院，为啥就不能跟我？他们要愿意，头儿就没话说了。我不敢么。

包子：为啥？

瓦罐：万一说不通呢？头儿知道了呢？其实她跟我挺好的。我会对她好的。我天生是个对女人好的人。哎哎，忘了问，他女儿愿意嫁你不？

包子：愿意不顶用，我不愿意么。

瓦罐：为啥？

包子：他爸接了我爸的村长，你知道么。

瓦罐：噢噢，心里结疙瘩了。

包子：我说我不愿意她就哭了，这会儿还哭着呢。

瓦罐：我要是你就好了。两厢情愿，妥了。我不是你么。事情总阴差阳错着呢么。

包子：和你头儿比，你和她更般配。你头儿年龄太大。

瓦罐：给你说么，世上许多事都阴差阳错着呢。

包子：你不敢试么。你想不想试？

瓦罐：咋试？

包子：我把她给你叫出来你给她说。

瓦罐：能叫出来么？

包子：叫出来就怕你不敢说了。

瓦罐：就这儿？街上？

包子：找个地方。天地庙？那儿你熟悉。

瓦罐：你让我想想。万一不成我就死定了。

包子：就是说不成她也不会怪罪你，她怪罪我。我不怕她怪罪。

瓦罐：我想的不光是用嘴说啊兄弟。我想的是说不成就硬下手。下手成了就成了，成不了她会说给她爸，她爸会说给头儿，那我就死定了。

包子：一个大男人，一个小女子，硬下手，成不成？你自己想。我

驴队来到奉先畤

73

只叫人，不帮你硬下手。你自个儿想。

瓦罐朝成的方向想了。硬下手硬办，生米做成熟饭，不愿意也就愿意了，女人都这样。瓦罐把心想热了，色胆包天了。瓦罐说行吧我豁出去了你给我叫去，成不成是我的事，我都感谢你。你诳我可不行，你诳我你就死定了。

瓦罐真豁出去了，去了天地庙。

包子一碗水泼出去了，也不得不豁出去了。他觉得他家称粮用的大秤砣最合适，就回家取了秤砣。

瓦罐在天地庙里坐着候了好长时间，突然有些骇怕了，越坐越骇怕，坐不住了，就起身朝外走，刚到庙门口，包子进来了。瓦罐说来了？包子说不来不行我不敢诳你么。瓦罐伸着脖子往包子身后看。包子说别往外看在这儿呢！包子的手抡了起来，硕大的秤砣在空中划了个半圆，准准地砸在瓦罐的脑门上。瓦罐就像经常受呵斥的乖孩子又受到一声呵斥一样低下了头，一声没吭。

接着是第二下。

没有第三下，因为瓦罐软下去了。包子扑上去，两只手死死掐住了瓦罐的脖子。松开瓦罐的时候，包子的手指头已经僵硬了。他跪在瓦罐跟前喘了几口气。

他说：你狗日的色迷心窍了。

他又喘了一口气。

他说：呸！

他不知道该怎么处理瓦罐了。

他把瓦罐拖到庙殿后边的那间厨房里。

他又不知道该怎么处理瓦罐了。

他抱起瓦罐，把他折在了灶闶阆里。瓦罐很软。他不敢看瓦罐。他抱来了几块土坯，砸在了上边。又砸了几块。他看不见瓦罐了。他就是想看不见瓦罐才这么做的。看不见就等于不在这个世界上了，消失了，没有了。

他往回走了，一抬腿，才感到他的腿也软了，每踩一步都要软下去一样。

他也感到了秤砣的重量。它一直在他的一根手指头上绾着。他做了那么多事，它竟然一直在他手指头上绾着。

他把它扔到了河水里。

他没回家。他敲开了芽子家的门。他一进门就软在了给他开门的马鸣怀里。

他给他们说了瓦罐消失的经过。他们都变了脸色。

周正良的舌头打闪了：是是是哪一个？

包子：老跟着土枪手的那一个，瓦罐。

芽子叫了一声：包子哥你杀人了！

马鸣吓哭了，把头塞进了被窝里。

芽子看着她爸和包子：咋办嘛咋办嘛！

周正良不说话。包子说给我喝口水。芽子倒了一碗水，包子一口气全灌到了喉咙里。

芽子：咋办呀嘛爸！

周正良：包子啥也没干。包子你听见了没有你啥也没干！天王老子问你都是这一句，啥也没干！

包子一个劲点头。

十七

名单上的男人们都到村公所了。一共二十九个人。他们每人给周正良吐了三口唾沫。顺序如下：

周正良给他们说了要商量的事。他们愣了。周正良说叫你们来商量是因为你们家有可筹的女人，其他人家没有，叫来没用，事不关己么，来了也是听热闹，所以没叫。周正良说不是每家筹一个，只筹九个十个，所以要商量，到底筹谁家的，大家商量着定。他们说周正良你好意思啊说这种话你也能把脸定得平平的你能说出口啊？周正良说这可是大事情我不能嬉皮笑脸么。他们就给周正良吐了第一口唾沫。

周正良用手抹了几下脸，抹净了。周正良说昨天说好不吐唾沫。他们说昨天不知道你要和我们商量啥事情现在知道了不吐不由人了。他们就吐了第二口。

周正良又擦净了。周正良说你们只吐唾沫不商量解决不了问题啊。他们说你要我们商量的事情我们没法和你商量你和唾沫商量去。他们就吐了第三口。

他们走了。

周正良没拦他们，也没抹脸。周正良说走吧你们走吧我带着你们的唾沫给土匪说去。

周正良一进舍得大院就说：你们看你们都来看。

土匪们都围过来的。周正良指着脸说：你们往这儿看。

九娃笑了。九娃说唾沫么。

周正良说他们每人吐了三口，前两口我擦了，你们看到的只是一口。这就是我和他们商量的结果。九娃说你赶紧擦了再和他们商量去，你告诉他们可以少筹一个，因为我们的一个人半夜跑了。周正良说噢噢。九娃说驴日的号了你家芽子我要扇他就赌气走了，走了也好，给你减负担了少筹一个。周正良说已经要筹了少一个多一个也不算啥，问题是他们只吐唾沫不商量嘛，再去还是吐唾沫。九娃说那咋办？我们自筹奉先时就乱套了。周正良说你们先筹一个两个他们就愿意商量了，筹一个两个乱不了。九娃说也行，谁先给你吐的唾沫就去他家筹。周正良说二十九个人呢好像是金宝。九娃问金宝的女人咋样？周正良说好么弯眉大眼。九娃说那就去金宝家。

几个土匪踏开了金宝家的门。土枪一抵着金宝的额颅，金宝就扑通一下跪到地上了，翻白眼了。周正良说金宝你别翻眼不要你的命要的是你女人。金宝动了几下翘着的下巴颏，依然翻着白眼，没看见他的女人是怎么跟着土匪走的。

金宝不翻白眼了，把眼睛闭上了。

周正良没走。周正良说金宝你别这么闭着眼他们已经走了你听我说话。周正良说你现在就能体味我的难肠了你跟我一起叫他们商量去，咱想办法多筹一个说不定还能把你女人要回来。

金宝扇了自己一个耳光。金宝说好吧我跟你去，谁不商量我就让他家灶爷老鼠窝都不得安宁！金宝很积极，每到一家就说：去不去？不去土匪就来踏你家门，我领他们来。

二十九个人很快又聚到村公所了。周正良说可以少筹一个因为一个土匪昨晚走了。他们说咋不全走嘛全走嘛！金宝说这是屁话说正事。他们就正经商量筹女人的事了。

有人提议，先把对老人不好爱和男人吵架撒泼的女人排出来，把刁蛮的动不动就给父母使性子的女子也排出来。结果，没人承认他家的女人是这样的女人，也没有刁蛮的女子。每家的女人都成了好女人，女子都是乖女子。平时说他家女人女子不好的都改口了，说他们过去的话是顺嘴胡说，不是事实。

有人提议，既然都是好女人好女子那就抓阄，凭天凭运气。结果，没人愿意抓，连提议抓阄的人也不愿意了。

他们说一阵啊一阵，啊一阵说一阵，说累了啊累了，还是商量不出个好办法。金宝急了。金宝说你们赶紧我媳妇已经在土匪窝里了你们太自私只顾自己！他们说那就让村长定夺。

周正良很超脱。他说大家的事大家商量，我不发表意见，免得以后脸上天天挂着唾沫活人。他们说唾沫的事就不提了你还是咱的村长你说了算。周正良说村长不想得罪任何人，村长比你们还可怜你们只骇怕土匪，村长骇怕土匪也骇怕你们。

有人拍了一下脑袋说：哎哎村上的事村长不能把自己撇在外边啊。有人立即附和说：对呀，芽子也该在可筹的人里边咋没有芽子？土匪偏心眼村长你不能啊你得一视同仁。周正良说芽子给包子了过几天就圆房。

他们来情绪了。他们说我们的女人连娃都生了芽子还没过门呢!有人说既然芽子给包子了包子就是有女人了包子为啥不来商量事?金宝说就是嘛我叫包子去。周正良说行么叫么包子愿意把芽子列进去我没啥说的。

包子来了。包子说我不愿意,名单里也没芽子。

他们愤怒了。他们说我们的女人要成土匪的女人了你和芽子圆房啊?圆不成!芽子还不是你的女人你凭啥占着一个名额?你说!

包子急了,满脸涨红了。包子说我杀了一个土匪!少一个土匪少筹一个女人!我凭这占一个名额!

周正良说啊啊啊少一个土匪是他自个儿走的咋是你杀的你这不是胡说么?

包子:我没胡说!不信到天地庙看去!在土匪盖的厨房里!灶闳阆里!

他们不说话了,定定地看着包子。

包子:有本事你们也去杀一个,给自己腾个名额!你们敢么?

有人:我不信,你哪来的胆?

包子:你管我哪来的胆有胆没胆我杀了!

他们说好好好你杀了你杀了你别这么大声。你咋杀的?

包子:用秤砣砸死的。

他们说奇了奇了,秤砣,天地庙,土匪,没法信么。

包子就给他们讲了用秤砣砸死瓦罐的经过。

他们似乎信了。

包子:你们敢么?

没人吭声。周正良也不吭声了。

金宝:就是啊,咱咋就不往这个道上想呢?不说全村的人,就咱在场的三十人和他们也是三个对一个,咱咋就不往这道上想呢?

周正良:你们要往这道上想我就走啊,你们商量我不参与。

金宝:你别急嘛,我只是说说,行不行说说嘛。

有人问包子:你还敢杀不?

包子：我不知道。我是碰上了，糊里糊涂杀的，腿现在还是软的。

就是嘛，土匪一个人么，没拿刀没拿枪么，是谁都敢，没危险么。咱一拥而上，和他们拼，可总有人在前边吧？在前边的就是吃土枪挨刀的，就算把土匪全弄死，自个儿也死了，以后的日子也享受不到了，享受的是活着的人，是不是？谁敢在前边？有人敢在前边我就敢跟着。金宝你敢不？

金宝：放你娘的狗臭屁！我要敢在我家就敢了不在这儿和你们拌嘴了。

商量不到一起，那就让土匪自筹去。原来要筹九个十个，死了一个土匪，加上金宝家的，少筹两个，成七个八个了。不商量不商量了，筹到谁家谁受去。要受的是少数，也许侥幸我在大多数里呢！

他们就是这么想的。他们散伙了。

周正良说包子的事别说出去死一个土匪少一个祸害。他们说不会不会。

金宝不愿散伙。他们一边往外走一边说：金宝你别自己和自己过不去我们里边也有人要和你一样呢。

金宝没走。金宝问周正良咋办，周正良很无奈。周正良说大家商量的只能按大家商量的办了。周正良说我也得走我得去舍得大院给土匪说去。

金宝跳了起来。金宝说商量了个毬嘛，这咋能叫商量嘛唵？唵？唵？

十八

九娃说行么行么，你们商量了我们晚上也商量商量，明天一早就筹。周正良说筹到谁家谁都和金宝一样我保证。九娃说好么好么那就一次筹够，到时候你来舍得大院喝喜酒。

周正良一到家就给芽子说：吓死了吓死了包子把他的事说给他们了。

芽子说是不是他咋能乱说咋能嘛他！周正良说包子被逼急了忘了危险了不过你放心包子不会有事，土匪明天就筹人，明天一过啥事都没有了土匪不会知道的。芽子说不行不行纸里包不住火土匪迟早会知道的马鸣你赶紧叫包子哥去。

没等马鸣去叫，包子自己来了。包子说我后悔了我一说出口就后悔了。我越想越骇怕在家停不住咋办？

芽子：爸啊你听见没咋办呀咋办嘛！

周正良说土匪不会知道的。

芽子：万一呢万一呢？

周正良说没有万一，筹了女人土匪就安生了。

包子给周正良说：我想跟芽子走，你说过让芽子跟我走。

周正良说我担心芽子么现在情况变了不担心了，熬过明天就更不担心了。周正良问包子家里人知道不？包子说不知道我没敢说我说我杀了土匪他们会吓死的。周正良说别说别说省得他们担惊受怕你不忍撂下家里人一走了事吧？包子点着头，点得很无奈。

第二天早上，终于到了第二天早上。周正良早早起来了。他没出门，他坐在院子里等着听村里的动静。没多长时间就有了哭喊声，一会儿一阵，一会儿又一阵。他给马鸣和芽子说你们听土匪筹女人呢。他说赶紧赶紧求老天爷了赶紧让他们筹吧筹完就妥了——哎哎哎九娃怎么来了。

九娃推开大门走进来了。马鸣和芽子闪到屋子里去了。

周正良要起身，九娃说坐着坐着我也坐。九娃抽出他的长刀，盘腿坐在周正良的对面，长刀就放在了腿上。九娃笑吟吟的。

周正良：筹够了？

九娃：没有么，难筹得很，拉着扯着抬着又蹬又喊又叫，劲大得很。几个人筹一个都得出一身汗。你没说错，男人倒挺乖的，都和金宝一样，一见土枪人就软了，只翻着白眼不说话。

周正良：我知道么，都一样的人么。

九娃：我给我也瞅下了。

周正良：好啊好啊，哪家的？

九娃：一会你就知道了。

周正良：水生家的吧？那女人可是村里数一数二的。

九娃笑着：不是不是，一会儿还要和你商量呢。

周正良站起来了。他看见土枪手用土枪顶着包子进来了。周正良说咋回事咋回事？他看着九娃。

九娃也站起来了，不笑了：我以为我的人半夜跑了，弄来弄去是他杀了。有人给我透气我还不信，去天地庙从厨房的炕闼阆里刨出来了。

周正良：包子你咋回事你杀人了？

芽子叫了一声包子哥，从屋里冲出来，要到包子跟前去。九娃用他的长刀挡住了她。九娃说妹子你别乱来土枪手指头一勾你包子哥就没命了，你赶紧回屋去，免得伤到你。

马鸣把芽子硬拉扯到屋里去了。

周正良冲包子喊了一声：包子你杀人了？

包子不吭声。

九娃：村长你就别装蒜了，我的人就是他杀的。我把他弄到这儿是要和你说事情的。你不是要把芽子给他么？你说让他死不死？他死了，芽子咋办？

周正良：别死人了别再死人了咱筹人不死人。

九娃：他不死说不过去么。我的人让他白杀了？总得给我死了的兄弟有点交代吧？要不剁他一只胳臂？砍一条腿？你愿意让芽子跟一个缺胳臂少腿的人？

周正良：不么不么。

九娃：那我就揭底给你说吧。我本来没想筹你家芽子，现在变主意了。他不死可以，就按你说的，咱筹人不死人。他把芽子让出来，另找人去。

周正良：不么不么。芽子是我女儿他凭啥让嘛！

九娃：是你女儿也是他媳妇啊。

周正良：芽子不跟他了，行不？

九娃：那你就是让他死么。

芽子甩开马鸣的拉扯，又从屋里冲出来了：爸，你不能让包子哥死！我就是他的人，他死我也死！

九娃：村长你听见没？

周正良：芽子你去屋里你爸求你了行不行？

马鸣又把芽子拽进屋了。

周正良已经满眼是泪了：我为你们尽心尽力了啊！我尽心尽力你不能反悔啊！你说了你不筹芽子你不能反悔啊！我尽心尽力你给我个活路嘛……

九娃：你这话说得太奇怪了。芽子跟包子你有活路跟我就没活路了？

周正良：不能强扭啊强扭的瓜不甜啊！

九娃：你这话更奇怪，筹的女人都是强扭的，要不咋拉着扯着抬着又蹬又喊又叫呢？你说强扭的瓜不甜这话不对，只要是熟瓜，摘下来扭下来一样甜。人不是瓜扭着不甜这话也不对，扭一阵再扭一阵该甜的时候也就甜了。芽子跟包子就一定甜？你先让芽子跟我扭，不甜了我就不让她扭了，让她跟包子扭去。我也太通情达理吧？

周正良：为啥不能先跟包子嘛！人家两厢情愿嘛啊哎！

九娃：刚都说了嘛，他杀了我的人，不死不缺胳臂不少腿就舍他的女人。

九娃问包子：要么死，要么让芽子，你愿意哪个？

包子：我不想死，也不愿让芽子。

九娃：你说了不算么。

包子：芽子不会跟你。

九娃：她说了也不算。

周正良拍打着坐在地上了：没天理了啊哈！啊！

九娃：村长你别这样，天理是哭不来的。这世上没有天理，只有人理。我带他的女人走啊。

周正良：不！不！芽子不是他的女人！你把我弄死你别糟蹋芽子！包子你看你弄的啥事嘛你把芽子害了嘛，啊啊！

包子给九娃说：人是我杀的，你处置我。

九娃：两回事了。杀了你也要筹芽子的。

周正良：杀我吧让我死吧！

周正良突然起身要往墙上撞去了。快撞上了。水生领着一伙人呼啦啦进来了。

九娃紧张了，把长刀提在了手里。

水生冲着周正良去了，一把揪住了周正良的衣领。水生一脸愤怒。水生说你死不成！要死你先把你家芽子送到土匪窝去！

噢噢。九娃有些放心了。

有人把一块砖头砸在了周正良的窗户上。

水生揪着周正良，又质问九娃了：都是女人为啥不筹周正良的女儿？

有人也指着包子质问九娃了：他杀了你们的人你不筹他的女人美死他啊？

又一块砖砸到了窗户上。

九娃给周正良说：我说对了吧？没有天理，只有人理。我不筹芽子都不行了。你是村长你带个头，后边的几个也就好筹了。

又对包子说：我放你一条活路。

包子：你杀了我。

芽子叫了一声包子哥，又从她的屋里冲出来了。芽子说你能活你为啥要死？你不死！

又给水生说：你别为难我爸。你们都别难为我爸了。

又给九娃说：我去土匪窝，不用你拉扯。

九娃说：是舍得大院啊妹子。

水生松开了周正良。

芽子说：你们走吧，我说到做到。

水生一伙人不声不响地走了。

芽子给九娃说：你们也走，先到别人家筹去。我不用筹，我自个儿去。

九娃：我们走了你跑了咋办？

芽子：我是自愿的我为啥要跑？你小看人了。

九娃：噢噢，那我请村长和我一起去舍得大院，免得有人来家里找麻烦。

周正良：我不去！芽子也不去！

芽子走到她爸跟前，把她爸的衣领拉整齐了。芽子说你去吧你好好的，我就是想让你和包子哥都好好的，你不去他们不放心，你去，我和包子哥说几句话。

九娃给包子说：你命大福大，遇上好女人了。你要记着芽子的好。你别忌恨告你密的人。他告你密是想得好处，让我放过他的女人。这种人我不会让他得好处的。

又给芽子说：妹子你放心，我会让你过好日子的。我和村长在舍得大院等你。

土枪手把土枪朝着周正良了。九娃说收起来收起来让村长前边走。

他们走了。出大门了。

马鸣"咋咋咋"想说话说不出来，唱了：咿呀哎咋呀嘛成这样了唉！

芽子说：马鸣你也出去到街上逛去顺便把门带上。

院子里只有包子和芽子了。

芽子叫了一声包子哥。

包子低着头，不敢看芽子。芽子说包子哥咱不死了咱高兴点。芽子成平时的芽子了。芽子拉包子去她屋里。芽子说我有东西给你看。

芽子打开了她的雕花木箱，取出来几件花花绿绿的衣裳。还有一双绣花鞋。芽子弯腿坐在炕上，一件一件在她身上给包子比试着。芽子说包子哥这都是我自己做的嫁妆，我天天都盼着你娶我，你娶我的那天我就一件一件穿给你看。你看，你看嘛，好看不？

包子不敢看。

芽子说包子哥我就是想让你看才让他们走的，要不我就不让他们带我爸走我跟他们走了。

包子看芽子了。花花绿绿的衣裳们围着芽子。芽子又穿上了她的绣花鞋让包子看。包子说芽子你别让我看了我连死的心都有了是我害了你。

芽子好像没听见一样，又打开了炕头的小木匣，拿出了一对荷包。芽子说包子哥这是我给你做的我爸还嫉妒呢，我想在你娶我的那天晚上给你的，你拿着，给你做的你拿着。包子不接。芽子把荷包装在了包子的衣兜里。

包子抓住了芽子的手，看着芽子。芽子一脸微笑。

包子：你真要跟土匪？

芽子：对呀。

包子：你是为了我！

芽子：我是自愿的，土匪也是人，也该有女人。

包子：为了你爸！

芽子：包子哥，我知道你忌恨我爸。你别忌恨我爸了，啊？

眼泪从包子的眼睛流出来了，他把芽子的手抓得更紧了。

包子：我不让你跟土匪。

芽子把手从包子的手里抽了出来。包子捂着脸哭出声了，先是刀子割心一样的那种哭，然后就号啕了。他扇着自己的脸。

芽子拉住了包子的手，芽子说包子哥你别嘛我不想让你哭，我还要你看呢。

芽子解她的纽扣了，一个一个解着。芽子说我想给你留着你娶我的那天晚上才让你看，没有那一天了，我让马鸣出去就是想让你这会儿看。

芽子开始脱衣服了。连红裹肚也脱了。芽子一点也不羞怯。她把自己脱光了。

芽子说包子你想咋看？你想咋看就咋看。

包子叫了一声：芽子！

包子的脸像病了一样。

芽子一脸笑。芽子把包子的手拉在了她的胸脯上。包子的手很僵硬，和过去不一样。

芽子躺下了，把她鲜嫩的身子躺在她的那些嫁衣上了。

包子叫着：芽子！

芽子一脸笑。芽子说包子哥我躺着你看。芽子说你一看我就是土匪的人了。

包子叫着：芽子……

包子的脸像在收缩一样，越来越难看了。

芽子：包子哥你想要我不？你想要我就给你……

包子突然撕扯着嗓子叫了一声，从屋里跑出去了。

然后芽子去了舍得大院。

十九

九娃想大张旗鼓搞个婚礼。吴思成说太惹眼免了吧，还是小心点好，不是明媒正娶能不能合在一起还难说呢，说不定今晚上就在炕上抓挖起来了。九娃接受了。九娃说那就把门关起来先分人，分好了就上炕，让打兔的辛苦一晚给大家守门，里边的不出去，外边的进不来，抓挖一阵就不抓挖了不信你看。

九个女人，八个按先前抓阄的排号挑选分配，芽子算是九娃自己瞅的，没人有意见。九娃给吴思成说你没眼红吧？你要不说找零食吃也等不了。吴思成说不眼红，我还是看情况找零食吃，不过——吴思成又说，你还是福分大，九个女人就你的是黄花闺女，嫩啊。

少一间屋，九娃说要知道多盖一间就好了。吴思成说不少啊我和打兔的一间就够了么。九娃说我也是这意思过些天再盖一间。

吴思成没说错,确实有抓挖的,像驴踢伏一样。也有哭的。九娃也没说错,没抓挖到半夜就不抓挖不哭了。

后来才知道,那天晚上,奉先畤的八个男人都没在他们家里的炕上。炕上铺了针毡一样,看不见拔不出的一种针,专门扎人的,没法睡。他们在村外的某个地方,能看见舍得大院的某个地方。他们看着舍得大院,想着他们的女人在土匪的炕上和土匪胡整的样子。他们没在一起,一人一个地方。咋能在一个地方嘛,躺在土匪炕上的不是别人的女人嘛,在一起咋说话嘛!说啥话嘛!只能一个人一个地方。

包子也没睡。他从芽子家跑出来以后再没哭。他跑到了村子外边。他远远看着芽子去了舍得大院,心里咯噔了一下,好像井里掉进了一块石头一样。他挪了好几个地方,一会儿在这里的塄坎上蹲着,一会儿又坐在了土壕里,头靠着土崖,手不停地捏着土疙瘩,把许多土疙瘩捏成了土粉。他一会儿想着芽子叫他包子哥的声音,一会想着芽子给他躺在嫁衣上的身子,想着想着就把芽子的身子想到土匪九娃的身子底下了。他想不出芽子在土匪九娃身子底下会咋样。他不想这么想,可想着想着就想到这儿了。"包子哥",芽子这么叫他。芽子总这么叫他。芽子在土匪九娃的身子底下也会这么叫吧?"包子哥",芽子一脸笑。也想那杆土枪了。"嘭",他爸的脸就被揭走了,不见了,没有了。它会揭任何人的脸。它塞进过他的嘴,抵过他的脑门。"嘭",它对他也会"嘭"的。"包子哥",芽子总这么叫他。"嘭"。芽子在土匪九娃的身子底下……包子就这么挪一个地方蹲着想着,再挪一个地方坐着想着,心里像拌了辣椒一样,把自己挪坐到了半夜,然后,就迷乱了,就和几天前的瓦罐一样色迷心窍了,不蹲不坐了,胡转悠了。转着转着就转到了舍得大院跟前。

大门上挂着一盏灯笼。

土枪手从门口的石头上站起来了,把土枪对准了他。

土枪手:走开!

包子:我是包子。

土枪手：我让你走开。

包子伸开两手：我睡不着胡转哩。

土枪手：一边转去。你睡不着能胡转，我想睡不能睡还转不成，你和谁？

包子：我一个人。

土枪手：有烟叶没？

包子：有么。

奇怪奇怪，那天咋就带着烟叶呢？

土枪手：撂过来。

包子把烟叶袋扔到了土枪手的脚跟前。

土枪手：好了，你走。我卷根烟卷抽。

包子：我也想抽呢。你不放心你卷根烟把烟袋扔给我，纸条也在里边呢。

土枪手：你站着别动。

包子：不动不动。

土枪手开始卷烟了。土枪在伸手可拿的地方。

土枪手：你的女人跟九娃了。

包子：不是我的女人，她爸一直不愿让她跟我。

土枪手：女人是水性，随心流哩。

包子：我不懂。

土枪手：你才多大没经过女人你当然不懂，经过你就懂了。女人还是花呢，遇风就飘了。我经过，吃过亏的。说给你也不懂。他们也不懂，筹女人筹女人，筹去，我不筹，我给他们守门。

土枪手卷好烟卷，把烟叶袋扔给包子。

土枪手：你卷吧。

土枪手起身在灯笼上点烟了。

包子猫着腰去捡地上的烟叶袋。包子猫着腰忽一下就到了土枪手跟前，抓起了那杆土枪。土枪手刚点着烟，咂吸了一口，回过身的时候，土枪就正对着他的鼻子了。

包子：别动。

土枪手：兄弟……

包子：小声。

土枪手：噢，小声。

包子：芽子在哪个屋？

土枪手：上房左边那间。

包子：想死想活？

土枪手：活么。

包子：那就赶紧走，走得远远的。

土枪手：好的好的，让你一辈子见不着。

包子：拿着地上的烟叶袋，路上抽。

土枪手拾起地上的烟袋，撒腿跑了。

包子端着土枪，径直进了九娃的屋。九娃太不小心了，门没上闩。几根蜡烛把屋里照得很亮。九娃确实在芽子身子上，睡着了。包子用土枪在九娃的后脑勺上狠戳了一下。九娃直起身子，转头看着包子，一只手摸着被戳疼的地方，没醒过来一样。

芽子醒了，睁大眼睛看着包子，要推骑在她身子上的九娃。

包子：别动。

芽子不动了。

九娃灵醒了：你咋进来的？

"嘭！"土枪里的火药和铁砂全打在了九娃的脸上。九娃倒了。芽子惊叫了一声，坐了起来，抓了一件衣裳捂着她的身子。

所有的人都被惊醒了。所有的人都把身子直在了他们的炕上。

包子站到了大门口：你们听着！九娃死了！我把他打死了！都乖乖地在炕上待着，谁敢出来我让他脑袋开花！

没有人出来。很听话。他们竟然都很听话。

不听话的是水生的女人，她光着身子一丝不挂尖叫着从屋里跑出来：

杀人了！杀人了！

她叫着喊着跑出大门，不知道跑哪儿去了。

后来就很顺当了。在八个地方看着舍得大院的八个男人随手抓了一块砖头或者石头到舍得大院的时候，八个土匪已经光丢丢排成一行跪在院子里了。他们的女人胡乱穿着衣服，每人手里提着一把长刀。他们手里的砖头和石头成多余的了。他们没扔。

包子：还有一个呢！

吴思成衣着整齐，从上房右边的屋里出来了。

包子把土枪抵到了吴思成的额颅上。

吴思成：枪里没火药了。

包子勾了一下枪钩，没响。包子忘了土枪里的火药被他打出去了。

吴思成：你放我们走。我们不来了。回老家种地去。

包子：种地？

吴思成：我们和你们一样，都是种地的，想当强人了，就拿刀拿你手里的那玩货出来唬人了，唬了一路，把你们也唬住了。

包子手上一下没劲了，拿不住那杆土枪了，声音也发抖了：你们把人害苦了，害得人不是人了……

吴思成：这话你说得不对，是人咋害都是人，你仔细想去。

金宝说放你娘的狗臭屁，一砖头拍在了吴思成的后脑勺上。

他们在一片求饶声里胡乱弄死了跪在院子里的土匪，领走了他们的女人。

每人还拉了一头驴。

包子没动手。他在台阶上坐着，浑身都没了力气一样。

芽子从上房里出来了。她走到包子跟前，叫了一声包子哥。

包子没听见，摇了一下头。

芽子：你把他的脸打没了。

包子没反应。

芽子：包子哥你还要我不？

包子眼睛看着地。

芽子：包子哥你不要我了？

包子抬头看芽子了，看了好大一会儿。

包子：你回去看你爸去。

又说：你爸不会死也不会难过了。

芽子没动，好像没听懂包子的话。

包子有力气了。他站起来，拿起那杆土枪，给上边吐了一口：呸！

他抬起膝盖，用力把土枪向膝盖横下去，想把它顶断。

没顶断。

他不顶了。他把土枪扛在了肩膀上。他给芽子笑了一下，说：我不在奉先畤了。

又说：我不会缺女人的。

包子走了。

芽子看着包子走了。芽子在舍得大院的大门底下站着，头上是土枪手点过烟卷的那盏灯笼。后来的事情就没人知道了。能知道的是奉先畤人丁越来越兴旺，许多许多年以后成了一座县城。天地庙成了城隍庙。

现在要城市化了。

二〇一一年四月二十三日　重写于西安

（原刊于《收获》2011 年第 6 期）

春　天

阿　乙

男人：要去登记户口了，总得给她起一个名字。
女人：你起吧。
男人：她是什么时候出生的？
女人：你问的是阴历还是阳历？
男人：随便吧。
女人：总之是在春天生的。
男人：那就叫春天。

1

"看清楚了。"年轻人捂着嘴跑掉，泪水斜滴向地面。看守高耸眉毛，撑大眼球——早说了不要看，有什么好看的——他拉上裹尸布，这样她便只剩一个轮廓了。

我走到殡仪馆外。年轻人蹲在路边，吐干净了，指头仍按在地上，抖颤着。他转过头时，眼泪像伤口的血鼓涌而出。我完全理解这种痛苦。"不要难过，你毕竟来看过她。"我扶起他。他总是回头望殡仪馆。"我带你去漱口，"我说，"只是去漱漱口。"我让他扑向小卖部柜台，买了一瓶矿泉水。我说："走，出去漱漱口。"他好像睡着。我用力拉，他才反应过来。他漱口的动作十分机械，就像老人在咀嚼什么食物。

一辆挂满尘土的桑塔纳驰来，路过时猛打方向盘，差点剐蹭到我们。它停在殡仪馆门口。一个四十来岁的男人钻出来，走进馆内。他穿着黄色夹克及肥胖人才穿的松垮牛仔裤，臀后挂着一串钥匙。紧接着，从后车厢钻出一位矮个妇女，黑色礼服、黑色裤子、黑色平底鞋，右臂用别针别着黑纱，手上还捏着另一块黑纱、黑色的包，她像只乌鸦追赶着男人。

"我们进去。"暮色将至时，年轻人说。我感觉有很长一段时间，他并不知世界发生了什么：一个女孩死了，自己为什么来。但他终于依靠自己醒悟过来，号啕出声。我扶他进殡仪馆。温度很低，大厅阴凉，看守在拖地。他对我们说："我真搞不懂。"

"您辛苦了。"我说。

看守在某块已很干净的地面反复拖着，示意我们坐到东边。那对男女坐在西边。不像我们这边，年轻人躺在我怀里说着悲伤的呓语，他们分别坐于长椅两端，不停争吵。随着越来越气愤，声音也嗡嗡地飘浮至半空，弄得我头昏脑涨。"吵什么？"看守重重蹾下拖把。男子猛然抬头，女人则掏出手帕——有时哭得快了，便停住，冷静地擤鼻涕。看守继续拖地，过度的无聊摧垮了他，使他像个强迫症患者。男人里穿暗红T恤，手戴金戒指。他一会儿揉搓头发，一会儿吱吱有声地抓痒。他将黑纱别到胳膊上，说："我戴了，我知道这不光是你的女儿，也是我的。"然后看表。"还要多久？"看守没理他。

"你就这么急？"女人说。

男人眼露凶光。若非在这里，我早揍死你了。不过过了一小会儿，他便抽抽搭搭地哭。"说起来，我只有你这一个女儿啊。"同时从烟盒抖出一根烟叼在嘴上，用火机点燃。他边咳边抽。眼泪都滴在烟卷上了。

"请熄掉烟。"看守说。熄在哪里？男人望向地面、座椅及摆放各式骨灰瓮的橱柜。看守继续拖地，看起来要收尾了。男人阴沉沉地看他，非常用力地吸着。"跟你说了，公共场所不许抽烟。"就是我怀里的年轻人也被吓坏了。看守压抑着怒火走过去。

"不许就不许，好好说就是。"

"你不懂公共场所不许抽烟的规定吗？"

"你客气点说不行？我又没得罪你。"

"你是没得罪。"

看守抬起一只手，继续说："要抽的话，请出去抽。"男人低着头，指间的烟微微颤抖，积得挺长的烟灰终于掉下去，看守的目光跟着落下去。"抽了又怎么样？"男人抬起头说。

"怎么样？"看守自己也想不到，他的拳头打向对方。这下子热闹大了。男人站起将骨瘦如柴的他拎起来，一个字一个字地吼："要烧的是我唯一的女儿，我只有一个女儿，要被烧了，你知不知道？"看守大声叫人。男人紧张地望向四周，丢下人，狠踢几脚，然后拔下钥匙串，大步走向门外。我听见桑塔纳啾啾地叫起来，接着车门嘭地关上、发动机启动。后来车辆转弯，轮胎与地面急剧摩擦。他逃了。女人瑟瑟发抖。在看守爬起来后，她说："他早就不是我丈夫。"当穿着白色阻燃工服的工人赶来时，她重复这句话。工人提着的铲子还在冒烟，可以想象，它刚取出时烧得通红，现在灰扑扑的。我记得铲子曾滴下一滴黏稠物，就像塑料燃烧时会滴下的那样。接着女人又说话，就是这句话吓醒年轻人。他站起来，捏紧拳头，朝大厅后的火化间跑去。在我赶到前，他直通通跪在地上，双手展开，胡言乱语。我想他是在哀求：不要将一个已死的女孩再弄得尸骨无存，尽管这无法避免，我还是盼望不要将她一把火烧个干净。像是有人朝他脸上一盆盆泼水。我他妈也想哭。刚刚，那女人（也就是死者妈妈）说："春天，是你爹让你这样的啊。"

她咕哝着:"每次都是我来揩屁股。没一次不是。你为女儿负过什么责?你负责都负到哪里去了?你知道我心软。你心狠。"在看守和工人跑向领导办公室后,这个穿着黑色礼服黑色裤子黑色皮鞋别着黑纱像一只黑鸭子的她,步履蹒跚但内心坚定地走出去。追随前夫的脚步,她说:"说什么我也不回来。我受够了,早就受够了。你不回来我也不回来,你以为我回来,我偏不回来,我看是谁回来。你随她怎么样,我也随她怎么样。"

2

他掏出一张不足三十字的介绍信。看格式原是开给看守所的,改写成殡仪馆。在填写探视理由处,警官划了个斜杠。这里最好能写上具体内容,比如"协助调查采访",他面露难色。"这就够了,"警官说,"我们还没开过这样的介绍信。"

他花费两天来解决此事。打电话给自己报社的记者,让他们联系这边同行,再由后者联系这边公安局熟人。一环比一环疏远。他得到这边记者承诺,说马上,却从上午等到下午。他闯进报社,喊叫对方。"没看到我正忙吗?"对方说。

"我只是着急,兄弟,"他逐渐缓和下来,"她是我女朋友,女人。"

等待时,他想:实在不行,将汽油倒在废弃灵车上,反正仅有的一只轮胎也瘪了。车内锈迹斑斑,塞满湿木条。将它们点燃,让它们冒烟,然后在他们跑出来时,潜进殡仪馆。这办法并不明智。还不如手持木棍,将他们挨个打翻。

他头一次走进殡仪馆时,被看守拦住。"你怎么搞的?"他看见鞋在地面上留下印迹。"你要干吗?"看守说。

"我来看我女人。"

"运来多少天了?"

"应该有七八天。"

"带户口本了吗?"

"没。"

"结婚证呢?"

"没结婚。"

"那你凭什么说你是她男人?"

"我就是她男人。"

"那我也是,"看守说,"你总得有个证明。"

"我骗你干吗?到现在为止我还没看她一眼呢。"

"每个人都这么说,说是死者的亲友。但你不觉得殡仪馆也是个单位吗?你们想来就来,一来就得配合你们。但你们不应该对它讲点规矩吗?"

"您看这里一个人也没有。"

"这是规矩。"

"您行行好。"

"我为什么要行好?我在这里上班,干的就是这事。"

"她真是我女人。"

"没人不这样说。"

我在这世上爱的只有她,我见不到她,就活不下去。我活不下去,你也别想。他先后掏出两张钱,哀望着对方可对方将手插进裤兜,转身走掉,随后又提着拖把回来,在他脚下拖来拖去。

"我是记者,"他说,"有权调查她的死因。"

"刚才不说你是她男人吗?"

"我同时是她男人。"

"记者证呢?"

"没带。"

滚。看守咬着腮骨。他只轻轻伸手,距离还远呢,那看守便像一头凛然不可侵犯的牛,神经质地摆动全身。

他将介绍信递给我看。"我也不知道行不行。我是来向您告别的，您是好人。"

"你要先休息下，你可以在我家休息。"

"来不及了。"

"那我陪你去，反正也没什么事儿。"

我得感谢您，但这事最好还是我一个人去。他看着我。"我终归也要送她一程的。"我搂着他肩膀，走向车库。我们朝西郊行驶。下午的阳光射向车窗，他迷糊起来。他睡得很少，即使睡，脑子也应该交织着各种噩梦。不久他醒来，问："到哪儿了？"

"还早。"

"我一定睡了很久。"

他空洞地望着前方。最终，一根冒烟的烟囱进入视野。"就是那儿。"他说。我们便开到烟囱下的殡仪馆。门前有着龟裂的停车场及一座狭小的花坛，摆着两排塑料花盆，里头是塑料菊花。看守穿着仪仗队式样的制服，一身洁白，包括皮鞋和手套，只有肩章和袖口的缀条是红的。他弹着裤缝，看着我们走来。年轻人很久才知怎么拆开中华烟的封条。他将过滤嘴捉皱了，说："师傅抽根烟。"看守将手抬到唇前摆动。"不抽。"他确实很该死。

"您看看。"

看守接过介绍信，转过身，就着阳光研究。这时年轻人攥紧右拳提到胸前，准备给看守后脑勺一击。我扯他衣角，他更愤怒。他等待着，直到看守招手。"你们也知道，我是按规章办事。"我们跟着往里走。进门前，看守说："擦干净。"我们便在红色门垫上来回擦鞋底。年轻人沉浸在自我赋予的勇气中，可一进入巨大的大厅，人便发软，苍白的脸渗出汗珠。

一位戴眼镜的男子正在办公室看报。介绍信递去后，他看也没看便签字。我们回到大厅，从西北侧小门出去。路尽头是火化间，据说化尸炉泛着银光，像面包烤箱排列整齐。停尸房在路中间，左边连着冷库。

"制冷坏了,修几次没修好。因此无论如何,今天也要将她化掉。到时可能要切开尸体,以免爆掉。"看守说。

年轻人走不动。"非得要看。"看守说。年轻人半躬身子,深呼吸几次,才继续往下走。看守推开装着毛玻璃的门,一股福尔马林味冲过来。房内摆着十来张铁板床,一大半空着,剩余的盖着裹尸布,显出肉身轮廓。墙角有一圈半尺高的青苔。有尸体的地方,植被茂盛,我想到这个。看守径直走过去,像魔术师拎起白布一角,说:"你真的要看吗?"年轻人点头。他便缓缓揭开。哦,天哪。春天躺着,肿胀一倍,肚皮却瘪了,从上衣缝隙露出解剖后粗枝大叶的缝针;那皮肤一部分呈褐色,一部分发黑,像是豆腐起斑;只有脸部还保留住一点她的影子,但大耳扩腮,眼球暴突,嘴唇肿胀外翻,露出岩尖般的牙齿。我的脸皱成一团,眼睛痛苦闭上,我已为它严重吐过一次。年轻人硬站着。看守问:"看见了吗?"他回答:"看见了。"

"那看清楚了吗?"

"看清楚了。"

3

我走进小区。电梯在四层开启,一个年轻人蹲在墙角。他迎着我的眼光,欲言又止。我去开房门,听到他站直。我转过头,他的嘴唇再度开启,再度抿下去,像支起的帐篷扑倒。

"有什么事?"我说。

"请问是陈先生么?"

"我身体不舒服,不接受你们谁采访。"我关上门。一会儿,敲门声响起。我拉开门吼道:"我说朋友,够了。"

"我是春天以前的男友。"他说。

"什么?"

"我是春天以前的男人。"

"你有什么事？"

"想看她有什么遗物没有。"

就是他啊，我打量着。他说："说起来都因为我。"我觉得他应该有着让女人崇拜的危险面容以及冷漠残忍的脾性，可他看起来过于老实。只有额头一块不大的疤痕似乎证明他有过暴力史，而我宁愿相信他是挨了揍。

"进来吧。"我说。他鞠躬致谢，同时蹲下解鞋带，被我制止。我去那间小卧室取来东西，发现他还留在门口。"我是看到报上消息赶来的，没想到她死了。"他说。

"炒作一阵子了，本来是自杀，非说他杀。"

"我知道。"

"春天也不是小姐。"

"嗯。是我害了她。"

"别这样，"我说，"我一直没给别人看过，你坐。"

他接过去。在那本《茶花女》的扉页上，有一行字：玛格丽特对春天惭愧。他刚看见，便像罪犯在铁证面前栽下头。笔迹稚嫩、自信而草率。现在他可以校验自己当初的赞唱与誓言。他即将打开的日记本，每一页都划着叉，有的页面甚至划破，仿佛还能看见春天的歇斯底里。我去厨房倒水，年轻人不停翻着，最终抱紧头，抽泣起来。我看见他的背部微微颤抖，接着肩膀、胳膊和衣服明显地耸动，仿佛整个身躯都参与到这场哭泣中。春天这样写：我找不到说话的人。想了所有人，没一个合适。可能不是别人不合适我，而是别人不愿意来听。我快要死了。他们刚刚问我："你怎样了？要不要喝点热水？"你不在。即使你在也会狠心地走开。我不可能再去相信你。我病得快要死了。我会死在野外，总是下雨，下很多天的雨，尸体都淋透了，你们也不来。我不在你们的名单里。我活该这样。整本日记留的都是一个被迫害妄想症患者的胡言乱语。我早撕掉说我的几页，她写我如何处心积虑地勾引她：路过时蹭她，勾她下巴，捞她的阴部。她构陷了所有人。

"没这回事。"我说。

我知道，小莉不停晃荡着脑袋，你最好把它们全撕了。

我走回客厅。年轻人抬起湿答答的睫毛。"我得走了，打扰您很久了。"

"没事。"

"我能带走么？"

我点头，将为他准备的茶水放向茶几，由着他走出去。"有什么事需要帮忙，可以来找我。"我说。

"嗯。"他匆匆答道。

我关上门，走向窗边，一直等到他出现。他走错路，很久才知返回。他仰面朝天，吊垂双手，放肆地哭泣着。几个路人停下来，他差点撞上一个。我想这时就是有人朝他脸上吐痰，他也不管；就是照着他胸口插一刀，他也会带着流血的创口朝前走。他要哭很久很久，为着自己造的孽。

我将酒搁在腿间，坐在沙发上发呆。上午走，下午来，灰暗从天空压下，天黑了。然后，从那狭小卧室传出若有若无的呻吟。也许只是感冒，但春天像经验丰富的老太婆，在四周沉默时她沉默，一听见脚步，便赶紧呻吟。我们走到门口，那呻吟便极大。

"你怎么了？"我们走进去问。

"我快死了，你看，没什么血色。"她眼泪朝外滚。奸诈，小莉看我。我点点头，说："喝点热水吧，我这就去倒。"后来我们路过时不再停留，那呻吟便徒劳。现在她都死了，我却还听见她在里边像织布一样织着自己的呻吟。"够了。"我摇摇晃晃地踹开房门。那里有一张暗红色的小席梦思。我找到扫帚，扫遍每个角落。"够了，别他妈再叫。"那声音便消失。有一阵子我感觉她正紧抿嘴唇躲在身后沉默地看我，仓促转身，她便像一口气吹飞的碎片，无声地散掉。

我打电话给小莉，说："我从没像现在这样想你。"

"将房子卖了吧，我实在是住不下去了。"她是这样回答的。

"过完元旦就卖。"

"能早就早。我实在没这么倒霉过。"

"那你还回来么？"

"不回。"

我整夜开着灯和电视，比任何时候都盼望早晨到来。在白天，我穿过一条条街，嘴里模拟着，嗯唵，嗯唵，嗯唵。可总有一股引力将我扯回来，即使背对着家门，我也会倒退着回来。嗯唵，嗯唵，嗯唵，我模拟着，像头驴被迫回来。

"这不就来了吗？"

保安的手越过年轻人肩膀，指着我。他转过身，眼睛像棍子打向我。几天工夫，他头发凌乱，脸色灰白，嘴唇不见半点血色，连着眉毛也灰了。就像常年吸毒，或者连续熬夜打牌，在生理上极为疲倦，却在精神上极为亢奋。

"我是特为来向您告别的。"他说。

"事情处理好了？"

"还没，我这就是要去看春天。"

"还没看到？"

他便咒骂殡仪馆的看守。说起这老实人的愤怒，因为并不践行，便在嘴皮上极尽凶狠。他一边在包里翻介绍信，一边破口大骂。

4

警察没回答，将我带进会议室。有人拉窗帘，摄像师扛着机器，机尾连话筒。电视台记者举着它背诵开场白。自杀、他杀、殒命、这究竟是、欢迎收看。"我可以走了么？"我再次问。"等等，他们也许会问你。"

警察盯着摄像机。

船夫双手扶膝，目不斜视，坐于角落。"先录先录。"他们将白炽灯对准船夫，他的脸因此僵硬。电视台记者有力地捉住他的手摇晃。"别紧张。"握手仪式结束后，船夫不知是该将手指合拢，还是该继续叉开，便让它悬在半空，直至采访结束。随后，电视台记者抖动电线——到我了——我喘着气，还没经历过这事儿呢。当他提着已顺溜的线，在白炽灯照耀下像盔甲哐啷作响的将军走来时，我匆忙站起。

"不用站着，"他笑着说，"准备好了么？"

"好了。"

"听说死者曾在你家住过。"

"是。"

"她是你什么人？"

"我老婆过去的同学。"

"为什么住在你家？"

"她们感情好，她穷，租不起房，也许。"

"她是什么样的人？"

"待人和气，挺懂礼貌的。"

"具体说是？"

"就是特老实。"

"比如？"

"她对每个人和和气气。"

他轻眨眼皮。我领会到，说："唉，没想到这么快走了。"他便对着镜头妄发议论，然后转身谢我。他的手冰凉，而我掌心都是汗。"我可以走了么？"我问那警察。

"等等吧，谁知还有什么事。"

法医进来后，将文件夹抛向桌面，然后脱白手套。一伙报社记者拥进来，为首的是穿红色鸡心领毛衣的矮子，他皮笑肉不笑地和熟人点头，坐到正对法医的位置。"现在要拍吗？"法医喊道。

"可以吗?"

"有什么不可以的?"

法医振衣坐好,抽出照片,说:"鼻下有白色蕈状泡沫,说明是溺死。这是冷水进入呼吸道,刺激气管黏膜形成的结果。"又抽出一张,春天抓着泥草。"这也是溺死特征。我们可排除她是被抛尸水中的。她是直接溺死的。"

矮记者举手。电视台的人问何事,他说:"我可以提问么?怕耽误你们拍摄。"

"人家会剪辑。"法医说。

"那我说了。照片不能排除他杀。别人也可以将她推下水,让她自己淹死。"

"这种情况很少见。"

"电影里有,金三角毒枭经常将人推到河塘。"

"那是电影。"

"电影来源于生活。"

"我问你,假如你是凶手,会将一个成年人推到河里么?"

"当然会,不留痕迹。"

"你考虑过他的游泳技能么,考虑过一个人的求生本能么,考虑过水深水浅及水的流向么?要是死不成,你怎么办?"

"我会事先采取措施。"

"你说。"

"捆住他四肢,或者在他身上绑大石头。"

"那你在这起案件里看见过这些么?"

"当然,"记者从相机里调出照片,"你看,她双手被捆住。"法医摆摆手。记者接着说:"很简单,要是我自杀,怎么能将自己双手捆住呢?"

"这在自杀中并不罕见,你没见过而已,"法医做起手势,"你既可以通过别人帮忙,也可以自己做好套子,用牙齿拉紧系带。"他慈悲地看着记者，就像不是他在疲于应付，而是对方要踏出最后一步，掉进自设的陷阱。记者说："你并不能排除是有人将她捆住然后将她推到河里。"法医鼓掌。警察带来船夫。"你问他吧。"法医说。

"是哩，是我捆住她两只手。"船夫说。

"什么？"

"是我捆住。"

"你为什么要捆？"

"我们都这么干。"

"你们将尸体的手捆起来？"

"是哩，这样我们才能把它拖上岸。"

"你不可以将尸体弄到船上吗？"

"不吉利，"船夫说，"我捆的时候她就死了，鼻下冒着泡泡哩。"

记者向后仰去。我真想踹死这老东西。法医摸出烟，在烟盒上敲打，说："写新闻不是写小说，你说是吧小何？"记者臊红脸，收起采访本，说："我不也是为了工作嘛？"

摄像师重新打手势。法医摁灭烟。"你们知道河流宽度吗？"他比画着，"只有这么宽，四到五米。你游几下，或者说挣扎几下，就到对岸了。"

"嗯。"电视台记者说。

"想弄死一个人还是很难的。"

"那这同时是不是也意味着自杀的难度增加？会让既遂率不高？"

"对想死的人来说，总有办法。给口水，他也能将自己呛死。有人就将脸伸进马桶淹死自己。所有证据都表明这起案件的当事人求死心切。她先喝的农药。"法医抽出尸检报告，接着说："我们提取到有机磷制剂。如果是别人将她弄死再灌入，那么因为代谢停止，我们不可能在肝脏等处提取到有机磷制剂。"琥珀色的酒瓶已开启，酒内掺敌敌畏，散发出臭味。河水隐藏着布片、剩饭、卫生巾、黑泥及正在自溶的死猫死狗，更臭。河水极为缓慢地流。春天喝过四瓶，第五瓶里掺着敌敌畏。她程序性地抓起第五瓶。只喝了一小口便呕吐。但她还是再喝进两大口,以确定喝进去一些。

"她喝得不多,不足致死,但反应剧烈。"她踉跄地走。右腿晃出去,在成为支撑腿后,左腿又晃出去。一没晃好便连连后退。头是晃动的根源。她恶心呕吐,汗如雨注,同时还要来回转着圈儿。她开始进入一个大雾的世界。路灯、座椅和树枝变成大小轮廓。她紧抓着头,大口喘气。

"她的身体已被损害,尚未损害彻底。求生不得,求死不能。"人间在井口闪现弱光。她没有力气再爬一步。而井底像母亲挥舞扇动的手帕。跳吧,跳下来。她反复权衡。就一下,不会再有肉身的疼痛和精神的磨难。还有,再不决定就来不及了,就会像重伤的野猪在泥浆里可怖而永恒地抽搐。

"她跳入河里,不再顾及河水臭气熏天。这在自杀案例中很常见,很多人背离了最初拟定的自杀方式。"春天怎么也摆脱不开焦躁。在听见河流细响后,她走上防洪墙,哀鸣着栽下去。所有世事像高速奔跑的数字在眼前闪现,被遮蔽之事均有眉目,哦,就要恍然大悟了。然后被河水及时吞吸。河水像冰刀从每个方位刺入她身体。

"还有这里,"法医又拿出照片,春天手掌布满瘀痕,皮块破裂,露出几根指骨,"她在往上爬,没成功。"春天爬到防洪墙护沿,双手剧烈颤抖。她再没力气,就是支撑着不掉下去也做不到。身体正像野牛,将她无情拉拽。她终于再度掉进河里——像一枚孤独的炮弹。有段时间,她从水里伸出脑袋或手,但后来我们看见的只是微微隆起的水面。她的面孔在广袤的夜空浮现,她的灵魂看着自己越沉越深,像秤砣被水底吸住。后来,它也消失了。

"她有着强烈的求生欲。"电视台记者说。

"你可以理解一个想死的人已死,而躯体还在做本能反应。"

拍摄结束,屏声静气的众人说起话来。矮胖记者走来,说:"你还是不能证明农药不是别人骗她喝的。她喝醉了。"

"你有证据么?"

"暂时没有。"

"没有你说什么?"

"反正我没办法完全排除他杀的可能性。"

记者后来拉船夫腰间的尼龙绳,说:"你不错嘛。"后者匆忙摇头,不关我事。"你为什么不绑她一只手,绑一只手不是也能拖上岸吗?"

"这个要看情况哩。"

"绑一只手不是更省事吗?"

"我不知道,我要回去哩。"

记者嫌恶地丢掉绳子。这时警察说:"你们不是要问吗?死者以前的房东在。"那伙人便杀向我。"我还有事。"我说。"就一会儿。"他们说。倒是那矮子觉得没什么好问的,先走了。

"就耽误您一会儿,"他们跟着我,"她是你什么人?"

"我老婆过去的同学。"

"为什么住你家里?"

"她们感情很好,当时她租不起房。"

"你知道她是小姐吗?"

"不知道。"

"真不知道假不知道?"

"真不知道。"

"有没男人上门找过?"

"没有。"

"电话呢?"

"也没电话找她。"

"她在你家住多久?"

"三个月。"

"三个月,你怎么可能不知道?"

"真不知道。"

"你连她是做小姐的都不知道?"

"当时可能没做。"

"那你知不知道她偷东西?"

"不知道。我得走了。"

"就这个问题,她有没有偷过你东西?"

"没偷。"

"那你有没有收她房租?"

"没有。"

我继续走,他们像飞机抛出的降落伞,越飘越远。他们说:"不收房租,怕是用睡觉抵了。"我停住,说:"说什么呢?"他们摊开手,阴阳怪气地看着。我接着说:"左一口小姐右一口小姐。有没有想过她也是人,也有人的尊严?她都死了,纠缠这些干吗?"

"哦,那是无可争辩的事实,我们用事实说话。"

"去你妈的,你们挑有利于你们的事实而已。你们有一句同情她的话吗?你们关心的就是读者的肮脏心理,为此不惜出卖一个可怜的女人。这就是你们说的新闻正义?你们说到底不就是报纸的败类、新闻的亡命之徒吗?你们从前到后,有从人的角度去理解她吗?"

"你理解过,你说。"

他们笑起来,你看他,说得头头是道的。我钻进车,感觉很爽,仿佛只要打方向盘,车子便会跑上天。可不一会儿,脑袋便钻进嗯唵声。我去电玩城,嗒嗒的枪击,我玩不好,去洗浴中心,嗒嗒的水柱。我还得去迪厅。嘭嚓嘭。像是有什么主导着我们的躯体让它自由自在地扭动。最终我将脑袋塞进小姐怀里。"就这样捂我一夜吧。"

"不。"小姐来回碾压着。

"求你了,"我捏住她的腰,"我给两千。"

次日早晨我回到小区。阳光明媚,我因疲惫而恶心。我将车停在门口,看见那伙记者。穿鸡心领毛衣的矮胖记者说:"不要以为我们办事能力差。"我走向小超市,听见他走来。他像豺狗一样盯着我背部。他一定一手插在裤兜,一手晃荡着,吊儿郎当地走来。最终他拍打我的肩膀,说:"听说你和她关系不明不白。"

"谁?"

"死者。"

"我说你是听谁说的?"

"你别管,你就说有没有这回事。"

"谁这么诬陷我?"

"这个人,你认识他,他也认识你,"他说,"当然我也认识他,虽然刚认识不久。不过,从我的角度来说,我还是更愿意相信当事人一点。"

"没这回事。"

"我也是为你好。"他饶有深意地看着我。

"滚。"我几乎要将脑袋磕向他。他大摇大摆地走到我车边拍打它,说:"不知道马路边不能停车的吗?"接下去又对同伙说:"一个居民,将自己当新闻发言人了。"直到我从超市出来,他还在说:"你不觉得你现在的表现很可疑吗?"我想踹死他,但我想他没什么招了。

5

列车无声地驶走。一共十五节,一会儿就溜完,我看见对面月台空空荡荡。它像只装载小莉一人,它的任务就是负责将小莉从我身边装走。我感到一种散架的孤独。我们家散伙了。

我随便吃了点,买到刚上市的时报晨报青年报,逐字逐句读。它们以较大篇幅报道春天事件的进展,可用一道标题概述:护城河悬案添新疑点 死者生前被搜身侮辱。信息源均是那化名为芊芊(有的化名丽丽)的KTV小姐。我记得她穿旗袍、涂口红,站在河边喋喋不休。在同伴掐她时,她提着裙衩走到记者面前,说:"她就是被他们害死的。"

"别说。"

"什么别说? 要是没做亏心事,他们为什么跑?"

"事情都过去一个月了。"

"就是因为这个,"她叉开两腿像只圆规站着,"来,有多少料我给你们报多少。别拦我。"

价值一千五百元的周生生铂金戒指,毛毛戴不上,问:"给谁买的?"

"给你买的。"马勇说。

"你怎么不带我去试?"

"当时身上有钱,一高兴,就买了。"

"谁信?"

"不信拿来。"

"不,你说清楚。"

"拿来。"

"给我试试。"春天走过来。毛毛愤怒地递过去,说:"你试你试。"

"走开。"马勇说。

"给我试试。"

"你试,你试啊。"

"你别哭,男人是你从我手里抢走的,我都不哭,你哭什么?"

春天对着光线举起它,在男人就要抄走时,转身戴到右手无名指。严丝合缝。她甩甩手,它就像生在上面。"摘下来。"马勇说。春天看见他作势要扇下的巴掌,说:"打啊。"毛毛则不停跺高跟鞋。

"你倒是打啊,你说要买给我的,转手送别人。"那巴掌便打下来,并不重。"你以为你是什么东西。"马勇说。

"我不是什么东西,我只是好怀念生病时,有人跑来,又是炖汤又是按摩的。"春天摘下戒指,瞟了眼毛毛,还给她。"我只是戴着好玩,他哪里会给我买什么戒指,他也从没带我去金店试过指围,我只是逗你玩儿。"

至少在这个环节,姐妹们认为春天是打了漂亮仗的。戒指从此脏了,毛毛指头戴不上,心里也不舒服,可为着刺激春天,总拿出来玩。"玩丢了怎么办?"有人说。

"丢就丢了，好大的事？"

真丢了时，毛毛大汗淋漓，在衣柜、收银台和包厢不停翻找。包厢灯暗，她便取来应急灯，后来还拿扫帚柄去沙发底下扫荡。"他要知道了，还不打死我？"她看着姐妹们，"也不知道是谁手这么贱？"

"你想想，最后一次见到它是什么时候？"

她骂骂咧咧地想。马勇走来问："什么事？"她低头咕哝着。卫生间，肯定是，上个卫生间，不见了。"到底怎么了？"马勇烦躁地问。

"春天偷了我的戒指。"

"你确信？"

"我上卫生间回来时，看见她身影。"

"你确信看到？"

"百分之八十，不，百分之百。"

"春天。"马勇喊。

"什么事？"春天走来。

"你拿了毛毛的戒指？"

"没有。"

"我再问你一次，拿没拿？"

"没有。"

"我给你机会，你自己拿出来。"

"我没拿，怎么拿出来？"

"我最后一次警告你。"

"我没拿。"

"好吧，所有人给我滚到更衣室，滚进去。"

马勇命令每人打开衣柜，由毛毛检查。现在想来，并不是毛毛有什么证据，她只是出于害怕，要将丢失戒指的责任推给别人。她选择了最恨的人。可春天自己发抖起来。没找到那银白色的玩意儿后，毛毛喊："搜春天的身。"春天退到墙边。毛毛抽了她耳光。"没有。"春天说。可还不如不说呢。毛毛蹲下去，掀开春天上衣，将手探进胸罩摸索。"没有。"春天痴愣地看着上方，气若游丝。

"这是什么？"毛毛从她胸罩里摸出戒指。

"这是我的。"

毛毛将要再打她，被马勇拎走。春天眼里闪出欣喜来。可马勇挽起衣袖，躬下身子便揪住她头发。春天开始弹跳。马勇没抓好，重抓一次。他拎起她，用手肘压住她脑袋，掂了掂，说声"起"，三两步便跑向另一头。春天的身子跟着头发，头发跟着那文着大龙的粗手，朝另一头奔跑，猛然撞到墙上。还好墙体包着厚泥，否则准得撞死。

"是不是你偷的？"

"不是。"

马勇换了另一只手，重新抓牢，不停拎着往墙上撞。"你这个疯子。"马勇咆哮着。而春天还在说："你说过永远不打我的。"

"你他妈就是一个疯子，我认识你的时候你就是个疯子。"

马勇是偏执狂。我们以为撞三五下就够了，可他撞个没完没了。我们一起拉他，他还是用尽最后气力，将她撞了一次。墙都凹下去一些，脖子撞歪了。因为这事，很多人觉得过去一些莫名其妙的事都得到解释，比如一只耳坠不见了，或者本来是五百元的转过背回来只剩三百。她们恍然大悟。可我觉得春天不是这样的人。春天是偷走戒指，可这和偷走一个男人相比算得了什么？你偷走我的男人，我偷走你一枚戒指，不算合理吗？何况这戒指本来就是买给春天的。谁比谁不要脸？春天当天走了。

我一边喝酒一边开车回家。路人指着我惊呼，交警也露出疑惑的眼神。我若被关几天就好，实在是没办法安排自己的生活。我在睡梦中被敲门声惊醒。是物业的人，"公安分局打电话来，要你下午两点前去一趟。"

"什么事？"

"没说。"

"你确定是找我？"

"确定。"

"那你知道是询问还是讯问？"

春天

111

"我不懂。你最好去一下。"

我不停换电视频道。凭什么。可最终还是驱车出门。在岔路口，阳光暖和，像在人行道洒出一层金水，树叶灿烂地摇曳。这是自由时刻的景象，你可以从此远走高飞。但我还是驶到分局。询问针对的是证人、受害人及知情的人，讯问针对犯罪嫌疑人，若是犯罪嫌疑人，不会打电话请，上门扑倒就是。到达分局大院，我还在想，这一生我到底做错什么而不自知？或者，我得罪过谁？等到我确信身上并无酒味，才下车。我害怕的是公安局本身，就像头一次住院的人害怕的是医生，他拿着银刀，会开膛破肚。

"没事的。"我在走廊听到一个来回兜圈儿的人呢喃。他穿着松软的背心和衬衫，脚蹬凉鞋，趾间有发裂的泥块。他是船夫，自言自语道："我不就是听指挥打捞一下吗，会有什么错？"我斜眼看去，他便低头避开。我按纸条上写的，敲开某间办公室的门。一位戴眼镜的白胖警察站起来，"坐。"

他给我倒水，使我大为宽慰。"请问找我有什么事？"我问。

"就是想了解一些春天的事。"

"她是我老婆过去的同学。"

"为什么住你家里？"

"她和我老婆感情好，又穷，租不起房子，就住我家里。住了三个月。"

"她是什么样的人？"

"至少不是坏人。讲礼貌，很少给人添麻烦。"

"你知道她在 KTV 干过么？"

"最近看报纸才知道的。"

"她有没有跟你或你老婆说过什么？"

"说什么？"

"谁对她不好之类的。"

"没说过。"

"你回忆一下。"

"没说过。"

"她住在你家时也没说过?"

"没说过。"

他做完笔录,给我看,我轻点印泥,在签名上摁了黄豆那么一块。"你们每个人摁指纹都这么小气。公安局就有那么可怕?"他说,但没让我再摁。

"我可以走了么?"我擦着印泥,说。

"听说你是画家?"

"只是有时给小孩办培训班,算不得什么。"

"那你怎么看这事?你坐。"

"现在死亡都是受辱,"我以局外人的身份说,"之前任何时候,死亡都是私密的事,但现在不同,它变成新闻素材。"

"你这么说很新奇。"

"还有更新奇的。就是以前我从不信一句话,现在信了。"

"什么话?"

"'进了公安局,没罪也会觉得自己有罪。'"

他看起来乐翻了。

"现在我可以走了么?"我说。

"你等等。"

他背着手,游荡至走廊,将脑袋探进会议室。通过虚掩的门,我看见会议室地上团着一捆沾满灰尘的电线。"我可以走了么?"我说。

6

这个念头扎根于脑中,小莉却想通过肉身位移来躲开。"快点走,我一刻也待不下去啦。"她嘭嘭地拍打车门。她弄了很久没弄开,我一转,它便开了。她发动好汽车，又熄火。她不停地拍打方向盘。"手刹没松。"我说。

她吼道："愣着干吗呢，还不过来开。"我便下车。擦肩而过时，她不看我，也不说话。她脸上扑满白粉，神情冷漠僵硬，散发着我没闻过的味道。这是憔悴的征象。她半躺着，眯眼说："看见什么了？"我知她不需答案。河边，记者与围观的人已走，穿旗袍的小姐该说的都慷慨激昂地说了，如今在烧纸。她用小枝拨弄不大的火焰，既为春天哭，也为自己哭，归根结底，还是为自己哭得多一些。我什么也没说。

抵达农庄，她才醒来，说："这是什么地方啊？"她所见也是我所见：暮色下的屋角，阴凉地面，一群不认识的人。他们像动物平静地看我们。这不是你指名要来的地方吗，我想。

"我们先吃饭。"我说。而小莉跟着店员走向房间。是大炕铺。

"不是说有单间吗？"我问。

"你看也不影响什么。"店员说。

"那还有单间么？"

"没有。"

"这到底是什么地方啊？"小莉吼道。

"男女会分开两个大铺，都这么七八年了。"店员鞠躬退出去。

"这他娘的怎么睡啊？"她继续吼道。

"我也不知道会这样。"

地方是她定的。她发泄完，就会抱住我撒娇。可现在看起来不会了。"去吃饭吧。"我说。她摇头。在大食堂她果然只吃了几片葱花。这里有股蠢蠢欲动的气息。当店员将桌子拼到一起，男人们围过去。他们要进行简单而刺激的赌博。老板坐庄，顾客下注。每个人都觉得自己会赢。我第一次赢一千。

"别玩了。"小莉说。

"您别不好意思。"店主说。我的血液正茂盛开阔地流，全身痒着。"再玩几把。"我说。

"我说别玩了。"

"最后五把，就五把。"

小莉靠着我肩膀继续睡。后来要不是我突然抖动胳膊将一张大牌甩向桌面，我估计她永不会醒来。"怎么还没完啊？"她抽打我的胳膊。

"快了，就三把。"

"怎么还有三把？"

"最后三把。"

我说的是真心话，但是三把复三把。一直到我意识到小莉不在时，才收手。我真该死。我掀开大炕铺的门帘，就着昏灯，没找到她。其中一位有点像，我轻拨肩膀，她翻转来，继续打鼾，鼻孔下挂着泡泡。她去哪儿了。我找遍农庄角落。不会被强奸、谋杀、丢进井里了吧，天黑透了。电话没人接。我不敢太过失态地呼唤，去问路人，他们若有所思，最终还是摇头。我们的汽车停在原地，她不在里边。这真跟噩梦一样。最终我丧心病狂地喊起来。一名店员仓促跑来，将我带向厨房。厨娘正在刷锅，她努努嘴，你看她睡得多香。我亲爱的孩子正扑在木桩上，就着旺盛的火盆睡呢。我将她抱出来。

"去打啊。"她扑腾着。我嘿嘿笑着。然后她真的、粗暴地推开我，走下地面，说："我要回去，我们什么时候回去？"

"才刚来。"

"我要回去。"

我看着她恶狠狠的嘴脸。"好，你不走，我走，"她转身就走，"你就死在这里玩吧。"我心里被割伤，不过还是跟着去锁柜取行李，又跟着走向汽车。我说："还没退钱呢。"

"几个钱，要退你去退吧。"她夺过钥匙。我拉她，她便弹跳起来。"干什么？"

"我来，天太黑，我来。"

她就是睡。我开着车，紧盯路面。就像不是车在奔驰，而是柏油路将自己送到轮胎下。柏油路将我心里的话一遍遍传送出来：

你没办法跟女人讲道理

你没办法跟女人讲道理

没办法没办法你没办法

你没办法跟女人讲道理

回家后，我给她盖被子，然后拉着她的手，坐着睡。我像睡过几个世纪，直到被窸窸窣窣的声音弄醒。小莉正往旅行包里塞进去一些东西。"几点了？"我问。她没回答。我看墙钟，凌晨两点。"要干吗去？"我问。

"回家。"

"这么晚回家？"

"我要回，我一刻也待不下去了。"

我坐向沙发，这样离她近了，她每个动作都在墙上投出巨大阴影。"开车回去？"我说。

"坐火车。"

"订票了？"

"当然。"

"什么时候？"

"五点。"

"怎么这么早？"

"我跟你说过，我一刻也不想在这里待下去了。"

她在茶几上蹾那只包。我啜嚅着。我提前预知到那巨大的孤独，我将一人在此，我们就是去住段宾馆也好啊。"这都是什么事儿啊。"她因为找不到什么，而将衣服从衣柜全部拉扯出来。

"别急，慢慢找。"

"我知道。"说着，她仰头哭起来。我心里硬掉的东西又软下来。她说："都死这么多天了，还嗯唵个嘛？"

"你也听见了？"

"是，嗯唵个没完。"

"是隔壁老人，都一两年了。"

"但愿是吧。"

接着她对着空气质问："我今生没作践你，前世也没祸害你，你怎么就独独不放过我？叫你来家里住，难道也是我的错？我得罪你什么了？"

"别这样。"我说。我想抱她，在她耳边说——我爱你，比任何时候都爱，特别爱，就这会儿，我以前觉得你只是亲人，但现在我特别爱你，我从没像现在这样爱你。可她看我的眼神却极为陌生。她沉浸在自己的情绪当中。就是我紧紧捉住她的手，她还是沉浸于这悲哀。她率先将自己从这间不祥的房子弄走。我目瞪口呆而无能为力，跟着她上车、取票、过安检、上月台。我像战败的将军，内心灰凉，看着她席卷走一切。

小莉走进车厢，一直没转身。她麻木地坐下去，将包放于膝盖，长嘘一口气。她迫不及待找她老妈去了。我捂着嘴巴，感受着鼻孔酸楚的味道。我就像吃了芥末。列车一共十五节。

7

我走下斜坡，穿过水泥道。每隔一段便有一棵柳树，两棵树间又有一个长排座椅。在道路和防洪墙之间是绿化地。河水的臭味飘来。人们看着那小姐取出纸钱。绿化地像是被牛来回踩踏过，泥土边缘像尖刀伸出来。

"你就是爱看。"来之前，小莉说。可她怎么不问问自己为什么那么磨叽。女人就这样，无论什么性质的出行，都会做极大的准备。"我在那等着。"我说。我在阳台上看见河边新聚了十来人。

小姐捏着火机，抖落纸钱。她穿旗袍，没法蹲，因此躬着身体。一滴泪滴向地面。她眼前的那块小地倒是平整光滑，枯草微微起舞。我好像看见肉身还躺在那里。最初尸体被扔来时，由烂草席盖住，露出湿漉漉的头发和一条腿。船夫蹲着，不时咳嗽、抽烟、擤鼻涕，不相信这就是自己辛苦一早晨的成果。骑车的人们直视前方，驰过水泥道。一拨又一拨。直到一人捏闸，从车上跳下，跟着车跑了几步。她一只脚踩向脚踏，准备再次骑上去，但猛然惊停，果然啊，她看着这边。后来者也因此将脚踮在地上，扭过车把，跟着她惊异地看。

"不关我事。"船夫盯着地面，自言自语。

草席下露出的部分，脚踝森白，脚底皱缩，裤子水淋淋的，滴着水。丢在一边的一只松糕鞋因为浸满水异常鼓胀。人们像是看见自己的未来，感受到痛苦，这没有任何痛感只是痛苦的痛苦。不久，随着太阳高升，他们躁动起来。后边挤前边，前边尽量不让挤过来，又见人丛伸出一只手，不停召唤，那些还滞留在水泥道的人便毅然跑来。在大道远处，还有许多人快速骑来。其中一位骑着没电的电瓶车，蹬两圈，车轮转动一圈，车身歪歪扭扭，人心急如焚。他们团聚时黑色脑袋组成可怖的景象，像被饥饿折磨的秃鹫。

"怎么回事？"有人说。

"是他们叫我打捞的，不关我事。"船夫缩着肩臂走掉，他压制着自己不要走太快。那说话的人举起一根手指，哦，他翻出名片。"这事报料，或许值得五十元。"随后，三个女人搭乘三轮车赶来。她们浓妆艳抹，穿轻佻的衣服。人们都知道这是何种人物，也通过她们焦灼的脸色知道死者是何种人物。他们让开道。

"不太像。"一位说。

"怎么不像？你看那里。"另一位说。她们看那松糕鞋。"鞋带上还有她系的小东西呢。"第二个说话的人补充道。这时，一直没说话的那个穿旗袍的小姐咧开嘴，皱着脸，夸张地笑起来。直到哽咽的声音传出，我才知道是哭。她的手腕文着义字。人们像城里人看乡下人、人类看动物，嫌弃地看着她。就是在她哭上后，这嫌恶也没减轻，只是多了点新奇的看法，原来就是小姐也有感情呀。他们用眼神互相肯定彼此的看法。他们的眼神还像一双手，拉扯新来者的胳膊，让他们着重注意这几个女人。

等她们走掉而记者们赶来时,他们嘈杂地汇报:附近KTV的。小姐。卖的。

记者们将他们轰开。摄像的,笔直站着,眯住一边眼,将摄像机摇来摇去;拍照的,时而单膝跪地,时而踮着脚尖,时而跑到更高一点的地方,咔嚓咔嚓,没完没了;写字的,不停在笔记本上写着,写完一页,粗暴地翻过去。人们轻踮脚尖,伸长脖子,看。只有穿鸡心领毛衣的矮胖记者一言不发。他蹲在尸体前沉思。有人招呼他,他便伸手制止。他就像天才的孩子,歪着脖子,皱着眉,像要从尸体上谛听出什么。他找来枝条,挑起草席一角,人们跟着侧过脑袋,想看见什么。只有阴影。他一直盯着,忽而扔掉枝条,揭起草席。他一边站起身,一边揭,将草席掀到一边。然后取出相机不停拍摄。拍完,他将双手插进裤兜,仰起头继续沉思。

春天躺着,衣服沾在身上,显现出鼓胀的胸部,有的地方没沾紧,储积着水。裸露出的皮肤极其苍白,像猪被放过血刮过毛。而在枕部、项部、腰部,则出现淡红色的斑块。这斑块隐藏于皮下。据说只要按压,就会消失,而一撒开手,它又重新出现。在她腰下有一个边缘整齐的三角形小洞,是尸体扔过来时压到一颗小石子。她正像打鼾的人那样永睡,翘着嘴,鼻下鼓着气泡。她眼球斜挺,睑球结合膜处挤压着血块。她手握泥草,一些手指露出骨头。就是被绳索捆住,她那死去的手仍然紧握泥草。

尽管早就知道结局会是这样(它是一个神经错乱者的合适归宿),我还是难以忍受,仓促呕吐。呕吐物就像被划开肚皮后怎么兜也兜不住的肠子。我撑住地面,像加大马力的抽水机那样吐着。人们跳着避开。一个老头儿拄着拐杖,跟着也吐了。秽物涌出来,沾到他胸前衣服上。"你非得看,"他的老伴恼怒不堪,"你就是有瘾。"

"我不看呢。"老头儿的眼泪滚出来。

我不能再吐时,走上水泥道,走向斜坡,在那坐着。一直坐到路上开来一辆破旧运输车。警察跳下来,大喊退避,对着尸体不停拍照。船夫不知从哪里溜出来,说:"你们总算来了。"

"没有车子愿意来拖,"警察说,"你的钱别着急,我会帮你落实。"船夫点头,不知该不该走掉,蠢蠢欲动,很久才说:"早上不是拍过吗?"

"早上光线不好。"

"是他们自己围过来的,我拦不住。"

"没事,你回吧。"

船夫便走了。警察拍完,招来搬运工。他们戴着污黑的手套,仰着头,将那像家具的尸身抬到担架上。在要抬上车前,他们将担架半倚在车斗,死去的春天便一动不动地靠在那儿,裤脚滴水。司机跑来帮忙,将她弄上车。然后车辆一溜烟跑了。人们顿觉萧条,不久都散了。

穿旗袍的小姐不停打着火机——她今天带来纸钱——那玩意儿嗒嗒地发出声音,蹿出微弱的火星。直到穿鸡心领毛衣的记者来了,她还没点着。"他们说你来这里了。"他说。小姐看看他。

"我想采访你。"他说。

"采访什么?"她说。

"听说你和死者关系很好。"

"是很好。"她停止打火。

"那你能讲一讲么?"

"没什么好讲的。"她的同伙掐她。

"我要讲。"她平静地说。

"没什么好讲的。"

"不,她就是被他们害死的。"她拨开伙伴,提着裙衩走到记者面前。

"别说。"她们说。

"什么别说?要是没做亏心事,他们为什么跑掉?"

"事情都过去一个月了。"

"就是因为这个。"

她叉开两腿像圆规那样站着。她的同伙退到一边。她在讲述时不时回过头强调："我要讲。"人们围拢过来，那记者推阻着，好像这事只有他才有资格听。小姐越说越激动。最终，人群散去，我听到焦躁的喇叭声。那是属于我的暗号，有人在命令我。我家的老爷车正停在斜坡上那条通往城外的道路上，小莉从车上走下来，走来走去，好不耐烦。我们要去一个农庄。我知道等下她会说："我一刻也待不下去啦。"

8

一则消息：

本报讯（记者 何放）昨晨6时许，护城河东段赵家闸处打捞出一具女尸。据在附近晨练的李老先生称，尸体是天亮前被一起晨练的伙伴发现后报警的。赵家口公安分局民警赶到现场安排打捞，并在上午将尸体运走。据记者在事发现场目测，女子20岁出头，身高约1.62米，穿着白色上衣、黑色九分裤以及白色松糕鞋，皮肤苍白，部分起鸡皮疙瘩，双手被绳子捆住，已经死亡。记者从警方了解到，该女子身份不明，是否他杀正在确认中。

9

我从没见小莉发这么大的火。无休止的咆哮（滚滚滚滚滚）像连珠炮射向紧闭的电梯门。滚哪。她在补偿，刚刚春天在时她一直噎着。我将她捆锁着弄回家。她不停挣脱。"你说是不是这样，是不是？"从此她不再原谅春天。这是女人关系的本质，一旦撕开，永远破裂。

我们呆坐于沙发，房间像被龙卷风刮过的废墟。早上，我们仨一起吃饭，但在上午，有一个永远地离开。在早上我们不能预测到这个结果。我们以为还要过一阵子。我走向春天卧室。枕头丢到台灯下，床单和毯子胡乱堆着，露出暗红色的席梦思。墙壁上挂着几幅画，空调插头悬吊着，窄小的衣柜敞开，只有一只袜子。我不奇怪春天能这么快收拾走所有东西。我们借给她的地方不大，无法让她弄得花样百出。

小莉提着拖把出来，我溜进卫生间。我憋了很久，现在却解决不出来。我越想，越解决不了。没有比这更造孽的事了。我觉得自己是在占用别人的卫生间。小莉和她男人趿着拖鞋在外边走来走去，搞不清他们是在提醒我还是本来就要走来走去。我全身紧张。他们透过薄门监视我。我在这里占用他们的马桶呢。我真丢人。我想去住旅馆了。

我坐在席梦思一角。起身时，感觉很多杂碎跟着弹动。这感觉不真实，但我还是揭开席梦思。那里竟密密麻麻排着鞋带、扣子、别针、牙签、起子、筷子、剪刀、镜子、手机、电池、电线、铁盒、名片、颜料、打火机、烟灰缸、罐头盖、口香糖、避孕套、打折卡、购物袋、不干胶贴纸、木雕观音像、一本叫《茶花女》的书以及一本日记。我们用过而熟视无睹的东西和她自己不知从什么时候起积攒的小宝贝，组建成一个王国。我轻推门使它虚掩，快速翻日记本。有时她一笔一画写，可是平静里隐藏着极大的恐怖，她在给世上的每人定罪；有时运笔快捷，由楷而行，由行而草，终于让一枚枚感叹号充斥整页，就像举着剪刀反复戳杀。最后，每一页都被画上大叉。脚步声传来。她一定也说了我坏话。我将日记本塞进裤兜，它显得鼓囊，因此我取出来。小莉进来。"她都搞了什么，你看。"我揭开席梦思。小莉睁大眼，我说呢。她将席梦思扶住，我说呢，啧啧。

"还有她写的日记。"

我不知怎么就将它递过去。也许这样显得坦荡。我埋头看《茶花女》。小开本，白色封面，妙龄女郎剪影，睫毛上翘，小仲马著，王振孙译。我反复看。一个人跑，天经地义，可追的人也会因此有信心；如果他转身迎向后者，情况会不会改观？"哦。"等下我要这样说。

小莉逐行逐页地翻。眉毛拧作一团，鼻翼张大，脸颊跟着抽搐。我等着她扔掉，站起来责问我。但她轻描淡写地说："这傻×。"我凑过去看，见到春天这样写：用不着这样！小气鬼，用不着！我只不过用了你家热水器一会儿，费不了多少钱，你不用在我洗澡时关掉热水。用不着这样！我在桌上给你留五元钱，作为补偿。以后每用一次就付一次钱。用不着这样！小莉你用不着！"这他妈是我关的吗？热水器不是自己常坏吗？"小莉说。我点头。"我得罪你什么了？你能识点好歹吗？给脸不要脸。"她接着说。

"算了。"我接过日记本，重新翻。我看到招聘经理淫邪的目光、路人跟随她一整天试图抢夺她的包、每辆汽车都要撞死她——我感觉自己站在拥挤的被告席，充满安全感——我看到我如何处心积虑地勾引她，蹭她，勾她下巴，捞她阴部，等等。"没这回事。"我说。我知道，小莉不停晃荡着脑袋。我本想解释，我没机会和她长时间独处。但现在不需要了。我撕掉构陷我的，也撕掉构陷小莉的。你最好把它们全撕了，小莉看着我，但我当着她的面，将日记本和书放进敞开的衣柜。她没亲口说，我便不能处理。我让它待在那儿，没什么不妥。如果有天小莉找起来而它不在，我还要解释很久。我就让它一直待在那儿，君子坦荡荡。

每隔一段时间，小莉便会斥责春天，这傻×，然后连傻×是谁也忘了。正是这忘性导致她在听说春天死讯时猝不及防。这就是我和她的区别。我早感觉到不祥。对死亡的预见就像增多的癌细胞折磨我。她随时可能挂掉，不是别人干掉她就是自己干掉自己。她就是这样的人，喜欢对每个人打出这张牌——"我死给你看"——对那些生性马虎的人来说这只不过是擂向胸口的婴童之拳，对胆小怕事的人而言却像是一把扎向心口的刀。我们软弱的人同时敏感，因此能从那恶狠狠的威胁里察觉危险的端倪。正因为认真想过多次，正因为早已做好死的准备，在说出它时她才会如此充满底气。她可不像那些赌气的人，只是将死亡当成仓促的筹码，在别人回复"好啊，你赶紧去死"时目瞪口呆，她笃定会按照你的要求赶紧去死同时让你目瞪口呆。她就是这样的人。嘴角飘着残忍的自信。她之所以一直不死，无非是要尝试下，看有没有好好活的可能性，或者只是为着积累足够多的被告。死亡最终变成审判台，所有与她有过瓜葛的人都将成为罪人，下地狱。就像后来她日记里写的那样。谁也逃不开。

比别人更可怜的是：我一度以为自己是唯一的罪人，或者是最大的罪人。

她低着头，眼珠笔直看着我，留着巨大眼白。"我死给你看。"她冷静地说出这有魔力的话。自从她对我这么宣告，我便陷进罪孽的自责中，觉得她走向窗户可能是跳楼，拿起剪刀是要用它刺进自己的咽喉或眼睛。她时常做这些莫名其妙的事情，而我浮想联翩。她洞察到我的恐惧。我总是紧张地分析她动作的寓意，随时做好准备——她拉开窗户，我虽然坐着但已像百米跑运动员听到"各就各位、预备"的指令。只要她抬高一条腿（那喻示着她可能爬上窗台），我便会冲到四五米外的她身边，将她抱摔在地。她回头对我露出精神病人才有的诡异的笑，轻轻拉上那窗户。"你干什么？"有时我问。我希望她给出让人安心的答案，透透气或者看看天气什么的，但她的回答是："难过"。

她离开后，眼不见为净，我度过几天开心日子。但她打个电话来，随便几句，便使误以为被释放的我重回奴役的牢笼。要死快死，有段时间我天天诅咒。后来我去找当心理医生的同学。他直戳我心里的龌龊：你并不是过于有责任感，而是过于害怕承担责任。你担心的不是人的死，而是死带给你的后果。

他说得对极了。我就是强迫症。我踏实几天。但是不久，纯粹因为不放心（那玩意儿让人心里发痒），我又打电话。我想求证她现在活得很好。嘟嘟的声音漫长而稳重，像路灯一盏盏亮一盏盏熄，最终全部寂灭。越拨不通越要拨通，死活要确证出什么。第四遍她才接听，听得出她在忙别的事儿。"干什么？"

"最近还好吗？"

"还不那样。"

"那就好。"

"就这事？"

"对，就这事，专门问问。"

这时电话那头传来男人声音。"跟谁打电话呢？"

"一个朋友。"

"男的女的？"

"管得着吗？"

"一定是男的。"

"闭嘴，"春天又对我说，"挂了啊。"

我又喜又悲。喜的是定时炸弹终被人抱走，悲的是她已经与人过日子，却还留我在这边承受那威胁，承受这么久。我他妈担心什么呢。但事情就是这样，过后谁知道又生变故呢。

10

第五次。最后一次。在处死犯人前，会让他得到一顿像样的伙食。我们预留春天的筷子、小勺与碗，等候她。我们做的是她喜欢吃的皮蛋瘦肉粥与煎鸡蛋。但这只是试图缓和彼此还要相处的痛苦。我们不知她当天会离开。我们仅只希望她信守承诺，十几天后离开。

"不吃。"小莉走出来。乳黄色的光从春天房里照出来。"她坐着发呆，说不吃。"小莉说。然后她端起碗，夹萝卜丝。我也这样做。我们像处在劳作间隙的民工沉默地吃着。我从没听过我们嘴里会发出如此奇怪、单调而尴尬的声响。其间我走向春天卧室。我倚在门边。灯光打在她身上，在地上留下阴影。她蹲着，皮箱敞开，整齐摆着化妆盒、镊子、卫生巾等零碎，床边小桌上也摆着一些。她将皮箱里的放到小桌上，将小桌上的放进皮箱。如此反复。她声音平静而认真，判别哪件物品属于小莉哪件又属于自己。

"先吃吧。"我说。

"不吃。"

"粥快冷了，听话。"

"说了不吃，你聋了吗？"

我转过身来摇摇头，小莉以痛苦的神情回应我。我们沉默地收拾碗筷，我将春天的那份还留着。我冲洗碗筷，小莉拿干布抹，然后放进碗柜。我们做完这些回到卧室，躺在床上。我听到自己的肠鸣，客厅传来春天恶狠狠的声音："说不吃就不吃。"小莉轻踢我，我坐起来。我看见她也在看我。她一手端粥，一手端小菜，神情惊愕，但很快便昂首阔步走向她的卧室。

"她还是吃了。"我说。

"别惹她。"

"她像在收拾东西。"

"是啊，用不了多久，再忍忍。"

后来我听见春天洗碗。我一直没睡，我以为小莉睡了，侧头看，她也睁着眼，一动不动看天花板。我起来上卫生间。春天坐在沙发上，捂着坤包，朝烟灰缸轻弹烟灰。她并不看我。

"要出门啊？"

"不出门就不能带包啊？"

她搂紧坤包，吐出烟雾。抽烟的女人真美啊，冷漠而茫然。她将身体转向另一边，继续仰着头抽烟。我走进卫生间坐上马桶，将报纸翻来覆去看。我听见小莉趿着拖鞋走出房间，与此同时，春天蹬着高跟鞋走回自己房间。就像一个空间只允许有一个女人。小莉进厨房，扭开水龙头，用牙刷搅和水杯，此后挤牙膏，朝牙腔捣鼓，一嘴的泡沫。她愿意这样刷一天，一切都会过去，现在难挨，但总有一天会过去，你可以想象现在是未来。她不停漱口。

她将走回到房间。我也将回到那里。我们会继续躺着。在这过程中，她拉开刀具柜，发现又有东西失踪。"我说春天，你是不是将菜刀藏起来了？"她吼道。

"没有。"春天以更大的声音回应。

刀具柜轰然推上，小莉疾步穿过客厅，走向春天房间。我从卫生间赶紧出来。小莉打开衣柜，在叠好的衣服间来回翻找，春天面对她，向床头退去。她总是试图掩盖什么而将人引向掩盖的地方。她坐在枕头上。"让开。"小莉扯她。她扭动身体。"我说让开。"小莉用力推她。她滑下去，须臾站起。枕头下藏着水果刀、切肉刀、菜刀、锅铲还有擀面杖。"这是什么？"小莉抓起锅铲——我得感谢她仓促拿起的是这个——她们一个握木柄，一个抓铁铲，争执起来。"别动，这是我的，你别动。"春天说。也许等下她们还会抢刀，小莉朝前捅，而春天紧握刃口，血从指间淌下来。这真让人恐怖。在她们同时弃掉锅铲时，我抓起枕头，将刀具压住。

"够啦。"我吼道。她们扭成一团。我捞起三把刀跑掉。回来时，看见小莉用擀面杖点着春天的肩窝，说："看清楚，这是我家。"

"不是。"

"难道还是你家？"

"是。收拾好你的东西，快滚。"

"我要怎么跟你说，神经病，"小莉用擀面杖敲打她的额头，"你不记得，是我接你来我家住的吗？"

"这是我家。"

"你看着，这是谁的皮箱？"

"我的。"

"是你的，我们有房子的人不需要皮箱。"

是；我有房子不需要皮箱；我没房子所以需要皮箱；我拉着皮箱到处走走到你家。春天理清楚了，啼哭起来，要抱小莉，被推开。"现在请你离开我家。"小莉说。

"求你了，小莉。"

"请你离开。"

小莉抄起春天的衣服，扔向皮箱。春天跪在地上，一件件地捡，当松糕鞋扔过来时，她拖着膝盖，捡起它，抱在怀里。她可怜兮兮地看着我们，我们仰起头。"请。"在长时间的沉默后，小莉说。春天说："谁稀罕，走就走。"

事情至此解决。终于。春天将东西塞进皮箱，扣上，拉着走出去。一切都按照她的意思也按照我们的意思快速进展。她走到门外，电梯一层层上行，走向顶层，返程时会捎走春天。我站在小莉后边。低着头。春天看着变动的数字。她扶着脑门，晃荡着它，在想反扑的话，就快想出来了——你们家男人射得很快。我希望想起来前，电梯带着她走了。电梯停下，她转过身来，我迎着她的目光，呼吸急促。她却将目光转向小莉，说："瞧瞧你，猪一样黑。"这真让我诧异。她像侠客爽朗大笑，阔步走入电梯。里边没人。银色的门关上。她无疑在门关上的同时看见小莉全身战栗。她赢了。

"别生气。"我搂着小莉。

电梯门忽又弹开，春天摁着关门键，补充道："怪不得当年都叫你野猪林，你这样的人也只配嫁给——"门再度关上。要不是我箍住小莉，她准得飞过去。我倒有些爽快，就像惴惴不安的罪犯终于等到草草了事、显得温和的惩罚。春天没来得及说完的应该是："——像陈庆这样的老东西。"

春天今天没和我算账。她脑子有点乱。"你不是说你爱我吗？"也许她应该这样说。这样我就解释不清楚，因为她当初反复问："你是真的爱我吗？你说真话。"

"是。"我说，对自己毫不负责任。

11

第四次。最近她拒绝和我们用餐。我走出来，她在往碗里夹菜。我掸掸手。她眼睛绷直，端着碗朝房里跑去，咸菜掉落在地。她甩上门。那声响夹了我心脏一下。

小莉脸色愧疚同时凄苦，她既为春天的不懂事向我致歉，也在和我一起懊恼于客人所带来的不快。我想骂娘，但还是摸她手，使她感受到宽宏大量。那门忽而又开启一小半，春天的脑袋伸出来。见我们在，仓皇关上。我吃惊脑袋怎么没被夹住。春天如临大敌，推上内闩，反锁两圈。"他妈的。"我说。小莉捉紧我胳膊。"他妈的。"我重复道。

"她会走的。"

"我知道。"

只有小莉在，我才敢发泄。小莉蹑手蹑脚走过去，轻敲低唤，没有回应。就让她安静一会儿，小莉看着我。我们坐在沙发上，让电视开着什么也没看。直至那间卧室传出响动。内闩拉开，钥匙插进，锁芯转动，春天拉门把手，好像要扯下来。"是旋转，转。"我吼道。她却没转开门，因此踹它。"放我出去，我要出去。"

"没人关你。"我走去，将钥匙插向锁芯，插不进。"抽走你的钥匙，让我来。"我吼道。那边静默下来。"抽走钥匙。"我继续喊。

"是你们将我锁住的，"她哭起来，"你们故意这样。"

她拍着门，旋即用头撞。我格外焦躁，也拉起门来。"我来。"小莉推开我。她将我用过的办法用过一遍，说："春天，你在里头将钥匙再转一圈。"

"转过了。"

"再转一圈，朝左转，听话。"

里头传来转动的声响。锁芯弹动。门开。风钻过来。窗户大开。她可能想跳下去吧。小莉骂她，而她抱住小莉。她额头青肿，像从厉狗的追击下刚逃出，她不停哭。"没事了。"小莉说。她哭得更凶。小莉推开，说："看清楚，是我们害你吗？"

次日春天房门紧锁。我记得是开着睡的，为防止门关上，门边挡着椅子。我们敲门，听见平静的回应："进来。"我们推开门，看见她坐在床沿。晨光涌入，在她脸上打下阴影。她就像我们的妹妹我们的小朋友，讨巧地看着我们，眼波如光明的湖水。她露出微微外翻的白齿，心无芥蒂地笑。我们一时觉得都被补偿了。

我们吃过一个快活的早餐，打牌，她照牌理出。她说老板娘回老家一趟，因此店铺暂时歇业。小莉见我没催促，也便不问春天什么时候走。倒是她自己说："我可能月底走。"

"干吗要走？"小莉说。

"那边找了房，一直挺麻烦陈老师和你的。"

她的脚在桌底移动，轻轻摩擦我的一只鞋。我缩回腿，专心看牌。她索性肆无忌惮地看我。嘴角嘲弄。她笑你技术差呢，瞧你打的，小莉推开我手中的牌。我越想掩饰脸越红。而春天此时前倾身体，上身快要贴到桌面，直勾勾看我，同时伸出腿，用紧绷的足尖点我膝盖。她得有多放浪啊。小莉跟着好奇地看我。我随便抽出一张。那足尖猛然抽走，与此同时，她将大王甩向桌面。"管上。"她哈哈大笑。乳房还在因身躯猛然站起而晃荡。

12

第三次。她压抑着愤怒出门。她被感情上的事打击坏了。下午，失魂落魄地回来，在卫生间待一小时，出来后抱住小莉哭。

"别难过，男人都那样。"小莉说。

"不是。"

我坐立不安，也许应该找根绳子，从窗户爬下去。我呼吸困难，最终拉开房门。春天像丧家狗楚楚可怜地看我。我被她如今的景象吓得哆嗦：头发剪得凌乱蓬松；眉毛像倒八字；眼影被冲垮，留下炭痕，就像有人拿蘸过水的抹布在这张脸上来回涂抹墨汁。撅起的嘴唇画得鲜红，游离出面孔。她就像舞台中央束手无策的小丑。

她看我。小莉看她。我看地面。

"我好看吗？"她说。

"要多好看有多好看。"小莉说。我走向卫生间。这美人儿找到原因了：不是别人不爱她，而是她自己不好看。我实在受不了这摇尾乞怜的目光。

13

第二次。据说在触礁前，船员有先见之明，但船还是撞上去；地震前，鸡狗逃窜，但人们继续生活。还有，事情的可怕并非等量相同，它分为轻微可怕、比较可怕和很可怕。人们因此具有适应性。

我们开始感觉房里的东西在消失。我想不出有小偷屡次三番造访的可能性。一天早起，我看见是春天将一只旧手机扔进垃圾袋。我伸出手，但没说什么。这东西是属于我，但对我来说还有用处吗？她继续收拾，等下将把塞满的垃圾袋扔进楼下垃圾桶。她有点自作主张，但我为什么要打击她的积极性？她又不是将正在用的冰箱拆掉，或者将正在走的墙钟摘下，她只是像园丁，替这个家庭修剪掉一些不必要的枝蔓。

其实我觉得她有病，但不能说。

14

第一次。晚餐。她拿起筷子，放下。"吃呀。"小莉说。她斜过头，鼻孔出气。"吃呀。"小莉说。她蹾起筷子，可还是不吃。她盯向我。这时我才知吃饭也是私密的事，不宜被人观看。她状态不对。

"春天你怎么了？"小莉说。

"他用我的筷子。"她说。

我惊住，看小莉，小莉也不懂。我继续夹菜。"我说你呢，你用我的筷子。"她吼道。我目瞪口呆。这是在报复我吗，如是，那就来得更猛烈些吧。

"对不起，我还给你。"我说。

"算了。"她厌恶地摆手。

"你怎么知道这是你的筷子？"小莉说。

"我在上边用刀割过记号。"

"哪里？"

"这里。"

小莉认真地去看。"没事，我们以后记着。"她说。

"算了，一双筷子。"

春天没再吃，游弋回房间。我和小莉面面相觑，好像不确定她刚吼过。"到底怎么了？"我说。小莉指指她的房间，又指指自己太阳穴，这里有问题。后来小莉将我的手拉到她胸脯上，她的心怦怦跳。"对不起。"她说。

"怎么了？"

"我求你一件事。"

"什么事？"

"不要赶她走。"

"为什么？"

"你先答应我。"

"我没说要赶她走。"

"我有个妹妹，我从小和她争，总是争。后来她十三岁死了。"

"这跟这有什么关系？"

"我后来争也没用，我妹妹死了。"

"这跟这没有关系。"

"我知道，但是这事惩罚我了，"她哭起来，"这事惩罚我了，你知道吗，陈庆？"

"我知道。"

我抚摸着她的肩膀。不久站起来，反复说着，我知道，我知道，我他妈的知道。"你别这样,陈庆。"小莉说。

15

  这并没意思。我放下报纸,发现她在看我。她已看过一阵子,这会儿像平稳行驶的船只猛然触礁,抖了一下。我站起身,她的眼神跟着上扬。"看什么?"我说。她傻笑着。等我走远,她才说:"我就是喜欢看你,你是不是不喜欢这样?"

  "没什么。"

  "那你抱我。"

  能想见她正张开双手。"抱抱我。"声音绵软无力。我用指尖敲打掌心,像是在记忆某事。"抱我。"她说。

  "不能这样了。"我说。

  她勉强举着手,很尴尬。但我就应该将自己送过去送给她抱吗?我并不爱她,一点也不。"对不起。"我说。

  "你是爱我的。"她说。

  "我不能了。"

  "我知道。我只要你抱抱我。"

  "我们不能再这样了。"

  她终于放下手,眼泪冲出来。我走进卧室,我想我们还可以保持亲人的关系,你是小莉义妹,也是我的。后来我拉开房门,发现她站在门口。"可是我爱你,你知道吗?"她说。我将门关上,听到她高声说:"我不想破坏你和小莉的关系,我什么都不要不要名分你知道吗,我只要你让我爱你就可以了。"

  世上没这样的好事。"你是不是讨厌我了?"她继续说。我拉开门说:"不是那回事。"

  "那是怎么回事?我不要你什么,只要你让我爱你就可以了。"

"不是这回事。"我声音大起来。

"那是怎么回事?"

我将她推开。够明白了。可是接下去的时光,只要小莉不在,她便来纠缠。"你不爱我吗?"她总这样问,"一点都不爱?"不是,可是,要怎么说呢。我支吾起来。说话是难事,既不能让她心死(心死则人死),也不能让她心不死(她不死我死)。只能拖着。我真想说:别做梦了,是,我睡了你,睡你不代表爱你;何况没睡,我没占有你,凭什么认为我该对你负责?你们女人就是这样,将那东西当成了不得的财产,可我没进去你知道吗?

有几日她不归,会从电话亭打电话来。"谁?"虽然明知是她也明知小莉在家,我还是气急败坏。"是我呀。"她总是这样悲哀地回答。"有什么事?"那边便沉默。"谁呀?"小莉问。

"没什么。"我挂掉电话。不久,手机又响。"你到底要干吗?"我吼道。她总是沉默。有时小莉不在,我便能完整听见那哭泣,她就像在我心脏上拉大锯子。她说:"陈庆我跟你说。"接着又哭去了。我不敢挂。也许这是赴死的前奏。有时我会哄,有时大喊大叫:"够了够了够了,我真不明白你为什么喜欢我这样的老男人,我既没钱,性能力也不行。"或者:"我这会儿就要死了,我呼吸不来,啊,求求你了,求你别折磨我了。"我若关机,她便回来。而小莉总是抚摸她干枯的头发说:"你怎么了?"只有我知道她为什么不洗脸不吃饭,为什么眼窝深陷,为什么要将自己糟蹋得不成样子。

我想她会告诉小莉这一切。但她并没有这样做。"你怎么了?"小莉用纸巾擦她湿润的眼眶。

"没什么。"

"谁欺负你了?"

"没人。"

她就是指桑骂槐骂几句也好,可她只是看着地面不停吼气。"真造孽。"小莉安顿好她,走向我。我点点头。也许有天小莉会看出端倪——

小莉的瞳孔扩大。愤怒和恐惧像两支军马从身体各处汇聚而来同时冲到脸上。她看我，又看春天——你干出这种事情？这种事你也干得出？你们是不是还要密谋杀我——她连续后退。直到确信我们已被羞愧笼罩已被羞愧完全统治，她才啼哭着甩门而去。然后又带着越来越多的人来参观我们。越来越多的警察越来越多的居委会的人越来越多的邻居。或者，她只是踢开我们，将所有没有上锁没有钉住没有粘牢的东西扯下来，在我们眼前逐一摔碎，然后坐在那儿没完没了地哭，然后抽搐发羊痫风，然后躺在地上没完没了地哭，然后站起来一头撞向墙壁，然后引颈自刎。两根胸锁乳突肌就像两根弦，一割就断。然后脑袋栽下来。春天的嘴唇几度开启。从唇形我甚至能猜出她要说的字。她毕竟偷的是朋友男人，羞于启齿。说吧，我倒是盼望她说出来，我早就受不了。可她总是闭上自己的嘴。小莉去卫生间后，她又开始嗫嚅。小莉不像我，她能忍受排气扇的嗡嗡作响，她开着它。春天嗫嚅很久，忽然低声说："我还是放不下。"原来这就是她想说的，她他妈的是要跟我说。我怒视着她。她开始战栗。我还以为我是待宰之羔羊，原来她才是。我有了主宰的感觉。她想必也下定决心，准备挨一顿骂，然后等我发泄完怒火再收留她。我沉默不语。卫生间的排气扇在嗡嗡响地工作。她哭起来，绝望地说："一点点都不爱？"她集中全身最后一点力量，才在眼里燃起这么一点火光。

"是。"我斩钉截铁地说。

她晕晕沉沉地走向阳台。我瞟着她。她拉开窗户。我跟过去。她双手扶着窗沿。我拉她的手肘，被她推开。"不要干傻事。"我说。她奇怪地看着我，又看看窗下的地面。她取下晾着的衣服，走回房间，不一会儿背着包走了。

几天后，她召我至护城河边，每隔几分钟大哭一次。我像石头坐在一边。她不停说，最后说的是什么我也听不清了。最终她说："我最后一次问你，你爱不爱我？"我摇摇头。你等着，她恶狠狠地看着我，毅然决然地说："我死给你看。"

16

我不喜欢她，但还是敲她的门。我猥琐地敲。没有回应。我懊丧地走回卧室。我并不喜欢她，但是底下在小莉一离家时便膨胀起来。我抚摸它就像抚摸一只怄气的小兽。它势必要完成它想完成的事。

她后悔了，或者羞愧得不能自拔。

我听见她走出来，趿着拖鞋走向我这里，不禁咽下口水。但她拐向卫生间。漱口、刷牙、漱口、用水浇脸，还上了会儿厕所，然后走回卧室。我的门虚掩着。我不能跳过去推倒她。她将换下睡袍，穿上正装，出门去。事情就这样完了。我很丧气。不过这样也好。

她折腾很久。女人总是这样，在出行前拿着几件衣服比来比去。要走快走。我滚向床的另一边，脸朝窗户，窗帘虽拉严，光明却无限透进来。说起来，人就像愚蠢的动物，被性欲牵着鼻子走，边走边嗅哪里有女人的气息。你倒是快走。当我转回来时，看见她站在床前，双手插在兜内。她赤着脚。我起身拉开她睡袍，傲挺的肚腹和浅弧形的腹股沟白光一闪，被她双手一夹，又盖住了。

我们什么话也没说。到处是呼吸声。她先躺下去，左右扭动着，像是躺好了，又起身解下睡袍。我扯掉裤头。可她还是左右扭动，就像要找到一种合适的躺法。我弓着身躯，盯着我的下面和她的下面。不，不要这样，她用手捧住我腮部，将我的脑袋活捉下去。她的舌头顶开我的唇齿，在我口腔里搅和着。她虽然刷过牙，嘴里还是飘着营养不良的酸味。我几度要中止，被她搂紧。我睁开眼。哼。她的脸鼓起来，起起伏伏，紧闭的眼皮也微微发颤，她正像头蠢猪那样忘我而陶醉地吃着我的唾液。

"我们聊会儿天吧。"她说。

"事后聊。"

"我们先聊一会儿嘛。"

她让我躺在一边，拉着我的手。她身上冒着干燥的热气。我让她的手搭在我下身。我们貌似两小无猜，躺了一会儿。她说："你真的爱我吗？"我还没说，她又说："你说真话。"

"是。"我说。

我的手在她身上游走。她出了眼泪。她一出眼泪我就知道坏事了。天下没有免费的午餐，和女人。"好。"她噙着眼泪，咬紧牙齿，极大地摊开身躯，像想通了的受刑者任人宰割。她就这样干燥地躺着，我怎么也弄不进去。"对不起。"她说，眼睛一闭，又溢出一团泪水来。那一堆因为干燥而根根分明的干草，盖着一道拒人千里的石缝儿。我想就是有人刺进去过，也会硌出血来。我扑在她身上，就像扑在硌人的柴禾上。

"世上根本没有强奸这回事。"我说。

"对不起。"

"只要女人不配合，男人不可能插进去。"

"对不起，我也不想这样，"她哭起来，"我以为这次行的。"

"你行过吗？"

我穿起裤衩。她抓我的手，被我甩开。我穿好睡衣睡裤。不论这是客观原因还是主观原因，我都得惩罚她。她悲哀地躺着。她没有水。她无能为力。这个男人毫不掩饰他的懊恼、愤怒与嫌弃。她瑟瑟发抖，身上每处都保持着要抱住我的姿态，可我要毫不留情地走掉。我最后盯了她一次。她低下头，躲藏在愧疚的海洋里。可当我真走掉时，她又跌跌撞撞冲下来，心急火燎地扒下我的裤衩。

我闭上眼。很快轮到我没用了。我站着，被铺天盖地的空虚感笼罩。什么都没意思，让人厌烦。我看着她帮我拉上裤头，看着她收拾床铺，将它叠得和原来一样。我由着她干这些。直到房门传来插钥匙的声音。我从这莫名其妙而又根深蒂固的空虚中醒来，双腿发抖。钥匙一共要转两圈。我们家两间卧室间隔有五六米，春天像一只光溜溜的兔子，提着睡衣蹦回自己卧室。小莉打开门，习惯性地对着墙镜看自己，左侧一下，右侧一下，仰起头，拨下鼻尖的灰尘。她踩下鞋子，趿上拖鞋。春天将门虚掩好。

我站着。小莉走过来后，我才坐下来。如果小莉聪明点，就可以将这一切反常的响动、举动与偷情联系起来，这是女人天生的本领。"我有点发热。"我有气无力地说。小莉摸我额头，又摸她自己的。一样的温度，她摸出不同来。她说："是啊，你瞧你，连这点都照顾不好自己。"她皱着眉去倒热水。水哗哗地落向杯底，她仰起头，脑子有空来想一想有什么不对劲的地方。但什么也没想到。她看着杯子接满，端过来。春天的房门悄然关上。实际上直到小莉再度出门，她连春天是不是在家都不知道。我看着小莉找到那张单子匆匆出门，想到春天恬不知耻的声音。春天说："我怎么就这么喜欢你呢。"

没什么意思。用巨大的甚至是充满一生的风险所交易来的只是这么一点潦草的享受。

17

"好吧。"她关上门，对不起。我还没弄懂情况，事情便结束了。一想到自己本有可能进入她身体，我便懊悔不及。我就要撩开美人儿的短裙，让她一条腿抬起、战栗，让她胸部微微颤抖。我进入时她会蜷缩，像被虫子蜇了一下。但我推开她。

我看到垂死的我在看现在的我，他有着孩童般的倔强，为今夜耿耿于怀，泪花翻滚，不停哼叫。而现在的我反复解释，这是不能碰的毒汁，这一响之欢揭开的是背叛、分裂、杀戮和万劫不复。他说："我还不知道你，你的想法和我一样。"

最终，我阔步走向她房间。手指触到门时，谨慎起来。这倒不是因为要打退堂鼓。门吱吱呀呀的，比平日响得厉害。她面朝窗侧躺着，对准烟灰缸弹烟灰。她没有转身。"你饿吗？"我说。她伸直手摆动。"我有点饿。"我说。这和我想象的完全不一样。她继续弹烟灰。我以为我们能很快抱在一起撕咬呢。"是不是身体不舒服？"我说。我快站立不住。我授权自己坐向席梦思一角，感觉把它都坐塌了。"别喝那么多。"我说。

"没事。"她的话都是醉的。

"没事就好。"

她也许正犯困。"以后少喝点。"我继续说。我想我的意思够明显了。我站起身欲走。"给我倒点开水好吗？"这时她说。虽然最后两个字让人听着不舒服，但我还是将它当成是最愉快的任务。我倒一半热水一半凉水。水哗哗地往下流，那玩意儿硬到极点。我等它软下来一点，才走回去。我的心脏从没像现在这样跳得猛烈。

"谢谢。"她说，将毯子扯起来，盖住光溜溜的大腿。

"最近生意还好吗？"我又坐在席梦思角上。

"就那样。"

"我看你也不怎么上班。"

我上班不上班关你屁事，她没说话。我接着说："别太累。"她坐起端水喝，喝了一半，又躺下去。"谢谢你。"她说。

"别客气。"

"你知道吗？有句话是这么说的，在错的时间遇见对的人，或者，在对的时间遇见错的人。"她说。

"我知道。"

"也许可以这样说，错的人遇见错的人，或者，对的人遇见对的人。但是，对的人遇见对的人时，时机又过去了。"

"我知道。"

"你知道什么？"她坐起来。她的脸色你判断不出来是对你有兴趣还是没兴趣。"我知道。"我说，隔着毯子捉住她的腿。它试图抽回去。我捉紧它，它便不怎么挣扎。

"别这样。"她说。

我爬上去。她俯视我，像俯视一条狗。"不要这样。"她继续说。我摸到她的胸脯，我的手本来就大，却盖不住她的胸。它真是个好东西——弹力十足的气球。"不好，"她拨开我的手，"不要这样。"

"我偏要。"

"我现在兴致不高。"

"很快会高的。"

我扒她的 T 恤。她可以扯住它,但头部却扭动着配合。"对不起,我兴致不高。"她说得很诚恳。我扒在她身上,吮吸着她。我快控制不住了。差不多时,我扒下她的裙子和内裤。那里和别的女人没什么不同,但我眼睛直了。我直勾勾看着,直到她的膝盖弓起来大腿也并拢起来。它冒着干净的热气。就像酒醉带来的燥热是从这里蒸发出来的。"对不起。"后来她只会说这个了。我知道她为什么说这个:她下边干得发烫,即使所有的水泼上去即使每隔一秒泼一次,它也会即时干掉。这就是拒人千里的火炉,万无一失的贞操锁。

"对不起。"她说。

"你确实对我没兴趣。"

"不是这样。"

"那是怎样?"

"我很少会有这种好事。"

"为什么?"

"不知道,只是害怕。"

"别怕。"

"我不怕,是它自己怕。我恨死它了。"

"别怕,会好的,你要放开。"

"我知道,对不起。"

我的兴致差起来。我算是偷情,却什么也没偷到。我要走时,她又说:"也许我们可以去浴缸。"

"哪里有浴缸?"

我们还是去卫生间。我打开水龙头,冲洗她,给她胡乱涂抹沐浴液,给自己也涂了一些。她借着酒醉哭。我说别哭,将她推到墙上。我不能将她推倒在地。我努力十几次也没找到窍门,我害怕我们两个摔死了。

"别哭了。"我吼起来。她果然不哭，我像重病一样叹息一声。我低下头。我们活像两个挫败而又可以互相指责的人。

"我跟别人可以二十分钟四十分钟的。"我说。

"对不起。"她抱住我。我们像两条鱼滑来滑去，但她还是努力抱紧我。"对不起。"她说。我不知道为什么同样是羞耻，她的来得要更强烈些。她可以说，"你真没用。"或者就只是叹息一下，我便会溃败。但她只是责怪自己。嗯。我开始表现得不耐烦，我试图挣开她双臂。

后来在沙发上，她拉我的手，我的手却总是抽出来。她捉回去几次，不再捉，叹息起来。她老了。虽然只有二十岁。虽然有的女人要到二十三四岁才像花儿一样绽放，她却已经凋零枯萎。在不久前她还是块新鲜水嫩的豆腐，现在却像隔夜多天，又干又硬。她的毛孔干涩，脑后白发丛生。当水柱冲向她时，我俯视她脚趾过长、大腿粗短、腹部已然隆起，像是悬挂的沙袋，不久脂肪将坠沉于底部。乳晕发黑。她的肉身自有一种欲望，并非是性欲，而是那些器官、肌体试图挣脱心灵的约束，恣意松弛起来。它们之间过于紧张的关系使她又干又硬。

她的臀部肥大松软。这就是被我无限想象的女神。她去房间里接听手机，说："我没回来住，我在看店。"她出来时，衣服已穿好。

"你要吃点东西吗？"她说。

"嗯。"

"那我们出去吃？"

"嗯。"

"我帮你买回来？"

"嗯。"

"家里还有水饺吧？我做水饺给你吃吧。"

"嗯。"

"你说话啊。"

"嗯，"我说，"我不怎么饿。"

18

直到吃晚饭,她才被小莉拉出来,我宁愿饿着,我住你们的,还要吃你们的。她举着筷子不动。我说吃菜,她才夹盘边菜叶。"吃肉,多吃点。"小莉大声招呼,她却连菜叶也不敢夹。最终我们帮她夹上一大堆。

她精神紧张,生怕没听见我们的话。可无论问的是长话还是短话,她都只嗯一下,就像海绵,吞吸你任何的好意。我变得不愿说话,也不愿看电视。每当我走向客厅,她都站起来,将遥控器放于茶几,回房去。偶尔来不及站,便缩着身躯,挪向沙发角落。当我走掉,她也不会换掉我看过的频道,就是我一小时不回来,她也不换。我像是住在宾馆,举止端庄,气氛刻板,不可能再半裸着自由走动,或将腿架在茶几上一边看电视一边睡觉。地上连颗茶叶末也没有,春天反复打扫。盥洗池擦拭得像光亮的银器。

"我还是应该交点伙食费。"她这样说。

"你也太见外了吧。"小莉说。

"你看我总是吃。"

"你跟我生分什么?"

小莉有时去她房间,和她聊天。"她偶尔抽烟,有时写点日记。"小莉说。她们也失去原来在校园的感觉,那用粗野义气建立起的关系如今变得冰冷客套。在台灯下,放着鞋面龟裂但被擦净的松糕鞋。春天说这可能是她唯一的家产。

有天,这个勤快的人在拚命拖一块粘了油渍的地面时,不小心碰及酒杯。这是小莉精挑细选买回的几只玻璃酒杯之一。我将它放在茶几上,准备回过邮件就去喝。现在它栽向地面。春天扔掉拖把,反身跪下,试图接住。她动作如此迅捷,却还是没挡住它摔碎。

"你没事吧?"我说。

"对不起。"

"我是问你人有没有事。"我望着她膝盖之下的玻璃碎碴儿。

"没事，对不起。"

她站起来，眼神里有东西汩汩而出，但还是低头压制住这情感。她感激于这只有亲人间才有的宽宏大量，但她很快告诉自己这只是奢望，这不过是男主人遥远的同情或者男人们本该有的大气。有几天她更加不敢看我。现在想来这可能是她新一轮爱情的开端，因为她蠢蠢欲动，试图测试这种关系是否存在。比如涂口红，戴耳环，改换发型。另外，在那件惯穿的商场制服之内，会不时换一件艳丽的衬衣，或者低胸T恤。有时则蹬红色高跟鞋。每天都会有一件代表着春心荡漾的东西。就像同性恋男子，总是能让人们从衣着与举止里察觉出一点端倪来。而这端倪正是他想暗示给心上人的。

她生了场病。

她以为会招来同情。嗯唵、嗯唵、嗯唵。她谨慎地呻吟着，节奏缓慢，像是在召唤我。我不为所动。小莉回来后，为了证明不是表演，她愈加疯狂地哼唧。到最后我都怀疑她是不是真得了重病。

"你怎么了？"我们问。

"我快要死了，"她悲啼着，眼泪朝外滚，"你看，都没什么血色。"

"喝点热水吧，我这就去倒。"我说。

"嗯唵，我快死了。"

"那要不要送你去医院？"小莉说。

她摇摇头，自顾流泪。我们离开时她重新哼叫起来。她在歌唱自己无尽的孤独，我想。房间里像是有条永恒的声音溪流，流过橱柜、电视、纸盒子以及一切凹凸不平的物质，塞满整个空间，使我们烦躁到几乎要自杀或者杀人。这像农民一样含糊不清虚张声势技艺粗鄙的声音迫使我和小莉先后离开家。

她过生日时，不知从哪里弄来一笔钱，买了威士忌、北京烤鸭及许多奢华到只有上流社会才能吃到的食物。我请了你们而不总是作为虫子寄生于此，她脸上闪耀尊严的光芒。她邀请我们浪饮。我们本不善饮，一会儿醉态百出。我们第一次表现得像是一家三口。她屈膝挪过来，骑坐于我的大腿。小莉只是愣了一下,也爬过来,跟着一起用食指托起我的下巴。

"我应该叫你什么好呢?"春天说。

"姐夫。"小莉说。

"那好,姐夫我问你一个问题,我和小莉一起做你老婆好吗?小莉你同意吗?"

"同意,一万个同意。"小莉说。

"你看小莉都同意了,姐夫你说句话。"

她骑着双腿往我身上靠,我挣扎不停。她饮了一口爬下去。她都走开了,忽然转身,指着我硬起的裆部,像螺旋桨一样加速狂笑。然后上气不接下气地说一件旧事。小莉想必听过,却还是撺掇她讲。她花了很大力气才算克制住自己,说:"他说,他很久没做,希望我能原谅;我说,我原谅;他说,你原谅就好;我开始脱衣服;他想制止;我说,你怎么了;他说,你已经原谅我了,我确实很久没做;我说,没事;我脱完让他脱;他悲哀地指着自己下面,那里湿湿一团,已经射过了。"她撕心裂肺地笑起来。小莉将酒喷出来,点燃我们新一轮的狂笑。我们身上像绑满炸药,随便因为什么便炸起来,不可控制地笑。这时我才知笑是恐怖的事,我们的影子在墙上晃荡,每个器官都在震颤,我们挣脱不开这苦刑。最终我戛然而止,小莉跟着停下,只有春天还在做出努力。我感到厌恶。压根没什么好笑的。她尴尬的笑声像几颗爆竹在原野孤单炸响。

两天后,小莉回去看生病的娘,春天在暮色降临时醉醺醺归来。和以前比判若两人。她踩着高跟鞋,穿着低胸T恤、红色超短裙,像是风暴中的树摇曳着回家。在柔和的灯光照射下,她涂着浓烈口红的嘴唇微微张开,喷着动物一样的气息。当我从卫生间走出来,她捞向我两腿之间,缓缓向上移动。我双腿发抖,心里发虚,在她的舌尖就要舔到我耳根时,我推开她。

"不要这样。"我说。

她不太相信。继续恬不知耻地抓。我捉住，说："够了。"她又羞又怒。为了让她明白我不会告诉小莉，我说："没事，这没什么，这很正常，喝多了都这样。"

我走回自己房间，听到她说："好吧。"

19

她拖着皮箱，自楼梯上来。她没坐电梯。滑轮触碰台阶，发出难听的摩擦声。到达家门前她停下脚步，我不确定是不是这里。门后贴着我的计划，完成的用红笔抹掉，正在进行的用蓝笔标注进度。小莉在它周围贴上各种纸条，我爱庆庆、庆庆加油之类。我大小莉十五岁。春天开始拨打小莉的电话。

"我想接我同学过来住段时间。"上周，小莉这样说。我感到不快，小莉搂着我不停撒娇。现在这位客人来了。小莉打开门，爆发出鸟叫那样的欢呼。但此人毋宁说已不是她的同学，或者说已被时光打磨得让小莉认不出来了。她灰头土脸，神情悲戚，摆着讨好的僵笑。她朝我鞠躬，不听劝阻，脱鞋走进我们家。她不确定自己会被允许待多久。在躬身时，她的两只乳房朝下跳了一下。作为男主人，我走到门边，将她的行李提进来。

护城河缓慢流淌，一片静寂，风吹出波纹（白天它是土黄色的，泛着白沫，飘荡着沿途居民抛弃的剩饭剩菜、死猫死狗，如今漆黑，只有一处反射着路灯的光），明早要下雨。

这里只剩我和她。我们看着远处一言不发。我一次次举起酒瓶，她有样学样。我的一生毁于那个完全没必要的电话。我拨打过去，她在忙别的事儿，旁边站着吃醋的男人。后来她对我说："这世上也只有你还会来过问我，你在电话里说，对，就这事，专门问问。"

"我没法通过和别人在一起来摆脱对你的爱你知道吗?"她强调。我因为深陷于这可怕的事实而全身筛糠,在电话里语无伦次。"我根本没办法摆脱对你的爱。"她说。我说:"早点睡吧,时间不早了。"我寄希望于睡眠能使她冷静。可第二天她从电话亭打来上百个电话。"够了,我说你他妈的够了。"我甩动手臂,就像那里真的粘着讨厌的虫子。我差点踩扁手机,但还是捡起来,重新装好。我既害怕听见她的声音,又不得不依靠它告诉自己:至少现在她还活着,还未因你而死。

"你到底要干吗?"我说。她没完没了地哭。我挂掉电话她会重拨过来。她疯了。后来我以其人之道还治其人之身,不停反拨,她一接通我便挂掉,直到她不再接了。我想她有可能去死。"好吧,"我对自己说,"死吧。"

一小时后,她换一间电话亭打来,说:"我只是好怀念你对我的好。"

"我不想对你好。"

"我知道,我没资格让你这样。"

"对不起。"

她沉默许久才说:"没事。"就像小偷顺着脆弱的绳子从楼上慢慢溜下来,我快安全着陆了。我说:"答应我,好好生活。"她让我听了一会儿心如死灰的呼吸,说:"我会好好的,谢谢你。"电话挂上后,我被汹涌而至的愧疚淹没。这可能是世上最珍贵最不容亵渎的感情了,这感情泛着原谅、宽容甚至是同病相怜的光芒。但不久她又打来,说:"我还是想见你。"

"我们已经分干净了。"

"只见一次,最后一次。"

"你有完没完?"

"只见一次还不行吗?分手后连见次面也不行吗?"

"不行。"

"我求你了。"

"我也求你。"

我挂掉电话。我们重复了上一番气急败坏的游戏。最终我说:"好,七点护城河见。"她既不欢欣鼓舞,也不垂头丧气,只是冷漠地说好。她只是一定要达成此事。我给小莉留下纸条:我打牌去了,勿念。我爱你。途中我买下一打百威啤酒、一瓶敌敌畏。我这就将我的尸体带去送给你。我走得飞快。她早到了。她试图站起来,看到我气冲冲的嘴脸还是坐回去。她头发凌乱,神情苦涩,脸上布满泪痕,试图摸我的手,被掸开。我说:"这是啤酒。这个呢,是敌敌畏,懂吗?"她惊惧地点头。我说:"你不是叫我来吗?我来了,找我什么事?"她低下头。"什么事?"我吼道。她伸出双手,可怜巴巴地看着我。"抱抱我。"我嫌憎地转过身去。她翻出一个纸团,说:"你知道这是什么吗?"我瞟了一眼。"这是你的精液。"她说。

"拿到公安局去告我强奸吧。"我说。

"不是这个意思。"

"那拿给小莉看吧。"

"也不是。"

"那你要干吗?"

"我们合二为一过。"

"你这样的伎俩让人恶心,"我站起来,"还有别的事么?"

"我想来想去,我还是爱你。"

我就知道会这样。我摇晃着敌敌畏,说:"我这就去死。"她拚命摇头,我不是要你这样。"我死给你看。"我说。她跌跌撞撞爬过来,抱住我双腿,我怎么拔也拔不出来。眼泪糊了我一裤子。我想天上有人,一定能看见我孤苦上视的目光,一定能看见我被箍死在大地的双腿。"你别喝。"她啼哭起来。我拖着她走到椅边,将敌敌畏放下去,拿起啤酒,咬开瓶盖。

"你的酒量是几瓶?"我阴阳怪气地问。

"五瓶。"

"好。"总共十二瓶,我将多余的两瓶抛到河里,"你五瓶,我五瓶。"

"好。"

"一醉解千愁。"

"好。"

"那你坐下来，我们喝。"

各自喝到第四瓶时，我将剩余两瓶的瓶盖也咬开。"这是最后一瓶。"我将它们各倒掉一半，倒进去敌敌畏。那恶心的味道飘进我鼻孔。我酸楚起来，说："只有这法子了。"

"什么法子？"

"不求同年同月同日生，但求同年同月同日死。"

她惊愕地看着。"我没办法和你在一起，只能下去，"我晃荡着眼泪和鼻涕，"我没办法，春天，你知道吗？"她强颜欢笑。或许是耻笑自己，或许是耻笑命运，也有可能是装着为有这样一个多少还算说得过去的结果而开心。她抓起第四瓶酒狂饮。"死就是那样，就是一下子，"我喝得稳重多了，"可能有点痛苦，但也就三四秒的事情。"

"就像被打了一拳，我们晕过去，晕过去就不再醒来。"我接着说。

"对不起。"我继续说。

"对不起什么？"她总算回答了。

"我不能在阳世照顾到你。"

"我不怪你。"

"到下边去，我对你好一点。"

"嗯。我会对你十倍的好。"

"我厌恶这世界。"

"我也是。"

"可以我一个人去。"

"我一个人去吧。"她的眼泪再也控制不住。

"我们一起，"我说，"你过来，让我抱抱你。"

我张开双手，她摸索过来，跨坐在我身上。我们紧紧抱着。她的身体一直抽搐。我不时抓起酒瓶喝一口，她也这样。我泪流满面，说："我并不爱你，但对你怀有亲情。我下去再好好照顾你，好不好？"她哭出声音来。我说:"别哭。"

"嗯。"她庄重地说。

"喝完这瓶,我们就走。"

"嗯。"

"你先来,我来帮你处理,然后——"

"嗯。"

"你先走——"

"嗯。"

"然后我就来。"

她可是将我抱了又抱,吻了又吻。我摇头晃脑,看起来悲不自胜,对社会充满仇恨。她喝光第四瓶,抓起第五瓶。这啤酒瓶子和敌敌畏的颜色是一样的琥珀色。她喝了一小口便弯下身子呕吐,但她还是再喝两大口,确定喝进去一些。我也举起第五瓶。她抱着头,跌跌撞撞走开,几次要跌倒。不一会儿便口吐白沫,眼也像失明,伸出双手摸索。我放下酒瓶。她晃到河边,颤巍巍地站在防洪墙护沿上。她曾转头看着一棵树,也许她觉得那是我,最终哀鸣一声,栽进冰冷的河里。

我望着道路、斜坡和远处的小区,我家灯火已明。她沉向水底。我还以为需要将她推下去,但她自己跳进去了。我将属于我的第五瓶以及我们喝过的所有空瓶子都找出来,一一丢进水里,然后背脊发凉地坐在长椅上。她沉到水底了。河面漆黑,远方如深井,世界寂静,就像个口袋。她沉到水底了。后来我听见一阵微小的拍打声。我跳过去,看见春天的双手够到防洪墙的水泥护沿,不停颤抖。她身上挂满水草和污物,往下滴着水,她连抬头的力气都没有,呼吸粗重地往外喷。因为疼痛,她交替使用双手。我准备一脚踩向那剧烈颤抖的手,最终停在半空。何必多此一举。不久,她果然支撑不住,又掉进河里。为了让她顺利地去另一个世界,地球裂开一道口子,在她掉进去后,裂缝同时合上。

(原刊于《收获》2013 年第 1 期)

平原上的摩西

双雪涛

庄德增

一九九五年，我正式从市卷烟厂脱离了关系，带着一个会计和一个销售员南下云南。离职之前，我是供销科科长，学历是初中文化，有过知青经历，返城之后，接我父亲的班，分配到卷烟厂供销科。当时供销科是个摆设，一共三个人，每天就是喝茶看报。我因为年轻，男性，又与厂长沾点表亲，几年之后，提拔为科长，手下还是那两个人，都比我年岁大，他们不叫我科长，还叫我小庄。我与傅东心是通过介绍人认识，当时她二十七岁，也是返城知青，长得不错，头发很黑，腰也直，个子不高，但是气质很好，清爽。她的父亲曾是大学老师，解放之前在我市的大学教哲学，哲学我不懂，但是据说她父亲的一派是唯心主义，反右时被打倒，藏书都被他的学生拿回家填了灶坑或者糊了窗户。"文革"

时身体也受了摧残，一只耳朵被打聋，"文革"后恢复了地位，但已无法再继续教书。他有三个子女，傅东心是老二，全都在工厂工作，没有一个继承家学，且都与工人阶级结合。

　　我与傅东心第一次见面，她问我读过什么书，我绞尽脑汁，想起下乡之前，曾在同学手里看过《红楼梦》的连环画，她问我是否还记得主人公是谁。我回答记不得，只记得一个女的哭哭啼啼，一个男的娘们唧唧。她笑了，说倒是大概没错。问我有什么爱好，我说喜欢游泳，夏天在浑河里游，冬天去北陵公园，在人造湖冬泳。当时是一九八〇年的秋天，虽然还没上冻，但是气温已经很低，那天我穿了我妈给我织的高领毛衣，外面是从朋友那里借的黑色皮夹克。说这话的时候，我和她就在一个公园的人造湖上划船，她坐在我对面，系了一条红色围巾，穿一双黑色布带鞋，手里拿着一本书，我记得好像是一个外国人写的关于打猎的笔记。虽然从年龄上说，她已经是个老姑娘，而且是工人，每天下班和别人一样，满身的烟草味，但是就在那个时刻，在那个上午，她看上去和一个出来秋游的女学生一模一样。她说那本书里有一篇小说，叫《县里的医生》，写得很好，她在来的路上，在公交车上看，看完了。她说，你知道写的是什么吗？我说，不知道。她说，一个人溺水了，有人脱光了衣服来救她，她搂住那人的脖子，向岸边划，但是她已经喝了不少水，她知道自己要死了，但是她看见那人脖子后面的汗毛，湿漉漉的头发，还有因为使劲儿而凸露出来的脖筋，她在临死之前爱上了那个人，这样的事情是会发生的，你相信吗？我说，我水性很好，你可以放心。她又一次笑了，说，你出现的时间很对，我知道你糙，但是你也不要嫌我细，你唯一看过的一本连环画，是一本伟大的书，只要你不嫌弃我，不嫌弃我的胡思乱想，我们就可以一起生活。我说，你别看我在你面前说话挺笨，但是我平常不这样。她说，知道，介绍人说你在年轻点的时候就是个头目，呼啸山林。我说，但凡这世上有人吃得上饭，我就吃得上，也让你吃得上，但凡有人吃得香，我绝不让你吃次的。她说，晚上我看书，写东西，记日记，你不要打扰我。我说，睡觉在一起吗？她没说话，示意我使劲划，别停下，一直划到岸边去。

婚后一年，庄树出生，名字是她取的。庄树三岁之前，都在厂里的托儿所，每天接送是我，因为傅东心要买菜做饭，我们兵分两路。其实这样也是不得已，她做的饭实在难以下咽，但是如果让她接送孩子就会更危险。有一次小树的右脚卡在车条里，她没有发觉，纳闷为什么车子走不动，还在用力蹬。在车间她的人缘不怎么好，扑克她不打，毛衣她也不会织，中午休息的时候总是坐在烟叶堆里看书，和同事生了隔阂是很正常的事情。八十年代初虽然风气比过去好了，但是对于她这样的人，大家还是有看法，如果运动又来，第一个就会把她打倒。有天中午我去他们车间找她吃饭，发现她的饭盒是凉的，原来这样的情况已经持续了一段时间了，每天早上她把饭盒放进蒸屉，总有人给她拿出来。我找到车间主任反映情况，他说这种人民内部矛盾他也没有办法，他又不是派出所所长，然后他开始向我诉苦，所有和她一个班组的人，都要承担更多的活，因为她干活太慢，绣花一样，开会学习小平同志的讲话，她在本子上画小平同志的肖像，小平同志很大，像牌楼一样，华国锋同志和胡耀邦同志像玩具一样小。如果不是看在我的面子上，早就向厂里反映，把她调到别的车间了。他这么一说，倒让我有了灵感，我转身出去，到百货商店买了两瓶西凤酒，回来摆在他桌上，说，你把她调到印刷车间吧。

傅东心从小就描书上的插图，结婚那天，嫁妆里就有一个大本子，画的都是书的插图。虽然我不知道画的是什么，但是挺好看，有很高的大教堂，一个驼子在顶上敲钟，还有外国女人穿着大裙子，裙子上面的褶子都清清楚楚，好像能发出摩擦的声音。那天晚上吃过饭，我拿了个凳子去院子里乘凉，她在床上斜着，看书，小树在我跟前坐着，拿着我的火柴盒玩，一会举在耳边摇摇，一会放在鼻子前面，闻味儿。我家有台黑白电视机，但是很少开，吵她，过了一会儿傅东心也搬了个凳子，坐在我旁边。明天我去印刷车间上班了，她说。我说，好，轻巧点。她说，我今天跟印刷的主任谈了，我想给他们画几个烟盒，画着玩，给他们看看，用不用在他们。我说，好，画吧。她想了想说，谢谢你，德增。我不知道该说什么，就笑笑。这时，小斐她爸牵着小斐从我们面前走过。我们这趟平房有二十几户，老李住在紧东头，在小型拖拉机厂上班，钳工，方脸，中等个儿，但是很结实，从小我就认识他。他们家哥三个，不像我是独一个，老李最小，但是两个哥哥都怕他，"文革"那时候抢邮票，他还扎伤过人，我们也动过手，但是后来大家都把这事儿忘了。结婚之后他沉稳多了，能吃苦，手也巧，是个先进。他爱人也在拖拉机厂，是喷漆工，老戴着口罩，鼻子周围有一个方形，比别处都白，可惜生小斐的时候死了。老李看见我们俩，说，坐得挺齐，上课呢？我说，带小斐遛弯去了？他说，小斐想吃冰棍，去老高太太那买了一根。这时小斐和小树已经搭上话，小斐想用吃了一半的冰棍换小树的火柴盒，眼睛瞟着傅东心，傅东心说，小树，把火柴盒给姐姐，冰棍咱不要。傅东心说完，小树"啪"的一声把火柴盒扔在地上，从小斐手里夺过冰棍。小斐把火柴盒捡起来，从里面抽出一根火柴，划着了，盯着看，那时候天已经黑了，没有月亮，火柴烧到一半，她用它去点火柴盒，老李伸手去抢，火柴盒已经在她手里着了，看上去不是因为烫，而是因为她就想那么干，她把手里的那团火球向天空扔去，"刺刺啦啦"地响，扔得挺高。

蒋不凡

从部队转业之后，我跟过几个案子，都和严打有关。抓了不少人，事儿都不大，跳跳舞，夜不归宿，小偷小摸，我以为地方上也就是这些案子，没什么大事儿。没想到两年之后，就有了"二王"，大王在严打的时候受过镇压，小王在部队里待过，和我驻扎的地方离得不远，属于蒙东，当时我就听说过他，枪法很准，能单手换弹夹，速射的成绩破过纪录。两兄弟抢了不少地方，主要是储蓄所和金店，一人一把手枪，子弹上千发，都是小王从部队想办法寄给大王的，现在很难想象，当时的一封家信里夹着五发子弹。他们也进民宅，那是后期，全市的警察追捕他们，街上贴着他们的通缉令，两人身上绑着几公斤的现金和金条，没地儿吃饭，就进民宅吃，把主人绑上，自己在厨房做饭，吃完就走，不怎么伤人，有时还留点饭钱。再后来，两人把钱和首饰扔进河里，向警察反击。我们当时都换成便衣，穿自己平常的衣服，如果穿着警服，在街上走着就可能挨枪子儿。最后，那年冬天，终于把他们堵在市北头儿的棋盘山上，我当时负责在山脚下警戒，穿着军大衣，枪都满膛，在袖子里攥着，别说是有人走过，就算是有只狍子跑过去，都想给它一枪。后来消息传下来，两人已经被击毙了，我没有看到尸体，据说两人都瘦得像饿狗一样，穿着单衣趴在雪里。准确地说，大王是被击毙的，小王是自己打死自己的。那天晚上我在家喝了不少酒，想了许多，最后还是决定继续当警察。

一九九五年刚入冬，一个星期之内，市里死了两个出租车司机，尸体都在荒郊野外，和车一起被烧得不成样子。一个月下来，一共死了五个。但是也许案子有六起，其中一个人胆小，和他一个公司的人死了，他就留了心，有天夜里他载了一个男的，觉察不对，半道跳车跑了，躲在树丛里。据他的回忆，那人中等个儿，四十岁左右，方脸，大眼睛。但是他不敢确定这人是不是凶手，因为他在树丛里看见那人下车走了，车上的钱没动。这个案子闹得不小，上面把数字压了下去，报纸上写的是死了俩，失踪了一个。我跟领导立了军令状，二十天内破案。我把在道上混的几个人物找来，在我家开会，说无论是谁，只要把人交出来，以后就是我亲兄弟，在一口锅里吃饭，一个碗里喝汤。没人搭茬，他们确实不知道，应该不是道上人，是老百姓干的。我把这五个司机的历史翻了一遍，没有任何交集，有的过去给领导开小车，有的是部队转业的运输兵，有的是下岗工人，把房子卖了，买了个车标，租房子住。烧掉的汽车我仔细勘察了几回，两辆车里都发现了没烧干净的尼龙绳，这人是把司机勒死，拿走钱，然后自己开车到荒郊，倒汽油烧掉。有了几个线索，杀人的人手劲不小，会开车，缺钱，要弄快钱。因为和汽车相比，他抢的钱是小头，但是他没关系，车卖不出去或者他没时间卖，一个月作案五起，不是缺钱的话不会冒这么大的险。回头跟技术那头的人又开了一个碰头会，他们说，光油箱里那点油不能把车烧到这么个样，这人自己带了汽油或者柴油。

又多了一条线索，能搞到汽油或柴油。

这时候已经过了十天。我到领导的办公室，坐下，说，领导，这个案子不好破。领导说，你是要钱还是要人？上面给的压力很大，最近晚上街上的出租车少了一半，老百姓有急事打不着车。军令状的事儿放在一边，案子破了，甭管是什么方法，提你半格。我说，领导，我觉得干警察就是给人擦屁股。领导说，你啥意思？我说，没啥意思。你跟上面说一下，全市出租车的驾驶位得加防护罩，凶手使的是绳子，就算有点别的，估计也是冷兵器，加了防护罩，安全百分之九十，就算这个人逮到了，以后说不定还有别人，防护罩必须要有。领导说，这可是不少钱，不一定能批下来。我说，最近满大街都是下岗工人，记得我们前一阵子抓的那个人？晚上专门躲在楼道里，用锛子敲人后脑勺，有时候就抢五块钱。你把这几个案子的现场照片带去，让上面看看脑浆和烧焦的骨头。他说，我想想办法吧，说说现在这个案子的思路。我说，我手下有六个人，有一个女的不会开车不算，剩下五个，你找五辆车，不加防护罩，晚上我们开出去。

几天之后，我给手下开了个会，我说，这事儿有风险，不想干的可以不干，干成了，能记功，也有奖金，干不好，可能把自己搭进去，跟那五个出租车司机一样，让人烧了。你们自己琢磨。赵小东说，头儿，奖金多少？我知道他媳妇正怀着孕，这十几天他基本没着家，我最担心他退。我说，奖金没说死，五千起吧。几个人干几个人分。他点点头，没再说话。

一九九五年十二月十六日晚上十点半，我们五个人，全都是男的，正式出车，每人带了两把枪，一把揣在腋下，一把藏在驾驶位的椅子底下。我提了几个注意点，第一，一个或者一个以上成年男子，打车要去僻静处；第二，孤身一人成年男子，上来就坐驾驶座正后方；第三，身上有汽油或者柴油味的人。如果是女人或者带小孩儿的，就推说是新手，不认识路，不拉。最后一点，如果发生搏斗，不要想着留活口，因为对方是一定想着要你命的。

我们在路上跑了三天，没有收获。小东说拉过三个有嫌疑的男的，要去苏家屯，他就小心起来，听他们说话，是本市口音。其中一个半路要到路肩尿尿，小东就把枪掏出来插在棉鞋里，结果那人尿完回来，三个继续说话，好像是兄弟三个，回去给父亲奔丧，其中一个上车之前和女人喝了酒，尿就多。到了苏家屯，灵棚已经搭好，小东下车抽了支烟，看他们两个扶着一个走进灵棚去跪下，然后上车开了回来。

第八天，十二月二十四日夜里十点半，下点小雪。我把车停在南京街和北三路的交口，车窗开了一条缝，抽烟，抽完烟准备睡一会，那段时间觉睡得断断续续，不一定什么时候就困得不行。路边是一个舞厅，隐约能听见一点音乐声，著名的平安夜歌曲，铃儿响叮当，坐在雪橇上。前面一辆车拉上一个穿着貂皮的中年女人走了，我把车往前提了提，把烟头扔出窗外，车窗摇上。这时从舞厅南侧的胡同里，走出两个人。一个中年男人领着一个十二三岁的女孩儿，男的四方脸，中等个，两只手放在皮夹克的兜里，皮夹克是黑的，有很多裂缝，软得像一块破布，女孩儿戴着白口罩，穿着一条蓝色的校服裤子，上身是一件红色羽绒服，明显是大人的衣服，下摆在膝盖上面。

她还背着一只粉色书包。书包的背带已经发黑了。头发上落着雪。

男的走过来敲了敲车窗，我把窗户摇下来，他朝里看了看，说，走吗？我摆摆手，不走，马上收了。他指了指那个孩子，去艳粉街，姑娘肚子疼，那有个中医。我说，看病得去大医院。他说，大医院贵，那个中医很灵，过去犯过，在他那看好了，他那治女孩儿肚子疼有办法。我想了想说，路不太熟，你指道。他说，好。然后把后面的车门拉开，坐在我后面，女孩儿把书包放在腿上，坐在副驾驶。

艳粉街在市的最东头，是城乡接合部，有一大片棚户区，也可以叫贫民窟，再往东就是农田，实话说，那是我常去抓人的地方。

男人的手还放在兜里，两只耳朵冻得通红，女孩儿眼睛闭着，把头靠在座椅上，用书包抵着肚子。开了一会儿，在转弯处他都及时指路。又过了一会儿，我说，大哥有烟吗？借一根。他从兜里摸出一根递给我，我用自己的打火机点上。我说，大哥做什么的？他说，原先是工人，现在做点小买卖。我说，现在工厂都不行了。他说，有个别的还行，601所就挺好。我说，那是造飞机的。他说，嗯，有个别的还行。我说，现在做点什么买卖？他看了一眼后视镜，说，一点小买卖，上点货，卖一卖，卖过好几样。我说，你爱人呢？他说，你在前面向右拐，一直开。眼看着要从艳粉街穿过，向着郊区去了，女孩儿一直闭着眼，不动弹，男人眼睛看着窗外，好像是不想再说话了。我说，现在干什么都不容易。他说，嗯。我说，就像开出租车，白天警察多，开不起来，晚上倒是松快，还怕人抢。他说，没什么事儿吧。我说，你是不看新闻，前一阵子夜班司机，死了五个。他又看了看后视镜，肩膀动了动，说，抓着了吗？我说，没啊，那哥们不留活口，不好抓，我算看明白了，人要狠就狠到底，才能成点事儿，撑死胆大的，饿死胆小的。他没回答，拍了拍女孩儿肩膀，说，好点了吗？女孩儿点点头，手把书包紧紧攥着，说，前面那个路口右拐。我说，右拐？你不是要去艳粉吗？她说，右拐，我要去艳粉后面。我打了个轮，把车慢慢停在路边，说，大哥不好意思，憋不住了，只要不抬头，遍地是茅楼，你和大侄女在车里等一下。他说，左拐，马上到了。我说，你们爷俩商量一下，到底往哪拐。我要尿裤子了。他说，马上到了。我转过头看他，手顺势伸进怀里，说，这一片黑，哪有诊所啊。女孩儿突然把眼睛睁开了，一双大眼睛，瞳仁几乎占据了所有的地方，她说，爸，我刚才放了屁，好了。男人的下巴僵着，说，好了？她说，是，刚刚我偷偷放了一个屁，不臭，然后就好了，我想下车。男人看了看我，说，爸也要上趟厕所，你先在车里等着。然后拉开车门出去，我把钥匙拔下来，也下了车，把车门锁好。这时的雪已经大了起来，风呼呼吹着，往脖子里钻，远处那一大片棚户区都看不清了，像是在火车上看到的远处的小山。他慢慢走到杂草丛，撒了泡尿，我把枪掏出来，站在他背后。他转过身来，一边系裤腰带，一边看着我说，哥们，你弄错了。我说，甭跟我说这个，别系了，把裤子脱了。他说，你去厂里打听打听，我是什么人。我说，把嘴闭上，裤子脱了。他把裤子褪到脚腕子，我从后腰拿出手铐，准备给他铐上。他说，别让孩子看见，这叫什么样子？我照着他内裤踢了一脚。他没躲，说，那诊所就在前面，是我朋友开的，你可以查一下。这时一辆运沙子的大卡车靠右侧驶来，我突然意识到，我的车没打双闪，路面上都是雪。卡车似乎犹豫了一下，还是撞上了，出租车的尾部马上烂了，斜着朝我们这边的草丛翻过来。就在我被一片手掌大的车灯玻璃击中的瞬间，我朝那个男人站立的方向开了一枪。

李 斐

到底从什么时候开始，我的记忆开始清晰可见，并且成为我后来生命的一部分呢？或者到底这些记忆多少是曾经真实发生过，而多少是我根据记忆的碎片拼凑起来，以自己的方式牢记的呢？已经成为谜案。父亲常常惊异于我对儿时生活的记忆，有时我说出一个片段，他早已忘却，经我提起，他才想起原来有这么回事，事情的细枝末节完全和事实一致，而以我当时的年龄，是不应当记得这么清楚的；有时他在闲谈中提起不久前发生的事情，可能就在一周前，而我已经完全忘记，没有任何印象，以至于他怀疑此事是否发生过，到底是谁的记忆出了问题，是谁正在老去。

母亲去世的情形，我没记忆。后来我看过母亲的照片，没什么特别，一个陌生女人而已，这让我经常感到愤慨，是什么让我和她成了陌生人？父亲的解释令人沮丧，没什么特别原因，不但一个女人生孩子有生命危险，即使是一个健康人走在马路上，也可能被醉酒的司机撞死。

父亲一直没再娶。在托儿所，阿姨帮我洗屁股并且有效地控制我上厕所的时点，如果我无所顾忌地拉屎或者和别的孩子厮打，还会揍我。哭，一个嘴巴，再哭，又一个嘴巴，我看你再哭。没错，这应该就是母亲的职责，如果有妈妈，也是如此这般。这让我有些欣慰，没什么大不了，晚上别的孩子有妈妈来接，我就会去想，你要倒霉了，回家也是这套。可惜，这样的错觉没有持续太久，在我六岁的时候，我认识了小树一家。

小树是我家的邻居，在我们家那趟平房里面居中，我家在最东头，每天父亲从厂子下班，去托儿所接上我，都要推着自行车从小树家门前走过。父亲是钳工，手艺很好，和他一起进厂的人，都叫小赵、小王、小高，而父亲别人叫他李师傅。每天父亲推着我走在厂子里，都有人和父亲打招呼，李师傅走了？李师傅回家做饭啊？李师傅过冬的煤坯打了吗？要不要帮忙？还有人过来逗我，和我说话，父亲都笑着回应，但是车子很少停下。有人给父亲织过围脖，织过毛衣，红的、藏青的、深蓝的，父亲收下，都放柜子里，扔上一袋樟脑球。据说父亲过去是个相当硬朗的人，但是结婚之后对母亲好得不行，很少和人起争执，宁可自己吃亏也不愿意闹不愉快。母亲死后，他一度瘦了两圈，后来又胖回来了，还自己学会了做饭，在车间他升了班长，带着两个徒弟，都是男的，他不用徒弟给他沏茶，也不用他们帮着洗工作服，但是他把自己会的东西都教给他们，他能自己一个人用三把扳子，装一整个发动机，时间是二分四十五秒。如果有人看见父亲绷着脸，中午吃完饭没有看别人打扑克，而是去托儿所看我午睡，那一定是他的徒弟，没把作业做好。

我六岁的时候，第一次和小树说上话。过去我们见过，我比小树大一岁，已经从托儿所毕业，进入学前班，转过年来就要上小学，而小树，还在托儿所的大班里，因为调皮捣蛋，很有名号，左邻右舍都知道。据说有次小朋友们在一起玩皮球，大家都用手抱着，你扔给我，我扔给你，小树接过球，飞起一脚，把棚顶的日光灯踢碎了。好几个孩子的头发里都落上了荧光粉。阿姨没有打他，而是到了供销科，把小树他爸找来了。小树他爸看了看，和阿姨们说了会话，把那几个吓了一跳的小朋友都找来扒开头发看看，出去买了两支新的日光灯，一大包大白兔奶糖。然后站在椅子上，装上灯管。阿姨们帮他扶着椅子，然后拉他坐下，嗑了会儿瓜子，有说有笑，把他送走了。

小树他爸是有名的活跃分子，不知道哪来的那么些门路，反正他总是穿得很好，能办别人办不成的事儿。

我之所以能和小树说上话，是因为那个夏天的傍晚，我想用手里的冰棍去换小树手里的火柴。

那个夏天的傍晚，在日后的许多个夜晚都曾被我拿出来回想，开始的时候，是想要回想，后来则变成了某种练习，防止那个夜晚被自己篡改，或者像许多其他的夜晚一样，消失在黑暗里。

我喜欢火柴，老偷父亲的火柴玩，见着什么点什么。其实平时我是个挺老实的孩子，话也没有多少，阿姨不让上厕所，我能一直憋着，有一次憋得牙齿打战，昏了过去。但是就是喜欢火，一看见火柴就走不动，有一次把母亲过去写给父亲的信点了，那是父亲有数的几次，给了我两下。家里就再也看不见火柴了。那次我把小树的火柴抢到手中，马上就把火柴盒变成了火球，实在憋得太久了，手指烧掉了皮都没在意，火球从空中落下，熄灭了。我突然哭了起来，不是害怕，而是我突然意识到，这样玩太奢侈了。

父亲有点挂不住，又舍不得打我，说，这孩子，小傅，你看这孩子。傅东心说，你喜欢火柴啊？我低头弄手上的皮不说话。傅东心说，为啥？我不说话。父亲用手指点了一下我肩膀，小傅阿姨和你说话呢。我说，好看。傅东心说，啥好看？我说，火，火好看。傅东心说，你过来。我走过去，傅东心拉住我的手看了看，抬头跟父亲说，这孩子将来兴许能干点啥。父亲说，干点啥？傅东心说，不知道，有好奇心，小树太小，坐不住，教他啥他回头就忘。父亲说，四岁的孩子，让他玩吧。傅东心说，你要是信得过我，晚上吃完饭，让她到我这儿来，周末白天来，我这儿书多，我小时候就爱玩火。父亲说，那哪行？给你和德增添多少麻烦。庄德增说，麻烦啥？现在就让生一个，让俩孩子搭个伴，你也松快松快。东心那一肚子东西，你让她跟我说？父亲说，还不谢谢叔叔阿姨？我说，谢谢叔叔阿姨。这时小树正蹲在地上，研究那根冰棍，冰棍上面已经爬满了蚂蚁，绝大部分都被粘住，下不来了。

第二天是工作日，我一直盼着晚上赶紧来到，可是到了晚上，父亲并没有提这茬，还是像过去一样生炉子做饭，然后在炕上摆上小炕桌，两个人对着吃，没说什么话。睡觉的时候，我在被窝里哭了一场，用手悄悄地抠墙皮放在嘴里，抠着吃着哭着，睡着了。转过天来，是礼拜日，早上醒来的时候，父亲没在家，门反锁着，一般礼拜日父亲要出去办事，都把我这样锁在家里。我窗帘都没拉，洗脸刷牙，然后在灶台找点东西吃了。父亲回来的时候，一身的汗，带回来一堆东西，半扇排骨，两袋子国光苹果，一盒秋林公司的点心。他给我换了身干净的衣服，拉开窗帘，外面一片耀眼的阳光，自己换上洗得发白的工作服，穿上新发的绿胶鞋。然后拿着东西，拉着我的手，来到小树家。

小树他爸正给皮鞋打油，小树在旁边玩肥皂泡泡，傅东心坐在炕上，在一张白纸上画东西。小树他爸抬头说，来了？父亲说，忙呢？然后他走进屋里，把东西放在高低柜上，跟我说，叫傅老师。

傅东心

一九九五年，七月十二日，小树打架了，带不少人，将邻校的一个初一学生鼻梁骨打折，中度脑震荡。是昨天晚上的事，我今天早上知道的，知道的时候我正在给李斐上课，讲《旧约》的《出埃及记》：耶和华指示摩西：哀号何用？告诉子民，只管前进！然后举起你的手杖，向海上指，波涛就会分开，为子民空出一条干路。小树的班主任走进院子，跟我讲了一下小树的情况，小树当时没在家，抱着球出去了。我跟李斐说，小斐看家，先读读，无须信，欣赏行文中的元气，小树回来，让他别出去，在家等我。然后我拿出存折，去银行取了一千五百块钱，两百块钱给老师，老师没收，说逢年过节，庄树他爸没少照顾，男孩子打个架正常，只是这种群殴，以后得避免，半大小子出手没有轻重，容易惹出大祸。小学生连初中生都敢打，以后咋办？然后我跟着老师去了挨打的孩子家，他刚出院，我递上水果，把钱塞到家长手里，坐下聊了会儿天。夫妻俩在五爱市场卖纱巾，条件不差，人也能说通，最后他们送我走，在门口说，看你文质彬彬，你儿子怎么那么浑？我没说什么，坐公交车回家了。

到家的时候，小树正拉着李斐陪他玩球，他在院子里用两块石头摆了个门，让李斐帮他守门，然后他一脚把球踢在李斐脸上，一个大球印子，李斐晃晃脑袋，跑去把球捡过来，又扔给小树。我把小树叫住，让他跟我进屋，小树把球踢给李斐说，你玩吧，好好练练，别跟大脑炎似的。李斐抱起球，跟在小树后面，也进了屋。我坐在板凳上，让他站着，说，我给你爸打了个电话，他明天回来。他说，妈，你别唬我，我爸刚走没几天。我说，你给我站好，你刚才说小斐什么？他说，没说什么，笨还不让人说啊。我说，你给她道歉。李斐还抱着球，说，傅老师，他不是故意的，我确实笨。小树说，你看。我说，你给她道歉。他说，不介，你教过我，做人要真，我给她道歉，就是不真。我说，我让你真诚地道歉。他说，那不可能。李斐说，小树，还玩球吗？小树没看她，说，不玩，以后再也不和你玩了。我说，小斐，你从小就跟着他屁股玩，你还比他大，你没玩够啊？李斐没有反应。我说，庄树，明天你爸回来，让他跟你说，我打不动你。一个钟头之前，我用公共电话给德增打了个电话，跟他说小树又惹祸了，这回还知道伙人，一大帮打一个。德增急了，说，明天就从云南回来。我说，你该办你的事儿办你的事儿。德增说，云南那边的关系现在已经夯实了，给他们看的烟标，他们很满意。我说，他们觉得还行？他说，他们说从来没见过画得这么好的。我说，那你就趁热打铁吧。孩子我再跟他谈谈。他说，小树我还不知道？谈没用。我正好也得回去，云南这边的厂子我们拿技术入股，咱们家那边的，反正现在企业也都承包，我回去跟他们谈谈承包印刷车间的事儿。咱们得有自己的厂子。

　　小树看我不像骗他，有点慌了，说，妈，是那小子先打的我，好几个打一个，我再去打的他。我说，你知道打人有罪吗？说这话的时候，我感觉到自己的手抖了起来。他说，啥？我说，无论因为什么，打人都有罪，你知道吗？他说，别人打我，我也不能打回去吗？那以后不是谁都能打我？我看着他，看着他和德增一样的圆脸，还有坚硬的短发。在我们三个人里，他们那么相像。

　　我按住自己的手，让它不抖，说，不说这个了，说你张嘴就说小斐的事，你怎么就不知道尊重人？他冲着李斐说，小斐姐，我错了。我说，你什么意思？当你妈是傻子？他说，妈，我不是认错了吗？我说，你那叫认错吗？你小斐姐内向，你得保护她，你还欺负她，你是什么东西？这要是"文革"，你不得把你妈也绑了？他说，啥是"文革"？我说，不用知道，你给我好好道歉。他转过身正对着李斐说，小斐姐，我错了，不是故意的，以后你踢球，我给你守门，让你踢我，长大了，谁敢欺负你，我就弄死他。我说，意思对了，事情说歪了。李斐说，我记住了。我说，你去院子吧，我给你小斐姐上课。他说，妈，你能替我兜着点吗？要不我也坐这儿听听？我说，你出去玩吧。

　　然后我领着李斐，坐在炕上把《出埃及记》读了一遍，讲了几个她能够理解的典故，然后我问她，小斐，跟我学了几年了？她说，六七年了。我说，觉得有意思吗？她说，有意思，每天都盼着晚上。我说，从第一次见你，就知道你是好苗子，我没看错，你现在的程度，一般初中生不如你。她说，我不知道。我说，无论什么时候，你就按照你想的方式读、写，多读书，多写东西。她说，嗯。我说，你马上要考初中了，一定要考上。她说，就算考上也要交九千块钱。我爸也说让我考，但是我不考了。我说，没关系，你让你爸跟我说，我帮你出，你爸现在下岗，没工作，是稍微紧一点，将来会好的，能还我们，记住，只要有知识，有手艺，什么都不怕。你现在赶上好时候，我那时候想念书没有地方念。她说，不能管你要。我说，我估计教不了你几堂课了。她抬起头说，为啥？我说，我们这趟房要动迁了，咱们都得搬走，再找房子住，就不是邻居了，知道今天为什么教你这个《出埃及记》吗？她说，那我以后就见不着小树了吗？我说，教你这一篇，是让你知道，只要你心里的念是真的，只要你心里的念是诚的，高山大海都会给你让路，那些驱赶你的人，那些容不下你的人，都会受到惩罚。以后你大了，老了，也要记住这个。李斐没有说话，朝窗户外面看着，我不知道她听明白没有。

李 斐

记忆里的礼拜天，总是天气晴朗。父亲会打开所有窗子，放一盆清水在炕沿，擦拭每一片玻璃。然后把脏水泼在院子里，开始浆洗床单被罩。他用双手一截一截把床单被罩拧干，展开，挂在院里的晾衣绳上，院子里都是肥皂的香味。然后他坐下抽一支烟，开始清洗屋里的锅台、地面，他粗壮的胳膊像双桨一样，划过家里的每一个角落。最后一项，是给挂钟上弦。他打开红色的盖，拿起锃亮的钥匙，"嘎嘎"地拧着。他跷着脚，伸着脖子，好像透过钟盘，眺望着什么。

工厂的崩溃好像在一瞬之间，其实早有预兆。有段时间电视上老播，国家现在的负担很大，国家现在需要老百姓援手，多分担一点，好像国家是个小寡妇。父亲依然按时上班，但是有时候回来，没有换新的工作服，他没出汗，一天没活。

父亲接到下岗通知那天，我在家里生炉子。对于生炉子，我是非常喜欢的，看着火苗一点点从炉坑里渗出来，钻进炉膛，好像是一颗心脏在手中诞生。父亲进门的时候，我没有看他。炉子里的烟飞出来，呛进我的眼睛里，我用手抹了抹眼泪，这时我发现父亲已经蹲在旁边，帮我往里面续柴火。他的下巴歪了，一只眼睛青了一圈，嘴也肿了。我说，爸，怎么了？他说，没事儿，骑车摔了一跤。今天我们吃饺子。他把脸伸到水龙头底下，洗净嘴角的血。然后烧了一大锅水，站在菜板旁边包饺子，他的手虽然粗，但是包饺子很快，"咚咚咚"剁好馅，把馅揉进皮里，捏成饺子，放在盖帘上，一会儿就是一盖帘。

晚上吃饭的时候，他喝了一口杯白酒。父亲极少喝酒，那瓶老龙口从柜子里拿出来的时候，上面已经落了一层灰。快喝完的时候他说，我下岗了。我说，啊。他说，没事儿，会有办法的，我想办法，你把你的书念好。我说，嗯，你今天没摔跤。他说，没有。我说，那是怎么了？他说，我在想，我能干什么。我说，嗯。他说，我想，我也许可以卖茶叶蛋。广场旁边，卖茶叶蛋的，我过去见过，一会儿就能卖出一个。我说，为什么是你下岗了呢？他说，没什么，几乎所有人都下岗了，厂子不行了。我说，嗯。他说，我下班之后，就去广场看他们卖茶叶蛋。要走的时候，来了一伙人，穿着制服，把他们的炉子踹了。一个女的，抱着锅不撒手，其中有个小子，拽住她的头发，把她往车上带。我就过去，把那小子抱住了。我说，爸。他说，他们人多，如果是我年轻的时候，也没什么事，现在老了。他摊开自己的右手看了看，说，打不倒人了。我说，爸，你有我呢。他说，本来我是回家取刀的，看见你在生炉子，嗯，你蹲在那生炉子，我怕死啊。我说，爸，初中我不考了，按片儿分吧。他站起来说，我说过了，你把你的书念好，别让我再说一遍。然后喝光酒，收拾碗筷，晚上再没说话。

庄德增

有一年夏天，具体哪年有点记不清了，那几年一晃就过去了，好像都是一年一样。应该是在千禧年前后吧，我在北京谈事儿，接到一个电话，电话里头说，庄厂长，他们要把"主席"拆了，你想想办法。是厂子里一个退休的老工人，当时我接了厂子，把这些人一起都接了。我说，哪个主席？他说，红旗广场的主席，六米高那个，后天就要给毁了。我知道那个主席，小时候我住得就离他很近。老是伸出一只手，腮帮子都是肉，笑容可掬，好像在够什么东西。夏秋的时候，我们在他周围放风筝，冬天就围着他抽冰嘎。我说，毁他干吗？他说，要换上一只鸟。我说，一只鸟？他说，是，叫太阳鸟，是个黄色的雕塑，说是外国人设计的，比主席还高两米。我说，我不是市委书记，找我没用，活人就别跟死人较劲了，在家好好歇着吧，不差你退休金就完了。说完我把电话挂了。

第二天我飞回家，晚上又出去接待了一拨人，弄到很晚，在洗浴中心睡了，醒过来的时候已经是中午，和我一起来的人都走了。到了前台，小姐端出一堆手牌，我挨个结了账，打电话把司机喊来，给我送回家。开到半路，我下车吐了一次，隔夜的酒从胃里涌出来，好像岩浆一样把食道熨了一遍。有一群老人，穿着工作服，形成一个方阵，在路中间走着，不算整齐，但是静默无言。司机说，咋回事儿？跑这儿练健身操来了？我也纳闷，摆了摆手，上车歪在后座，到了家门口，我突然想起来，是主席，他们是奔着主席去的。我让司机先走，自己在马路牙子上坐了一会儿。看着自己的裤腿，干干净净，皮鞋，干干净净，就在几年前，我穿着西裤和皮鞋，走在云贵高原的土地上，皮鞋几天就长嘴了，西裤的裤腿永远蒙着黄土。我抬起手看了看表，这个钟点，庄树在学校上课，傅东心应该在睡午觉。自从她辞职之后，她的午觉就变得十分漫长，好像一天的主要工作是睡觉。我站了起来，拦了一辆出租车，说，去红旗广场。

出租车司机坐在防护罩里，戴着一顶灰色的帽子，穿着司机制服。奇怪的是他还戴着一个口罩，那可是八月份的正午，烈日高照。我朝他面前的后视镜看了一眼，他的一双眼睛正在其中，也在看我。一个眼角突兀地向下弯折。我便把眼睛挪走了。

"红旗广场？"他的一只手放在"空车"二字上，我说，是。他手指一勾，牌子一倒，"空车"熄灭。行了两站地，已经看见主席无依无靠的大手，路却突然拥堵起来，原来刚才看见的老人，只是其中一支，眼前是另一队方阵从路中间缓缓通过。不同的是，他们穿着另一种颜色和款式的工作服。司机把半个膀子搭在车窗外面，看着眼前的老人，没按喇叭，也没干点别的，就是平淡地看着。我说，也是闲的。他说，谁？我向前指了指。他说，那你去干吗？我一愣，说，我去附近办事，和主席像没关系。他点点头，说，也是，你没穿工作服。我又一愣，说，咱们认识吗？他说，不认识。你什么意思？我说，没什么意思，就是觉得话头有点怪，好像咱俩见过。他说，你是个板正人，我是个卖手腕子的，你可别抬举我。我一时语塞，可能是昨晚喝多了，脑子不太对劲儿。

终于蹭到了广场周围的环岛，他说，你到哪儿？我一边朝广场上看一边说，你绕着环岛走走。他说，你没瞧见都堵死了？我说，你就走你的，耽误你的时间我给你折成钱。他说，哦，钱是你亲爹。我一下火了，说，你这人怎么说话呢？他说，我是开出租的，不是你养的奴才，你下去。我望向后视镜，他没看我，而是小心地避过前车摆动的车尾。这个疤脸。一般这种人不是话痨，就是犟驴脾气。一旦我下了车，再想打车回去，基本上没有可能，所有路口都插死了，还不断地有老人从车缝里向广场走去，好像水流一样。我说，天热，咱都别急，你帮我绕一圈，咱就原路返回。他没说话，开始向环岛内侧打轮，透过车窗，我看见红旗广场上，围着主席像，密密麻麻坐满了人。施工队的吊车和铲车在一角停着，几个民警拎着大喇叭，却没有喊话，正在喝水。老人们坐在日头底下，有些人的白发放着寒光，一个老头，看上去有七十岁了，拿着一根小木棍，站在主席的衣摆下面，指挥老人们唱歌。在他的右手边，另一个老头坐在马扎上，拉着手风琴，嘴里叼了一根烟卷，时不时翘起嘴巴的一角换气。"北京的金山上光芒照四方，毛主席就是那金色的太阳，多么温暖，多么慈祥，把翻身农奴的心儿照亮。我们迈步走在，社会主义幸福的大道上，哎，巴扎嘿。"

主席的脖子上挂着绳子，四角垂在地上，随风摆动。几个工人坐在后面的阴影里，说着闲话。似乎眼前的这一幕和他们没什么关系，等他们闹完，动动手指主席就倒了。我想起小时候，我和几个小子就站在他们的位置，看着主席的后脑勺。一个人说，你说主席的脑袋真这么大？另一个人说，胡扯，这么大的脑袋不是怪物？他哥马上给了他一嘴巴，你他妈的见过主席？嘴是棉裤腰？我当时寻思，如果主席的脑袋真这么大，那他戴的军帽能成多少顶我们戴的军帽，他穿的军裤能成多少条我们穿的军裤？我又想，不对，主席的脑袋应该是正常大小，也许是大，但是大不了这么多。他接见红卫兵的时候，和红卫兵小将的脑袋差不多大，如果他的脑袋果真这么大，那千千万万的红卫兵的脑袋岂不是也这么大？这怎么可能，因为我们学校有人去过，脑袋就和我一样大。

车流缓缓地向前挪动，车里的司机和乘客，无论是私家车、运货车，还是出租车，都有足够的时间向广场上张望。大家歪头看着这群老人。我已经很久没回来过，搬走之后，几乎没回来过。那个建筑好像我故乡的一棵大树，如果我有故乡的话。上面曾经有鸟筑巢，每天傍晚飞回，还曾经在我的头上落过鸟粪。有好多个傍晚，我年纪轻轻，无所事事，就站在这儿看夕阳落山。那些时光在过去的几年里，完全被我遗忘，好像从来没有发生过，好像一瞬间，我就成了现在的样子。

"你知道那底下有多少个？"我说。"什么？"已经几乎绕了一圈了，我感觉到了后半圈，他的速度比其他车子都慢。"没什么，你现在去哪儿？"我看了一眼广场上，好像图画一样静止了。"回刚才来的地方。"我说。他换了一个档位，把速度开了起来。"你说，为什么他们会去那儿静坐？"过了一会儿他问我。我说："念旧吧。"他说："不是，他们是不如意。"我说："嗯，也许吧。他们是借着这事儿，来泄私愤。"他说："他们让我想起来海豚。"我说："什么？"他说："新闻上报过，海水污染了，海豚就游上海岸自杀，直挺挺的，一死一片。"我没有说话。他说："懦弱的人都这样，其实海豚也有牙，七十多岁，一把刀也拿得住。人哪，总得到死那天，才知道这辈子够不够本，你说呢？"我说："也不是，也许忍着，就有希望。"他说："嗯，也对。就是希望不够分，都让你们这种人占了。"我越发觉得他认识我。我很想让他口罩摘下来，让我看看，可是那是不可能的事情。我坐在出租车的后座，拚命回忆，他的音调，他的体态，但是总有些东西不那么统一，从中作梗，像又不像。

到了目的地，他抬起"空车"二字，说，二十九。你知道那底下有多少个？我一边拿钱包，一边说，什么？他说，主席像的底座，那些保卫主席的战士有多少个？我说，我记得我数过，但是现在忘了。他接过我的钱，没有说话，等我拉开门下车，他从车窗伸出头说，二十六个，二十个男的，六个女的，戴袖箍的五个，戴军帽的九个，戴钢盔的七个，拎冲锋枪的三个，背着大刀的两个。说完，他踩下油门，开走了。

庄　树

我虽然完全违背了我爸的意愿，但是他多少还是帮了一点我的忙。他断了我的退路。在我妈去英国旅行的时候，我和他达成了协议，最初五年，除非我辞职，否则我不能管他要钱。这其实是一个单方面的协议，只对他有意义，因为我本来也是这么想的，我给自己的期限更久，比这久得多得多。我得承认，我和我爸妈的关系比较奇特，我妈从小和我不亲近，她和另一个孩子待的时间更长，是一个我小时候的邻居。因为我没兴趣读书，她就把时间花在那个孩子身上，教她读书，把她压箱底的东西都教给她，结果到了那女孩儿十二岁的时候，我们搬了家，从此失去音信，我曾经偷看过她的日记，（她藏得并不隐秘，当然她自己不这么觉得），这么多年，她花了不少精力，去打听那个女孩儿的下落，可是没有一点线索，就好像从来没有这个人一样，那些两人一起在炕上，在小方桌旁边读书的岁月，好像被什么人用手一扬，消散在空气里。后来她爱上了旅游和收藏，我们家有好多画、瓷器和旅行的纪念品，我爸给她弄了一间大屋子，专门放这些东西。昂贵的，独一无二的艺术品，和廉价的，可以无限复制的旅游区玩偶放在一起，看上去也不怎么别扭。我爸从印制烟盒起家，在某一段时期，因为他的运作疏通而造成的垄断，他的印刷机器和印钞机差不了多少，后来他又进入房地产、餐饮、汽车美容、母婴产品。在我大学第三年，有一次陪女孩儿去看电影，正在亲吻时，余光看见电影片头的出品人里，有他的名字。他这一辈子干干净净，对我妈言听计从，自从做了烟盒，就把烟戒了。对于生意上的朋友和对手，他很少在家里提及，我感觉，在他心里，这些人是一样的，他们相互需要，也让彼此疲惫。在我印象里，即使他喝得烂醉，只要想回家，总能独自一人找回来，前提是我妈也要在家，帮他校准方位。我妈通常不会说他，给他煮碗面，有时候他进门一头栽倒，她就把他拖到床上，然后关上门。我爸常说我叛逆，也常说我和他们俩一点都不像。其实，我是这个家庭里最典型的另一个，执拗、认真、苦行，不易忘却。越是长大越是如此，只是他们不了解我而已。

高中一次斗殴，作为头目，我在看守所待了一宿，其他人都走了。其实我也受了点轻伤，眉骨开了个小口，值班的民警给我拿了一板创可贴，坐在栅栏外面和我说话。你知道混混以后有什么出路吗？他说。我记得他很年轻，胡子好像还没有我的密。我没有说话，自己把创可贴贴上，在眉毛上打了个叉。他说，要么变成惯犯，要么成为比普通人还普通的人。我没有说话，他说，你以为你多牛×呢？你将来能干什么？我没有说话。他跷着二郎腿，不断打响手里的打火机。他说，你知道每天全国要死多少警察吗？我没有说话。他说，我看了你的档案，你隔三岔五就得进来一回，都是为别人出头，你说你将来能干啥？你那帮朋友，从这里出去的时候，哪个回头看你一眼，哪个不是溜溜地赶紧走了？我说，有种你进来和我单挑。他说，单挑？我一枪就打死你。我开枪不犯法，你会开枪吗？你知道枪怎么拿吗？傻×。我把手从栅栏里伸出去，抓他的衣服，他没动，衣服被我紧紧攥着，他说，你好好摸摸，这叫警服，昨天有个毒贩，把自己的父母都砍死，抢了六百块钱，他爸临死之前还告诉他钱藏在哪，让他快点跑，你这个臭傻×，你敢吗，你敢动这种人吗？告诉你，今天收拾完你，我明天就把他抓回来，你们这帮傻×。说完，他把我的手腕一拧，我咬紧牙没有出声，松开了他的警服。他没有回头看我，我听见他开门出去的声音，然后走远了。

我一直记着他的样子和他的警号，他是一个辅警。没有编制的辅警。

后来我知道，他也没有用枪的权利。大约两年之后，我的一个朋友，因为伤人进去，我在我爸那拿了点钱，去看守所帮他，那年我十九岁，正在念高四，复读，好几个警察都认识我。一个警察看见我说，有日子没来了，跟你爸做生意了？我说没有，然后说了一个警号，还有他的样子，问他在吗，我想让他看看我，不知道为什么，我一直记着他，好几次有人找我去打架，我都想起他。一个人说，你找他干吗？我说，没事儿。问问。那人说，他让人报复了。我盯着他看，等着他往下说，他说，死在自己家楼下，让人从背后捅死了。媳妇饭都做好了。说完，他接过我的钱，进了别的屋，我想问人抓住了吗？可是嘴唇动了动，发现喉咙发不出声音，有什么东西堵在那里。我把事情办完，我的朋友看见我，笑着向我走过来，我转身走了。

从考上警校，到从警校毕业，我妈没跟我说什么话，但在我报考之前，有一天我妈突然问我，真想当警察？我说，是。她说，别逗能。我说，没有。她说，为什么想当警察？我记得那是一个早晨，就我们两个人坐在餐桌旁边喝牛奶，她喝了一口，用手指轻轻擦掉嘴边的白色沫子，抬起头问我。我说，人迟早要死的吧？她说，嗯，要死。我说，想干点对别人有意义，对自己也有意义的事儿，这样的事儿不多。她说，挺好。然后不再说话，低头继续喝自己的牛奶。后来我爸告诉我，她跟我爸说，如果我考不上，让我爸找找关系，让我念上。我不知道她是基于何种心理。也许在她眼中，我做什么都无所谓，都不是她想要的那种人。警校四年，她从来没去学校看过我，即使是毕业时，我成了优秀毕业生，这可是有生以来第一次，但她还是没出现，倒是我爸开车到了学校，参加了我的毕业典礼，还请我吃了顿饭，西餐。他说我妈去了南非，他都联系不上，但是她送给我一个礼物。是一幅画。上面一个小男孩站在两块石头中间守门，一个小女孩正抡起脚，把球踢过来。画很简单，铅笔的，画在一张普通的A4纸上，没有落款，也没有日期。

那顿饭，我爸想要说服我，去市局坐办公室，做文职工作。我拒绝了，结果我爸提前结了账，把我扔在饭桌旁走了。

和他达成协议之后，趁他俩不在，我回了趟家，收拾了自己的一些东西，搬到局里安排的宿舍。我的申请获得了批准，成了一名实习刑警。开始的半年里，我参加了几次相对轻松的行动，那阵子搞逃犯清理，我和几个老警察一起，走了七八个省市，在村庄，在工地，在矿井，把逃了几年或者十几年的杀人犯带回来。没有一点危险。我记得其中一个人刚从矿下上来，看见我们在等他，说，我洗个澡。老警察说，来不及了，车等着呢。走过去给他上了手铐。他的头发上都是煤渣，我年少时的玩伴，随便哪个，看着都比他强悍多了。他说，回去看一眼老婆孩子。老警察说，让他们去看你吧。在奔机场的路上，他只说了一句话，你们早来就好了，我把那娘俩坑了。

二〇〇七年九月，我正式成为刑警，出警时可申请配枪，若是要案，可随时配枪。九月四日晚，和平区行政执法大队的一个城管，喝了些酒穿过公园回家，遭到枪击，尸体被拖到公园的人工湖里。市局的刑警开了动员会，骨干们又单独开了案情分析会，这是这个月里，第二个遭到袭击的城管。第一个被钝物砸中后脑，倒在自家的楼洞口，再没起来。我因为毕业成绩还可以，实习期间的表现也过得去，分析会时允许旁听。枪是警用手枪，子弹也是警用子弹，64式7.62毫米手枪，64式7.62毫米子弹。被枪击的城管，也曾先被钝物击中后脑，从法医鉴定和现场分析，这一击并未致命（怀疑是锤子或扳子），他负伤逃走，袭击者追上再给予枪击。那个城管我不认识，和我也不是一个系统，但是葬礼我还是参加了。因为上面的要求，葬礼比较简单，遗像也没有着制服，而是穿着休闲装，看上去很轻松的样子。作案的手枪，有记录可查，十二年前属于一个叫蒋不凡的警察，那是一次不成功的钓鱼行动，凶手逃脱，他成了植物人（不知是幸运还是不幸，他的脑袋被车玻璃击中后，又被钝物击打），因为是工伤，所有费用都由市局承担。受伤时他还未成家（虽然已经三十七岁），去世之前一直由父母照顾，一九九八年在病床上停止了呼吸。从未醒来，也从未留下只言片语。那次行动的另一个后果，是他携带的两把警用64手枪，两个弹夹，一共十四发子弹，丢了。

当时的案子是一起劫杀出租车司机的串案,一直未能侦破,不过蒋不凡出事之后,这起系列案件也随之停止了。而这两起袭击城管的案子,有着内在的联系,因为这两个城管比较著名。他们在上个月的一次行政执法中,没收了一个女人的苞米锅,争执中,女人十二岁的女儿摔倒在煤炉上,被严重烫伤面部,恐怕要留下大片疤痕。两人因此登上了报纸网络等各种传媒,而有关部门对这起事件的定性是,女孩属于自己滑倒,她自己的母亲负有主要责任,两人并无重大过失,内部警告,继续留用。

在第二次的案情分析会上,会议室烟雾缭绕,主抓这个案子的大队长叫赵小东,当年的钓鱼行动有他一份,那时他的妻子怀孕待产,现在他的儿子已经十二岁,念初一,而他的战友蒋不凡没有子嗣,死了近十年。蒋父已去世,只剩下一个老母亲,住在女儿家。他每年都要去几回,局里发东西,或多或少,带过去一点。他说,没想到过去那个死案又有了活气儿。如果在退休之前,还破不了这个案子,退休之后他就自己调查,如果在他死前还破不了,就让他儿子当警察继续破。会议室里静悄悄,我相信大部分人一方面在想着这个案子为什么这么难,现在到处都是摄像头,可是在这个案子上毫无用处,另一方面想着,那两把枪里,还有不少子弹。

自从参加工作之后,这是我第一次主动发言,我说,领导,各位,我是新人,我瞎说两句,请大家指正。赵队说,不用客套,说。我说,我看了当年的卷宗,也看了卷宗里的现场照片,还去了事发的现场。赵队打断我说,什么时候去的?我说,前天,参加完城管的葬礼,坐公交车去的。赵队说,谁让你去的?我说,我自己想去看看。赵队说,继续讲。我说,当年的高粱地,现在都盖上了楼,卖七千块钱一平米,那条土路,已经变成四排车道的柏油路。蒋不凡被发现的草地,现在是沃尔玛超市。照片上的地形一点也看不出来了。赵队说,你他妈是想干房产中介?我说,没这个意思,我查了当年的报纸,并且问了周边的人,有一个发现,距离当年事发地点向东两站地,有一个私人诊所,是中医,十二年前就在,现在还在。我在诊所门口等了半天,问了从里面走出来的一个上岁数的患者，他告诉我这里原来的大夫孙育新，曾经是工人，下乡的时候在村里跟着一个江湖郎中学过一阵中医，一九九四年下岗，第二年自己开了个诊所，没想到就一直开下来了。他二〇〇六年春天得胰腺癌去世，现在坐诊的是他儿子孙天博。

所有人都看着我，赵队把烟掐在烟灰缸里，瞪着我说，继续说。我说，当年那起案子，一死一伤，死的是蒋不凡，伤的是卡车司机刘磊，他当时前额撞上方向盘，大量出血，晕厥，什么也没看见，只记得突然看见一辆红车的车尾，而车祸之前，他属于疲劳驾驶，据他所说，眼前只有一片黑夜，所以他连个目击证人都不算。出租车内有血迹，当时也做了检验，不是蒋不凡的，推测属于凶手，但是蒋不凡被车碎片击中的位置在车外，所以我做了一个推测，除了凶手和蒋不凡，出租车上还有另一个人。赵队说，你叫什么名字？我说，我叫庄树。他说，小庄，从今天起，你跟这个案子，和家里打个招呼。继续讲。我说，那个人在蒋不凡和凶手离开后，还在车中，坐在副驾驶位置，卡车撞上出租车后，车倾覆到路边，他受到重创。蒋不凡倒下后，凶手拿走蒋不凡的手枪，把那人从车中救出，离开现场。这就可以解释，为什么蒋不凡藏在车中的手枪也被拿走了，如果车里没人，他怎么能发现那把手枪呢？赵队站起来说，你的意思是他们去了那个诊所？我说，我只是推测，怕打草惊蛇，没敢去诊所里面调查，但是我感觉，有这种可能。

孙天博

我爸去世之后，我又见过他两回。一次是去市图书馆帮小斐借书。我有一张图书卡，最贵的那种，一次可以借出十本书。对图书馆的构造我已经十分熟悉，这个图书馆是新建的，外面有草坪，远看也相当美观，门前有长长的石阶，每个来看书的人拾阶而上，好像在拜谒山门。坐在阅读室里，如果夜幕抢在管理员下班之前降临，就能看见脚下一条宽阔的大街，路灯的光亮底下，爬行着无数的黝黯车辆。里面的设施相对简陋，文史类书籍基本集中在一层，不到一千平米，二层以上便是多媒体阅览室，不知具体可以阅览何物，因为小斐要借的书无须上楼，所以我从来没有上去过。每次帮她借书，我都关门一天，上午来，把她需要的书找到，然后坐在阅览室，把每一本的前言和后记读一遍，如果觉得有趣，就随便翻开一页读上几十页。等管理员戴着白手套，在我身边逡巡而过，把其他人丢在桌子上和椅子上的书收走，我就知道是该离开的时候了。那天借出的十本书是《摩西五经》、《小鸟在天空消失的日子》、《夜航西飞》、《说吧，记忆》、《伤心咖啡馆之歌》、《世界尽头与冷酷仙境》、《哲学问题》、《我弥留之际》、《长眠不醒》和《纠正》。我用一个下午，读了几十页《哲学问题》，主要是关于桌子，这人说个没完，但是并不无聊。"世界上有没有一种如此确切的知识，以至于一切有理性的人都不会对它加以怀疑呢？这个乍看起来似乎并不困难的问题，确实是人们所能提出的最困难的问题之一了。"似乎有些道理，但也说不上是确切的知识。

  从图书馆出来，我把书分装在两个大袋子里，准备打车回家。我爸他从旁边的面馆走出来，站在我旁边，我帮你拎一个，他说。我闻到他嘴里的蒜味，他一辈子都爱吃大蒜，说是防癌。我说，我拎得动，他说，给我，看你手勒的。我没给他，拉开车门，他让我往里头坐坐，和我并排坐在后面。他说，看你脸色，最近有些劳累，给你把把脉。我说，没事儿，睡得晚了。他说，最近附近动静不对。我说，知道。他说，跟你讲过我和你李叔的事吧。我说，讲过。他说，我再讲一遍。我说，好。他说，我下乡不久之后，就进了保安队，抓赌。你李叔是点长，小时候我们就认识，他们兄弟几个外号"三只虎"，我和他走得近，我比他大，但是愿意跟着他跑，他说话我听。下乡之后，我们在一个堡子，他让我抓赌挣工分，有一次我和你李叔刚走到窗户边，一个小子从窗户里跳出来，想跑。我伸手一拉，他捅了我一下。你李叔马上背着我去了老马头那儿，老头用针灸封住我的脉，给我止了血，救了我一命。后来他找到那小子，把他脚筋挑断了。我说，是这故事。他说，不能让他折进去，他折进去，小斐就成了孤儿。我说，我心里有数。他说，你和小斐的事儿别着急，她性格怪，也不怎么见人，就自己在那写字。我说，没急，我也没想怎么。他说，你是让你爸拖累了，接了爸的班，爸知道，但是有时候人生在世就是这么回事儿，那天老李跟我交了底之后，就是这么回事儿了。我们是一代人。我说，跟你没关系，你和李叔是朋友，我和小斐也是朋友。他说，最近小斐再来，从后门进来，如果觉得不好，先别来，你也别去她家。我说，别操心了，该歇着了，都一辈子了。他拍了拍我的手，走了。

第二次见他，是在那两个警察来过之后，晚上，他把我推醒，说，儿子，别把自己搭进去。我说，你变样了，老了。他说，实在不行就脱身吧，你李叔能保你，以后你照顾好小斐就行。我说，爸，这事儿和你没关系了。然后闭上眼睛睡着了。

傅东心

搬家之前，有天晚上德增没在家，我想找老李谈谈。一个是关于将来的事儿，关于小斐的教育。一个是关于过去的事儿。走到他家门口，看见老李在炕上修他家的挂钟，今天小斐也没在，学校联欢会。一九九五年初秋的夜晚，在市区还能看见星星。我站在他家院子里，看他把挂钟拆开，用一个小钉子把机芯的小部件捅下来，擦擦，又用一个小螺丝刀拧上。头上的猎户座系着腰带，不可一世。院子里堆满了旧东西，皮箱、炕柜、皮鞋、锅和大勺。是要卖的，搬家带不走这么多，也许钟也要卖，但是他要先把它修好。我敲了敲门，他在炕上抬起头，说，傅老师来了。我说，小斐这么叫，李师傅就别这么叫了，跟你说过好几回了。他把钟的零件码好，下炕，站在地上，说，傅老师坐。我坐下，他用肥皂洗了洗手，走到院子里打开地上的炕柜，拿出一个铁罐，给我沏了杯茶。我说，你也坐，跟你聊聊小斐。他说，坐了半天了，站一会儿。我说，小斐上次模拟考试的成绩我看了，超过最好的初中三十分。他说，傅老师教得好。我说，我没教她考试的东西，是她自己上心。他说，这孩子能坐住。我说，择校费别太在意，我们这里有点闲钱。他说，没在意，孩子我供得起。傅老师的心意我领了。我说，古代徒弟学成下山，师傅还送把剑或者行路的盘缠，你别跟我客气，实在不行，回头你再还我，算我借你的。他拿起炕桌上我的茶杯，把水箟出去，又添了一杯热水。喝点热的，凉茶伤胃，他说，我也有徒弟，教完他们把我顶了，但是我不当回事儿。他们去广场静坐，我在家歇着，不丢那人，又不是要饭的。我伸手从裤兜想把准备好的纸包掏出来，他按住我的胳膊肘，说，傅老师别介，说说行，你拿出来我可就要轰你了。我看了看他的眼睛，很大，不像很多在工厂待久了的人，有点浑，而是光可鉴人。我松开纸包，把手拿出来，说，我明白了，毕竟是你和小斐的事情，我作为退路，这样行吗？他说，你也不是退路，各有各的路，我都说了，心意我领了。

一时没人说话，我听见炕桌上裸露的机芯，"嗒嗒"地走着。我说，还想跟你说个事儿，明天我就搬走了。他说，你说。我说，你能坐下吗？你这么站着，好像我在训话。那是九月的夜晚，他穿着一件白色的老头衫，露出大半的胳膊，纹理清晰，遒劲如树枝，手腕上戴着海鸥手表，虽然刚干了活，可是没怎么出汗，干干净净。他弄了弄表带，坐在我对面，斜着，脚夯拉在半空。我说，李师傅过去认识我吗？他说，不认识，你搬到这趟房才认识你，知道傅老师有知识。我说，我认识你。他说，是吗？我说，一九六八年，有一次我爸让人打，你路过，把他救了。他说，是我吗？我不记得了。他现在怎么样？我说，糊涂了，耳朵聋，但是身体还行。他说，那就好，烦心事儿少了。顿了一下，他说，那时候谁都那样，我也打过人，你没看见而已。我把茶杯举起来，喝了一口，温的，我说，我爸有个同事，是他们学校文学院的教授，美国回来的，我小的时候，他们经常一起聚会，朗诵惠特曼的诗，听唱片。他说，嗯。我说，"文革"的时候，他让红卫兵打死了，有人用带钉子的木板打他的脑袋，一下打穿了。他说，都过去了，现在不兴这样了。我说，当时他们几个红卫兵，在红旗广场集合，唱着歌，兵分两路，一队人来我家，一队人去他家。来我家的，把我父亲耳朵打聋了，书都抄走，去他家的，把他打死了，看出了人命，没抄家就走了。他说，是，这种事儿没准。我说，这是我后来知道的，结婚之后，生下小树之后。他说，嗯。我说，打死我那个叔叔的，是庄德增。他一下没有说话，重又站在地上，说，傅老师这话和我说不上了。我说，我已经说完了。他说，过去的事儿和现在没关系，人变了，吃喝拉撒，新陈代谢，已经变了一个人，要看人的好，老庄现在没说的。我说，我知道，这我知道。你能坐下吗？他说，不能，我要去接小斐了。你应该对小树好点，自己的日子是自己过的。我说，你就不能坐下？你这样走来走去，我很不舒服。他说，不能了，来不及了。无论如何，我和小斐一辈子都感激你，不会忘了你，但是以后各过各的日子，都把自己日子过好比什么都强。人得向前看，老扭头向后看，太累了，犯不上。有句话叫后脑勺没长眼睛，是好事儿，如果后脑勺长了眼睛，那就没法走道了。

日子"嗒嗒"地响着，向前走了。我留了下来。看着一切都"嗒嗒"地向前走了，再也没见过老李和小斐，他们也走了。

李　斐

我坐在窗边，看着杨树叶子上的阳光，前一天的这个钟点，阳光直射在另一片叶子上。这两片叶子距离很近，相互遮挡，风一吹，相互触碰，一个宽大，一个稍窄，在地下根的附近，漏出光影。秋天来了。叶子正在逐渐变少。我想把它们画下来，但是担心自己画得不像，那还不如把它们留在树上。这棵树陪伴了我很久，每次来这里治腿，完了，我都坐在这儿，看着这棵树，看着它一点点长大变粗，看着它长满叶子，盛装摇摆,看着它掉光叶子,赤身裸体。树,树,无法走动的树,孤立无援的树。

我想起第一次搬家,后来又搬过,但是人生第一次的印象最为深刻。搬家之后,大部分家具都没有了。房子比过去小了一半,第一天搬进去,炕是凉的,父亲生起了炉子,结果一声巨响,把我从炕上掀了下来,脸摔破了。炕塌了一个大洞,是里面存了太久的沼气,被火一暖,拱了出来。有时放学回家,我坐在陌生的炕沿,想得最多的是小树的家,那个我经常去的院子,想起小树用树枝把毛毛虫斩成两段,我背过脸去,小树说,怎么了?我说,没怎么。小树说,你知道什么?它吃叶子。我说,那也不是它的错。在搬离那条胡同之前,我对小树说,小树,快圣诞节了。小树说,闲的,还有三个月呢。我说,圣诞节的时候我们就不是邻居了。小树说,那有啥,该干嘛干嘛。我知道庄家是过圣诞节的,每年的平安夜傅东心都给大家包礼物,有一年送了我一个笔记本,扉页上写了一句话,谁也不能永在,但是可以永远同在。我虽然不太清楚这句话的意思,但是喜欢傅老师的字迹,像男人的,刚劲挺拔。我说,你想要什么?小树说,你买得起?我不要,我妈骂我还少?我说,我可以给你做个东西。小树说,做啥?我说,烟花行吗?小树说,就像你点了那个火柴盒一样?我说,你还记得?小树说,那玩意太小了,没意思。我说,你想要多大的?小树说,越大越好。他伸开双臂,能多大多大,过年我妈都不给我买鞭,怕我给人炸了。我想了想说,我知道,在东头,有一片高粱地,我爸带我去一个叔叔家串门,我在那过过,冬天的时候,有没割的高粱秆。都枯了,一点就着。像圣诞树。小树说,你敢?我说,兴许能一烧一大片,一片圣诞树。小树拍手说,你真敢?我说,你会去看吗?穿过煤电四营,就能看见。小树说,你敢去我就敢去。我说,无论你在哪?他说,无论我在哪。我说,如果傅老师不让你去呢?小树说,不用你管,我有的是办法。我说,几点?小树说,太早会被人看见,十一点?我说,十一点,你别忘了。小树说,我记性好着呢,就看爱不爱记。我准到。

天博过来，跟我说话。好像在说腿的事，说腿怎么了，我没听清，因为我想起了另一件很遥远的事。很多年之前，傅老师在画烟盒，我跪在她身边看，冬天，炕烧得很热，我穿着一件父亲打的毛衣，没穿袜子。傅老师歪头看着我，笑了，说，你爸的毛衣还织得挺好。我也笑了，想起来父亲织毛衣时，笨拙的样子，我坐在那帮父亲绕毛线，毛线缠到了他的脖子上。傅老师说，你别动，就画你吧。我说，要把我画到烟盒上？傅老师说，试试，把你和你的毛衣都画上。我说，不会好看的。傅老师说，会的。我说，那我把袜子穿上。傅老师说，别动了，开始画了。画好草稿之后，我爬过去看，画里面是我，光着脚，穿着毛衣坐在炕上，不过不是呆坐着，而是向空中抛着"嘎拉哈"，三个"嘎拉哈"在半空散开，好像星星。我知道，这叫想象。傅老师说，叫什么名字呢，这烟盒？我看着自己，想不出来。傅老师说，有了，就叫平原。我也觉得好，虽然不知道玩"嘎拉哈"的自己和平原有什么关系，但就是感觉这个名字很对。

我还想起，很多年前的另一个夜晚，我从这里的一张床上醒过来，首先看见的是天博，过去我们见过，但是没说什么话，我俩都是挺闷的人。天博坐在床边，在床单上摆扑克，从K到A，摆了几条长龙，要从床上出去了，就拐弯放。我觉得迷糊，腰上疼得厉害，下面好像是空的。我说，天博，我爸呢？天博说，你醒啦，那没事儿了，他也没事儿了，和我爸在外面抽烟呢，你玩扑克吗？打娘娘啊？我说，我的书包呢？天博指了指。和我的血衣服一起，在另一张床上。我说，帮我扔了，别让我爸看见。

这次我听清了天博在说什么，他说，今天感觉，你的左腿胖了。我说，肿了吧。他说，不是，是胖了，我针灸的时候，感觉经络活分了一点，你动一动脚趾。我试着动了动，没动。我说，你弄错了。他说，感觉到脚后跟热吗？我说，有一点。他说，是好现象。再观察看看。我说，你老是抱有希望，这样不好。他说，这是有依据的，虽然这么多年，应该没希望了，但是从上个月开始，我觉得有些变化，你伤在脊椎，按理说，不容易好，但是最近你的脊椎好像恢复了一些，有一些过去没有的反应，很奇怪，万物自有它的循理，我们再看吧。我说，外面阳光很好，推我出去走走。他说，有个事跟你说一下，昨天来了两个警察。我说，你跟我爸说了吗？他说，说了。他说没事儿。对了，昨儿我在街上给你捡了一个烟盒，估计你没有。天博从白大褂的右兜里，掏出一个已经拆开摊平的烟盒。我接过来看了看，我真没有。你看这小姑娘，画得真好，他说。我把烟盒夹在手边的书里，说，昨天那两个警察都问你什么了？他说，一个警察四十岁左右，另一个二十七八岁，问我知不知道十二年前，这附近出过一起案子，车祸，然后一个警察让人打废了。我说不知道，那时我还小，早就睡了。他们问我，我爸说起过什么没，比如那天晚上是不是来过什么人？我说，没听他说起过，他也是早睡早起的人。他们问我有没有病人的病历，我说有，他们让我给他们看看，看完之后，他们说，让你妈和我们聊聊，我说我爸下岗之后，他们俩就离婚了，我妈现在在干什么，我都不知道。他们就走了。我说，你不害怕吗？他说，我是大夫嘛……最近你不要来了，也不要打电话，等过了这阵子再说，我会把后面三个月的药给你弄好带着，然后你自己给自己按摩，我教过你。我说，嗯。他说，你最近写小说了吗？我说，写了，还没写完。写好了给你看。他说，你歇着吧，我去前面看看病人，热敷了半个小时了，快熟了。

庄　树

我和赵队最后还是决定去一趟蒋不凡母亲那儿，就算是枯井，也要下去摸一摸。烫伤事件里的母女，我们都已经排查过，没有嫌疑，女人是单身母亲，女孩儿成绩不错，两人收到了大量的捐款，女孩的恢复也比预想的好，两人既无作案的能力，也无更深层次的作案动机，和旧案也无瓜葛。在孙天博那里，有一定的收获，这让赵队振奋。收获就是没有收获。孙天博的诊所极其干净，一尘不染，病历、锦旗、砂袋、针艾、草药和床，都在恰当的位置，还有两盆一人高的非洲茉莉。病历是整齐的十几本，两个人的字迹，前一个写得比较凌乱，后面的则字迹清秀，工工整整，情况也写得详细。从里面出来，回到车上，赵队说，有意思，这个姓孙的好像一点毛病没有。我说，是，太利整了。他说，说说你的想法。我说，得把他妈找着。赵队说，是，找人，用不着咱俩，让局里落实。我打个电话。他把电话打完，我们俩坐在车里抽烟，我说，蒋不凡留下什么东西了吗？他说，有，他当时穿的衣服，他妈都留着，上面还有血，没洗。她说这是他儿子的血，不脏。搬了几次家，都带着。我说，赵队，我想看看。他说，走吧。

蒋不凡母亲跟大女儿一起住，在市西面的砂山地区，属于三个行政区域的交界，发展得比较缓慢，三个区都想管，最后都没管。有一片地方想开发，平房推倒，挖了一个大坑，一直没有盖东西。十年过去，还是一个大坑，所以那个地方也叫砂山大坑。她的大女儿在大坑边上开了一间麻将社，不大，六张桌子，有一个小厨房，麻友可以点吃的，炒饭或者炒面两种。我们去的时候，她的大女儿去接孩子，蒋母自己看店，她坐在一张桌子旁边，一边嗑毛嗑，一边和其中一个老头说话。老头说，今年退休金涨了一百五，真不错，死了能多穿一件裤衩。赵队说，大娘，没玩？她转过头说，小东来了。我把买好的水果递上，她说，老了，吃不了几个，下回别买了。赵队说，这是小庄。咱们后屋说啊。她说，咋地？人抓着了？桌子上的四个人马上抬眼看我们，赵队说，没有，说点闲话，有日子没来了。大爷，该胡就胡吧，别憋大的啦，五万对死了。几个老人笑了，继续打牌。

蒋不凡的衣服果然在这儿，一件棕色夹克，一件深蓝色毛衣，一件灰色衬衣，一件白色跨栏背心，一条黑色西服裤子，一条藏青色毛裤，一条灰色衬裤，一条灰色三角裤头。蒋母用一个包袱卷包着，好像一盒点心。赵队说，看看吧。蒋母说，我想了，我这身体越来越不行，今年小凡忌日，这些东西我就给他烧去了，要是我死了，怕是得让人扔了。

赵队说，嗯，我们再看看。我把每件衣物翻检了一遍，没什么东西，血迹已经发黑，兜里的东西应该早就拿出去了。我说，我再看一遍。赵队说，你别急，都已经来了。第二遍我翻到裤子，发现右裤子兜是漏的，顺着裤腿，我摸下去，发现在裤脚，有个东西。裤脚扦过，是两层。我借来剪子，把裤脚挑开，里面有个烟头。我把烟头拿出来，举起来，过滤嘴写着两个字：平原。我说，大娘，蒋大哥当年抽什么烟你还记得吗？她说，大生产嘛，我给他买过，一天两包。现在买不着了。我回头跟赵队说，是吧。赵队说，是，我也抽大生产，后来这烟没了，换成红塔山，又换成利群。我把烟头递给他，说，那这烟头是谁的？

回局里的路上，我们俩停了一次车，去了烟店，买了一包新出的平原，打开一人一根抽上。我看着烟盒，觉得奇怪，上面有一个玩"嘎拉哈"的小姑娘，虽然图案很小，面目不太清晰，但是感觉很亲切。从烟标来看，做工是很好的。赵队说，挺好抽，当年也有这种烟，但是不好抽，后来没了。我说，不好抽？他说，是，还挺贵，抽的人特别少。我们可以查一下，九五年，这种烟也许刚上市，抽的人更少。我说，那就明白了。他说，是，老蒋还是老蒋，可惜这么多年我们都不知道他兜里头有东西。我说，不怪你，那兜漏了。蒋哥在车上管凶手要了一根烟，他也发现抽这种烟的不多，所以抽完之后，就把烟蒂放在裤兜里。他说，幸亏老太太没把衣服烧了，要不然老蒋就白死了。我说，不会的，不会有人白死的。

第二天赵队主持开了个会，烟头的事儿他没有通报，因为涉及过去的过失，等查出结果再说也不迟。他主要提了两件事儿，一个是密切监视孙氏中医诊所，二十四小时不能断人；一个是尽快找到孙天博母亲的下落。盯了一星期，孙氏诊所没什么动静，没有可疑的病人，孙天博也没有逃跑的动向，但是孙天博的母亲找到了。她叫刘卓美，现在在北京朝阳区东四环附近开了一家四川小吃店，卖面皮、麻辣涮肚、麻辣拌。老板是四川人，当年在本市走街串巷，推着一个两平米的小车，四面缝着塑料，里面有口锅，常年煮着飘着大烟葫芦的老汤，她常上他的车吃麻辣烫,后来孙育新下岗,她就跟着他推着车跑了。我和赵队马上连夜飞到北京,当时北京正在弄奥运,一片乱糟糟,我们两个外地警察,也被人反复查了一阵。到了那家小店的时候,已是晚上十点多,饭店里没什么人,几个服务员围着一锅面条,一边吃一边看墙角挂着的小电视,里面正在播盖了一半的鸟巢,一片狼藉,好像被拆了一半。我们拿着照片,看见刘卓美坐在其中一张靠里的桌子上点账,左手拿着一根烟。每翻开一页纸,就用拿烟的手蘸一下口水,头发花白,其实已经焗过,但是在亚麻色中间,到处可见成绺的白发。我们说明了来意之后,她没有惊慌,而是让服务员提前下班,说要和我们好好聊聊。她说,老乡啊,虽然我的口音已经乱套了,老乡还是老乡。她的丈夫从后厨出来,是一个个子不高的中年男人,穿着一双安踏运动鞋,鞋帮已经裂了。他给我们沏了壶茶,她说,他可以先回家吗?赵队说,可以,主要问你一些事情。她说,那你回吧。那个男人走出门去,却没有走,而是蹲在路边,背对着我们抽起烟。赵队说,你是哪年走的?她说,一九九四年十月八号。赵队说,说说怎么回事。她说,老孙下岗了,第一批被裁了员,过去他在拖拉机厂当木工。下岗之后,他想开诊所,那时给了他一笔买断工龄的钱,但是我反对,租房子,进东西,投入太大,而且他的手艺平常觉得好使,真开起诊所说不定哪天就让人封了。他不干,我就不给他钱,咱们家的存折在我这儿,他就打我,我和他一直关系不好,他老打我,手劲还大。那时候我和小四川很熟,我问他,你愿不愿意带我走,我有点钱。他说,你没钱,咱们也走。十月八号的上午,是休息日,老孙没在家,我给天博做好饭,看着他吃完,问他如果有一天妈不想和爸过了,你是跟妈走还是跟爸走。他说,跟爸。然后继续吃饭。下午我拿上存折,就跑了。赵队说,说得很清楚,那就是说,一九九五年十二月二十四号,你已经不在老家了。她说,一九九五年?那时候我们在深圳打工。赵队看了我一眼,说,他们现在的诊所开得不错,你儿子接班了,老孙去世了。她没有表情,说,从走那天开始,我就和他们没有关系了。天博从小就是个心里有数的孩子。顿了一顿,她说,他结婚了吗?赵队说,没有。她说,嗯。这时我说,你当时把家里的钱都拿走了?她说,是,连他买断的钱我都拿了,就给天博兜里揣了十块钱。我说,那他拿啥开的诊所呢?父母能给不?她说,不可能,他父母早没了,兄弟姐妹比他还困难。我说,那他从哪来的钱呢?她说,这我哪知道?我说,你再帮着想想。她想了想说,他有个朋友,一直很好,如果他能借着钱,也就是他了,他们从小就认识,下乡,回城,进工厂都在一起。那个人不错,是个稳当人,不知道现在在干啥。我说,他叫什么你还能想起来不?她说,姓李,名字叫啥来着?他有个女儿,老婆死了,自己带着女儿过。我说,你再想想,名字。她说,那人好像姓李,名字实在想不起来,他那个姑娘,很文静,能背好多唐诗宋词,说是一个邻居教的,小时候我见过她,那孩子叫小斐。

赵小东

孙天博很有意思,什么也不说。我找了几个经验丰富的人问过,也不行。只是不说话。不让他睡觉,他就不睡,跟你耗着,把我们几个都耗累了,他还能撑。我说,你要是不知道,可以说不知道,我们记录在案。他连不知道也不说,只是不时用手按摩自己的颈椎。

我们让诊所开着,从别处找了一个中医坐诊。从里到外翻了一遍,没有发现。其中一个人说,没见过这么干净的地儿,就不像有人住的。我问小庄,往下怎么弄。小庄从北京回来,状态有点委靡,在飞机上想抽烟,憋得乱转,下飞机之后,到局里的路上,把半盒平原都抽了。

我们查了本市所有叫李斐的女性的社会记录,发现有一个和我们要找的人高度吻合。此人生于一九八二年,父亲叫李守廉,一九五四年生人,身高一米七六,原是拖拉机厂工人,钳工,会开手扶拖拉机,也会开车,下岗之后,就从社会上蒸发了。李斐有小学的档案记录,小学毕业之后就没有了。而这两件事情的时间点,都是一九九五年。综合我们掌握的所有情况，李守廉是一九九五年劫杀出租车袭警串案和二〇〇七年袭击城管串案的重大嫌疑人。李斐即使不是从犯，也是重要的证人。人活着就应该有记录，李斐是否还在世无法确知，但是李守廉一定在世，这中间社会上换了一次二代身份证，他一定有了新的名字和身份。

小庄说，应该是这样，那年李家发生了几件事，下岗、李斐升学、朋友孙育新想要开诊所，借钱。李守廉一向仗义，先把钱借给了孙育新，李斐升学就没有钱。我说，没明白。他说，我是经过那个时候，考初中，就算你考全市第一，也要交九千块，我假设李斐这孩子考上了，但是李守廉的钱压在诊所里，所以他实施了对出租车司机的抢劫。我说，有道理，逻辑上可以成立。他说，第一起案子你还记着吗？那个出租车司机的储物柜里，有刀，他是转业兵，开夜班，防身带着，第一起案子也许是误杀，他本来是想拿点钱就走。后来手上已经有人命，就杀人抢劫了。我说，有这个可能，但是已经不重要了，第一起案子到底怎么回事儿，重要吗？他说，后来的袭警案，就和我过去假设的差不多，那天李斐应该在车上，他们不是要抢劫，而是去办什么事儿，也许就是去孙氏诊所串门或者看病，打的是蒋不凡的车，蒋不凡觉察出李守廉的嫌疑很大，中途两人下车，后面的事情我过去推论过了。我说，可能李斐也参与了抢劫，也有这种可能。小庄说，嗯，也有。但是可能性不大。我说，为什么？他说，从人性角度讲，父亲不应该这么干。我说，操，跟我说人性？他没有说话。

第二天我又带人去翻了一遍孙天博的家，的确收拾得很干净，应该是随时防备有一天我们会抓他。里屋是木地板，我让人撬开，什么也没有。我觉得既然如此，索性继续拆。所有能藏东西的地方全拆开，终于发现了一个中医枕头，里面有一层小石子，安眠用的。在石子底下，有一本带血的小学语文教材和七十多页复印的文稿。我把这些东西拿到孙天博面前，他像没看见一样，还是不说话，然后闭上眼睛，按摩自己的太阳穴。我看了一遍稿子，好像是小说，写的都是一趟房里邻居的事情，小孩儿之间的事儿，大人之间的事儿，玩毛毛虫啊，弹玻璃球啊，打趴几啊。看意思应该是作者小时候的事情。我把这些东西转给了小庄，让他看看。小庄看过之后，没有提什么决定性的想法，而是向我请了几天假，说是实在撑不住了，身体要垮了，我同意了，毕竟年轻，第一次跟这种案子，休息休息是合理的。我提议他可以先见见孙天博，毕竟是目前我们手上唯一可用的线索，他说不见了，实在是太累，他还说，这几天他好好想一想，也许会想出个眉目，再见不迟。

就在他请假的第三天下午，出现了新的情况，这是所有人都没有想到的。年初我们搞过一阵子追逃行动，其实有些劳民伤财，抓回来的，即使手上有过人命，大多早已成了废物，不是未老先衰，就是成了沉默寡言的木头疙瘩，或者因为酗酒成了废人。有一个人现年五十一岁，一九九六年抢劫岐山路建设银行未遂，用自制短筒猎枪打死一名保安，潜逃。今年年初将他从河南省舞阳县抓回，他承认他抢劫杀人，并提出希望能见到自己离异多年的妻子。我没把此事当回事儿，如果每天满足他们的愿望，我就不用干别的了。小庄找到了这人的妻子，也已经五十多岁，重新结婚生子后，生活不错，现在退休在家，帮儿子带孩子。不愿意与他见面。小庄征得对方同意，给她照了一个半身像，带给案犯看了，并把实际情况跟他讲了。他收下照片没说什么。可就在这几天，他突然说有重要事情汇报，我去了。他要见小庄，我说小庄休假了，病了，我是他上级，可以代表他。他认识我，把情况讲了一遍，我听后，让他写下来，然后召集了专案组，拿着他所写材料的影印版，又让他讲了一遍。这人记性极好，无论是所写材料，还是两遍的供述，没有任何矛盾之处，而且十几年前的细节，很多都还记得。此人叫赵庆革，无业，酗酒嗜赌，麻将花面冲上摆着，他扫一眼，揉乱砌出城墙，所有牌的位置基本上都在心里亮着。可是就是这样，还是输钱，欠了不少外债，为了翻本，他就动了抢劫出租车司机的念头。他身高一米七五，手劲极大，据他自己说，年轻时吃核桃有时是用掰的。尼龙绳、柴油、上车之后坐在司机正后方，行到偏僻处实施杀人抢劫，然后焚车逃走。一共五起，每一起的时间地点人物，甚至连司机的大致相貌、年龄，甚至有的人的口头禅，他都记着。其中有一个司机上衣兜揣着一把梳子，一边开车一边梳头，说送完他就去跟相好会面，相好三十二岁，丈夫常年出差。他把他勒死后，梳子拿走，一直用到现在。

但是他说一九九五年十二月二十四号，他并不在蒋不凡那辆车上，他去了广州买枪（但是没买到），那时出租车的案子他做了五起，没有纰漏，就准备向前走一步，去抢银行。我把李守廉和李斐的照片给他看，他说不认识，从没见过。

我看到了那把梳子，然后给小庄打了电话，他关机了。其实也没那么着急，只是案子的链条有了一个断缝，而我们需要做的工作并没有什么大的变化。

李 斐

看见报纸那天，我晚上失眠了。我把那份报纸放在枕头边上，夜里起来看了好几回。前两天父亲跟我说，天博出事了，那盆非洲茉莉不在窗户边上了。我就知道，很多事情要开始了。但是我没有想到，首先出现的竟然是小树。第二天一早，我叫住父亲，把报纸递给他。父亲看过之后，说，太巧了。我没有说话。父亲说，我知道你是怎么想的。我说，我怎么想的？父亲说，你想，也许没问题。我点头。父亲说，按道理，天博不会说，我知道他，而且如果他说了，也不用登寻人启事找我们。我点头。父亲说，但还是太巧了。我说，爸，你是不是有事情没告诉我？父亲说，我先出车，你让我想想。

父亲现在是出租车司机。

晚上父亲回来，我坐在轮椅上，还在看那份报纸。

寻人启事：寻找儿时的伙伴，失散多年的朋友、家人小斐。我一周后就要出国定居，请速与我联系。不可思议，我们已经长大了。下面是我的电话。

在电话的下面，附了一张画。上面一个小男孩站在两块石头中间，一个小女孩正抡起脚，把球踢过来。

父亲摘下口罩，把买好的菜拿进厨房。吃饭时，父亲说，广场那个太阳鸟拆了。我说，哦，要盖什么？父亲说，看不出来，看不出形状，谁也没看出来。后来发现，不是别的，是要把原先那个主席像搬回来，当年拉倒之后，没坏，一直留着，现在要给弄回来。只是底下那些战士，当年碎了，现在要重塑。不知道个数还是不是和过去一样。我说，哦。父亲说，我想好了。我说，嗯。父亲说，去见见吧。我原先想查查小树，但是怕反而会惹麻烦。索性就这么去吧。我从轮椅上向前跌下来，碗掉在地上，饭粒撒了一地。父亲把我抱起，放回轮椅上。我说，爸送我过去，我单独见他。父亲说，那得想个地方，你腿不方便，如果不好，能走的地方。我说，我想好了，船上。父亲说，船上好，一人一条船，挨着说话。我说，他也看不出我腿有毛病。父亲从腰上拔出一把枪，放在桌子上，说，你带着，放在包里，不到万不得已，不要用。一旦用，就不要手下留情。我看着枪。父亲从后腰又拿出一把，说，我们两个一人一把，你那里面有七颗子弹。在家等着，我去给你买张电话卡。

我用新的电话卡给小树发了短信，约第二天中午十二点，在北陵公园的人造湖中心见。发完短信，父亲把电话卡放在煤气上熔了。父亲说，明天中午，他来了就是来了，没来这事儿就算了，来了见完，这事儿也就算了，我们只能这么下去，你答应我。我说，我答应你。爸，我欠你的太多。父亲说，不说。你们两个总要见一下。以后还和以前一样。

庄　树

我上船的时候，看见一条小船漂在湖心。我向湖心划过去。不是公休日，湖上只有两条船。秋天的凉风吹着，湖面上起着细密的波纹，好像湖心有什么东西在微微震动。划到近前，我看见了李斐。她穿着一件红色棉服，系着黑色围巾，牛仔裤、棕色皮鞋，扎了一条马尾辫。脚底下放着一只黑色挎包，包上面放着一双手套。我向她划过去的时候，她一直在看着我。她和十二岁的时候非常相像，相貌清晰可辨，只是大了两号，还有就是头发花白了，好像融进了柳絮，但是并不显老。眼睛还像小时候一样，看人的时候就不眨，好像在发呆，其实已经看在眼里了。我说，等很久了吧。她说，没有，划过来用了一段时间。我笑了笑，说，你没怎么变。她说，你也是，只是有胡子了。来见老朋友，胡子都不刮。我说，你现在在做什么？她说，你怎么上来就问问题？你呢？我想了想说，说实话吗？她说，说实话。我说，我现在是警察。她收了笑意，闭紧嘴看着我，说，挺好，公务员。我说，我小时候挺浑的吧？她沉默了一会儿，说，是。我说，现在我长大了，能保护人了。她又许久没有说话，把围巾重新系了系，隔了一会儿，她说，傅老师现在好吗？我说，很好，地球都要走遍了。她说，那就很好？我说，说实话，我也不知道。她一直在找你。她说，让她别找了，我什么都不是。我说，我不觉得。如果你时间不急，我跟你讲讲这么多年我都干了什么。她说，你讲吧。我就开始讲，讲了自己在警校交的女朋友，也讲了分手之后自己很难过，喝多了在操场疯跑，还讲了因为当警察，和父亲搞得很紧张，一直讲到现在。她听得很认真，偶尔中途问一点事情，比如，她人有趣吗？或者，没听明白，我没上过大学，请你再讲一下。很少能得到这样的听众。讲完了，我好像洗了个澡。我说，无聊吧，这么多年的事儿，这么快就讲完了。她说，不无聊。如果让我讲，一句话就讲完了。我说，一会儿是你自己回去还是李叔来接你？或者他现在就在附近看着？她没有说话。我说，他现在忙什么呢？她没有说话。我说，李叔十二年前，杀了五个出租车司机，不久前又杀了两个城管，一个用锤子或扳子，一个用枪打。她没有说话。我说，我不是请你帮我，我是请你想想这件事本身。她说，没这个必要，不用你提醒我这个。我说，你告诉我在哪儿能找到李叔。然后到我的船上来，我们划到岸边，然后我们去找傅老师。她说，如果没有这事，你会来找我吗？我说，也许不会，但今天我是一个人来的，没人知道我来，而且这件事情已经有了，我也已经来找你了，都不能更改了。

她抓住桨，把船向后轻轻摇了摇，和我拉开了点距离，说，其实我可以说，我不知道你在说什么，但是你刚才很坦白，我也可以跟你坦白，谁也不欠谁最好。其实这么说不对，应该说，我欠你们家的，能还一点是一点。我说，不是，这事儿和你我，她伸出手，意思是这时不需要我说话，我突然意识到这么多年没见，她果真在某一个局部，有了不小的变化。她说，一九九五年那几起出租车的案子，和我爸没关系，信不信由你。我爸的钱借给孙叔一部分，然后他把他小时候攒的"文革"邮票，全卖了，我的学费是有的。但是十二月二十四号那天的事儿，我和我爸确实在。那人朝我爸开了一枪，他的左腮被打穿了。我说，嗯。她说，一辆卡车把我坐的车撞翻了。你知道吧？我说，知道。她说，然后那个人倒了，我爸满脸是血，把我从车里头拖出来，那时我没昏，腿没感觉了，但是脑袋清楚得很。他看了看我的腿，把我放在马路边，跑回去用砖块打了那个警察的脑袋。我说，哦，是这个顺序。她说，然后我跟他说，小树在等我啊。然后我就昏过去了。

这次轮到我沉默下来，看着她的眼睛，她一眨不眨，看着我，或者没有看着我。

然后她说，我爸什么也不知道，他以为我真的肚子疼。当时我的书包里装着一瓶汽油，是我爸过去从厂里带回来，擦玻璃用的。那个警察应该是闻着了。那天晚上是平安夜，白天我一直在想去还是不去，因为我有预感，你不会来。但是到了晚上我还是决定去，可我实在想不出什么办法，你说你总会有办法，可是我想不出来。孙叔叔的诊所离那片高粱地很近，我可以想办法下车，跑去用汽油给你放一场焰火，一片火做的圣诞树，烧得高高的。我答应你的。

我说，现在那里已经没有高粱地了。

她说，那天你去了吗？

我说，没有。

她说，是傅老师不让你去吗？

我说，不是。我忘了。

她说，你干什么去了？

我想了想说，也忘了。

她点了点头。

我说，当时我们都是小孩子，现在我们都长大了，对吧。

她说，你长大了，很好。

这时她指了指挎包，说，这里面有一把手枪，我不知道自己会不会使。我说，不会使我可以教你。她说，小时候，傅老师曾经给我讲过一个故事。说，如果一个人心里的念足够诚的话，海水就会在你面前分开，让出一条干路，让你走过去。不用海水，如果你能让这湖水分开，我就让你到我的船上来，跟你走。

我说，没有人可以。

她说，我就要这湖水分开。

我想了想，说，我不能把湖水分开，但是我能把这里变成平原，让你走过去。

她说，不可能。

我说，如果能行呢？

她说，你就过来。

我说，你准备好了吗？

她说，我准备好了。

我把手伸进怀里，绕过我的手枪，掏出我的烟。那是我们的平原。上面的她，十一二岁，笑着，没穿袜子，看着半空。烟盒在水上飘着，上面那层塑料膜在阳光底下泛着光芒，北方午后的微风吹着她，向着岸边走去。

（原刊于《收获》2015年第2期）

蘑菇圈

阿　来

　　早先，蘑菇是机村人对一切菌类的总称。

　　五月，或者六月，第一种蘑菇开始在草坡上出现。就是那种可以放牧牛羊的平缓草坡。那时禾草科和豆科的草们叶片正在柔嫩多汁的时节。一场夜雨下来，无论直立的茎与匍匐的茎都吱吱咕咕地生长。草地上星散着团团灌木丛，高山柳、绣线菊、小檗和鲜卑花。草蔓延到灌木丛的阴凉下，疯长的势头就弱了，总要剩下些潮湿的泥地给盘曲的树根和苔藓。

　　五月，或者六月，某一天，群山间突然就会响起了布谷鸟的鸣叫。那声音被温暖湿润的风播送着，明净，悠远，陡然将盘曲的山谷都变得幽深宽广了。

　　布谷鸟的叫声中，白昼一天比一天漫长了。

　　阿妈斯炯说，要是布谷鸟不飞来，不鸣叫，不把白天一点点变长，这夏天就没有这么多意思了。

那个时候，阿妈斯炯还年轻，还是斯炯姑娘。

那时应该是一九五五年，机村没有去当兵的人，没有参加工作成为干部的人，没有去县里农业中学上学的人，没有抽调到筑路队去修公路的人，以及那些早年出了家，在距村子五十里地的宝胜寺当和尚的人，都会听到这一年中最初的鸟鸣声。听见山林里传来这一年第一声清丽悠长的布谷鸟鸣时，人们会停下手里正做着的活，停下嘴里正说着的话，凝神谛听一阵，然后有人就说，最先的蘑菇要长出来了。也许还会说别的什么话。但那些话都随风飘散了，只有这句话一年年都在被人说起。

也就是说，当一年中最初的布谷鸟叫声响起的时候，机村正在循环往复着的生活会小小地停顿一下，谛听一阵，然后，说句什么话，然后，生活继续。

那时，大堆的白云被强烈的阳光照耀得闪闪发光。

谁也不知道机村在这雪山下的山谷中这样存在着有多少年了，但每一年，布谷鸟都会飞来，会停在某一株核桃树上，某一片白桦林中，把身子藏在绿树荫里，突然敞开喉咙，开始悠长的，把日子变深的鸣叫。因此之故，机村的每一年，在春深之时的某一刻，日子会突然停顿一下，在麦地里拔草的人，在牧场上修理畜栏的人，会停下手里的活计，直起腰来，凝神谛听，一声，两声，三声，四五六七声。然后又弯下腰身，继续劳作。即便他们都被生存重压弄得总是弯着腰肢，面对着大地辛勤劳作，到了这一刻，都会停下手中无始无终的活计，直起腰来，谛听一下这显示季节转好的声音。甚至还会望望天，望望天上的流云。

不只是机村，机村周围的村庄，在某个春深的上午，阳光朗照，草和树，和水，和山岩都闪闪发光之时，也会出现这样一个美妙而短暂的停顿；不只机村，不止是机村周围那些村庄，还有机村周围那些村庄周围的村庄，在某一时刻，都会出现这样一次庄重的停顿。这些村庄星散在邛崃山脉、岷山山脉和横断山脉，这些村庄遍布大渡河上游、岷江上游、青衣江上游那些高海拔的河谷。

那个停顿出现时，其他村庄的人凝神谛听之余会说点什么，机村人不知道。但机村肯定会有一个人说，今年的第一种蘑菇要长出来了。那时，机村山上所有的蘑菇都叫蘑菇。最多分为没有毒的蘑菇和有毒的蘑菇。而到了这个故事开始的一九五五年或是一九五六年，人们开始把没有毒的蘑菇分门别类了。布谷鸟再开始啼叫的时候，在一九五六年，机村的人就说，瞧，羊肚菌要长出来了。

是的，羊肚菌就是机村那些草坡上破土而出的第一种蘑菇。羊肚菌也是第一种让机村人知道准确命名的蘑菇。

它们就在悠长的布谷鸟叫声中，从那些草坡边缘灌木丛的阴凉下破土而出。

像是一件寻常事，又像是一种奇迹，这一年的第一种蘑菇，名字唤作羊肚菌的，开始破土而出。

那是森林地带富含营养的疏松潮润的黑土。土的表面混杂着枯叶、残枝、草茎、苔藓。软软的羊肚菌悄无声息，顶开了黑土和黑土中那些丰富的混杂物，露出了一只又一只暗褐色的尖顶。布谷鸟也许就是在这个时候开始鸣叫的，所以，长在机村山坡上的羊肚菌也和整个村子一起，停顿了一下，谛听了几声鸟鸣。掌管生活与时间的神灵按了一下暂停键，山坡下，河岸边，机村那些覆盖着木瓦或石板的房屋上稀薄的炊烟也停顿下来了。

只有一种鸟叫声充满的世界是多么安静呀！

所有卵生、胎生，一切有想、非有想的生命都在谛听。

然后，暂停键解了锁，村子上蓝色炊烟复又缭绕，布谷鸟之外，其他鸟也开始鸣叫。比如画眉，比如噪鹊，比如血雉。世界前进，生活继续。

经历了那奇幻一刻的名唤羊肚菌的那一种蘑菇又开始生长。

刚才，它用尖顶拱破了黑土，现在，它宽大的身子开始用力，无声而坚定地上升，拱出了地表。现在，它完整地从黑土和黑土中掺杂的那些枯枝败叶中拱出了全部身子，完整地立在地面上了。从灌木丛枝叶间漏下星星点点的光落在它身上。风吹来，枝叶晃动，那些光斑也就从它身上滑下来，落在地上。不过，不要紧，又有一些新的光斑会把它照亮。

这朵菌子站在树荫下，像一把没有张开的雨伞，上半部是一个褐色透明的小尖塔，下半部，是拇指粗细的菌柄，是那只雨伞状物的把手。这朵菌子并不孤独，它的周围，这里，那里，也有同样的蘑菇在重复它出现的那个过程，从黑土和腐殖质下拱将出来，头上顶着一些枯枝败叶，站立在这个新鲜的世界上。风在吹动，它们身上的特有的气味开始散发出来。阳光漏过枝叶，照见它们尖塔状的上半身，按照仿生学的原理，连环着一个又一个蜂窝状的坑。不是模仿蜂巢，是像极了一只翻转过羊肚的表面。所以，机村山坡上这些一年中最早的菌子，按照仿生学命名法，唤作了羊肚菌。

布谷鸟叫声响起这一天，在山上的人，无论是放牧打猎，还是采药，听到鸟叫后，眼光都会在灌木丛脚下逡巡，都会看到这一年最早的蘑菇破土而出。他们都会不约而同把这种蘑菇小心采下，在溪边采一张或两张有五六个或七八个巴掌大的掌形的橐吾叶子松松地包裹起来，浸在冰凉的溪水中，待夕阳西下时，带下山回到村庄。

这个夜晚，机村几乎家家尝鲜，品尝这种鲜美娇嫩的蘑菇。

做法也很简单。用牛奶烹煮。这个季节，母牛们正在为出生两三个月的牛犊哺乳，乳房饱满。没有脱脂的牛奶那样浓稠，羊肚菌娇嫩脆滑，烹煮出来自是超凡的美味。但机村并没有因此发展出一种关于美味的感官文化迷恋。他们烹煮这一顿新鲜蘑菇，更多的意义，像是赞叹与感激自然之神丰厚的赏赐。然后，他们几乎就将这四处破土而出的美味蘑菇遗忘在山间。

眼见得菌伞打开了，露出里面白生生的裙摆，他们也视而不见。眼见得菌伞沐风栉雨，慢慢萎软，腐败，美丽的聚合体分解成分子原子孢子，重又回到黑土中间，他们也不心疼，也不觉得暴殄天物，依然浓茶粗食，过那些一个接着一个的日子。

尽管那时工作组已经进村了。

尽管那时工作组开始宣传一种新的对待事物的观念。

这种观念叫作物尽其用，这种观念叫作不能浪费资源。

这种观念背后还藏着一种更厉害的观念，新，就是先进；旧，就是落后。

工作组展望说，应该建一个罐头厂，夏天和秋天，封装这些美味的蘑菇，秋末和冬初，则封装山里那些同样美味且营养丰富的野果。例如覆盆子，蓝莓和黄澄澄的沙棘果。在机村，那些野果，本只是孩子们的零嘴，更多，是满山鸟雀，甚至还有黑熊的食物。

基于这种新思想，满山的树木不予砍伐，用去构建社会主义大厦，也是一种无心的罪过。后来，机村的原始森林在十几年间被森林工业局建立的一个个伐木场几乎砍伐殆尽，但工作组展望过的罐头厂迄今没有出现在机村或机村附近的山野，那是后话。

在一九五五年一九五六年间，蘑菇季一到，工作组率先大吃羊肚菌，机村传统的烹煮法和小孩们偶一为之的烧烤法，那都太单调了。他们自有特别丰富的做法。他们用猪肉罐头烩制的蘑菇更是鲜美无比。机村人不明白的是，这些导师一样的人，为什么会如此沉溺于口腹之乐。有一户人家统计过，被召到工作组帮忙的斯炯姑娘，端着一只大号搪瓷缸，黄昏时分就来到他们家取牛奶，一个夏天，就有二十次之多。也就是说，住在村里的工作组，一个羊肚菌季节，至少吃了二十回牛奶烹煮的鲜蘑菇。噢噢。至少是二十回呀。一个羊肚菌季节也就一个月多一点点。噢噢。哪止二十回啊，那是去到一户人家的次数，要知道机村可有二十多户人家。

答案简单明了，文明。饮食文化。

机村东头，对着一条通向雪山垭口的山沟，曾经有一条再过三十年会被称为茶马古道的驿道，从雪山垭口蜿蜒而下，经过机村，向西通向草原地带。所以，村子东头，曾经有过一条短短的街道。这驿道如今叫了茶马古道。街上有几家外来人开的代喂马代钉马掌的旅店，几家商铺，几家饭馆和一个铁匠铺。斯炯十二三岁时就到其中一家旅店帮佣，主要的工作就是每天到山前溪边割马草。那些在驿道上驮着货物走了一天的马会站在马圈里整整吃一个晚上的草。睁着眼吃，闭着眼睛打盹和做梦时也不停嘴。

斯炯在的那家店，掌柜姓吴。斯炯在店里学了些汉话，后来还认得了百十个汉字。

有时闲下来，就在店里的板壁上写这些认得的字。马。草。斤。两。钱。糖。茶。客。

一九五四年，山里通了公路，政府建立了供销社，汽车运来丰富的货物，那条街道就衰落了。那些开店的外乡人都携家带口回了内地老家。吴掌柜也拖家带口回了内地老家。

小街一衰败，斯炯就回了家。因为认得些字，还会说汉话，就被招进了工作组，那时叫作参加了工作。那个在羊肚菌季节里，端了可以装一升牛奶的大搪瓷缸子到人家替工作组取牛奶的姑娘就是她。把斯炯这个名字，第一次用这两个汉字写下来，是工作组长。他从旧军装前胸的口袋里拔出笔来，说小姑娘很精神嘛，眼睛炯炯有神嘛，就用炯炯有神的炯吧。村里还有叫斯炯的，此前在工作组的花名册上都写成斯穹。

斯炯参加了工作组，她腿脚勤快，除了端着一只大搪瓷缸子去村中人家取牛奶，还会提一个篮子去各家各户讨蔬菜。那时的机村人不像现在，会种那么多种蔬菜。那时，机村人的地里只有土豆、萝卜、蔓菁三种蔬菜。工作组的人不仅能说会道，还会把萝卜和土豆在案子上切丝切片，刀飞快起落，声音犹如急切的鼓点，这也让机村人叹为观止，目瞪口呆。而那些裹满泥巴的土豆与萝卜，都是斯炯在村前的溪流里淘洗干净的。春天、夏天和秋天，溪水温和，洗东西并不费事，但到了冬天，斯炯的手在冰窟窿里冰得通红，人们见她不断把双手举到嘴边，用呵出的热气取暖。

就有人说，斯炯，不要在工作组了，回家里守着火塘，你阿妈的茶烧得又热又浓啊！

斯炯一边往手上呵着热气，一边笑着说，我在工作！

那时工作是一个神圣的字眼，可以封住很多人的口。但也有人会说，工作是宣传政策教育老百姓，你洗萝卜洋芋，就算是在冰水里洗，也不算工作！

那时，工作组正帮着机村人把初级农业合作社升级成高级农业合作社。

春天的时候，布谷鸟叫之前，新一年的春耕已经是由高级社来组织了。机村的地块都不大，分散在缓坡前，河坝上。高级社了，全村劳动力集中起来，五六十号人同时下到一块地里，有些小的地块，一时都容不下这么多人。工作组就组织地里站不下的人在地头歌唱。嚯，眼前的一切真有种前所未有的热闹红火的气象。

高级社运行一阵，工作组要撤走了。

工作组长给了斯炯两个选择。一个，留在村里，回家守着自己的阿妈过日子。再一个，去民族干部学校学习两年，毕业后，就是真正的国家干部了。

斯炯回到家里，给阿妈端回一大搪瓷缸子土豆烧牛肉，她看着阿妈吃光了等共产主义来到时就会天天要吃的东西，问阿妈好吃不好吃。阿妈说，好吃，就是吃了口渴。那时机村人吃个牛肉没有这么费事，大块煮熟了，刀削手撕，直接就入口了。斯炯抱着阿妈哭了一鼻子，就高高兴兴随着工作组离开村庄，上学去了。

再往前三十多年吧，机村和周围地带有过战事。村子里的人跑出去躲避。半年后回来，阿妈肚子里就有了斯炯的哥哥。然后是一九三五年和一九三六年，红军爬雪山过草地，机村人又跑出去躲避战事，回来时，阿妈肚子里有了斯炯。两回躲战事，斯炯的阿妈就带回了两个没有父亲的孩子。更准确地说，是两个不知父亲是谁的孩子。

斯炯的哥哥十岁出头就跟一个来村里做法事的喇嘛走了，出家了。

这一回，斯炯又要走了。

村里人说，是呢，野地里带来的种，不会待在机村的。

想不到的是，这两个被预言不会待在村里的两兄妹不久就又都回到村里。先是斯炯的哥哥所在的宝胜寺反抗改造失败。政府决定把一座八百人的寺院精简为五十个住寺僧人，其他僧人都动员还俗回乡，从事生产。斯炯的哥哥也在被动员回乡之列。但斯炯哥哥不从，逃到山里藏了起来。上了一年学的斯炯接到任务，让她去动员哥哥下山。后来，村里人常问她，斯炯，你在学校里都学过什么学问啊？斯炯都不回答。就像她生命中根本没有过上民族干部学校这回事情一样。其实，她清楚地记得，那天正在上政治课，有人敲开门叫她去楼下传达室接电话。她去了，连桌上的课本和笔和本子都没有收拾。电话里一个声音说，现在你要接受一个任务，接受组织的考验。这个任务和考验，就是要把她藏到山上的哥哥动员回家。她问，我怎么动员他？给他写一封信？电话里问，他认识你写的字吗？她说，那我给他捎个口信吧。电话里说，问题是，他藏起来了，找不到他。斯炯说，你们都找不到，我也找不到啊！电话里说，他要是再不下山，就要以叛匪论处了，叫你去动员，也算是仁至义尽了。斯炯就说，那我去找他吧。

斯炯连教室都没回，就坐着上面派来的车去两百多里外的山里找人了。

在哥哥出家的宝胜寺四围的山里，斯炯进进出出七八天，喊得声音都嘶哑了，她那当和尚的哥哥都没有出现。斯炯以为，哥哥一定是死在什么地方了。所以，她还一个人哭了好几场。在山洞前哭过，在温泉旁哭过。最后一天，她对着一大树盛开的杜鹃花想，花这么美丽，人却没有了，就又哭了起来。这回哭得很厉害，下山的时候，她眼睛还肿着。学校发的那身大翻领的有束腰的灰制服也被树枝划拉出了好几道口子，扎着两根大辫子的头发间，挂着一缕缕松萝。她对干部说，我找不见他了。

干部说，你没有完成任务。

斯炯问，我还能回学校去吗？

干部没有说可以回，还是不可以回，而是冷着脸说，你看着办吧。

学校里的教员和干部常常对一个自知自己可能犯了错，而手足无措的学员说这句话，你看着办吧。

斯炯对干部说，那我回家去，告诉阿妈，哥哥找不见了。

就这样，一九五九年，离开村子一年多的斯炯回到了机村。她是空着手回到机村的。她的课本什么的还留在教室里，衣服什么的都还留在八个人一间的宿舍里。她的床底下，塞着一口棕色皮箱，里面是她的几套衣服，藏式的衣服，和学校发的干部衣服。她的课本和衣服都留在学校，自己穿着一身在山里寻人时被树枝划拉出很多道口子的干部服就回到机村了。从此，再未离开。

她回到机村的那天，高级社的社员们正在村子旁最大的那块有六七十亩的地里松土除草。那时，地里一行行麦苗刚长到一拃多高。全社的社员都在地里弯腰挥动着鹤嘴锄。这时，有人说看看是谁来了。

大家都直起腰来，看见斯炯正穿过麦地间的那条路。

好几个眼尖的人都说，是斯炯回来了。

斯炯空着双手，看都不朝麦田里劳动的乡亲们看一眼，就朝自己家走去了。

有人就对她的阿妈说，看看，当了干部了，不朝我们看就罢了，也不朝自己的阿妈看一眼。

也有人说，像是很伤心的样子啊！

社长就对斯炯的阿妈说，你就回家看看吧。

第二天，斯炯还没有出来与村人们相见。

大家就在地里问她阿妈说，你女儿回来干什么啊。

阿妈就哭起来，说，她哥哥找不见了。他们要他还俗回家，生产劳动。他就跑进山里不见了。

村里人说，他又不是真在修行的喇嘛，一个粗使和尚，背水烧茶，回来也就回来吧。

可是他不见了，斯炯也找不见他，喊不应他。

第三天，斯炯就穿着那件带着破口的大翻领的有束腰的灰色干部服下地劳动了。

大家来和她说话，打探消息。

但她在山里喊哑了嗓子，人们问她什么，她都指指嗓子，我说不动话了。

斯炯就是这样回到机村来的。

机村的很多人物故事都是这样结束的。比如说雪山之神阿吾塔毗，故事的结尾就是，阿吾塔毗带着他两个勇敢的儿子，就是那一年到我们这里来的。哪一年呢？大概是一千多年前的某一天吧。

后来，斯炯的儿子胆巴问她，阿妈是哪一年回到村里的？

斯炯说，哦，很久了，我想不起来了。

儿子再问，她就说，真的很久了，都是生下你以前的事情了。

大概也是斯炯从民族干部学校回到机村那一年，传说距离机村很遥远的内地闹起了饥荒。

那一年的机村发生了三件事。

第一件，离开才两三年的工作组又进驻到机村，来提高粮食产量。工作组是大地正从冰冻中融化的时候来到的。那时，村子里那些刚刚解了冻的土路变得泥泞不堪，弄脏了工作组干部的鞋和裤腿。他们一边在火上烤被泥泞弄湿的鞋，一边召集高级社的村干部们来开会。工作组提出当年粮食产量要翻一番。这把高级社的社长和副社长都吓坏了。

社长说，上天不会让地里长出这么多粮食的。

工作组说，人定胜天，这是新思想。思想是最有力的武器。

副社长说，种庄稼不是打仗，武器没有用处的。

最后，社长和副社长都被说服了。他们和工作组一起想出了一个办法，多上肥料。每户人家的牛栏和猪圈都被铲除得一干二净。工作组说，这是一举两得。地得到肥料，爱国卫生运动也同时开展起来了。机村人第一次发现，原来自己长时期与粪便为伍而不自知，机村人还发现，其实自己也愿意过更干净的生活。村子里的人畜粪没有了。人们又上山去，把森林里的腐殖土背下山来，铺在地里。

当雪线一天一天往高处退去，退过了阔叶树的林带，又退过了针叶树的林带，徘徊在高山草甸时播种季节来到。种子播下不久，树林返青，先是柳树和杨树，然后是桦树和花楸。等到几场春雨下来，黑土地里就浮现出一层隐约的翠绿。那是麦苗出土了。当庄稼绿成一片的时候，布谷鸟叫了，除草时节来到。那时，大家都觉得，粮食产量真的可以翻一番。看看那些麦苗吧，因为地里上足了肥料，麦苗绿得那么深，像是某种绿宝石的颜色。到了夏天，麦苗抽穗时，每一个穗子都前所未有地硕大。人们都欢欣鼓舞，相信一个产量翻一番的收获季就会到来了。可是，社长还是忧心忡忡，他说，全靠肥料，全靠肥料，今年把多年存下的肥料都用光了，明年用什么呢？

机村人因此说这个社长真是个苦命人，该高兴时都不让自己高兴起来。他们想让社长高兴起来，因此都开玩笑说，我们一定要让牛和猪多拉屎，我们也一定要多拉屎，不让社长操心明年没有肥料。工作组说，农家肥没有了，有化肥，大工厂生产的化学肥料。

大家一面议论工厂制造的肥料该是什么样子，一面等待庄稼熟黄。可是，这些长得分外茁壮的庄稼还在拚命生长，不肯熟黄。后来人们回忆说，那一年的庄稼呵，真是长疯了。疯了一样地长，就是不肯熟黄。那些老农民就跟社长一样地忧心忡忡了。庄稼再不成熟，高原山地夜间就要下霜了。霜冻会使没有成熟的庄稼颗粒无收。这样的情形真的就在那一年发生了。连续三个夜晚的霜下下来，地里还在灌浆不止的麦子都冻坏了。

那一年，机村有史以来长得最茁壮的庄稼几乎绝收。上面却要按年初上报产量翻番的计划征收公粮。

社长扳着指头算算，最多到次年三月，机村人家家户户都要断粮，也要跟传说中的内地一样饿死人了。

算过这个账，社长觉得自己罪孽深重，上吊死了。

第二件事，阿妈斯炯的哥哥回来了。

他一出现在家里，斯炯就抱着他身子猛烈摇晃，我在山上喊破了嗓子，你倒是答应一声啊！

斯炯她哥哥虚弱地说，山上？我什么时候在山上？我被关起来了。

原来，这个烧火和尚并没跑到山上去。

那天，他已经收拾好东西了，准备回家了。整顿寺庙工作组的一个人给他和另几个和尚一封信，叫他送到县里去。他说，可是，我要回家了。工作组的人和颜悦色，说，去吧，送了这封信再回家。他是天空刚刚露出黎明光色时离开寺院的。

他怀里揣了工作组员给他的信，肩着一个褡裢，往县城而去。褡裢一头装着被褥，一头装了一口锅，一把壶，两只碗，这是他在庙里生活的全部家当。走出好几里地后天亮了，他回望一眼，寺庙已不可见，只可见一座白色佛塔立在寺庙后面的山上。

到县政府，传达室的人接过信看了，笑笑，又把信塞回到他手上，说，你自己送到公安局去吧。他问清了路，把信送到公安局。公安局的人看了信，从腰间拔出手枪，拍在桌子上，他就被戴上手铐了。他还声辩，工作组让我来送信的。公安说，信上说，这个人到了就把他关起来！

我没有犯法。

犯没犯法，写信送你来的人来了就知道了。

然后，他和好些人一同关在一个大房子里。后来，一起的人都处理了，有了各自的结果。有要坐牢的，也有教育一阵，无罪释放的。就剩他一个人了，始终没有人来看他。看管人的也松懈起来。一个晚上，电闪雷鸣之时，他从窗户上探出头去，没有人喊回去，没有手电光闪过来。他从窗口上跳出去，也没听到人拉动枪栓。他就跑到外面去了。第二天，他还在县城里晃荡了一天，也没有人来抓他。于是，黄昏时分，他就出了县城，往机村的方向去了。

他一进家门，妹妹斯炯就哭喊着摇晃着他，工作组让我到山上找你，你为什么不出来？你为什么现在又自己跑出来。

他还没有来得及辩解，妹妹又喊道，工作组在找你，你到工作组去！

他只好跑到工作组去。他想，人家又没叫他，自己跑去干什么呢？所以，就只在工作组住的那座房子门前徘徊。

　　这座房子是村子里最漂亮的房子。比村子里所有二层三层的房子都要高上一层。一般的房子是六根柱子，八根柱子，这座房子是十六根柱子。所以，这座房子的主人就成了地主。这座房子为两兄弟所有，他们共同娶一个老婆。工作组在村里作了很多调查研究，也弄不清楚这座房子的真正主人是这两兄弟和他们共同的老婆中的哪一个。本来只有一顶地主的帽子，因为弄不清这三个人哪一个是真正的主人，干脆就又从上面再申请了两顶帽子，这才解决了这个问题。

　　早在一九五四年，三个戴了地主帽子的人，就被逐出了这座房子。一层建了供销社，二层三层就成了工作组来村里时的临时驻地。

　　斯炯的哥哥在工作组驻地前徘徊了足足半天时间，看到一个人立在窗前用口琴吹着激昂的乐曲。看见一个穿了灰色干部服的姑娘，提着一个篮子到溪边洗菜。那姑娘唱着歌，蹦蹦跳跳地，都不看他一眼，就从他身边过去了。他想起，前些年，妹妹斯炯就是干这个的。然后，就去了民族干部学校。想到妹妹是因为他，失去了成为干部的机会，这个烧火和尚前所未有地伤心起来。他伤心得泪水迷离。他想，自己真是一个俗人了。早年进庙，落发，披上紫红袈裟，废了在俗家的名，得了法名，称作法海。但这个连老爹都没有的穷孩子，不要说投在名僧门下去学修行，因没有钱财供养上师，只能成为杂役僧，换取衣食。是为烧火和尚。听来一些经文，也都一知半解，自己琢磨，也就是叫人安于天命，少有非分之想的意思。心里起了什么欲念，便是按捺，再按捺。久而久之，人就变得懦弱，而且有些迟钝了。现在，他却悲从中来，任由情绪控制了。天黑下来，这是八月了，楼上飘下来烹煮蘑菇的香味。

　　这个季节，不是羊肚菌的时光了。

　　这时是从青㭎林里来的松茸登场了。

　　那个时候，还没有松茸这个名字。那时羊肚菌之外的所有菌类，都笼而统之称为蘑菇。最多为了品种的区分，把生在青㭎林中的蘑菇叫作青杠蘑菇。把生在杉树林中的蘑菇叫作杉树蘑菇。

楼上在用红烧猪肉罐头烧这种蘑菇。香味飘到楼下，楼下那个没人理会的法海和尚却因为妹妹和自己奇妙的遭际泪水迷离。

第三件事，斯炯在这一年生了一个孩子。

斯炯上了一年民族干部学校的意义似乎就在于，她有机会重复她阿妈的命运，离开机村走了一遭，两手空空地回来，就用自己的肚子揣回来一个孩子。一个野种。

和尚法海收了泪，回到家中，对妹妹说，没人来理我。

斯炯正在给孩子喂奶，便拍着孩子的脑袋说，舅舅回来了，叫舅舅啊！

孩子吐出奶头，咧开嘴笑，并发出模糊的音节，啊，啊啊。

法海便笑起来。他听到自己的心脏咚咚撞击胸腔。

斯炯说，和尚舅舅，给侄儿取一个名字吧。

法海就说，我亲爱的侄儿还没有名字吗？

斯炯笑道，家里男人不在嘛。

法海抱过侄子，把茶碗里正在融开的酥油蘸了，点在婴儿额上，说，你叫胆巴。

第二天，斯炯上山，滑倒在地，脚蹬开树丛间的青杠树边缘带着尖齿的浮叶，下面露出了一群蘑菇。密密麻麻挤在一起。斯炯不顾被树叶上的尖齿扎痛的双手，笑了，说，蘑菇在开会呢。

斯炯从这群蘑菇中采了十几只样子漂亮，还没有把菌伞撑开的，带下山来。

经过工作组的房子前，她取出一多半，放在院墙头上。一个队员从窗口望见了。说，乡亲，谢谢了！

斯炯怔了一下，他们真的把她看成一个村民，而不是干部了。以前，他们叫她斯炯。更不会为了几只蘑菇就客气地说谢谢。是啊，穿回来的干部服已破得不成样子，叫阿妈改成小裤子小褂子，穿在儿子身上了。

斯炯对楼上说，我哥哥回来了，他给我儿子取了名字，叫胆巴。

那个人听了她的话，扬扬手，从窗口消失了。

她不知道，楼上当年把她名字写成斯炯的人，那位名叫刘元萱的工作组长正在问，刚才斯炯在说什么？

她送了些蘑菇来。

我没问蘑菇，我问她说什么。

她说她哥哥回来了。

回来了，就回来了，叫他老老实实从事生产。

那人就到窗口喊，叫他老老实实从事生产！

可斯炯已经走远了，拐过一个弯，消失不见了。

那人又回过身说，她走远了，没有听见。

走远了还喊什么喊？

她儿子有名字了，叫胆巴。

哦，到底是庙里回来的，有点学问嘛！知道元代赵孟頫吗？知道《胆巴碑》吗？我看你们不知道，这个名字的喇嘛，当过元朝皇帝的帝师啊。你们不知道，我倒要问一问他。

过几天，斯炯上山去，不由得走到那个有很多蘑菇的地方去看上一眼。如果上次是蘑菇开小会，那这回开的是大会了。更多的蘑菇长成好大一片。斯炯知道，自己是遇到传说中的蘑菇圈了。传说圈里的蘑菇是山里所有同类蘑菇的起源，所有蘑菇的祖宗。她又采了一些。下山来，又把一多半放在工作组房子的墙头上。这时窗口上传来声音说，你，不要走，等我一下。

那是工作组长刘元萱，当年送她进了干部学校那个人。不一会儿，他披衣下来，站在斯炯面前，你哥哥回来了，也不来报个到。

斯炯问，现在吗？

随时。

法海和尚来了。

工作组长复又从楼上披衣下来。问他，出家多少年了。法海回话，十九年了。名叫法海。嚯，这名字也有来历。法海说，我们庙里好几个法海。跟的是哪位上师啊？我家穷，没有布施供养，吃穿都靠着庙里，拜不起上师，就是每天背水烧茶。哦，以前的汉地，有个烧火和尚，叫作惠能，得了大成就是成为禅宗六祖，你可知道。法海摇头。你给侄儿起名叫作胆巴，元朝时候，有个帝师，也是藏族人，也叫这名字，你可知道？法海复又摇头，说，村里还有几个男人，也叫胆巴。组长失望了。如此说来，你真的就是个烧火和尚。我是烧火和尚。那么回去吧，好好劳动，努力生产。

法海就转身离去了。

走了几步，和尚法海又回过身来，他对工作组长说，我十一二岁到庙里……

组长在他犹豫的时候插话进来，到底是十一岁还是十二岁？说清楚点。

我十一二岁时就到庙里，除了背柴烧火劈柴，什么都不会干。

组长徘徊几步，放羊会吧！早上把羊群赶上坡吃草，下午把它们从坡上赶下来！

这样，和尚法海就成了村里的牧羊人。

进屋时，斯炯正在一只平底锅中把酥油化开，把白生生的蘑菇片煎得焦黄。这是她在工作组时学来的做法。蘑菇没下锅时，有奇异复杂的香味，像是泥土味，像是青草味，像是松脂味，煎在锅里，那些味道消散一些，仿佛又有了肉香味。机村人的饮食，自来原始粗放，舌头与鼻子都不习惯这么丰富的味道。所以，面对妹妹斯炯放在他碗中的煎蘑菇片，法海并无食欲。

斯炯说，吃吧，这样可以少吃些粮食。都说社里的粮食吃不到明年春天。

法海像个孩子一样抱怨，我们从来都只是吃粮食、肉和奶的。

斯炯像个上师一样说，也许一个什么都得吃点的时候到来了。

一九六一年，一九六二年，后来机村人回忆说，那时我们的胃里装下了山野里多少东西啊！原来山里有这么多东西是可以用来填饱肚子的呀。栎树籽、珠芽蓼籽、蕨草的根，还有汉语叫人参果本地话叫蕨玛的委陵菜的粒状根，都是淀粉丰富的食物。还吃各种野草，春天是荨麻的嫩苗、苦菜，夏天是碎米荠的空心的茎，水芹菜和鹿耳韭。秋天。秋天各种蘑菇就下来了。那也是机村人开始认识各种蘑菇的年代。羊肚菌之外，松软而硕大的牛肚菌，粉红浑圆的鹅蛋菌，还有种分杈很多却没有菌伞的蘑菇，人们替它起个名字叫扫把菌，后来，刘元萱组长说，不用这么粗俗嘛，像海里的珊瑚树，就叫珊瑚菌吧。

是工作组和从内地的汉人地方出来逃荒的人教会了机村人采集和烹煮这些东西。

工作组略过不说，那个逃荒回来的人是吴掌柜，他当年是机村东头那条小街上的旅店掌柜。公路修通后，他们一家人就回内地老家去了。

那天，法海和尚上山放羊。

那天，他赶着羊群，经过人们不常去的那段石板铺就的荒废小街。那百十米长的街道上，石板缝里长满了荒草。羊群走过去，碰折了牛耳大黄和牛蒡，散发出一种酸酸的味道。街两边早年的店铺顶都塌陷了，板壁也在朽腐中，斯炯当年帮工时用木炭描在上面的字迹已经相当模糊了。这荒凉的废墟中，似乎有鬼魂游荡。法海口里念动咒语，心里就安定了。

下午赶着羊群再次经过这条废弃的街道时，他仿佛看见，某一座房顶上缭绕着若有若无的蓝烟。他耸耸鼻子，闻到了烟的味道。是湿柴燃烧的浑浊的味道。他心惊肉跳地催动羊群快速通过了那条街道。

晚上，斯炯煮了一大锅汤，里面只有很少的面片，其余都是蘑菇。

放下饭碗，法海开口了，我看见了奇怪的事，说出来怕人说我宣传封建迷信。

斯炯说，这是在家里，只有我和阿妈。

法海才说，我碰到鬼了。

斯炯没说什么，只看了阿妈一眼。阿妈也不以为怪。

他说，他在老街上遇到鬼了。那些鬼在破房子里生火，还在破窗户晾晒了野菜和蘑菇。

斯炯说，不要说了，再说，我以后不敢再去那地方了。

法海笑了，说，我看到你以前写在板壁上的字还在呢。

斯炯沉下脸来，那是另一个人写下的。一个鬼写下的。

连着下了几天雨。

天气也一天冷过一天。山下下雨，山上起了雾，把山林和天空都遮得严严实实。寒气四起。机村人知道，那是山上的雨已经变成了雪。但是地里的庄稼还没有收回来。空气中充满了那些没有结穗的麦草在雨水中沤烂的味道。那是令人绝望的味道。

终于，无有边际的冰凉雨水止住了，云缝中放出耀眼的阳光。

那时，斯炯正在屋里跟阿妈说话。

阿妈说，这么多雨，不要说庄稼，地里的草都沤烂了，没有指望了。

法海说，烂了就烂了吧，人反正也不能靠吃草过活。

斯炯说，我操心的不是这个，是雨把青㭎和蘑菇都沤烂了，那才是不让人活。好在太阳出来了。

说完，她就把孩子塞到他外婆怀里，出门去了。

连续阴雨后的荒野真是凄楚。林子里的蘑菇都腐烂了。那么大一个蘑菇圈里，起码有两三百朵蘑菇，经过连天阴雨，只剩下十几朵没有腐烂。她赶紧把它们收集起来。斯炯觉得，蘑菇腐烂的气味令她有些心伤。于是，她抬起头来，把视线转移到树上，她看到青㭎树籽还一粒粒挂在枝头上，拇指头那么大一颗颗的果实，紧嵌在褐色壳斗中，闪闪发光。斯炯想，不成熟的庄稼烂在地里，等太阳把树上的水汽晒干，就该到树林里来搞秋收了。她的心情立即就好多了，觉得笑容浮现在了脸上。她抬手在脸上抚摸一阵，把双手举在眼前，并没有看到笑容转移到手掌之上。

出了树林，斯炯对自己说，太蠢了，笑怎么会跑到手上。

但她知道自己笑得更厉害了，于是一边走，一边把手举在眼前，想看到上面确实有笑容出现。

她一路想青枫树上那些饱满的亮铮铮籽实，一面笑着。这是饥荒将要驾临机村的时候，她知道，有了这些籽实，他们一家就能熬过荒年。她在说，阿妈，看着吧，哥哥看着吧，儿子看着吧，我能让一家人度过荒年。

等到她觉得走到了家门口，要抬手推门时，才吃了一惊。

她不在村子里自家的门前！

她发现自己站在那条荒废已久的小街上。她不敢对自己说，一定是遇见鬼了。那时的机村人相信，有一种鬼会把人引到它们的地盘上。

斯炯想起了哥哥的话，说她以前用木炭描在板壁上的字还在。她想，那是鬼在引我呢。脚步却止不住，很快就来到了她帮过佣的吴记旅店门前。她描下的字真的还在，但被风吹日晒雨淋，不只是字迹已经快淡到没有，连木板的棕褐色已将消失殆尽，变成了一片惨白。她伸出手，要去摸摸那些淡淡的字迹，木板就破碎了。不是她手碰触到的那一小块，而是整个一面板壁都塌下来。腐烂的板壁塌下来的时候，没有一点声响，就是悄然下滑，变成一些细碎的粉末，堆在她脚前。店铺的内部一下在她面前洞开。

接下来，她看到了一堆有气无力地燃着的火，看到了一个人，一个老人。面容悲戚坐在火边。

斯炯惊呆了，哥哥法海说有鬼，现在，一个鬼真的出现在她面前了。

那个鬼抬起眼皮，看着她，哑声说，是斯炯吧。

斯炯不敢惊叫，小声说，鬼啊！

那个鬼说，我不是鬼，我是吴掌柜。

斯炯想跑，却挪不动步子，恐惧把她的双脚钉住了。

那个鬼又说，你仔细看看，我是吴掌柜。

这回，斯炯从这个鬼身上看出一点过去那个掌柜的影子。小眼睛，山羊胡须。斯炯战战兢兢问，掌柜，你死了吗？

我没死。

那你的鬼怎么回来了。

掌柜的嘴里发出了哭声，我们一家七口人从这里走的，只有我一个人回来了，变鬼的那些人都回不来了。掌柜哭泣的时候，眼泪鼻涕从那沟沟坎坎的脸上慢慢滑下来，最后，都亮晶晶地挂在了那几绺花白干枯的胡子上。掌柜又伸出一双瘦脚，两只脚上套着不一样的鞋子。两只鞋底都已经磨穿。他说，要是捡不到这些鞋，我都走不到这里了。走不到你们蛮子地方了。

斯炯问了一句话，你走来这里干什么？

掌柜小心翼翼地问了一句话，我惹你不高兴了？

斯炯在民族干部学校学到的东西涌上心头，涌到嘴边，不准说蛮子地方，解放了，民族政策，要说少数民族地方。

是啊，是啊，解放了，说错话也是不允许的。我想我只有走到这里才有活路。山上有东西呀！山上有肉呀！飞禽走兽都是啊！还有那么多野菜蘑菇，都是叫人活命的东西呀！

听着这些话，斯炯也变得眼泪汪汪了。

以前的掌柜说，我想求你要点东西。

斯炯说，呀，掌柜，现在我们一家为省点粮食，吃得满身都是蘑菇味，哪里还有东西可以施舍给你呀！

掌柜笑了，斯炯长大了，会哭穷了。他笑着的时候，露出了通红的水淋淋的牙龈。

斯炯想起，以前掌柜的牙齿就不好，吃完饭，就用腰上挂着的一根象牙牙签剔牙。他从牙缝里剔出的都是牛肉羊肉或者野物肉的粗纤维。他会举着这些细肉丝在眼前，感叹自己的苦命。感叹自己在老家立足不住，来到这只能吃肉而少有菜吃的地方。他常常举着牙缝里剔出来的肉丝怀念家乡那些菜，豆腐、豆花、莲藕、笋、丝瓜、豆尖……这样的结果是，他的牙缝越来越宽，从牙缝里剔出的肉纤维越来越多。那时，掌柜就这样天天诅咒这个蛮子地方，诅咒自己开的这个店。

现在，他那些稀松的牙齿快掉光了，嘴里就剩下颜色鲜艳的让人恶心的牙龈。

他对斯炯说，给我一小块肉吧，我满身都是草的味道了。

斯炯想起以前他讨厌肉的样子，说，没有肉了。同时，嘴和喉舌间唾液泛起，生起了她对肉的怀想。

掌柜又哀求，我要盐，不然，往肚子里塞再多野菜和蘑菇，我也站不起来了。

斯炯笑了，有了供销社，盐可比以前便宜多了。

掌柜又露出他满嘴令人恶心的牙龈，他说，我吃了两只土拨鼠，好多泥鳅，和着野菜一起煮，但没有盐，身上还是没有力气，我都快站不起来了。他说，只要你给我一些盐，身上有了力气，我就能弄到更多的肉。

斯炯回家，告诉放羊的哥哥，说老街上没有鬼，是以前的吴掌柜偷跑回来了。斯炯包了些盐在旧报纸里，让哥哥放羊时顺便送去。

哥哥不同意，说，千里万里的，说回来就回来了，你怎么晓得他不是个鬼？

斯炯说，你是和尚，念两句咒，就是鬼也镇住了。

哥哥说，我不是大喇嘛，一个烧火和尚的咒怕是没有那么大法力吧。

而斯炯却抽不出时间往那条废弃了的老街上去。雨水一停，工作组就组织全部劳动力抢收地里那些因肥力过度而不能成熟的麦子。工作组在动员会上说，收不到粮食，但这些麦草都是很好的饲草，可以把集体的牛羊喂得又肥又壮，庄稼怕肥，难道牲口也怕肥吗？组长有学问，说了一句村里人不懂，工作组的人也大多不懂的话，失之东隅，收之桑榆。这句话经过多次解释，多重翻译，终于让村里人听懂了。这句经过多次翻译的话最后成了这样：太阳出来时没有得到的，会在太阳落山时得到。

有人说怪话，说太阳出来时失去的粮食，太阳落山时变成了草。

工作组说，草喂牛喂羊，就变成了肉，所以，太阳落山时就得到了肉。

收割下来的草太多了，晒在栅栏上，一束束挂在树上，整个村子充满了正在干燥的麦草散发的清香。放羊的法海和尚更忙了。夜里起来两次，往羊圈里添那些草。他的羊群吃着这些肥美的麦草，胀得都走不了路了。早上，羊栏门打开，它们都惺忪着眼睛，又肥又懒，赖在圈里不肯上山了。

斯炯只好在一个黄昏，带着满身的麦草香亲自把盐送给吴掌柜。

吴掌柜守着一坑微火，火上架着半边铁锅，里面的野菜都煮成了糊，他又流下眼泪，望眼欲穿，望眼欲穿呀！若大旱之望云霓呀！他直接把一撮盐放入口中，吃了。又往野菜糊里放了许多，也呼呼噜噜地喝了。心满意足地拍着肚皮，说，斯炯，你的家乡真是好地方，这么大的山野，饿不死人的呀！

斯炯就想起他以前诅咒这蛮子地方的情形来。

还没等斯炯开口，提提这些旧事，掌柜又哭了起来，可是，这么好的地方，我是待不长啊！

斯炯说，你就待在这里，怎么待不长？

掌柜说，现在不是随便跑来跑去的时代了。我的户口不在这个地方。我的户口在饿死人的地方。

虽然不时有传言说，内地的汉人地方这两三年都饿死人了。她还是不能相信掌柜一家都死得只剩下他一个人了。掌柜吃了盐，更有力气絮絮叨叨了。这让斯炯有些不耐烦了。她看见月光越过墙头落在脚前，就要告辞离开了。掌柜说，你不要走，山里好多野菜都可以吃，你们不认识，我把那些野菜教给你。他从墙头上拿下晾得半干的野菜。斯炯一看，眼前就出现它们长在野地摇晃在风中的样子。她说，好吧，我知道它们可以吃了。然后，她就离开了。

吴掌柜说，过几天，你再来，我还教你认识更多的野菜。他说，你要再带些盐巴来啊！

斯炯没有回头，走在杂草丛生的老街上，前方的天空中半轮月亮在云彩中进进出出，她心里想，可怜的掌柜到底是个人还是个鬼呢？

回到家里，哥哥等在院门口不让她进门。他口里念念有词，端着一只燃着柏枝的香炉，把她周身细细薰过。这才放她进门，你不怕鬼，但不能把鬼气带回家里来。

薰完香，哥哥看她上楼，回身又往羊栏添草去了。

荒废的老街上有鬼的消息在村子里传开。

斯炯沉默不言，走在山野里，看到吴掌柜指给她的野菜，她心里就想，原来这些都是可以吃的。都是看见就认识却没有名字的。多少年后，在县里当了干部的儿子，想念山野的味道了，会捎信来说，请阿妈采些碎米荠来吧，请阿妈捎些荨麻苗吧。当然，也会捎信说，请阿妈带着新鲜的松茸来看孙儿吧。她才知道这些野菜和蘑菇的名字了。直到这时，她也才晓得，蘑菇是所有菌子的名字。她守了几十年的蘑菇圈里的蘑菇还有自己的名字。

但那是很久以后的事情了。

那时，她对这些还一无所知。她只是听凭逃荒的吴掌柜的指点，比村里人多认识了几种野菜。吴掌柜吃了盐，还是有气无力的样子，对她说，斯炯啊，还有蘑菇。蘑菇不像野菜，四出随风，无有定处。蘑菇的子子孙孙也会四处散布，但祖宗蘑菇是不动的。它们就稳稳当当待在蘑菇圈里，年年都在那里。

斯炯笑起来，我已经有一个蘑菇圈了。

真的，那你是一个有福气的人啊。

斯炯心里因他这话而有些悲伤，她想起民族干部学校干净的床铺，书，笔记本，但她随即转了话题，说，你都吃了那么多盐，怎么还是有气无力的样子啊！

吴掌柜沉默了，后来，他说，悲伤，是悲伤，我这几天才有力气想，这样活下去又如何呢？吴掌柜也笑了。他笑着说，我看我是活不下去了。这一回，他没有坐在破房子的火边不动，而是伴着斯炯穿过荒废的长满了荨麻、臭蒿和牛耳大黄的街道。走到当年的街口了，掌柜说，这棵丁香还在啊！斯炯就想起来，五六月份时，当年的街口真有一棵盛放的，香气浓烈的花树。现在，它只是纷披着盛密的绿叶，在太阳下闪闪发光。而山坡上的桦树林已经开始泛黄了。

吴掌柜说，好心的斯炯啊，你不用再来看我了。我要走了。

斯炯说，你又要回老家去吗？

吴掌柜说，冬天要来了。

斯炯回身，视线穿过那条短促而荒芜的街道，看到更远处的峡谷，和峡谷尽头那座雪山。吴掌柜的老家就在山那边什么地方。

斯炯说，多远的路啊！其实，她并不知道那路到底有多远。

吴掌柜笑笑，说远也远，说近也近，说不定一眨眼工夫就到了。

斯炯是个没心眼的人，听不懂吴掌柜是话中有话。又过了几天，她才明白掌柜说要走了是什么意思。

那天半夜，村外山坡上燃起了一大堆火。

工作组分析，这不是普通的火，是潜伏特务给反攻大陆的台湾蒋匪帮飞机发信号。以前，台湾也有东西到山里来过，不是飞机，是大气球。大气球飞到村子山上空，就爆开了，撒得满山都是彩色纸片。这些纸片画了什么或写了什么，斯炯没有见过。传单都被上山搜查的民兵捡干净了。和传单一起从天上下来的还有包裹得花花绿绿的糖果，斯炯和村里人见过但没有尝到过。工作组说了，这些糖果上粘了毒药，是蒋匪帮毒杀人民的诱饵。工作组得知山上燃起大火这一天，村里立即响起尖利急促的口哨声。民兵集合，向山上掩杀而去。全村人都在山下观看。人们看到，在杉树和栎树混生的林子和草坡之间，民兵们形成了一个包围圈，把昨夜燃起火堆的地方包围起来。包围圈越来越小。斯炯开始担心了。她把手指头伸进嘴里，用牙齿紧紧咬住。有几个民兵再往右边的林子靠近一些，就要发现她的蘑菇圈了。他们端着枪，离她的蘑菇圈越来越近。斯炯都要叫出声来了。那几个端着枪的人距她那隐秘的地方实在是太近了。她想，要是那些蘑菇像人一样，懂得害怕，一定就会尖叫着四散奔逃了。

这时，山上有人发一声喊，民兵们齐齐扑向一个地方，齐齐把枪指在了地上。

后来，他们就两手空空下山来了。

大家又回到地里收割和搬运那些穗子没有成熟的肥壮麦草。他们什么也没说，但一股神秘的气氛还是在人们中间四散开来。村民们开始议论遥远的，他们一无所知的台湾。

这气氛也感染了斯炯，晚上，吃蘑菇野菜面片汤的时候，斯炯对哥哥说，山上一定有民兵没有捡干净的纸片。哥哥说有时会看到。但都被雨淋坏，被羊咬破了。

法海说，羊都不肯咽下去的东西，你要来干什么？

斯炯说，我就是想看看。

法海抱怨，吃了那么多麦草，羊都不肯上山，每天把它们赶上山，就把我累坏了，还要替你找什么纸片。

斯炯用汤里的面片喂饱了儿子，把他塞到法海怀里，稀里呼噜地喝起面片汤来。他们不知道，这时，民兵又按工作组的安排悄悄摸上山去了。白天，他们冲上山去，只在包围圈中心发现一些灰烬，一些浮炭，还有几根啃光的肉骨头。这一回，民兵们趁月亮还没有起来，摸上山去潜伏下来。但是，这个晚上，那个燃火的人没有出现。连着三个晚上，那个燃火的人都没有出现。于是，民兵也就停止了潜伏行动。

民兵停止潜伏行动的这个晚上，吃晚饭时，斯炯对哥哥说，对你侄儿笑笑，不要把脸弄得那么难看。

法海抱怨，吃这么多野菜和蘑菇，脸好看不了。

斯炯的脸也难看起来，不给他盛面片汤，也不把儿子塞到他怀中。

法海自己觉得没道理了，他说，斯炯啊，我好像丢了一只羊。

斯炯立即放下饭碗。

我数过，一百三十八。前天数，一百三十八，昨天数，一百三十八。本来是一百三十九只啊！

今天没数？

哥哥低下头，我不想数了。

斯炯起身，马上去数！

哥哥说，天黑，看不见啊！这时，他还不知道，今天他又丢了一只羊。

这时，儿子哭了起来。平时就是哭也只是小小的哭上两三声的儿子这回却哭个不停。

法海和尚没有侍弄孩子的经验，只一迭声地说，胆巴他怎么了，胆巴你怎么了。

胆巴继续哇哇大哭。

斯炯抱着儿子，絮絮叨叨，胆巴怪舅舅不懂事呢。舅舅嫌饭不好呢。舅舅丢了羊呢。舅舅让妈妈当不成干部了呢。说着说着，自己眼里的泪水就滑下来，挂在脸上。这时，村子里响起了急促的哨子声。金属口哨声响亮而又尖利，刺得人耳朵生疼。

山上那个火堆又燃起来了。

全村人都从屋子里出来，望着山坡上那堆篝火。那堆火并不特别盛大明亮，而是闪闪烁烁，明灭不定。民兵们发起冲锋，散开战斗队形，扑向山上那一堆野火。

这一回，他们没有扑空，一个人坐在火边，眼光明亮贪婪，在啃食一只羊腿。这只羊腿来自法海放牧的羊群中的第二只羊。那个就是逃荒回来的吴掌柜。他的山羊胡须上沾着的羊油闪闪发光。民兵们打开了枪刺和没有打开枪刺的枪齐齐指向他。吴掌柜叹口气，脸上露出奇怪的笑容，他站起身来，自己把手背到背后，让人来绑。上绳索的时候，他又很奇怪地笑了一下，说，没想到，临了还能做个饱死鬼。

吴掌柜当时说的话，是后来从民兵嘴里传出来的，斯炯和别的村民一样，并没有亲耳听见。她和别的村民一样，当时只看到山上的火灭了，又看到一串手电光从山上下来，看到一个被反绑了双手的人被带进了工作组在的那座房子里。

那是机村少有的一个不眠之夜。很多人都认出来那个山羊胡须的吴掌柜。他们一家在村东头那条曾经的小街上开了十多年的店。他们在公路修通、驿道凋敝时离开机村，回到老家。人们还记得他离开时，带着一家老小转遍整个村子，挨家鞠躬告别的情形。但村里没人知道他何时回来，为什么回来，而且这样行事奇特，要偷杀合作社的羊，并于半夜在山上生一堆火，在那里烤食羊腿。只有斯炯知道他是出来逃荒的。知道他这么做是不想活了。

早上，民兵们要把吴掌柜押到县里去。

村里人都聚集在村中广场上，来看这个消失多年又突然现身的吴掌柜。他脸上仍然挂着奇怪的笑容。他已经变得花白的山羊胡须上仍然凝结着亮晶晶的羊油。

他的眼光在人群里搜寻。斯炯知道，他是在寻找自己。起初，斯炯躲在人群背后，不敢露脸，但她看到吴掌柜脸上露出了焦急的神情，斯炯想，这个可怜人是要跟自己告别。她便奋力挤进人群，站在了他面前。吴掌柜舒了一口气，他说，我回机村来是对的，临了还能做一个饱死鬼。

斯炯忍住眼泪，面无表情地站在吴掌柜面前。

掌柜说，斯炯啊，我看到你的蘑菇圈了。真是一个好蘑菇圈。吴掌柜又悄声说，你要去看看你的蘑菇圈。

斯炯说，天凉了，十几天前就没有蘑菇生长了。

吴掌柜很固执，去看看，说不定又长出什么来了。

民兵横横手里的步枪，说，住嘴！

本来想反驳吴掌柜的斯炯就不说话了。

吴掌柜被民兵押着上路了。

走到村口，往西北去，是开阔谷地，往东，河水大转弯那里，有一堵不高的石崖。崖顶上长着几株老柏树，树下面十几米，河水冲撞着崖壁，溅着白浪，激起漩涡。崖上的路，也在那里和河水一起转而向南。吴掌柜没有随着道路一起转弯，他一直往东走，走到了一株老柏树跟前。他回过头，看了尾随而行的看热闹的人群一眼，再转身直接往前，直到双脚踏空，跌下了悬崖，在河水里溅起了一朵浪花。只有两个押送的民兵看到了那朵短暂的浪花。等其他人也扑到崖顶，看那河水时，浪花已经消失了。跌进水中的人也消失不见了。后来，那个没有了魂魄的尸身从下游几百米处冒上了水面，没有人试着要去打捞这具尸体，只是望着他载沉载浮，往他家乡的方向去了。

斯炯害怕得要命，没敢走到崖前向河里张望。她浑身颤抖往家里去。回家的路上，她看见法海正赶着羊群上山，羊群去往的地方，正是昨晚民兵把掌柜抓下山来的那个地方。

她也就跟着爬上山去。

她追上法海的时候，羊群已经在泛黄的秋草间四散开去。法海站在一摊灰烬前发呆。昨夜，那里还是一团闪烁不定的火光，现在却只是一些暗白色灰烬和一些黑色的浮炭。斯炯盯着那了无生气的火堆的遗迹，眼泪潸然而下。法海和尚却在笑。他说，幸好民兵抓住了他，不然，他们会说我破坏集体经济。他们会怀疑是我吃了那两只羊。

斯炯流着泪，说，吴掌柜跳河了。

法海和尚平静地说，他是解脱了。

斯炯说，我害怕，他最后的话是对我说的。

法海和尚说了让斯炯记得住一辈子的话，他说，你是怕他变鬼吗？没有庙，没有帮忙超度的人，他变鬼有什么用呢？他用脚拨弄灰烬旁那段羊腿骨，说出了心中的疑问，他杀了我两只羊，为什么只有一段羊腿骨，难道他饿到连那些骨头都吃了？

斯炯对法海这样的表现很失望，觉得他是个没脑子，同时更是个没心没肺的人，便离开他转身下山。这时，她耳边响起了吴掌柜最后的话，那嘶哑而又平静的声音在对她说，斯炯，去看看你的蘑菇圈吧。

她绕了一个弯，避开放羊的法海，钻进了树林，轻手轻脚，来在了她的蘑菇圈跟前。几株栎树，几丛高山柳之间，是一片湿漉漉的林中空地。曾经密密麻麻，采了又生，采了又生的蘑菇全都消失了。只有颜色变得黯淡的落叶，枯萎的秋草，显出一种特别凄凉的情景。蘑菇们都被秋雨淋回地下，要明年的夏末秋初才肯露头了。斯炯想，吴掌柜叫我来看什么呢？一定是他临死前害怕得神志不清了。

但她随即又否定了自己，今天早上吴掌柜的样子，是他潜回机村来后最镇定自若的。斯炯不是一个脑子灵活的人，更不是个要强迫自己去想那些难以想清楚的事情的人。于是，她转过身来，带着一点失望的心情离开她的蘑菇圈。这时，她看见一只狐狸隔着一丛柳树探头探脑地向她张望。等她走出了二三十步，那只狐狸就从柳树丛后跳了出来，伏下身子在泥地上飞快地刨将起来，狐狸的头埋进了浮土和枯枝败叶中，斯炯只看到它高高竖起的尾巴在眼前摇晃不休，看到被狐狸刨出来的泥巴与枯叶在尾巴周围飞起又落下。

接着，她就闻到了肉的味道，带血的生肉的味道。

这一刻，她明白了吴掌柜那句话的意思。她冲上去，狐狸跑开。她从狐狸刨出的小洞中看见了一颗羊头。这回，是那只不甘心的狐狸隔着柳丛向她张望。她紧抓住两只羊角，口里哼哼有声，把一只羊从地下拖了出来。那是用一张剥下的羊皮包裹着的缺了一条腿的羊。也就是说，这只羊还有三条腿和一整个身子。而且，还是一只肥羊。

斯炯先是吃惊，然后就笑了起来。

她知道自己不能现在就背负羊肉下山，她更知道，要是把羊肉留在山上，那这只眼睛放光的狐狸什么都不会给她剩下。于是，她重新把羊肉埋在浮土中，把身子坐在上面，紧盯着狐狸开始歌唱。

她唱当地的歌。那歌唱的是春天到来时，草原上有三种颜色的花朵要竞相开放。蓝色的花，红色的花和金黄色的花错杂开放，那就是春天来到人间，犹如天堂。

她又用汉语唱这些年流行开来的歌。社会主义好，社会主义好。毛主席呀派人来，雪山低头向那彩云把路开。雄赳赳气昂昂跨过鸭绿江，保和平卫祖国就是保家乡。她不知道，那些跨过鸭绿江的军人早几年就已经班师回朝了。

她一直唱到盯着她不明所以的狐狸从眼前消失了。

那一天，闻到肉味来到她跟前的还有一只臭烘烘的獾，两只猞猁，和好几只乌鸦。那几只乌鸦是一齐飞来的，它们停在栎树的横枝上，呱呱叫个不停。那声音让斯炯感到害怕，但她还是坚持坐在掩藏着羊肉的浮土上一动不动。她看见，躺高处草坡上睡觉的法海被这群乌鸦吵得不耐烦了，站起身来，又是挥动手臂，又是长声吼叫，终于把那些乌鸦轰跑了。

斯炯想，这个和尚哥哥还是能帮上一点忙的。这样的想法使她感到安慰和温暖。

这样的温暖一直持续到她晚上把羊肉背回到家里。

回到家时，法海不在，工作组要调查那只羊是如何被吴掌柜偷走的，他被叫去问话了。这使斯炯有足够的时间把羊肉挂到房梁上，让火塘里的烟熏着。她有把握，法海和尚是不会抬头往黑黝黝的房顶张望的。他总是低着头，像总是在看着自己的心。这个烧火和尚总是以这样的姿势，在默诵他十几年的寺庙生涯中习得的简单的经文与偈咒。除此之外，这个家里不会有人来。

本来，她想煮一块羊肉，让家里每个人，母亲，儿子还有哥哥和自己都喝上一碗香喷喷的羊汤，但她克制住了这样的冲动。她知道，这样做会让哥哥感到害怕。而母亲看着这一切，一言不发。自从她和法海回到这个家，他们的母亲就像被夏天的雷电劈了，不关心身边的事情，甚至也不再跟人说话。

忙完这一切，法海回来了。他端着手里的蘑菇土豆和面片三合一的汤，还说怪话，来世我不会变成一朵蘑菇吧。

斯炯说，没听说过有这样的转生啊。

法海说，蘑菇好啊，什么也不想，就静静地待在柳树阴凉下，也是一种自在啊！

斯炯笑了，哥哥的话让她想起一朵朵蘑菇在树荫下，圆滚滚的身子，那么静默却那么热烈地散发着喷喷香的味道。

法海又说，明天，他们要找你问话呢。

斯炯说，人都死了，问就问吧。

几天后,村子里出来一张布告。说吴犯芝圃,身为剥削阶级,仇视社会主义,逃离原籍,四处流窜,响应国际反华逆流,破坏集体经济,被高度警惕的人民群众捕获后,畏罪自杀,罪有应得,遗臭万年!那张布告跟那年头流行的盖了人民法院大印的布告不一样,是用墨汁饱满的毛笔写下的。出自当年为斯炯的名字定下汉字写法的工作组长刘元萱的手笔。

听人念了,解释了布告的意思,斯炯和机村人才知道吴掌柜的全名,叫吴芝圃。

这个名字被机村人念叨了好几年。那一年正好是十来岁的那批机村孩子,行夜路时互相吓唬,就会用不准确的汉字发音发一声喊,芝圃来了!

饥荒年过去了三四年后,那批孩子自觉已经长大成人,不再玩这个看起来幼稚的游戏。一批新的半大孩子,在村中呼啸而来又呼啸而去时,有了新发明出来恐吓同伴的游戏。他们时兴的是,突然从一个隐蔽处窜到同伴身后,把一截木棍顶在人腰间,大喝一声,缴枪不杀!

这是他们从两三个月会来一次村里广场上放映的露天电影中学来的。

斯炯的儿子也快到上学的年纪了。斯炯的儿子长得比村里别的年龄的孩子都白净高大,在这群饥馑年出生的瘦弱孩子中特别显眼。斯炯知道,都是吴掌柜留下的那头羊的功劳。

胆巴学那些大孩子,把一截木棍顶在舅舅腰间,说,举起手来,缴枪不杀!

他不知道舅舅是前和尚,一个并不明白高深教理的坚定佛教徒,所以,他坚决不肯举起手来。

没有得到响应的侄儿便咧开嘴哭了。

斯炯把儿子揽到怀中,你早该知道舅舅是没良心的人。

法海回击,动不动想用枪指人,喊打喊杀,才是没良心的人。

斯炯想说的是,家里这个男人除了上山放羊,几乎什么也不会干。但她不想把这样伤人的话说出口来。她只是说,请家里的两个男人不要吵闹，我们要吃晚饭了。

这已经是一九六五年了。

斯炯家的晚饭还是煮面片。但这是真正的煮面片。浓稠的汤，筋道的面片，里面有肉，还和着少许的白菜叶子。一碗吃得人身上发热，两碗下肚，斯炯面色潮红，法海的光头上已布满粒粒汗珠。胆巴笑起来，说舅舅的脑袋像早上院子里的石头。斯炯也笑了，她对哥哥说，这孩子怎么想起来这么一个比方。

舅舅把侄儿揽在怀中坐下，一本正经赞叹道，想得起奇妙比喻的脑袋是不一般的脑袋！

早晨，初秋时节，那些清冷的早上，院子里光滑的石头确实是会凝结满一颗颗珠圆玉润的露水，真还像极了法海和尚头上那些亮晶晶的汗珠。

斯炯突然像个少女一样咯咯地笑起来，傻儿子，石头结露水时那么冰凉，舅舅的汗是热出来的！

法海打了一个嗝，复又赞叹道，呀，都是麦子香和油香，我身上的蘑菇和野菜味快没有了。

斯炯说，要记住是蘑菇和野菜味让我们挺过了荒年！斯炯又说，还有一只羊。

法海念一声阿弥陀佛，说，为什么人只为活着也要犯下罪过。

也是因为哥哥这句话，第二天，斯炯瞅个空就上山去了。路上，看见可以充饥的野菜，想起都是那年吴掌柜教她认识的。掌柜穿着一样一只的鞋，指给她野荠菜，说这是吃茎的叶的，指着蕨说，这是要挖出根来取粉，混合了麦面一起吃的。吴掌柜年轻时，顺着驿道吃着这些野菜逃荒到山里来，后来成了驿道上的旅店掌柜。斯炯记得，旅店前面的柜台上还摆放着些针头线脑的小杂货，柜台后还有一只酒坛子，里面泡满了从山野里采来的草药。掌柜常常坐在柜台后面，舀一小碗酒，刺刺溜溜地喝着，满脸红光，目光明亮。第二次逃荒到山里，就再也指望不上这样的小光景了。

斯炯已经有几年没来看过这个蘑菇圈了。

新生的灌木丛把她当年频繁进入林中踏出的小路都封住了。她费了好大的劲，才钻进了那块小小的林中空地。阳光从高大栎树的缝隙间漏下来，斑斑点点地落在地上。照亮了那些蘑菇。蘑菇圈又扩大了一些。几乎要将这块林中空地全部占领了。一对松鸡各自守着一只蘑菇，从容地啄食。斯炯钻进树丛时，它们停顿了一下，做出要奔跑起飞的姿态。

经过了饥荒年景的斯炯，见了吃东西的，不论是人还是兽，还是鸟，都心怀悲悯之情，她止住脚步，一边往后退，一边小声说，慢慢吃，慢慢吃啊，我只是来看看。两只松鸡昂着头，红色眼眶中的眼睛骨碌骨碌转动一阵，好像是寻思明白了这个人说的话，又低头去吸食蘑菇的伞盖了。

看到蘑菇圈还在，松鸡也安好，斯炯脸上带着笑容走下山去。

就在她下山的路上，她看到一辆卡车停在村前，人们正在从车上往下卸行李。这是撤走了几年的工作组又进村来了。

这一回的工作组名叫四清工作组。

斯炯走到工作组的驻地去看热闹。看村里新的靠工作组近的人把他们的行李搬进楼里。当年，她在工作组帮忙时，村里那些不进步的人就像她现在这样，懒懒地倚在院墙上，看工作组和积极分子楼上楼下，院里院外地进进出出。她不再是当年干干净净精精神神的样子了。现在的她，脸上黯淡无光，身上的衣服有些肮脏，一双套在脚上的靴子也松松垮垮。

当年把她的名字写成斯炯的组长刘元萱还在，还是穿着前胸口袋插着支钢笔的旧军装。只是这位已经四进机村的干部，这回已经不复以前的神气了。这回指挥若定，自信满满的是一个瘦小女人。

这个瘦小女人站在那里发号施令，刘元萱和别人一起进进出出楼上楼下地搬运行李。每一次，他都经过斯炯的面前，一副不认识斯炯的样子。斯炯并不在意，她从来没有让他认出来的期待。但在第三次经过她面前的时候,他停下了步子,把左手提着的网兜捯到右手,又从右手上捯到左手。这样捯来捯去的时候,网兜里的搪瓷脸盆和搪瓷缸子搪瓷碗相互碰撞,发出叮叮的声响。他想说句什么话,但始终没有说出来。斯炯看到他眼睛里出现了愧疚的神情。他的鬓角上出现了稀疏的白发。斯炯觉得,心脏被一只看不见的手狠揪了一下。没等他说出话来,斯炯就转身离开了。

那时的工作组每天都跟社员一起下地劳动。那个身材瘦小的女人领着大家唱歌,休息时,又给大家读《人民日报》上的文章。这在当年,都是刘组长的事情。现在,他和社员们一起坐在地边,口里嚼着草茎,神情茫然。

很多人都说,刘组长一定是犯了什么错误了。

斯炯的想法却不一样。她想,这个人反倒可以休息一下了。不像那个女组长,把自己累得脸色蜡黄。

晚上开会,女组长讲得慷慨激昂,谁都不知道她那瘦小的身体里哪能储存那么多的能量。工作组把村里的干部都换过了一遍。晚上,或者不能下地的雨雪天,女工作组长还挨家挨户地走访。对斯炯的走访,是一个下雪天。

她脸色苍白,摇摇晃晃地出现在斯炯家的火塘边。她弯着腰,把硬壳的笔记本顶在肚子上,半天开不了口。

斯炯抱出被子来在她背后做成一个软靠,在热茶里多兑了些奶,放在她面前,斯炯说,不要忙着说话,喝点热茶。

那茶里面加了比平常多三倍的奶。

组长喝完奶,闭上眼,脸色红润了一些,说,谢谢,我好多了。

斯炯依然说,不要说话。

她又单烧了一壶不加奶的茶,里面加了两块干姜,她倒了满满一碗,看着女组长把那碗茶也喝了。斯炯说,我想你是肚子不舒服,这回肚子不痛了吧?

组长脸色柔和多了。

她掏出一块水果糖，剥掉上面的彩色玻璃纸，塞进斯炯儿子口中。看着孩子脸上浮现起幸福的表情，她问，孩子叫作么名字？

胆巴。他舅舅起的。

女组长说，我想起来了，我们工作组的人说，起这个名字的人有文化，知道历史上，呃，元朝的时候，就有一个《胆巴碑》。

组长打开了笔记本，神情也一下变得严肃了，胆巴的父亲是谁？

斯炯温暖的心房随着这句问话一下变凉了。她紧紧闭上了嘴巴。

也许我不该这么问，你有很多男人吗？

斯炯摇摇头，却紧闭着嘴巴。

我也相信你并没有交很多男人，那为什么不知道他父亲是谁？接下来，这个又来了精神的工作组长面对陷入沉默的斯炯说了很多话。中间，还穿插着姐妹，好姐妹，不觉悟的姐妹这种对斯炯的新称谓。组长带着因为奶茶与姜茶造成的红润表情失望地离开了。

斯炯却不明白，身为工作组长，那么多事情不管，却拚命打问一个孩子的父亲是谁。这个世界连一个孩子没有父亲这样的不幸事情都不能容许了吗？这个晚上的斯炯是多么忧郁啊！但是，那天晚上，她做了一个梦。她梦见了使她怀上胆巴的那件事，梦见了使她怀上胆巴的那个人。她醒来，浑身燥热，乳房发胀。想到自己短暂开放的青春，她不禁微笑起来。微笑的时候，眼泪滑进了嘴角，她尝到盐的味道。她想到，这个时候，屋子外面的草，石头，甚至通向村外的桥栏上，正在秋夜里凝结白霜。那也是一种盐，比盐更漂亮的盐。

她抚摸自己的脸，抚摸自己膨胀的乳房，感觉是摸到了时光凝结成的锋利硌手的盐。

工作组没有像以往一样，从村里调一个青年积极分子到组里，说是工作，其实是照顾他们的生活。像当年的斯炯一样，挨家挨户讨牛奶，蔬菜。这一回的工作组自律太严，也许是因为这个严肃的女组长，也许是因为形势更紧张了。

冬天，工作组仍然没有撤走的意思，一个大雪天，脸色蜡黄的女组长又登门了。

这时母牛已经断了奶，斯炯只给她烧了姜茶。

等她喝了茶，脸上起了红润的颜色，斯炯又把一只小陶罐煨在火边，她想煮一块猪肉给这个女组长。但她又掏出了笔记本。斯炯生气了，她说，你又要问谁是胆巴的父亲吗？我不麻烦别人也能把他养大。

组长涨红了脸，我只恨妇女姐妹如此蒙昧，任人摆布。

斯炯听不懂这句话，她说，你觉得我是可怜人，我觉得你也是个可怜人。

组长冷笑，听听，这都是什么话，是你的和尚哥哥教给你的吧。

斯炯后来挺后悔，当时怎么就把准备煨一块肉的罐子从火上撤掉了。

斯炯说，你可以问我别的问题。

组长说，有村民反映，盲流犯吴芝圃是你把他藏起来的。

他以前在这里开店十几年，不需要什么人把他藏起来。

那就是说，你跟他没有任何干系了。

我看他可怜，送了盐给他。

不只是盐吧？

他天天煮野菜和蘑菇，没有盐，也没有油，脸都绿了。我还送了一点酥油给他。

哦，还有油，酥油。

可他也帮了我，他一样一样把可以吃的野菜指给我，一样一样把可以吃的蘑菇指给我，那一年，地里颗粒无收，这救了我家人的命，也救了很多机村人的命。

等等，你说到蘑菇了。说是工作组教会了机村人吃蘑菇？说你天天挨家挨户去收牛奶。

不是天天，就是十几二十天，羊肚菌下来的时节。斯炯笑了，那可是工作组跟机村人学的。

你拿牛奶付钱吗？

有时付。

有时付是什么意思？

有时工作组每个人翻遍了衣兜，也没有一分钱。

后来还了吗？

有时还，有时也忘记了。

好，很好。再说说蘑菇的事吧。

其他蘑菇的吃法，真是工作队带给我们的。油煎蘑菇、罐头烧蘑菇、素炒蘑菇、蘑菇面片汤。说到这里，蘑菇这个词的魔力开始显现，斯炯脸上浮现出了笑容。组长那严厉的脸也松弛下来，现出了神往之情。她干枯的嘴唇蠕动着，轻声说，还有烤蘑菇。

斯炯笑了，不，不，那是机村人以前就会的。那就是以前的小孩子们，从家里带一点盐，在野外生一堆火，在蘑菇上洒点细盐，烤了，吃着玩。

不是说，以前机村人不认识蘑菇，也不懂得吃蘑菇。

哦，只是不认得那么多，也不懂得那么多的吃法。

组长问了这样一个奇怪的问题，你说吃蘑菇好还是不好。

斯炯想起前工作组对这个问题的表述，移风易俗，资源利用。于是说，好，很好。

听说你那时满山给工作组找最美味的蘑菇。

是啊，蘑菇真要分好吃和不好吃，羊肚菌、松茸、鹅蛋菌、珊瑚菌、马耳朵都是好吃的菌子。

组长冷笑起来，原来你在工作组工作就是采菌子去了。

斯炯以为她还要问自己上民族干部学校的事情，但组长已经合上了本子站起身来。

走到院子里，组长摔倒了。她躺在地上，满脸的虚汗。但她推开了斯炯拉她的手，说，我自己能起来。

斯炯见她一时爬不起来，又不要自己拉她，便回到屋子里，取来一串干蘑菇。组长已经站起来了，正仔细地拍去身上的尘土与草屑。斯炯把那串蘑菇塞到她手上，说，弄一点肉，煮一点汤。

组长生气了，把那串蘑菇挂在斯炯脖子上。那串干巴巴的蘑菇悬挂在她胸前，像一串项链。组长冷笑，说，这串项链并不好看。

斯炯也生气了，她说，你要是好干部，就让我们这些老百姓能戴上漂亮的项链。

组长的脸更加蜡黄了，她抬起的手抖索个不停，嘴里却说不出话来。最后，一口鲜血从组长两片干涩而菲薄的嘴唇间冒了出来。斯炯被吓坏了。组长抹一把嘴，看到手上的鲜血时，身子就软下去，昏倒在了斯炯脚前。斯炯背上她，一口气跑到工作组的楼前，开始大声哭喊。然后，自己也吓晕过去了。她醒过来的时候，先看见一盏昏黄马灯在头顶摇晃。

然后才看见了工作组刘副组长俯看着她。

她问，这是在哪里？

车上，去县里的医院。

斯炯说，请告诉我哥哥，带好我的儿子。告诉他我回不去了。

刘副组长握住她的手，斯炯啊，你受苦了。

斯炯挣脱了手，我有罪，我把组长气得吐血了。

刘副组长眼光转到别处。顺着他的目光，斯炯看到了女组长的苍白瘦削的脸。因为没有肉没有血色而显得特别无情的脸。

刘副组长叹口气，说，那就得看她醒来怎么说了。

斯炯更加害怕，挣扎着要起来，要从行驶的卡车上跳下去。刘副组长说，真有什么事情的话，逃跑有什么用？你能比吴芝圃跑得还远？

这一来，绝望的斯炯又晕过去了。

再次醒来，她已经躺在医院里了。不是在病房，而是在医院的走廊里。她动了动身子，床就吱吱作响。身边，穿着白大褂的人来来去去，从她床头旁的门里进进出出。她闭上眼睛，感觉有什么冰凉的东西正从手臂上进入体内，使得她手脚冰凉。她想，也许，什么时候，自己就被冻住，变成一块冰，死去了。于是，她紧紧闭上了双眼。但她真的没有再晕过去，也睡不着。而且，到了下半夜，她感到了饥饿。于是，斯炯哭了起来。

她不敢放纵自己，只是低声饮泣。因可怜自己而低声饮泣，所以，没有人听见。那时，医生护士已经不再频繁进出自己头顶旁边左拐的那个房间了。长长的走廊灯光昏黄，干净的水泥地闪闪发光。斯炯听法海哥哥描绘过灵魂去往佛国的路，就是一条长长的充满光的通道。斯炯想，这就是自己的灵魂在往佛国去了。突然，她又意识到，灵魂去往佛国时，怎么会想到自己是在灵魂往佛国去？这下，她真正清醒了。

她一下翻身从病床上起来，把扎在手背上输液的针头也扯掉了。她看见一粒血从针眼处冒出来，越来越饱满，在这粒血炸裂之前，她把手凑到嘴边，吸吮掉了。她起身走到床头边那道门前，并没有注意到有第二滴血又从针眼里冒出来。那道用红色写着32号的白门上有一块玻璃，当她手上的血滴到地上时，她正隔着玻璃门向里面张望。屋子里没有灯，但隐约可见里面的床上躺着一个人。

突然，屋里灯亮了。

是床上那个人伸手打开了床头上的一盏灯。

灯光照亮的是女组长的脸。这张脸，在白色的枕头和白色的床单中间，苍白、松弛，而又宁静。这情景让斯炯感动得又哭了起来。

组长抬手招她进去。

斯炯站在组长床前哭得稀里哗啦。

组长用她从来没有听到过的轻柔的声音说，斯炯，你不要害怕。

我不是害怕，你那么漂亮，又那么可怜。

组长脸上的神情又在往严厉那边变化了，斯炯赶紧辩解，我不是说你真的可怜，我的意思，我的意思是……

组长的表情又变回到可亲可怜的状态了，她笑了笑，说我明白你的意思，我的母亲也是一个佛教徒。只有佛教徒才会不知道自己可怜而去可怜别人。

斯炯低下头，捧住组长的手，哭了起来，我不该让你生气。

组长当然不承认是生气而吐了血，她说，不怪你，医生的诊断结果出来了：肺结核，营养不良，超负荷工作，在你们村染上了肺结核。她抽回手，头重新靠上了枕头，也许，上面会让我回老家去养病了。这时，她看到了斯炯手上的血，她递给斯炯一团药棉，让她摁在手背上。组长说，你回去吧，我一时半会儿不会回村里去了。

斯炯眼里流露出依依不舍的神情，不肯离开。

组长说，那你坐下吧。

斯炯就在床前的椅子上坐下了。

多少年过去了，斯炯也会在心里说，那是她这一辈子过过的最美好的一个夜晚。在那几乎一切东西都是白色的病房中，组长的一张脸浮现出梦幻般的笑容，她的黑眼睛和黑头发在灯下闪闪发光，她柔声说，我不该那样说你，我知道你是要送我一串蘑菇。我知道，机村人数你最会采蘑菇，给我说说蘑菇圈是怎么回事吧。蘑菇真的在林子里站成跳舞一样的圆圈？

斯炯笑了。

斯炯说，蘑菇圈其实不是一朵朵蘑菇站成跳舞一样的圆圈。蘑菇圈其实就是很多蘑菇密密麻麻生长在一起。采了又长出来，采了又长出来，整个蘑菇季都这样生生不息。而且，斯炯说，本来以为今年采了，就没有了，结果，明年，它们又在老地方出现了。

组长笑了，是的，孢子和菌丝，永远都埋在那些腐殖土里，生生不息。

斯炯说，几年不采，它们就越来越多，圈子也越来越大，好多都跑到圈子外面去了。

斯炯又说，明年蘑菇季，我给你采最新鲜的蘑菇，你带着本子到我家来问话，我给你做最新鲜的蘑菇，牛奶煮的，酥油煎的，你想问什么话我都告诉你。

组长摇摇头，闭上眼，哑声说，医生说，我的肺都烂了，烂出了一个洞。明年你的蘑菇圈再长出蘑菇的时候，我说不定都死了。

面对如此情形，斯炯就说不出什么话来了。她就那样木呆呆地静坐在组长床前。

过了很久，组长又睁开眼睛，你放心回去吧。我不会再来打扰你了。不会再来问你那些你不想回答的问题了。

斯炯走出医院时，天正是黎明时分。柳树梢头凝着晶晶亮的霜，河面上流着嚓嚓作响的冰。

从县城回机村的路真长。她从黎明走到黄昏，灰白的路还在脚下延伸，风吹动树林，发出尖利的哨声。饿得难受时，她从溪边上取一块冰，含在嘴里。冰不能饱肚子，但那锐利的冰凉却能使她清醒一些。半夜时分，她走到村子边上，全村的狗都叫起来。她看见一个人穿着厚皮袍，站在桥头上。那个人打开手电筒，照向斯炯的脸。然后，从耀眼的光柱后面传来了一个男人的哭声。她没有听出来那是法海哥哥。因为她从来没有听过他的哭。直到他说，你要是不回来，叫我怎么能照顾阿妈和胆巴啊！

斯炯这才问，你是法海吗？

我是没有用的法海，没有你，我们一家人该怎么过活？

从昨天离家开始，斯炯已经很长时间没有吃过一点东西了。她扶着桥栏说，我走不动了，你回家去取点吃的来吧，我吃了才有力气走到家去。

法海真的就转身往家跑。

跑开一段，他又转身回来，说，我这个笨蛋，我这个笨蛋！他在妹妹身前蹲下，听妹妹舒一口长气，身子软软地靠在他背上，他才猛然起身，把妹妹背回了家里。

斯炯在哥哥背上哭了，又笑了。

斯炯记得，那天晚上，哥哥给她吃了多少东西啊！他总是搓着手说，再吃一点吧，再吃一点吧。后来，斯炯实在是一点也吃不下了，才让哥哥扶着到了儿子床边，一头栽下去，搂着儿子就睡着了。

斯炯不知道这一觉自己睡了多久。当她睁眼醒来时，她知道，自己肯定不止睡了一个晚上。她一睁眼，站在床前的儿子就跑开了，喊道，阿妈醒了，舅舅，阿妈醒了！

法海赶紧过来，告诉她，工作组长要见你，原先的那个刘组长。

斯炯梳头洗脸，完了，却坐下来喝茶。

法海很吃惊，你不去见工作组吗？

斯炯说，你想去，就替我去吧。

我去了说什么？

你想说什么就说什么。

我没有什么要说的。

那你就说，我家斯炯想离他们远一点。

法海后来真把这话对刘元萱组长说了。某天，他赶羊上山时，恢复了工作组长身份的刘元萱出现在路口上，他说，怎么，我不是叫你转告你妹，我有事情要跟她交代吗？

法海说，我家斯炯说，你们工作组请离她远一点。

刘组长吃了一惊，我没有听错吧？她真这么说了？

佛祖在上，她真这么说了。

刘元萱重新当上组长，一改很久以来的倒霉样，重又变得像当年一样意气风发。所以，他大度地说，她是让那个女人弄害怕了，今天不来，明天会来的。

但斯炯始终没有在工作组面前出现。甚至在村中行走时，也故意不经过工作组在的那座楼房了。

春天到来的时候，机村经历有史以来前所未有的大旱。天上久不下雨，村里引水灌溉的溪流也干涸了。溪流干涸，是机村人闻所未闻的事情，可这不可思量的情形就是出现了。道路也简单，山上的原始森林被森林工业局的工人几乎砍伐殆尽，剩下的被一场大火烧了个精光。

那天，斯炯去泉边背水。在干旱弄得庄稼枯萎，土地冒烟的时候，这片藏在林子里，从几棵老柏树下汩汩而出的清泉使得这一小方天地湿润而清凉。斯炯把水桶放在台子上，躬身一瓢瓢把清冽的泉水舀进桶里。她动作很轻，不想弄乱了那一凼水中倒映着的树影与蓝天。她突然感到害怕,饥荒又要降临这个山村了吗?而且,这一回,不只是地里庄稼歉收,大地失去了水的滋养,野菜,特别是喜欢潮润的蘑菇也难以生长。这时的斯炯做出一个决定,她要去用水浇灌她的蘑菇圈,让蘑菇生长。

但是,第一次尝试就失败了。

从泉眼到林子中她的蘑菇圈,没有成形的路,等她满头大汗到达目的地,泉水早就从没有盖的背水桶中泼洒殆尽了。

斯炯央告木匠为她的背水桶加一个盖子。木匠惊诧地瞪大了眼睛,呀呀呀,斯炯啊!从古到今,谁见过背水桶加过盖子啊!我可不敢乱了祖传的规矩。不久,斯炯要替背水桶加盖的消息,成为一个笑话在村里迅速流传。

有些人甚至在斯炯背水回家的路上,拦住她问,斯炯不会背水了吗?斯炯会因为背水桶没有盖子,把水都泼洒到路上吗?

几天后的早上,太阳刚刚升起,天上没有一丝云彩,空气中充满了呛人的尘土味道,有人拦住斯炯又提起要给背水桶加盖子的话,以博大家一笑,这回,斯炯停下了脚步,她说,我是要给背水桶加上盖子呢,我怕有一天,水还没有背回家,就都被太阳晒干了。

那些年,人心变坏了,人们总是去取笑比自己更无助的人。所以,斯炯这样的人总是成为村人们笑话的对象。但是这一天,当斯炯说出了这句话,那些人再也发不出笑声。说完这句话,斯炯背着水走过那些可怜人。留下这些逗口舌之快的人在那里回味她这句话,想想自己的生活,为她这句话感到害怕。

时间回去十几年,不到二十年,是机村的土司时代。机村的老年人和中年人,都从那个时代生活过来,他们知道,在那个时代,如果有人像斯炯一样先是有了给水桶加盖般的荒唐新奇的想法,继而又说出有诅咒意味的话,那她就成了一个邪恶的女巫。旧时代的人和新时代的人有一样其实相当一致,就是相信现实中的灾难是因为一些灾难性的话语所造成的。土司时代,斯炯会被土司派遣来的喇嘛宣布邪祟附身,而从人间消失。今天,那些被她这话震惊的人们赶紧把情况汇报到工作组。

那一天，工作组刚收到气象局对天气咨询的复函。一、限于条件，气象局无法提供超过半个月的长程天气预报；二、可以预见到的半个月内，机村所在地区依然不会有降水。

这边正一筹莫展，村民们又来报告斯炯说的话。

当即有人拍案而起，要把这个恶毒的女人抓起来。

刚刚复任了工作组长的刘元萱这回却冷静，他说，跟土司时代一样，宣布她是女巫，赶到河里淹死，天上就会下雨吗？

说完，他就背着手去了河边。河边就在村庄下方，在庄稼地下方二三十米的河岸下滔滔流着，但没有提灌设备，水上不到高处。刘元萱又去到机村的泉眼，也许可以用水渠把泉水引来浇灌土地。这个时候，他有点责备自己的官僚主义了。算是这一回，他已经在机村工作了五年有余，喝了那么多机村的甜泉水，却没有到泉眼处来看过一眼。进到那圈围着泉眼的柏树丛中后，地面潮湿了，空中也弥漫着水汽。

刘元萱在这里碰见了斯炯。

斯炯刚刚盛满了水桶，正用东西封住没盖的桶口。她用来封闭桶口的是一张已经被水泡软的羊皮。她正用那羊皮盖住了桶口，又用细绳紧紧地扎住，拴牢。刘元萱组长突然开口说话，吓得她惊叫一声从水桶旁跳开了。

还是刘组长伸手扶住了水桶，说，这样子水就不会被太阳晒干了？

斯炯捂住胸口，出口长气，一屁股坐在地上，不再说话。

刘组长放缓了声音，以后不要再说这种没头没脑的话。

斯炯闷在那里，勾着头一言不发。

刘组长又说，你不要害怕，那个女人不会回来了，不会再有人追着你问问题了。

斯炯突然抬头，说，都是可怜的女人，我不怕她，我喜欢她。

刘组长不高兴了，她连命保得住保不住都不知道，不管你喜不喜欢，这女人都不会再回来。我又是工作组长了。他见斯炯又不说话了，便拨弄着蒙在水桶上的羊皮，前些年缺粮，你存野菜，存蘑菇，今年天不下雨了，你老来背水，是要在家里存满水吗？

斯烱提高了嗓门，你不是爱吃各种蘑菇吗？天旱得连林子里的蘑菇都长不出来了。

刘元萱换了组长的口吻，困难总是会过去的，你要对党有信心。

这些日子，斯烱觉得自己开始在明明白白活着了，所以才能说出那种让全村人情感激荡的话。可眼下，又被这个人的话弄糊涂了，天下不下雨，跟共产党有什么关系，跟信心有什么关系？

说这种话的人真是可恨的人，但斯烱早就决定不恨什么人了。一个没有当成干部的女人，一个儿子没有父亲的女人，再要恨上什么人，那她在这个世上真就没有活路了。

刘组长又说，你也是苦出身，有什么困难可以找组织嘛。

斯烱背上了水桶，直起身，说，我不会来找你的。然后，就转上了山道。

刘组长看着她的背影消失在林中，摇摇头，释然一笑，转身便把围着泉眼下方挡着的木头挡板拔了，把那一函水放得一干二净。为的是看清楚泉眼出水处有多大的流量。他看清楚了，不过是筷子粗细的三四股水从石头缝中涌出。他本来打算要开一条水渠，把泉水引去浇灌庄稼，但这水量也太小了，不等流到地里，真就像斯烱说的，不等流到地里就被太阳晒干了。

这回，轮到失望至极的刘组长垂头坐在了泉眼边。

而此时的斯烱正背着水桶往山上爬。山坡陡峭难行，但她很喜欢听到背上桶里水翻腾激荡时发出的好听的声音。她一边往山上爬，一边在心里排列这个世界上好听的声音，排在第一的就是水波的激荡声。一只鸟停在树枝上叫个不停，她抬起头来，说，你的声音也是好听的声音。这几天，那只画眉鸟跟她已经很熟悉了。每天都飞到这丛柳树上来等她。她知道，转过这片柳丛，就是那群栎树包围着的蘑菇圈了。这鸟它是来等水喝的。

斯烱到了蘑菇圈中，放下了水桶，一瓢又一瓢把水洒向空中，听到水哗一声升上天，又扑簌簌降落下来，落在树叶上，落在草上，石头上，泥土上，那声音真是好听的声音。洒完水，斯炯便靠着树坐下来，怀里抱着水桶，听水渗进泥土的声音，听树叶和草贪婪吮吸的声音。她特意在桶里剩一点水，倒在八角莲那掌形的叶片中间，那只鸟就从枝头上跳下来，伸出它的尖喙去饮水。看到鸟张开尖喙，露出里面那长长的善于歌唱的舌头，她禁不住露出笑容。

　　那些烈日当头的干旱天气里，不管是工作组还是村干部，再要催动眼看收成无望的村民参加集体劳作成了一件非常困难的事情。

　　男人们偷偷潜进山林打猎，女人们采挖野菜。只有斯炯的法海哥哥还得每天把羊赶到有水有草的地方。而斯炯每天两次背水，悄悄去浇灌她的蘑菇圈。八月的一天，斯炯刚背水到林边，她就知道，蘑菇出土了。因为那熟悉的好闻的蘑菇气息已经钻进了她的鼻腔。

　　那天，她浇完了水，便半跪在山坡上，把一朵一朵刚刚探头的蘑菇细心采下来，直到牵起的围裙装得满满当当。她心满意足地站在林边，看见吸饱了水分的土地，正在向她奉献，更多的蘑菇正在破土而出。那只鸟跳下枝头，啄食一朵蘑菇。斯炯对它说，鸟啊，吃吧，吃吧。

　　那鸟索性跳到蘑菇顶上，爪子紧抓着菌盖，头向下一口口尽情啄食。

　　斯炯又说，吃吧，吃吧，可不敢告诉更多的鸟啊！

　　鸟停下来，歪头看着斯炯，灵活的眼球骨碌碌转动。

　　晚上，斯炯把一朵朵蘑菇切成片，用酥油一片片煎了。香气四溢的时候，她想，这么好闻的味道，全村人一定都闻到了。饭后，本来她是想请哥哥法海帮她做一件事的，但天一黑下来，哥哥就急着要出门。他已经和村里一个斯炯一样的女人好上了。天一黑，心就不在自己家的房子里了。

　　所以，天一黑，等家里破戒和尚出了门，斯炯把剩下的蘑菇兜在围裙里，带着儿子胆巴出门了。每到一家人院门前，斯炯就取几朵蘑菇放到胆巴手上，让他穿过院子放在人家门口。胆巴把蘑菇放在人家门口石阶上，再敲敲别人家的门。胆巴人小，敲门声却很响。等到人家闻声开门时，母子俩已经走到下一家人的门口了。那个夜晚，斯炯带着儿子走遍了全村。在法海天天去过夜的那一家，母子俩偷藏在墙角，看那女人衣衫不整地出来，看见门前的蘑菇，发出了惊喜的声音。母子俩还看见法海光着和尚头也出现在门口，看见蘑菇，赶紧便把那女人拉进了屋子。

胆巴摇着斯炯的手，说，我看见舅舅了，法海舅舅！

斯炯憋着笑声，已经憋得喘不上气来了。

最后，是工作组的那幢房子。

连胆巴都知道人们把天干不雨的账也算在折腾人的工作组头上，所以不肯把蘑菇送进院里。斯炯就把最后几朵蘑菇放在了院墙上面。

斯炯对儿子说，那个人爱吃这个东西。

胆巴说，我不知道你说的那个人是谁？

他说你的名字有文化。

儿子说，我也不知道什么是文化。

斯炯说，那你就住嘴吧。后来，她又说，吴掌柜教会我认野菜，工作组教会我做蘑菇。

儿子真的就不再开口，不再理会她。

斯炯第三回把采来的新鲜蘑菇悄悄送到各家门口，回来的时候，发现自己家的门口石阶上也有一样东西。那是一块新鲜的鹿肉。

接下来，门口又悄然出现了野猪肉和麂子肉。

大家都心知肚明，是谁往他们家门口送去四回蘑菇。斯炯也知道，是村里哪家会打猎的人上山打猎，偷偷送来了鹿肉野猪肉和麂子肉。在炖了野猪肉吃的那个晚上，斯炯对胆巴说，邻居的好，你可是要记住啊！那时，村民们几乎都知道了这些蘑菇是斯炯背水上山养出来的。吃了她用水浇灌出来的蘑菇，人们才知道她要给水桶加盖的用意了。木匠自己带了尺子上门来，斯炯啊，把你的水桶给我量量尺寸吧。

斯炯心里的怨气上来了，水桶加了盖子，就像马生了角了。

木匠说，是我说的糊涂话呀，老脑筋哪想得到会出给蘑菇喂水的人哪！

斯炯叹口气，大叔呀，不必了，蘑菇季都过去了。

木匠说，明年还要用呀！

斯炯说，好心的大叔，可不敢这么去想！明年再这样，几朵蘑菇也救不了人了！

一句话，那时，机村人在背地里都叫斯炯是养蘑菇的人。

一天晚上，斯炯家门口又出现了一块肉。斯炯没有架锅生火，而是对法海说，拿着这块肉，去看她吧。

法海脸都笑开了花，说，妹妹你都不知道她那两个孩子有多馋！

早上，法海回来，斯炯问了他一句话，你也是男人，也可以上山去打猎啊！

法海却一脸认真地说，那怎么可以，我是和尚啊！

斯炯就笑了，她心想和尚也不该要女人啊，然后，她又哭了。

日子就这么过去了。

"四清"运动还没有结束，"文化大革命"又来了。

工作组还待在机村，却很是无所事事了。听说州里，县里，都有造反派起来斗争领导。那一阵子，工作组得不到新指示，不知道怎么开展工作了。

刘元萱组长日子难过，便披了大衣在村子里漫无目的地走动。不喜欢他的人就说，这人怎么像只找不到骨头的狗一样啊。

村子不大，他在村里带着不安四处走动时，难免要和斯炯碰见。

第一回，他说，哦哦，知不知道人们都叫你是养蘑菇的女人啊。

斯炯没有说话。

第二次碰见，正好胆巴跟着妈妈一道，刘元萱就蹲下来，孩子该上学了。但村里那个小学校的老师都进县城运动去了。

斯炯还是没有说话。

第三次碰见，刘元萱都瘦了一圈，他脸上露出悲戚的神情，斯炯啊，我想我该走了，这一走，这辈子怕是见不着了。

斯炯跟他错身而过时说，你还会来的，每一回你走了，都回来了。

刘元萱在她身后说，形势变了，形势变了。我赶不上趟了呀！

这一天，村里几个在外面上中学的红卫兵回来了。他们是开着卡车回来的。不只他们自己回来，他们还带来了更多的红卫兵。他们做的第一件事情就是冲进工作组那幢房子，把机村最大的当权派刘元萱揪下楼来。据说，刘元萱当时已经收拾好东西，背上背包准备下楼了。那个夜晚，村里的小广场上燃起了大堆篝火，由红卫兵开起了刘元萱的批斗大会。机村人真是恨这个刘元萱的。施肥过多使得庄稼不能成熟而造成第一次饥荒。刘元萱深深地低下头，以致纸糊的高帽子几次落在地上。说到去年天旱，又使机村陷入颗粒无收情形时，他却抬起头来，说，这个账不能算在自己头上，天不下雨他没有办法，森林工业局砍伐光了山上的树林，使得溪流干涸的责任也不在他。这种态度使从县城来的红卫兵愤怒不已，当晚，刘元萱就被打断了一条腿和两条肋骨。

当天晚上，这群红卫兵又把刘元萱扔上卡车，呼啸而去。

这一去，就再也没有了消息。

两年后，那些意气风发的红卫兵却灰头土脸地回到了村子，回来接受贫下中农再教育，当社会主义新农村的新农民了。

其中一个改了名字叫卫东的，成了村里小学校的民办老师。

关闭了三年的小学校又响起了钟声。胆巴和村里孩子都上学了。

胆巴第一天上学回来就拿一块木炭在家里墙壁上四处书写，毛主席万岁！他还会用据说是英语的话说这句话，朗里无乞儿卖毛！

法海对此发表评论，毛主席是大活佛。一次又一次转世，要转够一万年呢。

胆巴对舅舅大叫，我要告你！

舅舅当即吓得脸色苍白，我以后不敢乱说乱动了。

胆巴举起印了毛主席像的写字板，向毛主席保证！

法海说，我保证。

发生这事的时候，斯炯不在家。她没有去背水，也没有去看她的蘑菇圈，她是被邻居家的女人叫走了。那女人采回来很多水芹菜，怕里面混有毒草，把人吃出毛病，请她去帮忙辨认。

斯炯带着一把水芹菜回来，发现法海把胆巴灌醉了。前两天，他在放羊时，从一个树洞里掏到一个小小的野蜂巢。正是满山毛茛和金莲花盛开的季节，蜂巢里自然盛满了黄澄澄的蜂蜜。法海很珍惜这点蜂蜜。不珍惜不行啊。这时母亲已经去世两年了。但他这点甜蜜，想给妹妹，想给侄儿，又想给相好的寡妇和那两个总是吃不饱的孩子。所以，他把那带蜜的蜂巢藏了两天，也不知道该拿出来给谁。

但这一回，他知道自己说了不该说的话。他想让胆巴迅速忘掉自己说过的话，只好拿出了蜂蜜，找出了家里的酒。他不喝酒，家里是斯炯有时会喝上几口。他把蜂蜜挤到碗中，又调上了酒。胆巴很快就被蜜里的酒醉倒了。

法海想，等胆巴醒来，肯定就会忘记他说过的话了。

斯炯进了家门，便闻到酒香和蜂蜜香，她盯着法海，你这个和尚，怎么喝酒了。

法海摇摇头，眼睛却看着酣睡的胆巴。

斯炯便摇晃着撕扯着哥哥的身体，你哪里像个和尚啊！

十多年后，一九八二年，法海又回到了重建的宝胜寺当起了和尚。

胆巴从州里的财贸学校毕业，当了县商业局的会计。每次买了酒，买了糖果回家看妈妈，斯炯留下酒，让胆巴带上糖，去庙里看看你舅舅吧。

胆巴就去庙里看舅舅。

舅舅吃了糖，甜蜜得眼睛眯成一条缝。那时，大殿里正在诵经，鼓声咚咚，众多喇嘛的诵经声汇成一片，在那些赭红墙壁的建筑间回荡。胆巴问舅舅怎么不去参加法事。

法海用头碰碰小佛龛里的佛像，我老了，修不成个什么了。

法海其实就是在庙宇旁自己盖了两间房子，一日三餐之外，随着寺院的节奏，诵经礼佛而已。他自己都不知道自己究竟算不算寺里的正式喇嘛。不过，他的小屋洁净而光亮。他赤着脚在擦得干干净净的地板上走来走去。胆巴拿出了一本沉重的书，那是一本碑帖的拓片汇编。胆巴把沉甸甸的书打开了给舅舅看，你给我起的名字真的写在这书里呢。

然后，他把碑文用汉文一字一字念给舅舅听：师所生之地曰突甘斯旦麻，童子出家，事圣师绰理哲哇为弟子，受名胆巴。梵言胆巴，华言微妙。

舅舅就俯身下去，用碰触佛像的姿势碰触碑文。

这时，屋子里光线一暗，是寺里胖活佛和他的随从的身子堵在门口，遮断了光线。

法海赶紧起身，又用额头去碰活佛的身体。

活佛进来了，气喘吁吁地坐下，对胆巴一欠身子，官家的人来了，贫僧有失远迎啊。

胆巴笑了，舅舅替我起的名字，这个名字，七百年前就写在元朝的碑文上了，是那时帝师的名字啊！

活佛并不懂得历史学，也不懂得崇奉藏传佛教的元代宫廷中的事情，也不识得汉字，但还是对着摊在地板上的书赞叹，功德殊胜，功德殊胜啊！然后，活佛转眼示意随从开口说话。

那侍从躬躬身子，活佛请施主参观一下寺院。

胆巴心想，转眼之间，自己的称谓已从官家变成施主了。寺院的建筑都是这三四年间新修的。大殿、护法神殿、活佛寝宫、时轮金刚学院。以前的医学院和上密院还是一片废墟。参观完毕，活佛回去休息。侍从送胆巴回法海房里。胆巴说，你们一定有什么事情吧。

活佛的侍从说出了要求，希望帮寺院解决一些橡胶水管，把山泉水引到寺院里来。再建一个水泥的池子，就不用和尚们天天上山取水了。

胆巴听了，心里为难，但他没说商业局并不管橡胶水管。他只说，那我试试看能不能帮到你们。

那时，县里的各种机构已经很多了，商业局管很多东西，恰恰橡胶水管是生产资料，由物资局管，由水电局农业局管。这让胆巴这个刚刚工作不久的商业局会计就作了难。一拖两月，事情还没有眉目，让他寝食难安。

事有凑巧，一天，单位里突然骚动起来，人人都很激动，说县委县政府派了人来考察年轻干部。县里其实就来了三个人，组织部长、办公室主任和工会主席。他们占了局长办公室，一个个找人谈话。胆巴也接到通知，待在办公室，哪里都不要去，等人来叫。从早上到中午，到下午下班，好多人都去谈过话了。却还没有人来叫他。他是晚上九点才走进局长办公室的。

别人怎么谈的，他不知道。他的谈话完全是闲聊。

主谈的是办公室主任，他把一个卷宗摊开在膝盖上，第一句话就是，你是机村的人？

是。

你叫胆巴？

我叫胆巴。

你知道吗？通常胆巴这个名字，都写成旦巴，元旦的旦，而不是胆子的胆。

是，跟我一样的名字的人都写元旦的旦。

你知道这是为什么？

我不知道，我阿妈斯炯说，是那时的工作组长让这么写的。

这个写法有来历，元代时就这么写了，元代有一个喇嘛帝师也叫这个名字你知道吗？

我知道，我专门请县文化馆的老师帮我弄了一本胆巴碑帖。

年轻人不错，学财贸的，还能读碑帖。然后，侧身问组织部长和工会主席，两位还有什么话要问吗？

两位说，刘主任你是主谈，你说。

刘主任有点激动了，他说，胆巴呀，我就是那个把你名字写成这样的工作组长。你不认识我了。

胆巴却不知怎么就语塞，不知道怎么回应这句话。

工会主席见了，说，胆巴呀，还不谢谢刘主任，名字别具一格，人也要别具一格呀！中央精神，干部要知识化年轻化，自己要有进步的心啊！

胆巴还是语塞，我听阿妈和舅舅说过工作组的事，但那时我还小，记不得了。

刘主任感叹，你那舅舅可把你阿妈斯炯害苦了。他合上卷宗，站起来拍拍胆巴的肩膀，不要紧张，有什么事情来县委找我。他还把胆巴送到走廊里，什么时候回村里，问候你阿妈斯炯。记得给我带些蘑菇来，你阿妈是机村最知道蘑菇长在哪里的人！

刘主任又把手放在胆巴肩膀上，记得有事来找我！

不几天，局里就传开消息，胆巴要提升为商业局副局长。

听了这消息，胆巴就觉得该去看望一下在机村待过的刘主任。他先回了村子。把遇到以前工作组刘组长的事说给阿妈斯炯听。

阿妈斯炯时常神情迷离。这时又显得目光游移，沉默半晌，说，这个人还记得我们山里的蘑菇味啊。

胆巴说，他要我送些蘑菇给他。

胆巴没有说自己可能会被提升副局长的传言，只说舅舅挂单的宝胜寺让他弄橡皮水管的事，说为这件事情得去求这位刘主任帮忙。

阿妈斯炯又一次眼神迷离，你舅舅，你舅舅。

胆巴早早睡了，他要起个早，把该男人干的事情都帮阿妈干了。天刚亮，他就起来，先修理了有些歪斜的院门，又把一堆柴火劈了。这时，满院子都是栎木样子的香气。这时，阿妈斯炯从院外进来，露水打湿了靴子和袍子的下摆。她一早上山，采来了新鲜蘑菇。

一朵一朵的蘑菇上沾着新鲜的泥土、苔藓和栎树残缺的枯叶，正好在新劈开的木柴堆上——晾开，它们散发出的香气和栎木香混在一起，满溢在整个院子。母子俩吃完早餐，蘑菇上的水汽也晾干了。

阿妈斯炯对儿子说，我还是愿意你自己吃了这些蘑菇。

阿妈，这个刘主任真的特别关心我。

阿妈斯炯想对儿子说，这个人也曾经特别关心过你阿妈，但话到嘴边，她没说出来。这么美好的一个早上，天空湛蓝，河水碧绿，儿子又要出门，她不想说那些令人不高兴的话。于是，阿妈斯炯说，好吧，我的蘑菇圈里有采不尽的蘑菇。要有你的朋友喜欢，就回来告诉我吧。

阿妈斯炯还告诉胆巴，蘑菇圈里的蘑菇越长越漂亮了。

不会吧，村里人都上山采蘑菇，没听谁说，他们的蘑菇越来越漂亮了。

阿妈斯炯说，他们没有自己的蘑菇圈。他们上山只是碰见蘑菇，而从不记住，是哪一块地方给了他们蘑菇。

胆巴把这些蘑菇送到刘主任家去，他没想到刘主任会激动，而且激动到如此程度。

蘑菇整整齐齐地装在柳条篮子里，一朵朵躺在柔软干燥的松萝里。

刘主任涨红了脸，瞧，装一只篮子都这么上心，这么漂亮，你的阿妈斯炯可不是一般的乡下老太婆！

胆巴不知如何回应，只好沉默不语。

刘主任伸手，一一抚摸那一朵朵蘑菇，哦，哦，它们的样子都跟当年一模一样啊！

然后，刘主任提着这篮蘑菇亲自下了厨房。留他一个人在客厅里喝茶。那时的胆巴，还是一个没有父亲的乡下孩子的禀赋，怀着自卑，紧张不安，捧着茶杯，不知怎么和这家的女主人以及和自己年纪相当的这家人的漂亮女儿说话。

女主人说，和老刘谈恋爱的时候，我去过你的老家。

他终于没有说出一句得体的话。他想了几句话，自己都觉得那是不得体的，他知道，一定有句得体的话，但这话就是不肯来到他的嘴边。

这时，厨房里传来热油的嗞嗞声，飘出来蘑菇受热后的变化了的香味。女主人说，是个老实的娃娃。

他们家的女儿是知道自己是干部子女，知道自己是城里人的那种高傲的女孩。她几乎不用正眼看他。

她对她妈妈说，老爹着了什么魔啊，就为了几朵蘑菇！

她妈妈制止她，丹雅！女主人又转头对胆巴说，还是你这样的吃过苦的孩子懂事。这句话让胆巴更局促不安了。这时，女主人让他帮助把折叠桌摆放起来。这简直就是对他的赦免。胆巴手脚利索地把折叠桌打开，摆开桌面，又依次打开四把折叠椅。

刘主任炒好的菜上桌了。三个菜有两个是蘑菇。一个蘑菇炒鸡肉片，一个生煎蘑菇片。刘主任自己先伸筷子，品尝后又赞叹。吃完饭，主任把他叫进书房。里面的确有很多的书。他先取了碑帖来，给胆巴看。说，你的名字就在这上面，你的名字可是有来历的！他要胆巴自己把胆巴两个字找出来。胆巴很快就找出来了。

刘主任有些吃惊，我不知道你也懂书法。

胆巴老实告诉，自己并不懂书法，但他听过刘主任给自己取名字的故事。所以，专门找了胆巴碑帖，找到了自己的名字。他又说，我还知道阿妈斯炯的炯也是主任当年选的字，而没有用别人常用的琼或琼。

刘主任看着他，很动情的样子，说，有心就好，有心就好。我老了，要退休了，你年轻，只要有心，会有出息的。他把骄傲的女儿叫进来，说，丹雅比你小两岁，不懂事，不努力，不晓得珍惜自己的福气，以后，你要多多照顾她！

胆巴说，我哪能照顾她。

刘主任告诉他，明天，组织部就下文了，你就是县商业局的副局长了。

靠在门口的丹雅就噘嘴说，看看，送几朵蘑菇，就当副局长了。

刘主任说，这事前天县委就过了，今天他才送蘑菇，这有什么关系吗？

胆巴有话，想等丹雅退出去才对刘主任说，但她就靠在门上，用背顶着门摇晃身子，就不出去。

刘主任说，有话就说吧。

胆巴说，舅舅在的那个庙，想要些橡胶管子，把水引进寺院……

刘主任打断了他的话，你舅舅，你那个舅舅，要不是他，你阿妈斯炯也是一个体体面面的国家干部！

胆巴低下头，阿妈斯炯不怪舅舅。

好人，好人哪，谁都不怪！好人哪！回家告诉你阿妈斯炯，我一定会照顾好你！

果然，不几天，胆巴的副局长任命就下来了。是组织部长在全局职工会上宣布的。第二天，胆巴就搬了办公室，就在局长的隔壁。一个月后，他就知道这个副局长该怎么当了。两个月后，他就捎信给舅舅，让他们来县城拉橡胶管子。春节回家时，他当副局长已经四个多月了。已经不怕跟人说话，有点当官的样子了。

陪阿妈斯炯去宝胜寺看舅舅时，活佛陪着他看架好的橡胶管子如何引来了山上的泉水。舅舅就从大殿旁的水池边直接从橡胶管中接来水给他烧茶。舅舅对阿妈斯炯说，到底啊，到底啊，我们家是要出干部的。我耽误了你，可胆巴真出息了。舅舅又说，想必是那个刘组长真为他的名字挑了好字吧。

阿妈斯炯冷着脸说，我名字的字也是他挑的。

胆巴就提醒舅舅，水开了，还不下茶叶啊。

胆巴没有告诉舅舅和阿妈斯炯，这水管是他用了局里的自行车和电视机指标换来的。

那几年的商业局不是后来市场放开后的景象。什么东西有指标是一个价，没有指标是一个价。因为商业局管着这些紧俏商品的指标，胆巴在这县城中就成了一个人物。可以说是一个没有人不知道的人物。

当局长没两年，当初上刘主任家时对他不理不睬的丹雅也常常主动来找他了。而且，还叫他胆巴哥哥。

这时的胆巴不再是那个笨嘴拙舌的乡下孩子了。他说，我怎么当得起让你叫哥哥，不敢当，不敢当啊。

丹雅说，可是老爹让我叫的，你该不会不听他老人家的话了吧。

胆巴说，这么说来，就只好任你叫了，叫吧。你有什么吩咐？

我要买两台电视机。

两台？你一双眼睛要看两台电视？

我要出去旅游。

旅游？那时旅游在这个县城里还是一个很新鲜的词汇。

我从来没有看过大海，我想去看大海。

我也没有看过。

那你就弄四台，我卖了指标，我们一起去看海！

我跟你？不行，我们又没有谈恋爱。

你想跟我谈吗？

胆巴又露出了乡下老实孩子的狗尾巴，低下头摆弄办公桌上的报表，不吭声了。

我不好看吗？

好看。

你不喜欢好看的女青年吗？

你是个不务正业的女青年。

好吧，那就还是只要两台电视机吧。

胆巴就只好写条子给丹雅两台电视机。

丹雅就和她的男朋友坐了一天长途汽车去省城，又坐了两天两夜火车去海边。那一趟旅游回来，丹雅在这个小县城里的名声就毁了。她上班的防疫站收到铁路公安通报，她和一起去海边的漂亮男朋友在火车上干了那种事情。这个消息像火焰一样飞快奔窜，使这个沉闷小城的人们兴奋起来。那种事情！而且是在火车上！怎不叫人两眼放光！而且，出了这个事，丹雅的那个男朋友就消失不见了。他当官的父亲下文将他调到省城去了。人们说，那个花花公子和丹雅是在文化宫的舞会上认识的。舞会上！才只见了两面！就一起坐火车了，在火车上干下丑事了！

那时候的胆巴和身边很多人一样，还没有见到过真正的火车。

那时，电影院里正好在放映关于火车的电影《卡桑德拉大桥》。电影里也有漂亮男女在行进的火车上亲热的画面。胆巴在电影院看得热血偾张，人生中第一次，他被强烈的情欲控制住了。他闭上眼睛，想象着丹雅斜靠在他办公室门前说话的样子，不能自已。

自此以后，胆巴总是夜里折腾自己的身体，又因为在县城附近抓蔬菜基地建设，整天在地头做说服农民的工作，他竟日渐消瘦了。

刘主任也消瘦了。他见了胆巴便唏嘘不已。我瘦是因为丹雅，你瘦是工作太辛苦了吗？

胆巴鼓起勇气，我也是因为丹雅。

刘主任脸上露出了惊骇的表情，但他迅即镇静下来，你这个人啊，你不知道她有男朋友吗？不然她也不会在……

我知道。

刘主任脸上显露出痛苦的神情，她名声不好，和她来往，对你的政治前途不利。

不几天，刘主任叫他去家里吃晚饭。丹雅不在家。饭桌上多了一个女青年。女青年是个很持重的小学老师。胆巴明白，这是刘主任给他介绍对象。这姑娘眉眼也端正，就是没有丹雅那种魅惑的味道。饭后，胆巴和那位女老师沿着河堤散了两公里步，但他在夜里折腾自己身体时，还是魅惑万千的丹雅浮现在天花板上。

一个星期天，他回家去看望阿妈斯炯，路上，遇到防疫站设的一个关卡。邻近的草原畜群中爆发了口蹄疫，防疫站的人穿着白大褂背着喷雾器给过往车辆消毒。胆巴坐在吉普车里，一眼就从那些穿白大褂、戴大口罩的人中认出了丹雅。他一眼就看出，她也瘦了。他屏住呼吸，看着丹雅来到了他的车前，围着车子喷洒药液。他看见她口罩上方和帽子下方那道缝隙露出的那双眼睛忧郁而空洞。他摇下车窗，哑声说，丹雅。

丹雅眼睛里的光聚集起来，认出了他。

胆巴清了清嗓子，丹雅，你瘦了。

丹雅眼里露出骄傲而倔强的神情，没有说话。

司机发动了吉普车，胆巴说，我对刘主任说了。

他恨我不争气。

我对他说,我爱上你了。

丹雅被震住了,站在原地表情漠然。

胆巴又重复了一次,我对你爸爸说,我爱上你了。

车开动了。他看到丹雅眼里泛起了泪光。他对丹雅摇手,来看我吧。他没想到的是,当天下午,他正在家里修理院门,一边跟阿妈斯炯说话,丹雅就出现了。

阿妈斯炯拉住丹雅的手,说,我好像三辈子前就见过你了。

胆巴脱下手套,对丹雅说,进家里喝点热茶吧。

丹雅的身子软软地靠在了胆巴身上。阿妈斯炯手忙脚乱,往茶里添了太多的奶。胆巴就对阿妈斯炯说,也许丹雅想尝点新鲜蘑菇呢。

阿妈斯炯便提上柳条筐上山去了。

屋子里静下来,火塘里劈柴上的火苗发出微风吹拂一样的声音。丹雅把头靠在了胆巴的肩上。胆巴一动不动,仿佛天地间有一种巨大的重量全然落下来,把他整个人罩住,使他动弹不得。使他不能抚摸,也不能亲吻身边这个美丽的女青年。

然后,丹雅开始哭泣。

胆巴依然一动不动。

丹雅开始说话,你知道那件事情了?

胆巴点点头。

一回来,全部人都讨厌我,全部人都躲着我。

胆巴想说,我没有躲着你,但他的嘴唇被自己突然变得黏稠的唾沫给粘住了。

你说,我碍着别人什么了。丹雅坐直了身子,她的愤怒开始喷发,我自己的身体,我自己的情感,碍着别人什么了?!

丹雅说到身体的时候,胆巴的身体也开始燃烧起来,他把丹雅揽进怀里,紧紧拥抱。开始丹雅也回应给他热烈的拥抱,但当他的手伸向她胸口的时候,丹雅坚决地推开了他,正色说,你以为我是个可以随便的人吗？

胆巴说，我爱你。

说说你怎么爱我的。

胆巴是老实人，他说，看电影的时候我就爱上你了。我天天晚上都想你。

电影，有火车的电影？《卡桑德拉大桥》？

胆巴点头。

一个耳光落在了他的脸上，你怎么想象的？在火车上，脱掉我的裤子，还是撩起我的裙子？

胆巴捂住脸，是，我每天晚上都想跟你做爱，在火车上，在飞机上，在船上。要知道，那时候的胆巴除了在电影里，还没有真正见到过这三种交通工具。他说，是你的事情让我情不自禁地这么想。

丹雅流着泪冲出了房子，往村外去了。胆巴想追，紧走几步，怕村里人笑话自己，只好吩咐司机追上她，送她回县城。

阿妈斯炯采了蘑菇回来，却不见了客人，我以为你有女人了，带回来给阿妈看看。

胆巴突然觉得很悲伤，我爱她，她看不上我。

阿妈斯炯用新鲜酥油在平底锅里煎蘑菇片给他吃，满屋子满口都是山野中草与树与泥土复杂的芳香。

那时，胆巴一个月挣七十多块钱，每次回家，他都拿个十元二十元给阿妈斯炯。阿妈斯炯告诉他，这些蘑菇拿到六公里外的汽车站上，有些旅客愿意买上两斤三斤。每斤能卖五毛钱。阿妈斯炯说，你不用给我钱了，告诉你吧，我已经有了三个蘑菇圈，今年已经卖了一百多块钱了。

照例，他又带了一柳条篮子的蘑菇给刘主任家。他一进门，丹雅就起身，回到自己房中，砰一声把门关上。刘主任坚持要他去请前次那个女青年来家里吃饭，胆巴推说有大堆财务报表要审，借故离开了。刘主任又急急追到楼下，告诉他，那个小学老师回了话，愿意跟他继续接触。

胆巴对刘主任说，我已经爱上别的人了。

刘主任问，谁？

胆巴说，你的女儿丹雅。

刘主任脸色发白，定在那里，像被雷电击中了一般，你怎么可以？怎么可以……

胆巴想，如此栽培自己的刘主任原来心里瞧不上自己。走在路上，他想，自己再也不会登这一家人的门了。但到了晚上，他青春的身体燃烧起欲望时，那个在黑暗中飘在天花板上的风情万种的形象仍然是丹雅。

有事没事，胆巴都故意在丹雅单位附近的街道上出没，偶尔碰见，丹雅依然对他视而不见。丹雅对他不理不睬。但他依然不能自已，对着那个被周围人刻意孤立的身影充满同情与欲望。

再后来，丹雅身边出现了一个新的漂亮男青年，胆巴心痛一阵，便慢慢恢复了平静。他还是偶尔送点蘑菇给刘主任，但不再去他们家里了。

第二年，阿妈斯炯的蘑菇在那个汽车站卖了两百多元。阿妈斯炯进城来。晚上，阿妈斯炯睡在儿子床上。胆巴睡在钢丝床上。阿妈斯炯说，等到存够一千块钱的时候，她就把钱给他结婚用。胆巴心里算了算，笑着说，那我还得等上三四年啊！

阿妈斯炯也笑，说，我看你自己也不着急嘛。

胆巴没有告诉阿妈斯炯，这段时间，他操心的事情是能不能当上商业局长。他说，我不着急，我等阿妈存够一千块钱。他还告诉阿妈斯炯，下次送蘑菇来，得是三只柳条篮子。

阿妈斯炯心疼了，那我一年要少存几十块钱了。

阿妈斯炯又把这话转述给法海老和尚听。法海老和尚劝妹妹，侄儿是干大事的人，你心疼几篮子蘑菇干什么？！因为胆巴又帮寺院批了几公斤金粉给寺庙大殿的黄铜顶镀金，又弄了十几公斤白银指标打造舍利塔，法海在庙里的地位大大地提高，早年的一个熬茶和尚，差不多是非正式的厨房总管了。长得也有点脑满肠肥的意思了。

阿妈斯炯两年里送了几篮子蘑菇，胆巴就当上了商业局局长。

毫无预兆，蘑菇值大钱的时代，人们为蘑菇疯狂的时代就到来了。

不是所有蘑菇都值钱了。而是阿妈斯炯蘑菇圈里长出的那种蘑菇。它们有了一个新名字，松茸。当其他不值钱的蘑菇都还笼统叫作蘑菇的时候，叫作松茸的这种蘑菇一下子就值了大钱。去年，阿妈斯炯在离村子六公里的汽车站上还只卖五毛钱一斤。这一年，一公斤松茸的价钱一下子就上涨到了三四十块。

阿妈斯炯说，佛祖在上，那是多少个五毛钱呀！

胆巴说，是六十个到八十个五毛钱！

阿妈斯炯冷静下来，没有那么多。是三十到四十个五毛钱！公斤，公斤，你晓得吗？一公斤是两个一斤。

是的，公斤这个新的度量衡单位是随着松茸这种蘑菇的新名字一起降临的。出松茸的季节，在机村一带的山里，随海拔高度的不同，有些地方是在夏天的末尾，有些地方是在秋天的开始。让人感到奇怪的是，那些收购蘑菇的商人，他们并没有见过长在山里的松茸，却总是准时出现在每个刚刚长出头一茬松茸的地方。他们开着皮卡车，来到一个村子，打开后车门，推出一台秤来，生意就开张了。那秤不是提在手里滑动秤砣在杆上数星星的杆秤，而是台秤。台秤像是一架真正的仪器。机器的轮廓，钢铁的质感，亮闪闪的表面，称出来的东西的重量都以公斤计算。阿妈斯炯发现，这些商人算账不用算盘，他们用电子计算器。只要按动那些标上了数字与符号的小小按键，一些数字便幽灵一样，在浅灰色的屏幕上跳荡。

一切真是前所未有啊！

三十二朵蘑菇就卖了四百多块钱！

阿妈斯炯真是眉开眼笑。那天，她就坐在村头核桃树的阴凉下，守着商人的摊子，看倾巢出动的山里人奔向山林，去寻找那种得了新名字叫作松茸的蘑菇。阿妈斯炯是一早上山的，现在太阳升起来，慢慢晒干了她被晨间露水打湿的长袍的下摆。脱在一边的靴子也晒干了。这时，有人陆续从山上下来。有人是一二十朵，更多是三朵五朵。

松茸商人就问阿妈斯炯为什么独独是她的蘑菇又多又好。

阿妈斯炯还没张口，就有村里人争着回答，工作组早就教她认识这些蘑菇了！

马上有人出来辩驳，不对，是跳河的吴掌柜！

还有人喊，她儿子是商业局长。

阿妈斯炯就笑了起来。她听得出来，这些话里暗含着些嫉妒的意思。阿妈斯炯心里涌起她与蘑菇的种种故事，心里一时五味杂陈，但她还是喜欢的，喜欢以这样的方式受到众人关注。

这时，一片乌云瞬间就布满了天空，虽然夏天已到了尾声，但还是继续要带来雷阵雨，她站起身来，拍拍袍子上的草屑准备回家，但她刚走出几步，随着隆隆的雷声，硕大的雨滴就噼里啪啦砸了下来。阿妈斯炯又跑回到核桃树下。满世界都是雨声，都是雨水和尘土混合的味道。起初这味道有些呛人，但很快，尘土味便消失了，雨水中混合的是整片土地，所有石头，所有草木被激发出来的清新浓郁的味道了。

阿妈斯炯兴奋得两眼放光，因为聚在树下躲雨的人群中，只有她一个人知道，在山上，栎树林中和栎树林边，那些吸饱了雨水的肥沃森林黑土下，蘑菇们在蘑菇圈开始吱吱有声地欢快生长。这不是想象，阿妈斯炯曾经在雨中的森林里，在她的蘑菇圈中亲眼见识过蘑菇破土而出的情景。夏天，雷阵雨来得猛去得也快。雨脚还没有收尽，蘑菇们就开始破土而出了。这里一只，那里一只，真是争先恐后啊！

雨慢慢停了，太阳复又破空而出，村庄上空出现了一弯鲜明的彩虹。人们开始四散开去。

那个蘑菇商人来到阿妈斯炯跟前，问她，大妈，他们说的事情是真的吗？

阿妈斯炯说，没有人叫我大妈，他们都叫我阿妈斯炯。

那么，阿妈斯炯，他们说的事是真的吗？

阿妈斯炯笑了，你问他们说的哪一件事？

他们说你的儿子是商业局长。

阿妈斯炯却说，这时山上又长出了好多蘑菇呢。

不会吧，百十号人刚把林子扫荡了一遍。

阿妈斯炯说，那你在这等着我。

说完，阿妈斯炯真的又上山去了。

那个商人抽了一根烟，在这个不大的村子走了一圈，回来坐在车里小睡一会儿，再抽一支烟，又在这个村子里转了一圈。回来，见又被露水湿了衣裳和靴子的阿妈斯炯已站在皮卡车跟前了。

这一回，阿妈斯炯带回来五十三朵蘑菇。其中四十八朵是她从最早的蘑菇圈和后来相继发现的三个蘑菇圈里采来的，剩下几朵则是偶然的零星的遇见。遇见零星的那几朵时，阿妈斯炯还嘀咕来着，你们怎么像是没有家的孩子呢，可怜见的！

看着那些可爱的菌盔紧致，菌柄修长的新蘑菇，那个商人想起了一个成语，雨后春笋，他说，嚯，雨后松茸！

阿妈斯炯当然不知道这个成语，她只说，这会儿，山上又长出好大一群了。

这时已是夕阳衔山时分，雨后色彩鲜艳的森林影调开始变得深沉，松茸商人说，可惜他不能再等了。现在，他要连夜驱车五百公里到省城，明天早上，这些松茸就会坐最早的一班飞机飞到北京，再转飞日本，到明天这个时候，这些蘑菇就出现在东京的餐桌上了。

商人说，在那里考究的晚餐桌上，每人也就吃到两片松茸，一片生吃，一片漂在汤里。商人说，要是日本人不吃，这东西哪里会值到这样的价钱。

围观的机村人就都说日本日本。也有人埋怨，这些日本人为什么不早点吃这东西？

商人便讲了一大通道理。他说了改革开放。说了信息交流。还说了交通建设。他说，要是没有好的公路，没有飞机，不能二十四小时内把松茸送上异国的餐桌，日本人钱再多，也没有这个口福。超过二十四小时，娇嫩的松茸就失去了鲜脆的口感，时间再长一点，它们就烂在路上了。

那一年，机村以及周围的村庄，都因为松茸而疯狂了。

早上，天刚破晓，启明星刚刚升上东方天际，最早醒来的鸟刚刚开始在巢中啼叫，人们就已经起身去往林中，寻找松茸了。不到一个月，林中就已出了一条条小道。阿妈斯炯不会凑这个热闹，她也不用天天上山。她只是在人们都下山了，才起身上山。看到人们在林中踩出一条条小路，她就有些心痛，因为那些踩得板结的地方，再也不会长出蘑菇来了。蘑菇不是植物，不会开花，不会结出种子。但在她想象中，蘑菇也是有某种人看不见的种子的，以人眼看不见的方式四处飘荡，那些枯枝败叶下的松软的森林黑土，正是这些种子落地生根的地方。

阿妈斯炯继续往城里送蘑菇。还是在柳条篮子中铺了松软的跟蘑菇散发着差不多是同样气味的苔藓。一朵朵菌柄修长的松茸整齐地排列。阿妈斯炯对胆巴提出一个问题，松茸的种子是什么样子呢？

胆巴无从回答这个问题。

胆巴说他会去图书馆查找资料，肯定会从书上得到答案。

下个星期，阿妈斯炯再去县城送蘑菇，胆巴告诉她，蘑菇都是有种子的，只是蘑菇的种子不叫作种子，而叫孢子。

孢子是个什么鬼东西？

胆巴打开总是揣在身上的会议记录本，上面有他从图书馆抄来的关于孢子的定义，孢子，就是脱离亲本后能直接或间接发育成新个体的生殖细胞。

阿妈斯炯叹息，胆巴，你现在说的都是我不懂的话。

胆巴合上本子，老实说，这些科学我也不太懂。

阿妈斯炯自己作了总结，反正就是说，蘑菇是有种子的，不然，它们怎么一茬又一茬从地里长出来呢？

说话时，胆巴把篮子里的蘑菇分成了四份。分装在四个塑料泡沫模压的盒子里，他要将这些蘑菇分送给四个人家。即将退休的刘主任，县委书记、县长、组织部长。阿妈斯炯有些不高兴了，你要送给些什么人我不管，但你不尝一点阿妈斯炯亲手采来的蘑菇吗？

胆巴说，我不操心我没有新鲜蘑菇吃，阿妈斯炯现在有了一个新名字了？

嚯，那个老太婆她有新名字了？

她有一个越来越多人知道的新名字了，这个名字叫作蘑菇圈大妈。他们说，别的人找到的，都是迷路的孩子，蘑菇圈大妈找到的才是开会的蘑菇。

阿妈斯炯就拍着腿笑了，开会的蘑菇！说得好！如今不像当年，村长招呼开会，再也聚不起那么多人了。

晚上，阿妈斯炯睡在儿子的大床上，路灯光透过窗帘的缝隙落在枕边，她还在想，开会的蘑菇。

胆巴送了那些蘑菇回来了，在阿妈床边打开钢丝床睡下来，阿妈斯炯禁不住笑出声来。

胆巴问她为什么还没有睡着。

阿妈斯炯干脆大笑起来，开会的蘑菇！

第二天早晨，胆巴送阿妈斯炯到汽车站，迎面碰见了舅舅法海和尚。法海舅舅老了，躬腰驼背，步履蹒跚，看见妹妹和侄儿却满脸放光。

胆巴赶紧把舅舅和跟着他的寺院管家请到街边店里吃早餐。早餐是这个县城的标配，一份牛杂汤，一屉牛肉芹菜馅的包子。每次，舅舅和寺院管家一起出现，就是来提要求，要他帮忙办事。他说，有什么事，说了我还要开会。管家却不着急，掏出一方毛巾擦去和尚头上的汗水，庙里的喇嘛们都常常为您这位大施主祈福呢。

胆巴说，我算什么施主，没有上过一份香火钱。

管家就把这些年他帮过的忙细数一遍，这才是有大功德的施主啊！

胆巴说，你们找到我，不帮也不行啊！

管家便示意法海和尚说话。

法海舅舅便两眼放光，我侄儿有本事，我脸上有光，有光啊！说着，他脸上也放起光来了。

胆巴开口道，就说这回是什么事吧。

管家说，这回是政府鼓励的事，我们要保护寺院四周的山林。胆巴知道，这些年，内地开放了木材市场，收购木材的游商游走山里，村民们便提斧上山，把过去森林工业局大规模采伐后的有用之材再清理一遍。盗伐的情形一年重于一年。管家说，寺院愿意组织僧人，保护寺院四周的山林，想要求得政府的支持。

胆巴笑了，说，这真是好事，便带了两个穿袈裟的老者去见林业局局长。

局长听了管家的想法，立即表示支持，当即叫了办公室主任和一位科长来，命他们立即起草一份文件，宝胜寺后山，前山均划为封山育林保护区，宝胜寺僧人组成的巡山队有权将盗伐林木者扭送公安机关。

林业局局长说，和尚喇嘛愿意保护自然生态，这是新生事物，我支持新生事物。两个和尚得了文件欢喜而去。

林业局局长这才对胆巴说，封山育林的牌子一插，那两座山上的松茸就全归了寺庙，老百姓就不敢染指了。

胆巴说，我怎么没想到这一处来！

林业局局长说，我都五十多岁了，看人看事，见不光明处就多了，你年轻，大有前途，有时候，把人事看得简单些反倒是好的。

过些日子，舅舅法海生了病，胆巴便去庙里看望。

真实的想法，是要看看寺院如何封山。寺院真的在这为松茸而激越的季节封了山。他们不但插上了林业局发放的封山育林的牌子，还把年轻体壮的僧侣组成了巡山队，每人一截长棍，把守住每一条上山的小径。除了寺院附近的村民，不准上山。而且，这些村民采来的松茸，都统一销售给寺院，再由寺院转售给松茸游商。寺院在村民那里压价两成，又在出售时加价一成，靠他帮忙得来的封山令又多了一个生财之道。

所以，寺院专门派了细心的小喇嘛侍奉法海和尚这个地位低下的熬茶和尚。

这些年交往下来，胆巴跟寺院的活佛说话已经很随便了。这天，见了活佛他就说，活佛你可以当董事长了。

活佛不以为忤，几百号人呢，没有管理不行，管理不好也不行，没有生财的办法不行，生财的办法少了还是不行。

胆巴不得不承认，这倒也是实话。

活佛收敛了脸上的笑容，我还有一句实话，你舅舅怕是过不了这个冬天了。

胆巴沉默，一时想不起来该说什么样的话。

活佛说，我要加派一个和尚去侍候他。

胆巴说，我还是接他去医院吧。

活佛道，命数已定，又何必到医院延宕时日呢。

回到家，胆巴把活佛的话转述给阿妈斯炯。阿妈斯炯深深叹息，那些年月，我本指望家里靠他这个男人来撑着，可他却反要我来照顾。洛卓。阿妈斯炯说，洛卓。你舅舅就是我的洛卓。洛卓这个词，翻成汉语就是宿债。这是按佛教的观点。按佛教的观点，阿妈斯炯这个妹妹和法海哥哥这样的关系，就是因为她的前世欠下了法海前世的债务。这笔债务可能是金钱的，更可能是道德的或情感的。

阿妈斯炯在佛前添了一盏灯，湿了一回眼睛，便平静下来了。

她用额头贴着胆巴的额头，胆巴，我跟你没有洛卓，不然不会让我这么省心。可是，你还欠我的。

胆巴紧贴着阿妈斯炯的额头，我不忍心你一个人住在乡下，搬进城里来和儿子一起吧。

我不能抛下那些蘑菇圈，现在它们那么值钱！阿妈斯炯笑了，再说了，你那么小的房子，要是来一个喜欢你的姑娘，我还能睡在你的床上吗？

这一年下第三场雪的时候，法海这个曾做了好多年机村牧羊人的熬茶和尚走完了他这一生的轮回。

胆巴是事后才得知这个消息的，那是春节回家的时候，阿妈斯炯才告诉他，舅舅已经走了。他走得安详又干净。

安详是指法海临终没有什么痛苦。干净是说，天葬时，他的躯壳都被神鹰打扫干净，作了最后的供养。

那天晚上，胆巴也在佛前给舅舅点了一盏灯。

阿妈斯炯突然发话，你舅舅那样一辈子有意思吗？

胆巴很吃惊，阿妈斯炯会问出这样的话。他说，对相信轮回的人是有意思的吧。

阿妈斯炯接下来的话把她自己也吓着了，要是没有轮回这件事呢？她赶紧说罪过，罪过，一定是魔鬼把我的舌头控制了。

胆巴笑起来，给阿妈斯炯斟一碗加了油和糖的青稞酒，来吧，阿妈。

阿妈斯炯喝下一口酒，突然间眉开眼笑，说，是啊，这就是这一世的人生的味道。

那时，屋子外面开始下雪了。冬天干燥的空气中立时就充满了滋润的干净的水的芬芳。雪还使在风中发出声音的树与草，与尘土都安静下来。

这是一个令人安定满意的新年。阿妈斯炯说，这才是人该有的新年，可她居然活到老了，才得到了这样一个新年。她愿意这个世界上的所有人，一直都有这样的新年。

可是，第二年的新年，整个村子都陷入悲哀的气氛中。因为两个年轻人盗伐了一卡车林木，一个年轻人被警察抓住，一个年轻人开着载重卡车逃跑，最终撞上山崖而丢掉了性命。

第三年的新年，他们家来了一个躲债的年轻人。

这个年轻人不甘心只是把采来的松茸卖给那些收购松茸的商人，他自己收购松茸，结果在村里收了一车价值数万元的松茸却在路上遇到泥石流，结果这些松茸没有乘飞机到达日本，而是眼睁睁地烂在车里，变成了一堆爬满蛆虫的臭烘烘的烂泥。他那些松茸都是从村子里来的，这个晚上，村民们都上他家讨债，胆巴见状，便把他带回到自己家里。

第四年，胆巴当上了副县长，还有了女朋友，但他回到家却长吁短叹，因为让他分管的商业系统在新形势下已经难以为继。照道理，市场开放搞活，一直在商业局工作的人应该更会做生意才是，可是，这些人偏偏不会，几乎在所有的方面，都在和那些个体商户的竞争中败下阵来。最后，商业局下属的百货公司，都分成一个一个柜台分租给那些雄心勃勃的个体户了。

第五年新年，是阿妈斯炯不开心，因为她失去了一个蘑菇圈。松茸季节里，她被两个同村人跟踪了。每一次，他们都赶在她的前面采走了新生的松茸。后来，他们和村里的其他人一样，只要松茸商人一出现，就迫不及待地奔上山去，他们都等不及松茸自然生长了。他们采走了她的蘑菇使她心疼，更让她心疼的是，当他们等不及蘑菇自然生长时，便和村里其他人一样，提着六个铁齿的钉耙上山，扒开那些松软的腐殖土，使得那些还没有完全长成的蘑菇显露出来，阿妈斯炯赶上山去时，他们已经带着几十朵小蘑菇下山了。新年的晚上，阿妈斯炯心疼地对胆巴说，人心成什么样了，人心都成什么样了呀！那些小蘑菇还像是个没有长成脑袋和四肢的胎儿呀！它们连菌柄和菌伞都没有分开，还只是一个混沌的小疙瘩呀！阿妈斯炯哭了，她说，记得吗？你说书上说蘑菇的种子叫孢子，我看到那些孢子了！

阿妈斯炯的确在栎树丛中看到了蘑菇圈被六齿钉耙翻掘后的暴行现场，好些白色的菌丝——可以长成蘑菇的孢子的聚合体被从湿土下翻掘到地表，迅速枯萎，或者腐烂，那都是死亡，只是方式不同而已。枯萎的变成黑色被风吹走，腐烂的，变成几滴浊水，渗入泥土。那都是令人心寒与怖畏的人心变坏的直观画面。

那一年，胆巴心里萌生一个想法，在村子里成立一个松茸合作社。一来，集体议价，可以防止游商压级压价；二来，订立保护资源的乡规民约共同遵守。

县长和书记都支持他的想法。

县长说，你的老家机村盛产松茸，也是资源破坏严重的地方，就在那里搞个试点。

那一年，胆巴在五一节结了婚。

不是当年刘主任介绍的那一个姑娘。这个姑娘是胆巴自己在文化宫的舞会上认识的。姑娘的父亲就是县里的副县长。那次舞会上，那个姑娘说，我知道你就要成为我父亲的同事了。一次，他到县里开完这位副县长召集的协调会。散会时，他都走到门口了，副县长发话，胆巴局长请留一下。

副县长端详了他半天，说，我想问你一句不该问的话。

胆巴不言语，等他发话。

副县长说，听说你是一个私生子？

胆巴很平静，说，阿妈斯炯没有告诉过我父亲是谁。

副县长手指轻叩着桌面，说，美中不足，美中不足。好了，我告诉你吧，我家姑娘看上你了。

胆巴便想起了舞会上那个眼光明亮的姑娘。

副县长又说，好吧，你们可以交往交往，不过，你要记住，我们可是规矩人家！

他就开始了和副县长叫作娥玛的女儿的交往。娥玛是组织部的一般干部。第三次见面，就坦率地告诉胆巴，她父亲说，要么自己努力进步，要么找一个进步快的丈夫。她怀着柔情说，我是一个女人，我愿意选择后者。

胆巴很吃惊。吃惊于这个姑娘能将这功利的坦率与似水柔情如此奇妙地集于一身。交往日久，拥吻，缠绵，彼此探索身体时，娥玛对着他的耳朵呢喃，你说我能不能把你脑子里别的女人赶走。

胆巴说，已经只有你了。

娥玛吹气如兰，说，那么，那个你刘叔叔家的丹雅呢。

胆巴很吃惊，你怎么知道我想过她。

娥玛说，她那样的女人，没有女人的男人都想过她。

胆巴便继续向娥玛的身体进攻。到了最关键的环节，娥玛从床上起来，理好衣服，先生，这一步必须等到我确定你是我丈夫那一刻。

胆巴有些尴尬，也有些气恼，你守身如玉，却又这么懂得男人。

娥玛回答，你以为必须跟男人上床才能懂得男人吗？

松茸季将临之前，胆巴结婚了。

已经从县政协退休的刘主任来参加了简单的婚礼。丹雅也来了。刘主任端着酒杯，上来说的却不是祝贺的话，他说，我退休了，闲不住，也想弄弄松茸的生意，我是老机村了，就在机村搞个收购点。

胆巴知道，并不是他想做什么松茸生意，是想做这个生意的丹雅在背后怂恿。胆巴只好告诉他，县里马上要在机村搞个松茸合作社，这样有利于保护资源，并防止恶性竞争。

刘主任当然不高兴，说，你不必在这个时候如此答复我。

胆巴心里当然很过意不去。接下来，他在机村亲自抓的松茸合作社试点失败了。

村中老人对他说，合作社，我们都当过合作社的社员，小子，你还想让我们再饿肚子吗？回家问问你阿妈斯炯，她是怎么成为蘑菇圈大妈的吧。

胆巴还是坚持召集全体村民开了一个会，说明此合作社不是彼合作社。有人假装听懂了，说，好啊，阿妈斯炯的蘑菇圈里的松茸就是我们大家的了。全村平分松茸的钱。

阿妈斯炯可不客气，那你们偷砍树木的钱，做生意挣的大钱都要大家来平分了。

胆巴在村里待了三天，一户一户地说服，也没有什么结果。

这件事情也就黄了。书记和县长都是老干部，见此情形并不为怪，好多事情不是我们想不到，而是确实做不成啊！胆巴这话也是为他们很多半途而废的事情开脱的吧。

胆巴在心里把合作社的事情放下了，带着新媳妇娥玛回家来。阿妈斯炯拿出一套花了将近十万块钱买来的珠宝送给儿媳。阿妈斯炯说，你要看好胆巴，他是个傻瓜，只不过是个善良的傻瓜。是的，是的，我也是个傻瓜，但也不会傻到把钱白分给大家。

娥玛换下一身短打，穿上藏装，戴上阿妈斯炯用松茸钱置办的红珊瑚与黄蜜蜡，脸上的喜气和珠宝相映生辉。

阿妈斯炯因此抹了眼泪，说，这座房子，从来没有这样亮堂过啊！

她温了加了酥油的青稞酒，悄声对娥玛说，就在这座房子里，就在今天晚上，你给我怀一个孙子吧。

那天晚上，临睡时，阿妈斯炯亲手给儿子和媳妇铺了床褥，自己却不睡觉，坐在院子里，身边放了一壶酒，在大月亮下摇晃着身子歌唱。半夜醒来，胆巴听见阿妈斯炯在院中歌唱，正要起身下床，却被娥玛缠住，阿妈可是给了我一个大任务。

胆巴复又倒在床上，老太婆跟你嘀咕什么来着。

老人家要我和你今晚给她造个孙子。

胆巴笑了，不是一直造着的吗？

那就再造一次吧。

那个晚上，他们给阿妈斯炯造孙子真是造得轰轰烈烈。

启明星刚刚升上天际，阿妈斯炯轻手轻脚上了楼，扒开了火，用陶罐煨了块上好的藏香猪肉，然后，上山去了。林子里飘着雾气，阿妈斯炯第三次停下来，倾听后面有没有脚步声，确信身后什么都没有时，她钻进了林子，这时，雾气散开不少，她看到蘑菇圈中已经新出土了十几朵蘑菇，但她并不急于采摘。

阿妈斯炯拂去一些栎树潮湿的枯叶，一块石头在她手下显现。她在这块石头上坐下来，她脸上洋溢着幸福的神情，用甜蜜的声音说，我不着急。她静静地坐下来，袍子的颜色接近栎树树干的颜色，也很接近林下地面的颜色。只有一张脸洋溢着特别的光彩。那光彩使得有轻雾飘荡的，光线黯淡的林中也明亮起来。

她坐下来，听见雾气凝聚成的露珠在树叶上汇聚，滴落。她听见身边某处，泥土在悄然开裂，那是地下的蘑菇在成长，在用力往上，用娇嫩的躯体顶开地表。那是奇妙的一刻。

几片叠在一起的枯叶渐渐分开，叶隙中间，露出了一朵松茸褐色中夹带着白色裂纹的尖顶，那只尖顶渐渐升高，像是下面埋伏有一个人，戴着头盔正在向外面探头探脸。就在一只鸟停止鸣叫，又一只鸟开始啼鸣的间隙，那朵松茸就升上了地面。如果依然比作一个人，那朵松茸的菌伞像一只头盔完全遮住了下面的脸，略微弯曲的菌柄则像是一个支撑起四处张望的脑袋的颈项。

就这样，一朵又一朵松茸依次在阿妈斯炯周围升上了地面。

她看到了新的生命的诞生与成长。

她只从其中采摘了最漂亮的几朵，就起身下山了。

她在平底锅中化开了酥油，用小火煎新鲜蘑菇片的时候，她听到儿子和媳妇起床了。听到媳妇娇媚的说话声时，阿妈斯炯真的眉开眼笑了。当他们按城里人的方式完成烦琐的洗漱时，蘑菇也煎好了。她在卧房中换好被露水打湿的衣服时，胆巴和他的新媳妇正吃得眉开眼笑。她看见媳妇把松茸片夹进儿子口中，阿妈斯炯幸福得脸上露出了难过的表情。他们身上还散发着男欢女爱过后留下的味道。

胆巴对妻子说，瞧瞧，阿妈斯炯为你打扮得像过节一样！

媳妇扶着阿妈斯炯坐到小炕桌前，从陶罐中盛了汤，双手奉上。

阿妈斯炯哭了，她咧着的嘴却没有出声，滚烫的泪水哗哗流淌。媳妇也红了眼圈说，胆巴告诉过我，阿妈吃过的苦，阿妈受过的委屈。

阿妈斯炯又笑了，我不是难过，我是幸福。离开干部学校那一天，我就没有指望过，还能过上今天这样的好日子。

胆巴告诉我，宝胜寺恢复那一年，法海舅舅带胆巴去寺院做小和尚，是你连夜走了几十里路把他抢回来的。

哦，那个往生的死鬼！

媳妇小心翼翼挑拣着词汇，你，你，不好的，不顺利的命运都是……

哦，不，胆巴的法海舅舅，他自己就算不得一个真和尚。一个熬茶和尚算什么真和尚？一个有过女人的和尚算什么真和尚？我儿倒能做一个真和尚，但我舍不得他。不说往生的人了。我喜欢你们像现在这样。昨夜，你们俩一起睡在这老房子里，我喜欢得坐在院子里一夜没睡。我希望你们已经种下一个好命的新生命了。

阿妈斯炯还指了指窗口上的那一方青山，说，等有了孙子，我的蘑菇圈换来的钱，才能派上用场。

回城的路上，新婚夫妇回味阿妈斯炯那些话，娥玛倚在胆巴肩上，又哭了一场。她说，我因为什么样的福气，得了这么一个善心的妈妈。

第二年蘑菇季到来前，阿妈斯炯得了一个孙女。

孙女长得像胆巴。大眼睛，高鼻子，紧凑的身板。

阿妈斯炯让胆巴带着她到银行专开了一个存折。上面写了孙女的名字，一个蘑菇季下来，她居然往里面存了两万块钱。

又过些年，松茸的价格涨涨跌跌，但到孙女上小学的时候，存折里已经有了十万块钱。

那时，前工作组长刘元萱已经退休多年了。丹雅也结过两次婚了。后一次离婚时，她索性办了留职停薪的手续。用从后一任做木材商人的丈夫那里分得的钱作本，自己做起了蘑菇商人。

蘑菇生意并不像早年一手钱一手货收进来卖出去那么简单。这个时候的蘑菇生意已经公司化了。那些互为竞争对手的公司小小合作一下，就能把一人游商的发财梦给破了。

丹雅也遭受了这样的命运，那笔离婚得来的钱，随着收上来却出不了手的松茸一起消失了。据说，在一家贸易公司门口，看着腐烂的松茸变成臭烘烘的黑色黏液从车厢缝隙里渗出来，丹雅在那里吐了个天昏地暗。她胃里的食物和胃酸，还有眼泪，以及对以往过错的种种悔恨。

从此以后，她成为了另外一个人。即便是她终于取得生意上的成功时，依然没有变回从前那个丹雅。

据说，她在父母家里躺了好几天。第五天，丹雅起了床，宣布说我要从零开始。

退休后无职无权的刘元萱问她，从零开始，你这个零在什么地方。

丹雅承认自己也不知道这个零在什么地方。但她说，你提携过的胆巴都当副县长了，你得让他帮帮我。

刘元萱说，你要找谁帮忙我管不着，唯独不能找他！

丹雅冷笑，当年胆巴追我，你也说这话！不然，我现在是副县长夫人了！

这是一个晴朗的早晨，太阳光斜斜地从东窗上照进来，落在沙发前的地板上。刘元萱受了刺激，脸孔涨得通红，从沙发上站起来，然后就摇摇晃晃地倒下了。他倒在了那方阳光里，张大的眼睛里光芒渐渐涣散。他听见丹雅在打电话叫救护车。他一直在说，用不着了，用不着了。但丹雅没有听见他这些话，只见到一些无意义的白沫从他嘴角溢出来。直到听见了救护车声，丹雅才俯身下来，听见从那些越积越多的白沫中冒出来的微弱的声音。丹雅听到了她父亲最后的那句话，胆巴是你的哥哥，你的亲哥哥。

急救中心的医生冲进屋内，摸摸前工作组长刘元萱的颈子，听听他的心脏，再用小电筒照照他的瞳孔。然后，记下了他的死亡时间。丹雅跌坐在沙发上，欲哭无泪。看着早晨的阳光离开了地面，照到墙边的矮柜上。看到父亲没有了生命的躯体躺在了担架上，蒙上了白布，离开了这个居住了十多年的单元房，上了救护车，往医院的停尸间去了。

在殡仪馆的送别仪式上，县里领导都来了。胆巴也在其中。这时，他已经是常务副县长了。他走到丹雅面前，也像别的领导一样要跟她握手，但是丹雅一下就靠在了他的肩头上哭了起来。这时，还有刻薄的嘴巴悄悄议论，要是当年就嫁给胆巴，她今天就不会这么伤心了。

此情此景，胆巴有些尴尬，说，刘叔叔走了，我也很伤心。

丹雅对他说，爸爸最后留了一句话，他当年不让你追我，因为他也是你的爸爸。

晚上，胆巴眼前浮现出身躺在棺材里穿了西服，涂了口红的那张灰白色的脸，心里有种空洞的悲哀。那是一个颇为抽象与空洞的父亲的概念引发的悲哀。娥玛说，好了，我知道刘叔叔对你好，但人都是要走的。

胆巴犹豫半天，还是把丹雅的话告诉了娥玛。

娥玛说，这不会是真的！

娥玛又说，这事情也可能是真的。

我怎么可能知道她的话是真的。

回去问阿妈斯炯。

这种事我怎么出得了口！

那也得问清楚了。

这么多年不清楚不也过来了。

娥玛很老到地说，不是死去的人的问题，是活着的人的问题。

活人的问题？！

是啊，就是你追求过的丹雅。如果阿妈斯炯说不是，那你就躲着她远远的，不必再去理她。如果是，那就是另一回事，她再不争气，也是你妹妹啊！

蘑菇季到来了，阿妈斯炯捎了信来，叫两口子带着孙女去看她。如今，一天天老去的阿妈斯炯不怎么肯出门了。于是，两口子便在一个星期天带了女儿去看乡下奶奶。

路上，娥玛对胆巴说，我们把孩子奶奶接进城里来住吧。

胆巴心思不在这上头，你自己对她说。

机村离县城不远不近，五十多公里，过去，路不好，就显得离县城远。现在，漂亮的柏油路面，中间画着区隔来往车道的飘逸的黄线，靠着河岸的一边，还建起金属护栏，疯狂了十多年的林木盗伐也似乎真的被扼止住了，峡谷中水碧山青。胆巴两口子，因为阿妈斯炯的蘑菇圈，不必存钱为女儿准备学费，率先买了十多万的富康车，办私事时，都不用公车，这在群众中为这位副县长加分不少。别人的乡下母亲都是一个负担，他们的乡下母亲，却每年都为他们攒几万块钱。

娥玛便常常赞叹，胆巴，你怎么有这么好一个妈妈。

胆巴叹息，我的苦命的妈妈。

有时，娥玛便摇晃着阿妈斯炯的肩头，阿妈斯炯，胆巴是什么命，有你这么好个妈妈。

阿妈斯炯叹息之余，又眉开眼笑，可能我上辈子也欠了他的洛卓，这辈子来还。

胆巴说，阿妈斯炯以前你只说，你欠了往生的舅舅的洛卓！

孙女问，什么是洛卓？

阿妈斯炯说，洛卓是前世没还清的债。我欠你死鬼舅爷的是坏洛卓，欠你爸爸的是好洛卓。

胆巴说，要真是如此的话，这辈子我又欠下阿妈斯炯的洛卓了！

那你下辈子还当我儿子吧。

胆巴一句话涌到嘴边，突然意识到不对，又咽了回去。不想，这句话倒被阿妈斯炯说了出来，下辈子我得给你个父亲。

胆巴便说，刘元萱死了。

谁？

当年的刘组长。

阿妈斯炯又挺直了腰背，沉默了一会儿，说，胆巴，这个人就是你父亲。

胆巴说，临死前，他自己也告诉丹雅了。

胆巴以为阿妈斯炯又会说洛卓，会把这一切都归结于宿命和债务。但阿妈斯炯没有这样说。她说的是，这下我不用再因为世上另一个人而不自在了。

这句话出来，娥玛的眼睛就湿了。

胆巴不敢直看阿妈斯炯的眼睛，他看到的是比村子里其他人家整洁的屋子。火塘边擦得锃亮的铜壶，壁橱上整齐排列的瓷器。电视机的屏幕也擦得干干净净。看着看着，胆巴的眼睛也湿了。他第一次以一个男人的视角去想这个女人。她怎样莫名其妙失去了干部身份。她怎样遇到一个本该保护她却需要她去保护的兄长。她怎么独自把一个儿子拉扯成人。她怎样知道儿子的父亲就在身边而隐忍不发。现在，这个人死了，她也只说，这下我不用再因为世上另一个人的存在而不自在了。

娥玛把头靠在阿妈斯炯的肩头上，阿妈斯炯去城里跟我们在一起吧。

阿妈斯炯挺直了的腰背松下来，她说，也许吧，也许吧，可是，我怎么离得开这座房子，还有山上的蘑菇圈。这句话是一个引子，为了引出后面要说的一大段话。她说，这个世界上的很多人，生命是从生下来那一天就开始的。可我的生命是从重新回到机村的那一天开始的。她说，我回来的那一天是个好天气，风吹动着刚刚出土不久的青翠的麦苗，村里人那时还是合作社的社员，他们正在地里锄草。他们都直起腰来看穿着干部衣服的斯炯穿过被风一波波拂动的麦田，走过村里。她说，我在他们的注视下，唯一可以做到的就是不让自己哭出来，不让自己倒下去。知道吗，在工作队里，在干部学校，我学过多少比天还大的道理啊！但是，那些道理都帮不了我。那些道理不能告诉我，为什么法海和尚每天都听见我在山里叫他，他就是忍心不出来。那时我头一回想起那个字眼，洛卓——宿债。我回到家里，一头倒在床上，睡过去了。是胆巴让我醒来的，他动了。肚子里那个小家伙动了。那是胆巴头一次动弹。说到这里，阿妈斯炯对已经四十多岁的儿子伸出手，过来，儿子，过来。胆巴挪动到阿妈斯炯身边。阿妈斯炯伸手揽住了他的脑袋，抱在自己怀中，那时，我就知道，我就是把法海和尚找下山，带回村里，也不能回到干部学校了。我知道，如果我不说出孩子的父亲是谁，那也不能继续穿着好看的干部服了。哦，我在干部学校的皮箱里还有一套崭新的干部服一次都没穿过呢。

年已四十多岁的胆巴鼻子发酸，在阿妈斯炯怀中说出了该在他童年少年时代的艰难时刻就说出的话，我爱你，阿妈，你有没有觉得我也是一个洛卓，一个宿债吧。

不，不，阿妈斯炯猛烈摇头，你在我肚子里的时候，我还没见过你，那时，我只能想，这是我的又一份宿债。真的，我只能那么想。让我怀上你的男人，还有干部学校，都是专讲大道理的，但我知道我肚子里有了一个人的时候，我只知道，我又走上母亲的道路了，她带到这个世上两个没有父亲的孩子。我只能想,这是我的一份宿债。我的宿债让我也犯这些不该犯的错。我不该让一个有妻子的男人在我身上播种,我不该跑到山上去寻找一个该由警察去寻找的和尚。

一生中第一次,胆巴靠在母亲怀中流下泪来。

好孩子,你哭吧。从知道有了你那一天,我就告诉自己我要坚强,我也一直告诉一天天长大的你,要坚强。现在,你哭吧。

娥玛也挪过身子来,靠在阿妈斯炯怀中,哭了起来。

阿妈斯炯亲吻媳妇的脸,尝到了她潸然而下的泪水的味道。她说,知道吗,我生胆巴的那一夜,他法海舅舅吓坏了,跑到羊圈里和他的羊群待在一起。我把胆巴生下来,我把他抱到床上,自己吃了东西,和他睡在一起。我看见他睁开眼睛看了一眼妈妈。那时,我就知道,我的生命真正开始了。我不能再犯一个错了。不管我有没有欠别人的宿债,我也不会再犯一次错误了。我那些话不是对神佛,对菩萨说的,我是对自己说的。现在我知道,我那些话是对的。我的儿子长大了,给我带回来这么好的媳妇,这么漂亮的孙女。

阿妈斯炯突然转了话头,我死后,这座房子就没人住了,就会一天天塌掉吗?

胆巴说,等我退休了,就回来住在这里。

阿妈斯炯高兴起来,她笑了,我还要把蘑菇圈交给你,我要让我的蘑菇圈认识我的亲儿子。

那天晚饭,阿妈斯炯喝了酒。酒使她更加高兴起来。她突然兀自笑起来,对儿媳妇说,你知道吗?那年胆巴带了刘元萱的女儿来过这座房子。我想,雷要劈树了,当哥哥的想娶妹妹了。我对自己说,上天真要把我变成一个听天由命的老太婆,让我死去时都不能甘心吗?

胆巴说,哦,阿妈斯炯,我那时只是可怜她。那么多人讨厌她,我就想要可怜她。他没有说,他青春的肉体也曾热烈渴望那种人们传说中的放荡风情。

阿妈斯炯挥挥手,阻止胆巴再说下去。她说,我能把蘑菇圈放心地交给你吗?

胆巴说，我不会用耙子去把那些还没长成的蘑菇都耙出来，以致把菌丝床都破坏了。

是啊，那些贪心的人用耙子毁掉了我一个蘑菇圈。

我也不会上山去盗伐林木，让蘑菇圈失去阴凉，让雨水冲走了蘑菇生长的肥沃黑土。

是啊，那些盗伐林木的人毁掉了我第二个蘑菇圈。我担心的不是这个，我担心你的合作社。阿妈斯炯对娥玛说，你知道他想搞一个蘑菇合作社吗?

我知道，那时我刚刚认识他。

你不能让他搞这个蘑菇合作社。

胆巴想说什么，但阿妈斯炯阻止了他。我要你听我说，我不要你现在说话。我知道你的合作社不是以前的合作社。可是，你以为你把我的蘑菇圈献出来人们就会被感动，就会阻止人心的贪婪?不会了。今天就是有人死在大家面前，他们也不会感动的。或者，他们小小感动一下，明天早上起来，就又忘记得干干净净了!人心变好，至少我这辈子是看不到了。也许那一天会到来，但肯定不是现在。我只要我的蘑菇圈留下来，留一个种，等到将来，它们的儿子孙子，又能漫山遍野。

胆巴告诉阿妈斯炯，如今，政府有了新的办法来保护环境，城镇化。这也是真的，胆巴副县长正主抓的工作之一，就是把那些偏僻的和生态严重恶化的村庄的人们往新建的城镇集中。把那些被砍光了树的地方还给树。把那些将被采光蘑菇的地方还给蘑菇去生长。

阿妈斯炯说，我老了，我不想知道你说的这些事。我一辈子都没有弄懂过这个世界上的许多事，我只要你看护好我最后的蘑菇圈。

又过两年。胆巴升职了，他去邻县当了县长。他离家远了。五百公里外，任职的那个县和家乡县中间还隔着一个县。隔一段时间，他都要接母亲来住一段时间。每回，阿妈斯炯都住不长。冬天，她说，天哪，再不回去，这么大的雪要把我院子的栅栏压坏了。春天，她说，再不回去，那些荨麻会长满院子，封住我家门了。更不要说松茸季快到的秋天，天哪，我想它们了。孙女问，奶奶的它们是谁？阿妈斯炯说，奶奶的它们是那些蘑菇，它们高高兴兴长出来，可不想烂在泥巴里，把自己也变成泥巴。

胆巴县长只好派车送她回去。

二〇一三年，胆巴再次升职，这回是另一个自治州的副州长了。这回，中间隔了五个县，一千多公里了。阿妈斯炯说，天哪，你非得隔我越来越远吗？胆巴说，不是我隔你越来越远，是世界变小了。阿妈斯炯说，哦，那不是越来越拥挤了吗？阿妈斯炯问孙女，就是因为这个缘故，你才嚷嚷着要去美国念书吗？哦，你去吧，一个老太婆怎么拦得住这个变小的世界啊。孙女说，我就是想看这个世界有多大！

阿妈斯炯说，哦，你爸爸可不是这样说的，他说这个世界变小了。

孙女说，爸爸骗你的，世界很大。

哦，他总是胡说什么世界变小了。哦，这一次他没有骗我，我知道，人在变大，只是变大的人不知道该如何放置自己的手脚，怎么对付自己变大的胃口罢了。只是，我跟不上趟，我还要活在自己的世界里。说完这些话，阿妈斯炯起身回家。

是的，这是二〇一三年，气势浩大的夏天将要过去，风已经开始变得凉爽，这是说，初秋，也就是一年一度热闹的松茸季又要来到了。

离村口远远的，阿妈斯炯就下了车，提着她的柳条篮子往村里走。她不想让村里人看见她是坐着官车回来的。她过了桥，手扶着桥上的栏杆时，摸到了温暖的阳光。她走过村里的麦田。现在的麦子不是当年的麦子。这些麦子都是新推广的良种。植株低矮，穗子饱满沉重。没有风。她身上宽大的袍子和手里篮子碰到了那些深深下垂的饱满麦穗，窸窣作响。

在村口的核桃树下，她小坐一阵，她仰脸对着蓝色的深空说，天哪，我爱这个村子。

还没走到家门口,她就闻到了阵阵浓烈的青草的味道。

她熟悉这种味道。那是很久很久以前,没有公路以前的年代,她还是小姑娘的年代。村子里还有驿道穿过,村东头还有条小街和几家店铺的年代。她在吴掌柜家帮佣,替来往的马帮准备饲草。镰刀下的青草散发出来的就是这种味道。还有就是机村那个饥荒年,人们收割没有结穗的麦草时的味道。现在,鼻腔里充满的这种味道让她停下脚步,身子倚在院墙边,阿妈斯炯对自己说,我是不是要死了。

她听见一个声音说,还不到时候呢。

她说,那我怎么闻见了以前的味道。

阿妈斯炯推开院门,见到的是村子里两个野小子,现在却弯腰在她的院子中,挥动镰刀刈除她不在的这一个多月院子里长满的荒草。牛耳大黄、荨麻和苦艾。就是那些被割倒的草,在阳光下散发出强烈的味道。

这两个野小子几次跟踪她,想发现她的蘑菇圈,这会儿,他们直起腰来对着她傻笑。

阿妈斯炯说,坏小子,你们就是替我盖一座房子,我也不会带你们去想去的地方。

这时自己家的楼上有人叫她,阿妈斯炯!是我,我来看你来了!

恍若是当年工作队在时的情形,从楼上窗口,露出一张白花花的脸。上楼的时候,阿妈斯炯嘀咕说,哪有来探望人的人先进了家门!她的头刚升上楼梯口,便手扶栏杆停下来,要看看是谁如此自作主张。那个人已经在屋里生起了火,此时正背着光站在窗口,让阿妈斯炯看不清脸。阿妈斯炯说,主人不在,得是我们家的鬼,才能随便进出这所房子呢。

那人迎上来,说,阿妈斯炯,我们正是一家人啊。

这回,阿妈斯炯看清了,这是个女人。一个松松垮垮的身子,一张紧绷绷亮铮铮的脸,你是谁?

你记不得我了,我跟胆巴哥哥来过你家,我是丹雅!

阿妈斯炯不知道自己脾气为何这般不好,她听见自己没好气地说,哦,那时你可是没把他当成哥哥。

丹雅笑起来，是啊，那时我爸爸都吓坏了。

阿妈斯炯坐下来，口气仍然很冲，这回，你是为我的蘑菇圈来的吧。

丹雅摇摇手，有很多人为了蘑菇圈找你吗？

没有很多人，可来找我的，都是想打蘑菇圈的主意！

丹雅说，我要跟你老人家说说我自己，我不是以前那个男人们白天厌恶，晚上又想得不行的女人了，我现在是自己公司的董事长和总经理。

阿妈斯炯说，哦，我大概知道总经理是干什么的，可董事长是个什么东西？

董事长专门管总经理。

阿妈斯炯笑了，姑娘，你自己管自己？好啊，好啊，女人就得自己管好自己，不是吗？

得了，阿妈斯炯，你老人家就不能对我好一点吗？我是你儿子的亲妹妹！也许你恨我们的爸爸，可他已经死了。

阿妈斯炯沉默，继之以一声叹息，可怜的人，我们都会死的。

你要死了，蘑菇圈怎么办？我知道你会怎么说，交给胆巴照顾。他照顾不了你的蘑菇圈，他的官会越当越大，他会忘记你的蘑菇圈。

阿妈斯炯像被人击中了要害，一时说不出话来。

丹雅说，阿妈斯炯，你知道什么最刺激男人吗？哦，你是个大好人，大好人永远不懂得男人，他们年轻时爱女人，以后爱的就是当官了。你的儿子，我的胆巴哥哥也是一样。

阿妈斯炯生气了，那就让它们在山上吧。以前，我们不认识它们，不懂得拿它们换钱的时候，它们不就是自己好好在山林里的吗？

我的公司正在做一件事情，以后，它们就不光是在山林里自生自灭，我要把它们像庄稼一样种在地里。

丹雅带着阿妈斯炯坐了几十公里车去参观她的食用菌养殖基地。塑料大棚里满是木头架子。木头架子上整齐排列的塑料袋装满了土，还有各种肥料。工人在那些塑料袋上用木签扎孔，把菌种，也就是广口玻璃瓶中的灰色菌丝用新的木签扎进袋子里。

阿妈斯炯说，丹雅，你的孢子颜色好丑啊！

孢子？什么是孢子？

阿妈斯炯带一点厌恶的表情，指着她的菌种瓶，就是这个东西。

这是菌种！我亲哥的妈妈！

孢子，总经理姑娘，它们的名字就是孢子。我的蘑菇圈里，这些孢子雪一样的白，多么洁净啊。

好了，你说看起来干净就行了。

洁净不是干净，洁净比干净还干净。

你真是一个自以为是的老太太。

我都要死的人，还不能自以为是一下？

丹雅说，阿妈斯炯我喜欢你。

哦，可你还没有让我喜欢上你。

在另一个塑料大棚中，阿妈斯炯看到了那些木头架子上的蘑菇。那是一簇一簇的金针菇。看上去，白里微微透着黄，真是漂亮。

可阿妈斯炯并不买账。她说，蘑菇怎么会长成这种奇怪的样子。没有打开时，像一个戴着帽子的小男孩，打开了，像一个打着雨伞的小姑娘，那才是蘑菇的样子。

丹雅带阿妈斯炯到另一个长满香菇的架子跟前，它们像是蘑菇的样子了吧。

哦，腿这么短的小伙子，是不会被姑娘看上的。

封闭的大棚里又热又闷，阿妈斯炯说，好蘑菇怎么能长在这样的鬼地方，我要透不过气来了。

丹雅扶着阿妈斯炯来到大棚外面。棚子外面，一条溪流在柳树丛中欢唱奔流。阿妈斯炯在溪边洗了一把脸。又上车回机村。那天晚上，丹雅就住在了阿妈斯炯家。晚上，丹雅问阿妈斯炯恨不恨爸爸。阿妈斯炯摇头，恨一个死人是罪过。

我是说他活着的时候。

阿妈斯炯犹疑一阵，说，要是恨他，我自己就活不成了。

那你爱过他吗？

阿妈斯炯一点都不犹豫，没有。

那天夜晚，同一个屋顶下的两个女人都没有睡好。早上，丹雅起床的时候，火塘边壶里的茶开着，却没有人。她洗漱化妆，在一面小镜子中端详自己的时候，阿妈斯炯上楼来了。她说，昨晚我梦见新鲜蘑菇长出来了。上山去，它们真的长出来了。阿妈斯炯打开一张驴蹄草翠绿的叶子，露出来这一年最早出土的两朵松茸。修长的柄，头盔样还没有打开的伞。顶上沾着几丝苔藓，脚上沾着一点泥土。

瞧瞧，它们多么漂亮！阿妈斯炯打开这些叶片，亮出她的宝贝时，神情庄重，姿势有点夸张。

丹雅说，知道吗，阿妈斯炯你这样有点像电影里的外国老太婆。

阿妈斯炯听得出来她语含讥讽。她说，我看过电影，看到过有点装腔作势的外国老太婆，姑娘，那是一个人的体面。

几只蘑菇如何让一个人变得体面？

姑娘，不要笑话人。一个人可以自己软弱，看错人，做错事，这没什么，神佛会饶恕，因为犯错的人自己咽下了苦果。可是一个人要是笑话人，轻贱人，那是真正的罪过。乡下老太婆也不全是你电视里看到那种哭哭啼啼，悲苦无告的样子！

丹雅被这几句话震住了，她脸上挂着难堪的笑容，说，真像电影里的人在说话，那些外国老太婆。

中国老太婆就不会说人话？哦，姑娘，你真像是那该死的工作组长，自以为是，目中无人。我看到那个该死的人把这些不好的东西都传到你身上了。

这句话把丹雅震住了。她无话可说，打开化妆盒往脸上刷粉，她停不下手，以至于脸上再也挂不住，都洒落在她衣服前襟和暴露的胸脯上了。

阿妈斯炯开始做早餐，她调上面糊，把新鲜蘑菇切成片，搅和在里面，然后，在化了新鲜酥油的平底锅里嗞嗞摊开。她说，这是孙女和她一起研究出来的食谱。对,她还是你的亲侄女呢。你的亲侄女说,这叫机村比萨。

我的亲侄女,机村比萨?

别往脸上涂那些东西了。灰尘能遮住什么?风一吹,雨一淋,什么都露出来了。坐下来吃饭吧。

丹雅坐下来,和阿妈斯炯一样细嚼慢咽。然后,她发出了由衷的赞叹。

这一次,丹雅在阿妈斯炯家待了三天。她没有谈生意上的事情,就是吃各种做法的松茸。以及种种不那么值钱的蘑菇。

二〇一四年,新的蘑菇季到来的时候,村里的道路拓宽了,还新铺了硬化的水泥路面。这使得丹雅可以一直把小汽车开到阿妈斯炯院子门口。这回,丹雅还带来了胆巴的继任者,新任的县长。

新县长说,我终于见到名声远扬的蘑菇圈大妈了。

丹雅说,阿妈斯炯,我对县长说过你的机村比萨是如何美味了。

县长说,不知道我有没有这个口福。

阿妈斯炯不知道自己为什么会心里不痛快,她说,这回是不行了,今年雨水少,新鲜蘑菇要迟到了。

丹雅说,我们看到村里已经在收购松茸了。

阿妈斯炯说,那是别人的,着急的人会把没长成的松茸从土里刨出来,反正今年我的松茸是迟到了。

丹雅对县长说,县政府该下个文件,命令蘑菇不准迟到。

县长站起身,既然来了,就四处去看看,看看县政府的文件里该写些什么?

丹雅和新县长下了楼,阿妈斯炯站在窗口,看见院子里已经聚了好多人,这些人是乡政府的干部,和村里的干部。一群人跟在县长和丹雅后面,出了院子,穿过村子,上山去了。这些人一直在半山上逛来逛去,中午到了也没有下山。只有丹雅和村干部下山来了。村干部弄了午饭送上山去。丹雅就在阿妈斯炯家休息。她穿着硬邦邦的皮鞋,在山上走得把脚磨破皮了。

阿妈斯炯问丹雅,她弄这么一干人到山上去干什么。

丹雅说,他们来找你的蘑菇圈。

阿妈斯炯弄不准她是认真的,还是只是一句玩笑话。但她心想,我的蘑菇,谁也找不见。她说,我知道,你们就是不肯死心,还要弄那个该死的合作社。

丹雅笑了,你的亲儿子都搞不成的事,我还敢想?我不搞什么合作社,我不搞什么公司加农户,这都是些小打小闹的小生意,我要做的是大生意,大事情。

你真的不是来打我那些蘑菇主意的?

阿妈斯炯啊,你说说,你那些蘑菇一年能挣几个钱?

几个钱?两万多块是几个钱?

阿妈斯炯啊,如今我要挣的是一百个两万,我想挣的是一千个两万。

我们这山上哪有你想要的那么多钱。

丹雅很得意,真正的大钱都不是一样一样卖东西挣来的。会挣的,不挣那种辛苦钱。如今发大财的,都不是挣辛苦钱的人。阿妈斯炯,时代不同了!

阿妈斯炯说,时代不同了,时代不同了,从你那个死鬼父亲带着工作组进村算起,没有一个新来的人不说这句话。可我没觉得到底有什么不同了。

丹雅列举种种新事物,从公路到电话,到电视机,到汽车,到松茸和羊肚菌都能卖到以前百倍的价钱,她说,你真的没有看到这些变化吗?

我只想问你,变魔法一样变出这么多新东西,谁能把人变好了?阿妈斯炯说,谁能把人变好,那才是时代真的变了。

丹雅说,这样的时代真的要到来了。电脑,你知道吗,电脑。

阿妈斯炯说,我孙女,那么漂亮的女孩子,先是到别人菜园子里偷菜,后来干脆在上面杀人!

这么跟你说吧，将来把缩小的电脑装在人脑子里，叫他做什么他就做什么，叫他想什么他就想什么！

阿妈斯炯笑起来，你的话有点像那些自诩法力无边的喇嘛了！

那么，还是说说你的蘑菇圈吧。

对了，这才是你，说到底还是在打我蘑菇圈的主意了。

我不要你的蘑菇圈，我要做的这件事，有时需要借用一下你的蘑菇圈。阿妈斯炯，容我把话说完。我只是借你的蘑菇圈用一下，不要你一朵蘑菇。

借用？一个搬不动的蘑菇圈，怎么借用？

我现在还不能告诉你。今年我还用不上。或许，明年我就用得上了。也许，到你死的时候，我还用不上呢。这只是我的一个创意，一个想法。

阿妈斯炯松了口气，那就等我老太婆死了以后吧。

丹雅说，你真想死的话，死前我们娘俩得签个协议，你死后，我有蘑菇圈的使用权。

阿妈斯炯说，你们连死人都不肯放过啊！

丹雅说，听胆巴说，你给孙女存了一笔钱，可以告诉我有多少吗？

我不告诉你，反正够她上大学了。

我猜猜，你自己说了，你的蘑菇圈一年能挣两万多块钱，现在有二十万？三十万？你的孙女也是我的侄女，我的亲侄女。她想的是到外国上大学，美国、英国、法国，都是最先进的国家。阿妈斯炯啊，你那点钱，要是在外国，交一年的学费就花光了！你知道在外国念大学要多少年？！

阿妈斯炯说，我不知道。

如果读到博士，要十年！

那她年轻的时候，除了读书，什么都不干？

这时，县长一行从山上下来，丹雅便不想再跟阿妈斯炯交谈，要去迎县长了。临走，丹雅还对阿妈斯炯说，想想我说的话。

阿妈斯炯生气了，我不准你打我蘑菇圈的主意。

丹雅也拉下脸来，你的蘑菇圈？阿妈斯炯，山是你的吗？那是国家的。国家真要，你拦得住吗？

这句话弄得阿妈斯炯忧心忡忡。

整个蘑菇季，丹雅没有再出现，国家也没有来宣布这座山的权属。但村子里已经在传说，机村山上盛产松茸的栎树林将要被圈起来。圈起来干什么？机村人当然记得，多年前，宝胜寺在胆巴的帮助下，把寺院后山圈起来，封山育林，寺院靠这个垄断了山上的松茸资源。其实，丹雅的公司要做的是一个机村人和其他人都不太懂的项目。这个项目叫作野生松茸资源保护与人工培植综合体。这些字明明白白写在丹雅公司送给县政府的策划书上。但人们都说不好这个复杂的新词句，自然也无从讨论这件事情。这好比一个人不在场，人们又弄不清她的名字，那么，人们怎么可能聚在一起议论一个人呢？

再者说，这件事情在二〇一四年并未付诸行动。因为这个综合体还只是丹雅公司弄出来的一个策划案。这个方案要得到政府的审批，审批后更需要申请国家农业口的扶持资金，以及银行贷款。这个综合体项目的实施，就算是一切顺利，也要等到二〇一五年或者二〇一六年。或者，永远也不会实现。松茸的人工培植，在世界范围内都还没有实现。在丹雅的设计中，她是要把这个阿妈斯炯的蘑菇圈圈在她的综合体内。二〇一五年或二〇一六年，她就要带着政府和银行的官员来参观正在生长野生松茸的蘑菇圈。那时，她要当场宣布，丹雅公司已经成功在野外条件下人工培植松茸成功，等到技术成熟稳定后，就要进行面对市场的批量化生产。

那时，丹雅公司就不愁筹不到大笔的资金，等这些资金到手，她就可以垄断区域性的松茸市场，不但如此，她还可以把用不完的钱投到更赚钱的生意上面。

阿妈斯炯，以至全机村没人能弄得懂这么复杂的生意经，所以，蘑菇季到来的时候，他们还是按照惯常的方式争先恐后上山采松茸，同时看到政府干部和丹雅公司的人在山上勘测，用仪器测量，画线打桩。

要是把这些标了一个个号码的木桩用铁丝连接起来，几乎把机村能生松茸的地方都包括在内了。

机村人开玩笑说，阿妈斯炯啊，这个蘑菇圈可比你的蘑菇圈大多了！

阿妈斯炯说，我年纪大了，要真满山都种满了松茸，我也就不用上山了。

你上不动山的时候，会把你的蘑菇圈告诉我们吗？

阿妈斯炯坚决摇头，不，等你们把所有蘑菇都糟蹋完了，我的蘑菇圈就是给这座山留下的种。

乡亲们不便反驳，因为他们知道，再这样下去，再过些年，也许满山就只剩下阿妈斯炯的蘑菇圈里还有松茸在生长了。

他们自己解嘲说，我们不操这个心，也许没有了松茸的时候，这山上又有什么别的东西值钱了呢？

阿妈斯炯摇手，那就祈祷老天爷不要让我活到那一天。

蘑菇季快结束的时候，阿妈斯炯拿起手机，她想要给胆巴打个电话。

她要告诉儿子，自己腿不行了，明年不能再上山到自己的蘑菇圈跟前去了。

她发现，这一回，跟她年轻时处于绝望的情境中的情形大不相同。心里有些悲伤，但不全是悲伤。心里有些空洞，却又不全是空洞。

两个小时前，她从山上下来的时候，连摔了几跤。不是在雨后泥泞的倾斜的山道上不小心滑倒，也不是在草坡上被那些纠缠的草棵绊倒，是她的老腿没有力量支撑得住自己的身子而倒下的。倒下后，她也没有力气马上让自己站起身来，或是护住柳条筐中的松茸。她眼睁睁地看着倾倒的筐子中，松茸一只只滚出了筐子，滚下山坡。当她挣扎着站起身来，收捡那些四散开去的松茸时，又一次次感到膝盖发酸发软，终于又瘫倒在地上。阿妈斯炯倒在草地上，她支撑起身子后，雨后的太阳出来了，照耀着近处的栎树、杉树和柳树，照着远山上连成一片的树，满眼苍翠。而在这空蒙的苍翠之上，还横着一条艳丽的彩虹。她听见自己说，斯炯啊这一天到来了。

阿妈斯炯在山坡上休息了很长时间，然后终于还是把那些失落的松茸捡回到筐子里，回到了家里。她又花了很长时间，才把自己身上弄干净了。这才拿起了手机。

这只手机是胆巴买了专门留给她的。

她从来只是在儿子，或者儿媳，或者孙女打来电话时，在叮叮的响亮的音乐声中拿起电话，和他们说话。也就是说，阿妈斯炯不知道怎么用手机往外打电话。夕阳西下时分，她拿着手机出了门，在村道上遇到一个人，她就拿出手机，帮忙给胆巴打个电话，我要跟他说话。

人家说，阿妈斯炯啊，我们没有胆巴的电话号码。

直到在村委会遇见村长，这才让人家帮着把电话打通了。

她说，胆巴呀，看来我要把蘑菇圈永远留在山上了。

胆巴很焦急，阿妈生病了吗？

阿妈斯炯觉得自己眼睛有些湿润，但她没有哭，她说，我没有病，我好好的，我的腿不行了，明年，我不能去看我的蘑菇圈了。

阿妈斯炯，你不要伤心。

儿子，我不伤心，我坐在山坡上，无可奈何的时候，看见彩虹了。

阿妈斯炯听见胆巴说话都带出了哭声，他说，阿妈斯炯，我的工作任务很重，我离不开我的岗位，不能马上来看你！你到儿子这儿来吧！

阿妈斯炯因此很骄傲，她关掉电话，说，我有个孝顺儿子，我一说我的腿不行了，他就哭了。她从村委会出来，慢慢走回家去，一路上，她遇到的五个人，她都说，我对胆巴说我的腿不行了，胆巴是个孝顺儿子，他都哭起来了。

第二天，丹雅就上门了。

丹雅带了好多好吃的东西，阿妈斯炯，我替胆巴哥哥来看望你老人家来了。胆巴哥哥让我把你送到他那里去。

阿妈斯炯说，我哪里也不去，我只是再也不能去我的蘑菇圈了。

丹雅说，那么让我替你来照顾那些蘑菇吧。

阿妈斯炯说，你怎么知道如何照顾那些蘑菇？你不会！

丹雅说，我会！不就是坐在它们身边，看它们如何从地下钻出来，就是耐心地看着它们慢慢现身吗？

阿妈斯炯说，哦，你不知道，你怎么可能知道！

丹雅说，我知道，不就是看着它们出土的时候，嘴里不停地喃喃自语吗？

阿妈斯炯说，天哪，你怎么可能知道！

丹雅说，科技，你老人家明白吗？科学技术让我们知道所有我们想知道的事情。

阿妈斯炯说，你不可能知道。

丹雅问她，你想不想知道自己在蘑菇圈里的样子？

阿妈斯炯没有言语。

丹雅从包里拿出一台小摄像机，放在阿妈斯炯跟前。一按开关，那个监视屏上显出一片幽蓝。然后，阿妈斯炯的蘑菇圈在画面中出现了。先是一些模糊的影像。树，树间晃动的太阳光斑，然后，树下潮润的地面清晰地显现，枯叶，稀疏的草棵，苔藓，盘曲裸露的树根。阿妈斯炯认出来了，这的确是她的蘑菇圈。那块紧靠着最大栎树干的岩石，表面的苔藓因为她常常坐在上面而有些枯黄。现在，那个石头空着。一只鸟停在一只蘑菇上，它啄食几口，又抬起头来警觉地张望四周，又赶紧啄食几口。如是几次，那只鸟振翅飞走了。那只蘑菇的菌伞被啄去了一小半。

丹雅说，阿妈斯炯你眼神不好啊，这么大朵的蘑菇都没有采到。她指着画面，这里，这里，这么多蘑菇都没有看到，留给了野鸟。

阿妈斯炯微笑，那是我留给它们的。山上的东西，人要吃，鸟也要吃。

下一段视频中，阿妈斯炯出现了。那是雨后，树叶湿淋淋的。风吹过，树叶上的水滴簌簌落下。阿妈斯炯坐在石头上，一脸慈爱的表情，在她身子的四周，都是雨后刚出土的松茸。镜头中，阿妈斯炯无声地动着嘴巴，那是她在跟这些蘑菇说话。她说了许久的话，周围的蘑菇更多，更大了。她开始采摘，带着珍重的表情，小心翼翼地下手，把采摘下来的蘑菇轻手轻脚地装进筐里。临走，还用树叶和苔藓把那些刚刚露头的小蘑菇掩盖起来。

看着这些画面，阿妈斯炯出声了，她说，可爱的可爱的，可怜的可怜的这些小东西，这些小精灵。她说，你们这些可怜的可爱的小东西，阿妈斯炯不能再上山去看你们了。

丹雅说，胆巴工作忙，又是维稳，又是牧民定居，他接了你电话马上就让我来看你。

阿妈斯炯回过神来，问，咦！我的蘑菇圈怎么让你看见了？

丹雅并不回答。她也不会告诉阿妈斯炯，公司怎么在阿妈斯炯随身的东西上装了GPS，定位了她的秘密。她也不会告诉阿妈斯炯，定位后，公司又在蘑菇圈安装了自然保护区用于拍摄野生动物的摄像机，只要有活物出现在镜头范围内，摄像机就会自动开始工作。

阿妈斯炯明白过来，你们找到我的蘑菇圈了，你们找到我的蘑菇圈了！

如今这个世界没有什么是找不到的，阿妈斯炯，我们找到了。

阿妈斯炯心头溅起一点愤怒的火星，但那些火星刚刚闪出一点光亮就熄灭了。接踵而至的情绪也不是悲伤。而是面对一个完全陌生的世界那种空洞的迷茫。她不说话，也说不出什么话来。

只有丹雅在跟她说话。

丹雅说，我的公司不会动你那些蘑菇的，那些蘑菇换来的钱对我们公司没有什么用处。

丹雅说，我的公司只是借用一下你蘑菇圈中的这些影像，让人们看到我们野外培植松茸成功，让他们看到野生状态下我公司种植的松茸在野外怎样生长。

阿妈斯炯抬起头来，她的眼睛里失去了往日的亮光，她问，这是为什么?

丹雅说，阿妈斯炯，为了钱，那些人看到蘑菇如此生长，他们就会给我们很多很多钱。

阿妈斯炯还是固执地问，为什么?

丹雅明白过来，阿妈斯炯是问她为什么一定要打她蘑菇圈的主意。

丹雅的回答依然如故，阿妈斯炯，钱，为了钱，为了很多很多的钱。

阿妈斯炯把手机递到丹雅手上，我要给胆巴打个电话。

丹雅打通了胆巴的电话，阿妈斯炯劈头就说，我的蘑菇圈没有了。我的蘑菇圈没有了。

电话里的胆巴说，过几天，我请假来接你。

过几天，胆巴没有来接她。

胆巴直到冬天，最早的雪下来的时候，才回到机村来接她。离开村子的时候，汽车缓缓开动，车轮压得路上的雪咕咕作响。阿妈斯炯突然开口，我的蘑菇圈没有了。

胆巴搂住母亲的肩头，阿妈斯炯，你不要伤心。

阿妈斯炯说，儿子啊，我老了我不心伤，只是我的蘑菇圈没有了。

（原刊于《收获》2015 年第 3 期）

大乔小乔

张悦然

1

上瑜伽课前,许妍接到乔琳的电话。听说她到北京来了,许妍有些惊讶,就约她晚上碰面。电话那边沉默了片刻,乔琳用哀求的声音说,你现在在哪里,我能过去找你吗?

她们两年没见面了。上次是姥姥去世的时候,许妍回了一趟泰安,带走了一些小时候的东西。走的时候乔琳问,你是不是不打算再回来了?许妍说,你可以到北京来看我。乔琳问,我难过的时候能给你打电话吗?当然,许妍说。乔琳总是在晚上打来电话,有时候哭很久。但她最近五个月没有打过电话。

外面的天完全黑了,她们坐进车里。照明灯的光打在乔琳的侧脸上,颧骨和嘴角有两块瘀青。许妍问她想吃什么。

她转过头来，冲着许妍露出微笑，辣一点的就行，我嘴里没味儿。她坐直身体，把安全带从肚子上拉起来，说能不系吗，勒得难受。系着吧，许妍说，我刚会开，车还是借的。乔琳向前探了探身子，说开快一点吧，带我兜兜风。

那段路很堵。车子好容易才挪了几百米，停在一个路口。许妍转过头去问，爸妈什么时候走？乔琳说，明天一早。许妍问，你跟他们怎么说的？乔琳说，我说去找高中同学，他们才顾不上呢。许妍说，要是他们问起我，就说我出差了。乔琳点点头，知道，我知道。

车子开入商场的地下车库。许妍踩下手刹，告诉乔琳到了。乔琳靠在椅背上，说我都不想动弹了，这个座位还能加热，真舒服啊。她闭着眼睛，好像要睡着了。许妍摇了摇她。她抓起许妍的手，放在自己的肚子上，低声说，孩子，这是你的姨妈乔妍，来，认识一下。

在黑暗中，她的脸上露出微笑。许妍好像真的感觉到什么东西动了一下。像朵浪花，轻轻地撞在她的手心上。她把手抽了回来，对乔琳说，走吧。

许妍捂着肚子蹲在地上。明晃晃的太阳，那些人的腿在摆动，一个个翻越了横杆。跳啊，快跳啊，有人冲着她喊。她用尽全身力气站起来，横杆在眼前，越来越近，有人一把拉住了她……她觉得自己是在车里，乔琳的声音掠过头顶，师傅，开快点。她感到安心，闭上了眼睛。

许妍已经忘记自己曾经姓乔了。其实这个名字一直用了十五年。

办身份证的时候，她改成了姥姥的姓。姥姥说，也许我明年就死了，你还得回去找你爸妈，要是那样，你再改成姓乔吧。从她记事开始，姥姥就总说自己要死了，可她又活了很多年，直到许妍在北京上完大学。

许妍一出生，所有人听到她的啼哭声，都吓坏了。应该是静悄悄的才对，也不用洗，装进小坛子，埋在郊外的山上。地方她爸爸已经选好了，和祖坟隔着一段距离，因为死婴有怨气，会影响风水。

怀孕七个月，他们给她妈妈做了引产。据说是注射一种有毒的药水，穿过羊水打进胎儿的脑袋。可是医生也许打偏了，或者打少了，她生下来是活的，而且哭得特别响。整个医院的孩子加起来，也没有她一个人声大。姥姥说，自己是循着哭声找到她的。手术室没有人，她被搁在操作台上。也许他们对毒药水还抱有幻想，觉得晚一点会起作用，就省得往囟门上再打一针。

姥姥给了护士一些钱，用一张毯子把她裹走了。那是个晴朗的初夏夜晚，天上都是星星。姥姥一路小跑，冲进另一家医院，看着医生把她放进了暖箱。别哭了，你睡一会儿，我也睡一会儿，行吗，姥姥说。她在监护室门外的椅子上，度过了许妍出生后的第一个夜晚。

许妍点了鸳鸯锅，把辣的一面转到乔琳面前。乔琳只吃了一点蘑菇，她的下巴肿得更厉害了，嘴角的瘀青变紫了。

怎么就打起来了呢，许妍问。乔琳说，爸在计生办的办公楼里大吼大叫，保安赶他走，就扭在一块了，不知道谁推了我一把，撞到了门上。许妍叹了口气，你们跑到北京来到底有什么用呢？乔琳说，我只是想来看看你。许妍问，那他们呢，你为什么就不劝一下？乔琳说，来北京一趟，他俩情绪能好点，在家里成天打，爸上回差点把房子点了。而且有个汪律师，对咱们的案子感兴趣，还说帮着联系"法律聚焦"栏目组，看看能不能做个采访。许妍说，采访做得还少吗，有什么用？乔琳说，那个节目影响大，好几个像咱们家这样的案子，后来都解决了。许妍问，你也接受采访吗，挺着个大肚子，不觉得丢人吗？乔琳垂着眼睛，抓起浸在血水里的羊肉扑通扑通扔进锅里。

过了一会儿，乔琳小声问，你在电视台，能找到什么熟人帮着说句话吗？许妍说，我连我们频道的人都认不全，台里最近在裁员，没准明天我就失业了。她看着乔琳，是爸妈让你来的吧？乔琳摇了摇头，我真的只想来看看你。

许妍没说话。越过乔琳的肩膀，她又看到了过去很多年追赶着她的那个噩梦。上访，讨说法。爸爸那双昆虫标本般风干的眼睛，还有妈妈磨得越来越尖的嗓子。当然，许妍没资格嫌弃他们，因为她才是他们的噩梦。

她爸爸乔建斌本来是个中学老师，因为超生被单位开除了。他觉得很冤，老婆王亚珍是上环后意外怀孕，有风湿性心脏病，好几家医院都不敢动手术，推来推去推到七个月，才被中心医院接收。他们去找计生委，希望能恢复乔建斌的工作。计生委说，只要孩子活下来，超生的事实就成立。孩子是活了，可那不是他们让她活的啊。夫妻俩开始上访，找了各种人，送了不少礼，到头来连点抚恤金也没要到。

　　乔建斌的精神状况越来越糟，喝了酒就砸东西，还总是伤到自己，必须得有人看着才行。虽然他嚷着回去上班，可是谁都看得出来，他已经是个废人了。王亚珍的父母都是老中医，自己也懂一点医术，就找了个铺面开了间诊所。那是个低矮的二层楼，她在楼下看病，全家人住在楼上，这样她能随时看着乔建斌。乔琳是在那幢房子里长大的。许妍则一直跟着姥姥住。在她心里，乔琳和爸妈是一个完整的家庭，而她是多余的。乔建斌看见她，眼睛里就会有种悲凉的东西。她是他用工作换来的，不仅仅是工作，她毁了他的一切。王亚珍的脸色也不好看，总是有很多怨气，她除了养家，还要忍受奶奶的刁难。奶奶觉得要不是她有心脏病，没法顺利流产，也不会变成这样。每次她来，都会跟王亚珍吵起来。她走了以后，王亚珍又和乔建斌吵。这个家所有人都在互相怨恨。没有人怨乔琳。她是合情合理的存在，而且总在化解其他人之间的恩怨。那些年她做得最多的事，就是劝架和安抚。她在爸妈面前夸许妍聪明懂事，又在许妍这里说爸妈多么惦记她。她一直希望许妍能搬回来住。可是上初中那年，许妍和乔建斌大吵了一架，从此再也没有踏进过家门。

　　许妍骑着她那辆凤凰牌自行车经过诊所门前的石板路。乔琳从二楼的窗户探出头来，朝她招手。快点蹬，要迟到了，乔琳笑着说。许妍读初中，她读高中，高中离家比较近，所以她总是等看到了许妍才出发。有时候，她会在门口等她，塞给她一个洗干净的苹果。

　　许妍的手机响了。是沈皓明，他正和几个朋友吃饭，让她一会儿赶过去。许妍挂了电话。面前的火锅沸腾了，羊肉在红汤里翻滚，油星溅在乔琳的手背上。但她毫无知觉，专心地摆弄着碟子里的蘑菇，把它们从一边运到另一边，一片一片挨着摆好。她耐心地调整着位置，让它们不要压到彼此。然后她放下筷子，又露出那种空空的微笑，说刚才是你男朋友吗？许妍嗯了一声。乔琳说，你还没跟我说过呢。你什么都不跟我说，从小就这样。他是干什么的？许妍说，公司上班的白领。乔琳又问，对你好吗？许妍说，还行吧，你到底还吃不吃？乔琳说，有个人让你惦记着，那种感觉很好吧？

餐厅外面是个热闹的商场。卖冰淇淋的柜台前围着几个高中女生。许妍问，想吃吗？乔琳摸了摸肚子，好像在询问意见。她趴在冰柜前，逐个看着那些冰淇淋桶。覆盆子是种水果吗，她问，你说我要覆盆子的好，还是坚果的好呢？那就都要，许妍说。我不要纸杯，我想要蛋筒，乔琳笑着告诉柜台里的女孩。

那是九月的一个早晨，许妍升入高中的第一天。乔琳撑着伞，站在校门口。见到她就笑着走上来，你怎么不把雨衣的帽子戴上，头发都湿了。她伸出手，撩了一下许妍前额的头发说，真好，咱们在一个学校了，以后每天都能见到。放学以后别走，我带你去吃冰淇淋，香芋味的。

路过童装店，乔琳的脚步慢下来。许妍顺着她的目光望过去，亮晶晶的橱窗里，悬挂着一件白色连衣裙。发光的塔夫绸，胸前有很多刺绣的蓝粉色小花，镶嵌着珍珠，裙摆捏着细小的荷叶边。乔琳把脸贴在玻璃上，说小姑娘的衣服真好看啊。许妍问，你希望是男孩还是女孩？男孩吧，乔琳说，如果是男孩，说不定林涛家里能改变主意。许妍问，他后来又跟你联系过吗？乔琳摇了摇头。

汽车驶出地下车库。商业街灯火通明，橱窗里挂着红色圣诞袜和花花绿绿的礼物盒。街边的树上缠了很多冰蓝色的串灯。广告灯箱里的男明星在微笑，露出白晃晃的牙齿。乔琳指着他问，你觉得他长得像于一鸣吗？许妍问，你这次来联系他了吗？乔琳说，我没有他的手机号码了。许妍沉默了一会儿，说快到了，我给你订了个酒店，离我家不远。乔琳点点头，双手抓着肚子上的安全带。

于一鸣走过来，坐在了她和乔琳的对面。他Ｔ恤外面的衬衫敞着，兜进来很多雨的气味。空气湿漉漉的，外面的天快黑了。于一鸣抹了一把脸上的水,冲她们笑了。他的下巴上有个好看的小窝。

到了酒店门口,乔琳忽然不肯下车。她小心翼翼地蜷缩起身体,好像生怕会把车里的东西弄脏。许妍问,到底怎么了?乔琳用很小的声音说,别让我一个人睡旅馆好吗,我想跟你一起睡……她抬起发红的眼睛,说求你了,好吗?

车子开回到大路上。乔琳仍旧蜷缩着身体,不时转过头来看看许妍。她小声问,旅馆的房间还能退吗,他们会罚钱吗?许妍说,我只是觉得住旅馆挺舒服的,早上还有早餐。乔琳说,我知道,我知道,对不起。

车窗起雾了,乔琳用手抹了几下,望着外面的霓虹灯,用很小的声音念出广告牌上的字。直到车子开上高架桥,周围黑了下去。她靠在座椅上,拍了拍肚子,说小家伙,以后你到北京来找姨妈好不好?许妍没有说话,她望着前方,挡风玻璃上也起雾了,被近光灯照亮的一小段路,苍白而昏暗。

乔琳盯着于一鸣,说你的发型真难看。于一鸣说,我知道你剪得好,可我回去两个月不能不剪头啊。乔琳揽了一下许妍说,来,认识一下,这是我妹妹,亲妹妹。于一鸣对乔琳说,走吧,该回去上晚自习了。乔琳说,你先去,我跟我妹妹坐一会儿,好久没见她了。于一鸣说,咱俩也好久没见了,说好去济南找我也没有去。乔琳笑了,明年暑假吧,我跟我妹妹一起去。于一鸣走了。许妍说,别跟人说我是你妹妹行吗,非得让所有人都知道家里超生的事吗?乔琳垂下眼睛,说知道了。许妍问,你们在谈恋爱?乔琳说没有。许妍说,别骗我了。乔琳说,真的,他来泰安借读,高考完了就走了。许妍说,你也可以走啊。

乔琳笑了一下,没说话。

2

许妍找到一个空车位,停下了车。刚下来,一辆车横在她们面前,车上走下一个戴着黑框眼镜的男人。他说，又是你，你又停在我的车位上了。许妍认出他就住在自己对门，好像姓汤。有一次他的快递送到了她家，里面是一盒迷你乐高玩具。她晚上送过去，他开门的时候眼睛很红。她瞄了一眼电视，正在放《甜蜜蜜》。张曼玉坐在黎明的后车座上。

许妍说，我不知道这个车位是你的，上面没挂牌子。她要把车开走，男人摆了摆手，说算了，还是我开走吧。他钻进车里发动引擎。

乔琳笑着说，他一定看我是孕妇吧。现在我到哪里都不用排队，一上公交车就有人让座，等孩子生下来，我都不习惯了。

许妍打开公寓的门。她的确没打算把乔琳带回家。房子很大，装修也非常奢侈，就算对北京缺乏了解，恐怕也猜得出这里的租金一般人很难负担。但是乔琳没有露出惊讶，也没有发表评论。她站在客厅中间，低着头眯起眼睛，好像在适应头顶那盏水晶吊灯发出的亮光。

过了一会儿，她回过神来，问许妍，你主持的节目几点播？许妍说，播完了，没什么可看的。乔琳问，有人在街上认出你，让你给他们签名吗？许妍说，一个做菜的节目，谁记得主持人长什么样啊。她找了一件新浴袍，领乔琳来到浴室。乔琳指着巨大的圆形浴缸问，我能试一下吗？许妍说，孕妇不能泡澡。乔琳说，好吧，真想到水里待一会儿啊。她伸起胳膊脱毛衣，露出半张脸笑着说，能把你的节目拷到光盘里，让我带回去吗？放心，不告诉爸妈，我自己偷偷看。

乔琳的毛衣里是一件深蓝色的秋衣，勒出凸起的肚子。圆得简直不可思议。她变了形的身体，那条被生命撑开的曲线，蕴藏着某种神秘的美感。许妍感觉心被什么东西蜇了一下。

电话响了。沈皓明让她快点过去。听说她要出门，乔琳的眼神中流露出恐惧。许妍向她保证一会儿就回来，然后拿起外套出了门。

许妍睁开眼睛，看到自己躺在病房里。墙是白的，桌子是白的，桌上的缸子也是白的。乔琳坐在床边，用一种忧伤的目光看着她。许妍坐起来，问乔琳，告诉我吧，我到底怎么了。乔琳垂下眼睛，说你子宫里长了个瘤子，要动手术。子宫？许妍把手放在肚子上，这个器官在哪里，她从来没有感觉到它的存在。乔琳说,你才十七岁,不该生这个病,医生说是激素的问题,可能和出生时他们给你打的毒针有关。

……医生站在床前,说手术很顺利,但瘤子可能还会长,以后可以考虑割掉子宫,等生完孩子。但你怀孕比较困难。他没说完全不可能,但是许妍知道他就是那个意思。

医生走了,病房里很安静。许妍望着窗外的一棵长歪了的树,岔出去的旁枝被锯掉了。乔琳说,我知道我说什么都没用,可是我以后真的不想生孩子。不知道为什么,想想就觉得可怕。

许妍赶到餐厅的时候,沈皓明已经有点喝多了,正和两个朋友讨论该换什么车。上个月,他开着花重金改装的牧马人去北戴河,半路上轮轴断了,现在虽然修好了,可他表示再也无法信任它了。

他们有个自驾游的车队,每次都是一起出去,十几辆车,浩浩荡荡。许妍跟他们去过一次内蒙古,每天晚上大家都喝得烂醉,在草地上留下一堆五颜六色的垃圾。有一天晚上,许妍和沈皓明没有喝醉,坐在山坡上说了一夜的话。他们两个就是这么认识的。许妍跟所有的人都不熟,是另外一个女孩带她去的,那个女孩跟她也不熟,邀请她或许只是因为车上多一个空座位。到了第五天,许妍坐到了沈皓明的那辆车上,他们一直讲话,后来开错路掉了队。两个人用后备厢里仅剩的烟熏火腿和几根蜡烛,在草原上度过了一个难忘的夜晚。

回北京那天,许妍有些低落,沈皓明把她送回家,她看着车子开走,觉得他不会再联系她了。她知道他是那种有钱人家的孩子,周围有很多漂亮女孩,只是因为旅途寂寞,才会和她在一起。也许是玩得太累了,第二天她发烧了。她躺在床上,觉得自己像一根就要烧断的保险丝,快把床单点着了。她感到一种强烈而不切实际的渴望。帮帮我,在黑暗中她对着天花板说。每次她特别难受的时候,就会这么说。

傍晚她收到了沈皓明的短信,问她要不要一起吃晚饭。她摇摇晃晃地从床上爬起来,化了个妆出门了。那不是一个两人晚餐,还有很多沈皓明的朋友。她烧得迷迷糊糊的,依然微笑着坐在沈皓明的旁边。聚会持续到十二点。回去的路上，她的身体一直发抖。沈皓明摸了摸她的额头，怪她怎么不早说，然后掉头开向医院。在急诊室外面的走廊里，他攥着她的手说，你让我心疼。她笑着说，大家都挺高兴的，这是个高兴的晚上，不是吗？

那个夏天，沈皓明时常带她参加派对。那些派对在郊外的大房子里举行，总有穿着短裙的女孩带着她的外籍男友。直到夏天快过完，她才确定自己成为了沈皓明的女朋友。那时她已经学会了自己卷头发，并且添置了好几条短裙。到了九月末，她和几个从前要好的朋友坐在路边的烧烤摊，意识到自己以后也许不会再见他们了。来北京八年，一直在认识新朋友，进入新圈子，那种不断上升、进化的感觉，给她带来一些满足。

你想去莫斯科吗，沈皓明扭过头来看着她，春天的时候咱们开车去莫斯科吧？好啊，许妍说。她想到旷野上的星星，以及那些因为喝醉而感觉自由一点的夜晚。

饭局散了，许妍开车把沈皓明送回他爸妈家。当初租房子的时候，他是准备跟她一起住的。后来觉得上班太远，多数时候就还是住在他爸妈家。那边有好几个保姆伺候，饭菜又可心。他爸妈也不希望他搬出来，好像那样就等于认可了他和许妍的关系。

你表姐安顿好了？沈皓明忽然问，明天我妈让你来家里吃饭，喊她一起吧。许妍说，不用，她自己有安排。沈皓明说，后天律师所没事，我可以陪你带她转转，买买东西。许妍说好。

回到家已经是凌晨一点。乔琳还没睡，正靠在床上看电视。她好像在哭，抹了抹脸，对许妍笑了一下，说你看过这个节目吗，把一个城里的孩子和一个农村的孩子对调，让他俩在对方的家里住几天。结果那个农村孩子把城里的"爸妈"给她买早点的钱都攒下来，想给农村的奶奶买副新拐杖。许妍说，都是假的，节目组安排好的。乔琳说，怎么会呢，那个农村孩子哭得多伤心啊。

许妍换上睡衣，在床边坐下，说你怎么会失眠呢，孕妇不是应该贪睡吗？乔琳说，我每天睁着眼睛到天亮，看什么都是重影的，好像那些东西的魂全跑出来了。许妍问，去医院看过吗？乔琳回答，说是精神压力大，可他们不让吃安定。许妍沉默了一会儿，问你后悔吗，把孩子留下来？乔琳笑着说，怎么会呢，我把衣服都买好了啦，白色的，男女都能用。

半年前乔琳打来电话，说自己怀孕了。男的叫林涛，比乔琳小两岁。和她在同一家商场当售货员。他父母一直告诫他，不能跟乔琳谈恋爱，沾上她爸妈，一辈子都别想安生。得知乔琳怀孕，他吓坏了，休假躲了起来。乔琳厚着脸皮找到他们家，林涛的母亲给了一些钱，让她把孩子打掉。乔琳爸妈说，怎么能打掉，就去林家闹，还跑到商场去找乔琳的领导。乔琳把工作辞了，跟她爸妈说，你们要是再闹，我就死在你们面前。

那段时间，乔琳常常给许妍打电话。她在那边问，为什么我的生活里总是有那么多的纠纷呢？

十月的一个早晨，两个女生在学校门口拦住了她，说你就是乔琳的小跟班吗，最好离那个狐狸精远点，别沾得自己一身骚。许妍不算意外。她已经发现乔琳在学校里非常有名，追她的男生很多，背后说闲话的也很多。

放学后她和乔琳碰面，没有提起这件事。走到大门口，那两个女生又来了。她们低着头，哭丧着脸说，我们说错话了，对不起，你千万别放在心上。乔琳皱着眉头，一言不发。

她们又去了冷饮店。于一鸣很快也来了。乔琳瞪着他，你的眼线挺多啊。于一鸣说，怎么了？乔琳说，别装傻，你让王滨去吓唬李菁菁了？于一鸣说，太嚣张了，不给她们点颜色看看怎么行。乔琳说，你要是真拿王滨当哥们，就别让他干这种事。他身上背着两个处分，再有一回就得开除。于一鸣说，我绝不允许她们这么败坏你。乔琳笑了笑，我才不在乎呢。

许妍对乔琳说，如果我是你，大概会把孩子打掉。乔琳显得很惊恐，说怎么可能，它是个生命啊。许妍说，这个世界上有很多错误的生命，生下来只会受苦。乔琳说，别说了，我绝对不能那么做。

许妍很清楚，乔琳不能那么做是因为爸妈。他们最初是反对计划生育，后来变成连堕胎也反对。特别是王亚珍，成为了这方面的斗士。她经常守在医院门口，拦截去做流产的女人，讲各种怨灵的故事，还去吓唬医生和护士，让他们放下手术刀到寺庙里超度。有那么几个女人听了她们的话，没做流产，生下孩子以后拍的满月照片，被王亚珍扩印得很大，拿在手里到处宣传。她还爱讲自己的故事：我的小女儿，当时被他们逼着流掉，又打激素又打毒针，我有心脏病，差点死在手术台上。可孩子不是照样健健康康地活下来了吗？你们现在什么困难都没有，有什么理由不要孩子？她以后一定也会把乔琳当成单亲妈妈的典范。至于乔琳该如何抚养那个孩子，她根本不去想。这几年一直都是乔琳在养家，现在她还没了工作。

她们的不幸，最终都会变成爸妈上访的资本。就像许妍子宫里生瘤，也被他们到处宣扬，无非是为了多要一笔赔偿金。许妍心里的愤怒，如同休眠的火山，这时又燃烧起来。所以或许并不完全是为了乔琳，更多的是想反抗爸妈的意志，给他们沉重一击，——她又给乔琳打了电话。乔琳有点受宠若惊，说你从没给我打过电话。许妍说，你最好再考虑一下，留下这个孩子，一生可能都完了。乔琳说，可它是活的啊，在我身体里动，真的很奇妙，那种感觉你不会懂的……许妍冷笑了一声，是啊，那种感觉我不会懂的。以后你的事我也不会再管了。

乔琳没有再打来电话。许妍偶尔想起来，会在心里算算月份，想一想孩子还有多久出生。

乔琳坐在操场的看台上，咬着一根棒冰，嘴上都是鲜艳的色素。许妍走过去，说你躲到这儿有用吗？乔琳不说话。许妍问，你是不是特别喜欢看男生为了你打架？既然你不想跟他们谈恋爱，为什么还要对他们好，让他们围着你团团转呢？乔琳说，可能害怕孤独吧，她抬起头，咧开橘色的嘴唇笑了,你是不是很讨厌我这样的女孩?

许妍在床上躺下,伸手关掉了台灯。但黑暗不够黑,窗帘的缝隙间夹着一道颤巍巍的光。她正犹豫是否要去消灭那簇光,乔琳的手穿过阻隔在中间的被子,找到了她的手。她说,你还记得吗,从前姥姥生病我把你领回家,咱俩挤在我那张小床上。许妍说,那是很小的时候,上了初中我就没再去过。

乔琳握紧了她的手,说我知道上回我说错话了,一直想给你打电话,可是真怕你再劝我把孩子打掉……许妍说,承认吧,你现在后悔了。乔琳说,没有,我想通了,不管我给这个孩子什么,给多给少,他都是奔着他自己的命去的。你小时候受了不少苦,现在不是也过得挺好吗?许妍问,你自己呢,你是奔着什么命去的,干吗非要背那么重的担子呢?乔琳在黑暗中笑了一声,我爱逞能,老觉得没我不行,其实我有什么用啊?她捏了捏许妍的手心,上访的事我早都不抱希望了,就是跟林涛怄一口气。当时他说,你家里要真是讨到了说法,再也不闹了,我就娶你。其实怎么可能啊,人家肯定早交了新女朋友。

许妍翻了个身,闭上眼睛。她感受着乔琳滞重的呼吸。如同一艘快要沉没的船。一个显而易见的却一直被她忽略的事实是,她的姐姐过得很糟,而且也许再也不会好了。她能帮她做什么吗?

她能。沈皓明自己就是律师,而且热心,爱帮朋友。他爸爸又有很多政府关系。

她不能。她根本无法开口。从一开始她就隐瞒了家里的事,说爸爸走了,妈妈死了,她是跟着姥姥长大的。这不是撒谎,她对自己说,只是出于自保。谁能接受一对不停闹事,总是被保安驱逐和扭走的父母呢?不过,既然她一直说乔琳是她的表姐——是不是可以让他们帮一帮这个表姐呢?但是也有风险,她爸妈曾在采访里提到过小女儿的名字,还说她现在在北京生活。一旦那些资料被翻出来,她的身份就掩饰不住了。

许妍勉强睡了几个小时,天快亮的时候醒了。她感觉到乔琳在耳边呼吸，嘴巴里的热气涌到她的脸上。她睁开眼睛，乔琳在曦光中望着自己。她一时想不起来从前什么时候，她也是这样望着自己，用那双圆圆的大眼睛，好像明白了什么重要的事要告诉她。但是她并没有开口。

你看我也是重影的吗？许妍问。

乔琳说，不，我看你看得很清楚。

于一鸣站在她的教室门口。他说乔琳三天没来上课了。许妍说，我爸把腿摔断了，她得照顾他。于一鸣说，我知道，快考试了，这样下去不行。你带我去找她。

外面下着雪，马路结冰了。他们推着自行车往前走。风很大，雪乱糟糟地降下来，天空像个马蜂窝。于一鸣的头发又长长了，他的脸很白，下巴上有个好看的小窝。他神情凝重地说，帮我劝劝乔琳，让她好好复习，跟我一块儿考到北京。许妍说，她不想走。于一鸣说，她在这里没有出路。许妍问，北京什么样？于一鸣说，北京的马路特别宽，到处都是商店，还有很多咖啡馆。你好好学习，两年以后也考过去。许妍问，我？于一鸣说，是啊，我们在北京等你。

许妍怔怔地看着他。他口中呼出的白气在空中上升，然后散开了。

3

第二天，许妍录节目到下午五点，然后匆匆忙忙赶去买甜点。那家蛋糕店是从巴黎开过来的，最近上了不少时尚杂志。她每次都为带什么礼物去沈皓明家而伤脑筋。

小巧的纸杯蛋糕陈列在玻璃柜里，上面镶着翻糖做的高跟鞋和花环，像是一件件奢华的珠宝。价格当然也贵得离谱，她最终决定买四个。这时乔琳打来电话，问她什么时候回来。许妍说，冰箱上不是有外卖单吗，你先叫东西吃啊。乔琳说，我不饿，你家门怎么锁，我在屋子里喘不上气，想出去走走。许妍把门锁的密码告诉她。她重复了一遍，说要是我等会儿忘了，能再给你打电话吗？

挂了电话，许妍扫视了一圈玻璃柜，目光落在一个有跳舞小人的纸杯蛋糕上。小人单脚支地，抬起双臂，好像正准备起跳，飞离地面。我要这个，她跟柜台里的女孩说。

许妍听到乔琳在身后喊自己。她追上来，把手里的布袋递给许妍，说裙子我帮你借好了，领子有点大，你别两个别针就行了。许妍说，我真的不想主持了。乔琳说，你要是不主持，我就也不跳舞了。晚会咱俩都不参加了。许妍问，干吗要费那么大力气帮我争取呢？乔琳笑了，大乔小乔要一起出风头才好，当时在学校已经有很多人知道她们是姐妹，并且叫她们大乔小乔。

保姆开了门，要帮许妍拿东西。许妍捧着蛋糕盒说，我自己拿到客厅吧。三个女人坐在客厅的沙发上喝香槟。其中一个短发女人笑盈盈地看着她，对另外两个说，皓明就喜欢这种瘦瘦高高的女孩。旁边披着披肩的女人说，现在的男孩都喜欢这种身材。

一个八九岁的男孩跑出来，是沈皓明的弟弟沈皓辰。他手里牵了一只短腿腊肠狗。那只狗穿着蓝色羽绒坎肩，背后有个帽子，跑快一点帽子就扣过来，盖住了它的脸。沈皓辰把狗拽到沙发边，向大家介绍，它叫贝利，有点感冒了。挑高细眉的女人问，你上次那条狗呢？沈皓辰说，送走了，妈妈嫌它老翻垃圾桶。短发女人说，你妈一开始可是爱它爱得不行啊。男孩耸耸肩，我妈妈是个很难捉摸的女人。三个女人笑起来。披着披肩的女人说，皓辰，过来，让阿姨抱抱。男孩勉为其难地向前走了两步，把头转向一边，阿姨，我也感冒了。披着披肩的女人摸了摸他的后脑勺，都那么大了，真是有苗不愁长啊。挑高眉毛的女人放下香槟杯说，后悔了吧，当时都劝你跟于岚一起去，还可以做个双胞胎。

谁在说我坏话呢，我可是听到了，一个矮胖的女人走进来，穿着深蓝色香云纱裙子，腰部有一朵白色荷花，是沈皓明的妈妈于岚。你儿子，短发女人说，他说你是个很难捉摸的女人。于岚笑起来，对男孩说，宝贝，你昨天不是还说我不用开口，你都知道我要说什么吗？男孩说，我知道你要说什么，但我不知道你在想什么。挑高细眉的女人说，你儿子是个哲学家。

男孩抬起头问于岚，我能让许妍姐姐陪我去玩吗？于岚说，好啊。她笑吟吟地朝许妍走过来，说我都没看到你来了。许妍微笑着说，我买了甜点，饭后可以吃。太好了，于岚说，那我就不让大李再去买了。许妍在心里飞快地算了一下，四块蛋糕，自己不吃，刚好她们四个女人一人一块。

她跟着沈皓辰来到后院。那里有几簇假山和一个凉亭，前面是一小片结冰的水塘。沈皓辰问，你说贝利能在上面滑冰吗？许妍说，不行，它会掉下去。玩点别的吧，我陪你去插乐高。沈皓辰摇摇头，我想陪着贝利，它太孤单了。许妍说，它感冒了，需要休息。沈皓辰说，都是我妈，非让它睡在花房里。许妍问，为什么不让它到屋子里去？沈皓辰说，我妈说我们还不了解它的脾气，要观察一段时间，惠惠姐姐刚来的时候，她也不让她跟我们一起吃饭，说她嘴巴臭，可能有胃病。

许妍通过这个男孩知道了他们家不少事。包括沈皓明刚和她在一起的时候，于岚还给他介绍一个银行行长的女儿。没准他们见了面，她没问过沈皓明。以后恐怕还有律师的女儿，医生的女儿，她显然不是理想的儿媳，不过他们也没公然反对。有一次沈皓辰说，我妈说哥哥带什么女孩回来都没所谓，谈谈恋爱又不是当真的。许妍相信沈皓辰不至于蠢到不知道这些话不该讲给她听，他是故意的，好让她心里难受。他也会把他妈妈讲保姆小惠的话告诉小惠，然后站在门外听小惠在房间里偷偷哭。这是一种什么爱好，许妍不知道，用沈皓明的话来说，他弟弟是个内心阴暗的小孩。

他们相差十八岁，沈皓辰叼着奶嘴的时候，沈皓明已经系着领结跟爸爸去参加慈善晚会了。他对弟弟没太多感情，一开始甚至忘了跟许妍讲。后来有一次随口讲到他，许妍惊讶地问，为什么？什么为什么，沈皓明问。许妍说，为什么能生两个孩子。沈皓明说，哦，我爸妈都入了加拿大籍。其实不入也可以，罚点钱就是了。

沈皓明推门走出来，对许妍说，我到处找你呢。他冲着沈皓辰的屁股拍了两下，别老缠着别人，你就不能自己玩会儿吗？沈皓辰哀求道，我们等会儿出去吃冰淇淋吧。沈皓明不理他，拉着许妍走了。

沈皓明的爸爸沈金松和几个男客坐在偏厅的沙发上。沈皓明带着许妍走过去，把她介绍给两个没见过的客人。他爸爸说，皓明，给你李叔叔拿支雪茄来。走出房间，沈皓明咕哝道，他怎么还有脸来。你说谁，许妍问。沈浩明说，那个戴鸭舌帽的男的，做生意把周围的朋友坑了一个遍，大家都不跟他来往了。沈皓明返回偏厅的时候，许妍拉住他，说笑一下。沈皓明皱着眉头，干什么？许妍说，你的怒气都写在脸上，让别的客人看到不好。沈皓明勉强露出一个微笑。许妍也给他一个微笑，进去吧，我去问问你妈妈那边有什么需要帮忙的。

许妍回到大客厅，发现又来了两个女客人。蛋糕不够分了，她有点不安地盯着桌子上的白盒子。开饭了，于岚对她说，我们过去坐下吧。

这种家宴是沈家的传统，每个星期都有一两回。客人彼此相熟，不会感到拘束。许妍环视四周，低声问沈皓明，高叔叔没来？沈皓明说，他开会，晚点来。披着披肩的女人问，皓辰呢？于岚说，让他跟保姆吃，那孩子絮絮叨叨的，大人都没法好好说话了。

戴鸭舌帽的男人挨着女人们坐，一直保持沉默，每当那碟花生米转到面前的时候，他都会夹起一颗。你的古董店还开着吗，旁边的女人问他。没有，他回答，停顿了几秒说，不过我正打算重新开起来。女人问，还在原来的地方吗？啊，对，他说。一个男客人笑了笑，你确定吗，那一带盖了新楼，租金涨了四五倍。所有的人都看向戴鸭舌帽的男人，屋子里一时很静。许妍觉得自己所分担的那份尴尬比其他人更多。她理解那个戴鸭舌帽的男人，他一定很渴望成功，只是运气差了点。

饭吃到一半，高叔叔来了。许妍也弄不清这个高叔叔到底在政府做什么工作，只知道他权力很大，帮人铲了不少事。戴鸭舌帽的男人忽然来了精神，一直看着高叔叔，听他跟周围的人讲话。他们笑起来的时候，他也跟着笑了。

晚饭结束后，大家移到偏厅喝茶。沈金松和高叔叔去了另外一个房间，戴着鸭舌帽的男人也跟了进去。沈皓明对许妍说，他肯定有事要让高叔叔帮忙。许妍问，他会帮吗？沈皓明说，不知道，我们去看电影吧？许妍说，早走了你妈妈会不高兴。沈皓明说，管她呢。许妍笑了一下，你可以不管，我不能不管。她拉着沈皓明来到客厅，女人们正坐在那里聊天。沈皓明听到她们都在谈论衣服和包，就说我还是去男士那边吧。

许妍在于岚旁边坐了一会儿，发现桌上的水果叉不够，就起身去拿。让佩佩把甜酒打开，于岚在她身后说。经过走廊，她看到沈金松他们还在那个房间里，好像在说什么房子的事。

她拿着叉子从厨房出来，听到旁边的房间里传来奇怪的声音。好像是干呕，伴随着细小的嘶叫声。她敲了两下，推开门。是沈皓辰，正仰面躺在地上哭。那间屋子长期闲置，空荡荡的，只有一只书柜立在墙边。她蹲下来，说你可真会挑地方。沈皓辰不理她，闭上眼睛继续哭。许妍问，就因为没陪你去吃冰淇淋？沈皓辰抹了把眼泪，说我早就习惯了。许妍问，为什么不叫你的朋友来家里玩呢？沈皓辰说，你要是整天转学，还会有什么朋友吗？他摇了摇头，说这个家里没有一个人真的关心我。许妍说，不要对别人有什么期望，你自己得变得强大起来。沈皓辰撇了一下嘴，我还是个孩子呀。许妍说，孩子怎么了？沈皓辰哀求道，你能让我自己静一会儿吗，我不想回房间，惠惠姐姐像只鹦鹉，一直说个不停。

许妍带上了房间的门。她确实没想过沈皓辰会有什么痛苦。生在这样的家庭，不是应该从梦里笑出声来吗？但是现在看起来，他或许也是一个多余的孩子。他爸妈要他不过是为了装点生活，其实已经没有耐心再陪他长大一遍了。于岚不能放弃太太们的聚会和旅行，沈金松不能放弃打高尔夫和应酬。沈皓辰总是和保姆待在一起。一任又一任保姆。他满意的他妈妈不满意，他妈妈喜欢的他不喜欢。

许妍回到客厅，她的蛋糕盒子打开了，摊在桌上，里面的蛋糕一个也没有动。有两个上面的花蹭在盒子上，变成了一坨红色烂泥，只有立着跳舞小人的那个仍旧完好。小人踮着脚尖，好像正从一堆废墟里往外爬。

戴鸭舌帽的男人出现在门口，咧开嘴冲着于岚笑了笑，说我来跟你说一声，我要走了。于岚点点头，让司机送你一下？男人说，我叫了辆车，司机好像迷路了。于岚说，坐下等一会儿吧。鸭舌帽迟疑了一下，走过来坐在沙发上。许妍把自己那杯没有动的甜酒放到他跟前，对他笑了笑。

快去把你的貂皮大衣拿来！短发女人把手搭在于岚的肩上。还有那个绝版的蜥蜴皮，挑高细眉的女人说。于岚去取了灰蓝色的貂皮大衣，还有几只包。女人们走上前，有的试穿大衣，有的摆弄着包。只有许妍和鸭舌帽坐在沙发上。鸭舌帽探身向前，目光呆滞地盯着茶几上的东西。他忽然伸出手，拿起那个有跳舞小人的纸杯蛋糕，整个塞进了嘴里。

乔琳走到舞台中央，射灯的光不偏不斜地打在她的脸上。她天生知道光在哪里。她趋着步子，荡着纤长的腿，将裙摆转得飞快。每次她双脚离开地面的时候，许妍都感觉到心里一紧。她不知道自己是在担心，还是在希望发生点什么。直到乔琳平安地弯腰谢幕，她才松了一口气，然后忽然难过起来。她想，很多年后，台下的人不会记得是谁主持了这场晚会，但他们一定记得乔琳跳舞的样子。

十点过后，客人陆续离开。许妍帮保姆收酒杯，被沈皓明堵在厨房门口。他搂了一下许妍的腰，眨眨眼睛，说不如今晚你就睡在这里吧？许妍挣脱开，一脸正色地说，跟我说说，你是从多大开始，留女生在家过夜的？沈皓明耸耸眉毛，十七？你爸妈也答应吗，许妍问。沈皓明笑着说，他们到我房间来了好几次，我估计是想看看有没有准备避孕套。你准备了吗？许妍问。沈皓明收住笑容，神情变得凝重，我想向你坦白一件事……其实我有一个……年轻时候总会犯些错误对吧……他低下头，双手捂住脸。许妍想把他的手拉开，他拚命躲闪，直到迸发出笑声，他一边笑一边摆手，我实在是憋不住了……许妍推了他一下，自己还觉得演得挺像是吧？沈皓明笑着问，要是我真从外面领回来个孩子，你帮我养吗？许妍说，那得看长得好不好看了。沈皓明说，好看，比我还好看。许妍说，养啊，为什么不养，省得自己去生了。沈皓明伸出双手兜住她，不行，你至少还得生两个。许妍望着他，笑了笑。她说，我还是回去吧，表姐一个人在家。沈皓明说，好吧，我明天陪你们，给你们当司机。许妍说，不用，她脾气怪，你在她会不自在。

许妍穿上外套，拢了一下头发，转过身来问，对了，刚才那个人找高叔叔什么事？沈皓明说，前些年他在郊区找了块地盖房子，当时和乡政府签过合约，但是不作数，现在地要被收走了……许妍问，这事难办吗？沈皓明说，嗯，不过高叔叔去想办法了。许妍说，所以还是会帮他？沈皓明说，不然呢，他住哪里呢？

回去的路上，许妍在心里掂量，是鸭舌帽拆房子的事难办，还是她爸妈的事难办。他既然连那个名声不好的人都愿意帮，是不是也意味着他可以帮她呢？不，不是她，是她的表姐乔琳。再找机会吧，她想，应该多和高叔叔见几面，让他觉得自己是沈家的一员。

许妍回到公寓，发现乔琳坐在楼下大堂的沙发上。她抬起头，抱歉地冲许妍笑了一下，我把密码忘了，你的手机关机。许妍问她坐了多久。她说没多久，我一直在院子里转悠，把开着的小商店都逛了一遍。这里真好，人都很和气，还借给我厕所用。

许妍看着她，乔琳，你能别把自己弄得那么惨兮兮的吗？

乔琳从三轮车上跳下来，笑着对她说，我把写字台给你拉来了，反正我以后再也不用学习啦。许妍打量着那张写字台，桌腿上的贴画已经斑驳，她还记得贴画刚贴上去的时候，上面那张明艳的赵雅芝的脸。她确实觊觎这张书桌很久。姥姥在窗台上搭了块木板，她一直在那上面写作业。

许妍问，成绩出来了？乔琳吐了吐舌头，连那个破烂煤炭学院也没考上。她们把写字台搬下来，乔琳拍了拍手上的灰，说我已经找到工作啦，明天就去华联商场上班，以后你买"美宝莲"都是员工价。她的手指上涂着藕粉色的指甲油，穿着低腰牛仔裤，长头发在胸前甩来甩去。她身上的美丽还在增加，但她好像并不把自己的美丽当回事。那股潇洒的劲特别令男孩着迷。

4

第二天，十点不到她们就出门了。往常的周末，许妍会和沈皓明在床上赖到十一点，然后去吃个早午餐。但是这一天，天刚亮许妍就醒了。失眠大概传染，她就没见乔琳闭过眼睛。但是乔琳坚持说自己睡了一会儿，还做了梦，梦见自己生了个罐子人。罐子人？许妍皱起眉头。对，乔琳说，就是那种马戏团里的小孩，养在罐子里，手脚都萎缩了，只有头特别大。她打了个激灵，跳下床，说我去做早饭了。

厨房里传出葱油的香味。乔琳用平底锅烙了两个葱花饼。这是小时候最熟悉的食物，许妍来北京以后就没有再吃过。要不是再闻到这股味，她已经忘记世界上还有这种食物了。

许妍想带乔琳先去景山，那附近有一段红墙她很喜欢。街上的车不多，她们静静听着广播里的歌。乔琳抿着嘴唇，似乎很悲伤。许妍说，别想了，那只是个梦。乔琳点点头，知道，我知道。没事的，我在等汪律师的电话，他说今天会打给我的。许妍觉得乔琳在把某种压力传递给自己，这令她感到很烦躁。

车子剧烈地震了一下，许妍回过神来，猛踩刹车，可是已经撞上了前面的车。乔琳拱起身体，护住了肚子。前车的女人对着许妍一通抱怨，然后给交警打了电话。交警来了，许妍把车上翻遍了，也没找到行驶证，只好给沈皓明打电话。过了几分钟，沈皓明拨过来，说在家里找到了，上次司机修车取出来，忘记放回去了。沈皓明说，我给你送过去，你在哪里？许妍沉默了几秒钟，说出了自己的位置。

她回到车里。乔琳头靠着车座，双手还放在肚子上。许妍说，我男朋友正赶过来，我跟他说你是我表姐，你不要提爸妈的事。乔琳点点头，知道，我知道。许妍还想交代几句，见她闭上了眼睛，就没有再说。

沈皓明到了，处理完事故，他坐上驾驶座，侧过头来冲乔琳笑了笑，表姐，我开车可稳了，你安心睡会儿吧。

已经过了十一点，沈皓明提议先去吃午饭。他把车开到附近的购物中心。三楼有家粤菜馆，于岚常约人在那吃早茶。沈皓明把菜单交给乔琳，让她看看想吃什么。乔琳看了一下，又把它递给许妍。许妍低头翻菜单，总觉得乔琳在看自己。一屉虾饺上百块，显然不是白领能负担的。乔琳大概早就把她识破了，借来的车，租的房子，一切都充满破绽。她抬起头来的时候，乔琳微笑着说，我吃什么都可以，辣一点就行。

我就知道许妍得撞，沈皓明说，不撞个两三回哪算真会开车？可是车上坐着你，不能有半点马虎。我早就跟她说今天我来给你们当司机……乔琳笑了笑，已经很麻烦你了。沈皓明说，她以前不也常麻烦你吗，她说上高中的时候你很照顾她，给她买雨衣，陪她打吊针……乔琳淡淡地说，那不算什么。沈皓明说，有时候表亲反倒更亲，我和我表姐的感情就比跟我弟好……乔琳问，你有个弟弟？沈皓明说，对啊，一个爱哭鬼，烦死人了。乔琳说，怎么能生第二个孩子呢？沈皓明笑了，你怎么跟许妍问得一模一样，我爸妈拿了加拿大护照。乔琳喃喃地说，哦，外国人……沈皓明说，以后我跟许妍至少生三个，你的小孩不愁没人玩。乔琳点点头，好啊。许妍埋头吃着刚上来的石斑鱼。生三个？她似乎听到乔琳在心里暗笑。

乔琳的手机响了。许妍很怕她会在沈皓明面前接起电话，但她站起来，离开了桌子。许妍对沈皓明说，下午你不用陪了，我就带她在后海逛逛。沈皓明说，我跟任国栋吃晚饭，上次他女儿百天不是没去吗，没事，五点出发就行。

乔琳回来了，脸色凝重，失神地盯着面前的盘子。她不吃，许妍也不劝。直到听到沈皓明说，那我们走吧，她站起来，趔腿往外走。沈皓明喊住她，把落在椅背上的羽绒服交给她。

乔琳跟在他们后面，双手抓着她的羽绒服。里子朝外，破了个洞，钻出一簇棉絮。许妍简直怀疑她是故意的，想要他们给她买件新大衣。沈皓明说，我是不是应该给任国栋的女儿买点东西？买什么呢？他们绕着商场走了半圈，沈皓明忽然停住脚步，指着橱窗说，就买这个吧。小小的白色纱裙被云彩簇拥着，跟上回许妍和乔琳看到的那件一模一样。应该是连锁店铺，橱窗布置得也一模一样。沈皓明问乔琳，知道你的宝宝是男孩还是女孩吗？乔琳摇摇头。沈皓明说没事，转身进了那家商店。

乔琳立即告诉许妍，汪律师说他接不了这个案子。她咬了咬嘴唇，又说，他去开会了，我等会儿再打个电话求求他。许妍说，别这样，乔琳，你以前不这样。乔琳眼泪涌出来，说我真没用，什么事也办不成。沈浩明拎着纸袋走出来，把其中一只递给乔琳，说我买了个礼盒，里面什么都有，白色的，男女都能穿。乔琳把头扭到一边，抹着脸上的眼泪。沈浩明尴尬地拿着纸袋。过了一会儿，乔琳才回过头来，挤出一个微笑，说谢谢，真的谢谢你。

他们到后海的时候，天已经很阴。空气中零星飘着一点凉丝丝的小雪。河面结着厚实的冰，是青灰色的。沈皓明说，出来走走心情是不是好点了？乔琳点点头，说谢谢你们。许妍转过脸，朝河的方向看去。河中央有一辆鸭子形状的船，冻住了，船身倾斜，鸭头望着天空。

乔琳说，我们那里也有一条河，叫奈河，比这个还宽。沈皓明说，我以为你们那里都是山呢，我还跟许妍说什么时候去爬一次泰山。乔琳说，小时候有一回，我和许妍亲眼看到一个放风筝的小孩掉到水里，淹死了。他妈妈在岸上大哭，围了很多人。许妍说，我不记得了。乔琳说，你站在那里，我怎么拽都不肯走。一直等到人都散了，你用竹竿把那个孩子的风筝挑下来，拿着回家了。沈皓明问，那个小孩是她朋友吗？她想要那个风筝作纪念？乔琳笑了笑，她就是想要那个风筝。许妍盯着乔琳的脸。乔琳没有看她，好像还沉浸在回忆里，说那孩子的妈妈后来每天在岸边哭，抱着经过的人的腿，求他们去救她儿子。再后来岸边的树都砍了，盖起一排楼房。她沉默了一会儿，对沈皓明说，许妍想要什么是不会说的。沈皓明说,对,她什么都憋在心里不说。乔琳说,不要紧,只要你一直在那里,默默支持她就行了。

许妍看着面前的湖。午后的太阳照着水面,淬起一片金光。于一鸣放下桨,让他们的船在水上漂。乔琳忽然开口说,我看见过水怪。有个放风筝的小孩掉到河里,水面上升起一团白烟。那团白烟朝我们这边飘过来,我吓坏了,拉起许妍的手就跑。可她好像定住了似的,站在那里一动不动。我就也没跑,挽住了她的胳膊,心想要是水怪过来,就把我们一块带走吧。乔琳俯身向湖面,撩了几下水说,于一鸣,什么时候教我们游泳吧。

雪越下越大,河显得更灰了,冻住的鸭子船在身后变小,拐了个弯,看不见了。路边有间咖啡馆,他们决定进去坐一会儿。推开门,里面都是人。沈皓明说,嘿,整个后海的人全都躲到这儿来了。许妍付了钱,在等饮料的地方排队。做咖啡的男孩像是新来的,把热牛奶打翻了。沈皓明从背后戳了戳许妍,说你表姐把手机落车上了,我陪她去拿一下。许妍说,等买了咖啡一起去吧。沈皓明说,没事,很近,然后转身走了。

隔着玻璃窗,许妍看到他们朝来的方向走去,乔琳好像在说什么。她烦躁地看着那个做咖啡的男孩,把手中的收据折成小块,又摊开。

乔琳也许是故意的,汪律师不帮她,她就慌了神,觉得沈皓明没准能帮忙,就想跟他说一说。许妍气恨地用力一挣,把收据撕成了两半。

做咖啡的男孩拿过撕碎的收据,仔细辨认着上面写的是什么饮料。你们连基本的培训都没有吗,许妍气呼呼地问。她把咖啡放在桌上,拉开椅子坐下。乔琳会跟沈皓明说什么呢?事情万一败露了,她应该怎么解释呢?她脑袋一片空白,什么说辞也想不出来,只是不断去按手机,看时间的数字变化。

他们终于回来了。乔琳没坐下,她看了许妍一眼,说我再去打个电话。许妍看着沈皓明,想从他的表情里读出一点信息。但他一直在低头看手机。许妍碰碰他的胳膊,拿起桌上的咖啡递给他。他喝了一口,皱起眉头说,真难喝。乔琳回来后,脸色依然凝重,她喝了两口水,捧着杯子发愣。沈皓明看了看外面的雪，对许妍说，你就别开了，我让司机来接你们。

车来了，她们先坐上，沈皓明去取了先前在童装店给乔琳买的东西，让司机放在后备厢。他凑到车窗前对乔琳说，表姐，这两天你要是不走，到我家来玩。乔琳点点头，一直望着沈皓明走过去，钻进车里。他人真好，乔琳对许妍说。

路上她们没有说话。司机拐了个弯去加油。发动机熄灭，广播里的音乐停止了。乔琳望着窗外纷飞的雪说，我明天就回去了。许妍说好。

太阳从头顶移开，风吹着湖面，水的气味升起来。船从午睡中醒了过来，一点点动起来。许妍、乔琳和于一鸣不约而同地向后靠，蜷缩着腿躺下去，仰脸望着天空。也许是在等晚霞出现，但是渐渐地不重要了。许妍合上了眼睛。湖水像一双温暖的手臂环绕着自己。它的脉搏一起一伏，节律微小而有力。船在缓慢地动着，可他们没什么地方要去。不去对岸，也不回去。他们三个好像可以一直那么待着，谁也不会离开。

好像什么都不重要了。许妍松开了眉头。她不再计较他们到底有多么爱彼此。她只是知道她爱他们。那股强烈的感情使她觉得自己并不是多余的。她是他们当中的一员，即便是微不足道，可以被舍弃的，她也不在乎。

她睁开眼睛的时候，晚霞已经来过了。只有几块很小的云彩挂在天边。湖面一片金色，望不到尽头。但只是一瞬间，湖水转眼就开始变灰。当她转过脸去的时候，看到乔琳正望着湖面，似乎已经注视了很久很久，又好像是她的目光使湖面暗了下去。于一鸣还没有睁开眼睛，嘴角带着一丝淡淡的笑意。不要睁开眼睛，许妍在心里这样祝福着他。因为随即他会发现太阳已经落下去，船要往回开了。他们的旅行结束了。

晚饭许妍叫了外卖。乔琳没怎么吃，她说想去床上躺一会儿。许妍吃完看了会儿电视。她到卧室的时候，乔琳正坐在床上发呆。许妍走过去拉窗帘。路灯下，有个穿着羽绒服的男人在遛狗。是对门那个姓汤的邻居，他仰起头看了一会儿月亮，从地上抱起狗，夹在胳膊底下，走进了楼洞。

许妍听到乔琳在身后轻声问，沈皓明能帮上咱们吗？许妍转过身来看着乔琳，说你自己没问他吗，你们两个去拿手机的时候。乔琳摇了摇头，我什么也没跟他说，他问我想不想来北京工作，他可以安排，我说不用了。哦，许妍应了一声。乔琳说，他是律师，又认识挺多人的，没准还能托上政府的关系……许妍问，你怎么知道他是律师的？乔琳说，他自己说的，我真的什么都没问。她低下头，看着拱起的肚子，汪律师不接我的电话了，电视台那边也没回信，我实在没有办法了。这事折腾了那么多年，总得有个了结……许妍笑了一声，你为我考虑过吗？你是不是觉得我想要什么就有什么，过得很容易？你想过几天安稳日子，我不想吗？你小时候至少有个完整的家，我有什么？她的眼圈红了，这么多年了，你们就不能放过我吗？乔琳也哭了，对不起，对不起，我不该来打扰你……她仰起脸，吸了几下眼泪说，你没看到爸妈现在什么样子，爸早晨醒了就喝酒，手抖得已经拿不住筷子，妈整天守着电脑，到各种论坛发帖子求助，隔一会儿发一遍，那些人骂她是疯子，把她踢出去，她就重新注册了再发……我真的管不了了，我的身体垮了，在街上晕倒过好几回……她停住了，定定地看着前方，好像要把什么东西看清楚。

桌上的台灯照着乔琳，但她的脸是暗的，腮颊被阴影削去了。许妍望着她，她容貌的改变令她感到惊讶。那些青春时的光彩消失了，这也许是必然的，可它们好像从来没有存在过。没有人可以通过这张脸，想象出她少女时代的模样。许妍仿佛从二楼教室的窗户里看到那个总是微微扬起脸的长腿姑娘正穿过校园，她从那扇大门走出去，然后消失了。她去了哪里？

许妍走到床边，握住乔琳的手。那只手很烫，热量从指缝间汩汩流出来。乔琳的手指很长，这肯定不是许妍第一次注意到这一点，或许在漫长的青春期的某一天，她偷偷打量过这双手，暗暗惊讶于它们的美。但是现在，她第一次意识到，这双手很适合弹钢琴，要是它们能在童年的时候遇到一个钢琴老师的话，他肯定会这么说。要是那时候遇到一个舞蹈老师，可能也会说她适合跳舞。这具承载着苦难的身体，或许同时蕴藏着某种天赋。但是天赋不重要，对有些人来说，一生中没有任何一个时刻，会有人坐下来讨论一下她的天赋。许妍想起大三的时候，她得到了去电视台实习的机会，后来被留下了，那个频道的主任对她说，我并不觉得你很有当主持人的天赋，知道为什么选你吗？因为你身上有股劲，想从人堆里跳起来，够到高处的东西。

许妍握着乔琳的手，坐下来。她感觉自己在靠它取暖。但屋子里很热，地板也是热的，一点都不像十二月。她说，我答应你，我会去问问沈皓明。具体怎么说，我要想一想。我这么做不是为了爸妈，只是为了你，你明白吗？许妍攥了一下她的手说，给我一些时间好吗？乔琳点了点头。

十点过后，沈皓明打来电话。他说你猜怎么着，礼物拿错了，给你表姐的那袋才是给任国栋女儿的裙子。许妍夹着手机打开纸袋，解掉奶油色的缎带。那件缀满珍珠的小礼服折叠着，静静地躺在盒子里。要我现在送过去吗，她问。不用，沈皓明说，反正给你表姐买的礼盒任国栋女儿也能用。我打赌你表姐生女儿，他在电话那边笑起来，我买的裙子肯定能派上用场。

5

从北京回去不到一个月，乔琳就生下了一个女儿。比预产期早了一个多月，但是孩子很健康。她发过来几张照片，小小的一团，手脚却很长。沈皓明看了两眼说，跟你长得有点像。

那个月许妍很忙。台里在筹备一个新节目，过年的时候开播。每天连着录十来个小时，一段话反复说。这期间她去过沈皓明家一次，沈金松没在，只有于岚和几个太太在打麻将。许妍替了几圈，输掉六千块。临走时于岚说，咱们过年再打。许妍想这倒是个讨于岚开心的法子，于是许妍说服沈皓明过年不去苏梅岛，而是留下陪他爸妈。到时没准还能在家宴上遇到高叔叔。

许妍接到电话的时候是傍晚。还有三天就过年了，下午她和沈皓明去买了一堆烟火。回来的路上有点下雨，据说到了后半夜会转成雪，气温降十度。此前一些天北京都很暖和，让人有一种春天来了的错觉。

手机响了，跳动着一个陌生的号码，当时她正站在沈皓明家的花房里，指挥保姆把兰花搬到屋里去。沈皓辰也被喊来帮忙，许妍觉得让他干点体力活有好处，至少没那么多时间胡思乱想。他撇了撇嘴，说这些花可真丑。她双手叉腰看着他，你觉得什么花好看？假花，他回答。她让沈皓辰把面前这一盆搬到客厅，然后接起了电话。

是她妈妈。在那边大声号哭，告诉她乔琳自杀了，晚上一个人出门，跳进了城边的那条河。还在抢救吗，还在抢救吗，她连着问了好几遍。她妈妈说是昨天的事，人已经没了。许妍挂断了电话。

周围一片寂静。她搓了搓手上的泥巴，搬起一盆兰花往外走。

天气湿漉漉的，好像已经下雪了，仿佛有些凉飕飕的东西，带着爪子，紧紧地揪住了她的头皮。她伸出手，想触碰到空中的雪花。砰的一声，花盆跌落在地上。瓷片在地上打转。嗡嗡，嗡嗡。

沈皓辰走过来，看着她脚边的花盆。哈哈，他有点得意地说，假花就不会摔成稀巴烂。走开，她冲着他喊，蹲下把兰花从碎瓷片里捡起来。沈皓辰吓坏了，站在那里没有动。许妍敛起兰花磕了磕土，抱着它们走了。

她把花放在旁边的座位上，驶出了别墅区的大门。窗外是呼啸的大风，雪花如同决绝的蛾，砸在挡风玻璃上。她紧握方向盘，浑身发抖。泪水在眼眶里转悠，她蹙着眉头，盯着前面的路。为什么乔琳要这样做？她感到很愤怒，在北京的最后一个晚上，她不是答应得好好的，回去等着她的消息。她为什么就不能等一等呢？

车子冲下高速，擦着一辆卡车开过去，横冲直撞地拐了几个弯，在一片空旷的停车场停住。她狠狠地砸着方向盘，喇叭发出尖锐的鸣响，她不是说会想办法的吗，为什么不相信她呢？她靠在椅背上，大声哭起来。

手机在旁边座椅上响了好几遍，是沈皓明。她坐在黑暗里，等屏幕最终暗下去的时候，才对着它喃喃地说，我姐姐死了。

她没有回去参加追悼会。

除夕夜下着小雪。她站在院子门口，看沈皓明点着了烟花。她仰起头，望着光焰绽放，坠落。天空又黑了下去。几片雪落在她的脸上。

她给家里打了个电话。她妈妈一直在哭，不停地说，乔琳为什么那么狠心抛下我们？那边传来婴儿的啼哭，还有她爸爸的咒骂声，盆碗掉在地上，发出叮叮哐哐的响声。她妈妈问，你到底什么时候回来啊？这好像是她第一次对许妍表达需要。再过几天吧，她回答。你永远都别回来！她爸爸吼了一声，电话挂断了。

许妍一直没有回泰安。她心里有股怒气无法消退。她觉得乔琳不理解她，不相信她，甚至根本不希望她过得好。她这么做是为了让她永远感到内疚。在很长一段时间里，这股怒气有效地抑制了悲伤，使她可以正常入睡。

四月的一天，她去沈皓明家吃晚饭。那天只有他们自己家的人，吃了巴黎运回来的生蚝和新西兰鳌虾。于岚抱怨生蚝没有上次的新鲜。你下个月不就去巴黎了吗，沈金松拿着遥控器换台，屏幕上出现了一个穿白色西装的女主持人。她看了一眼手中的稿子，抬起头来：

"一九八八年，在泰安的一家医院里，患有风湿性心脏病的王亚珍生下了第二个女儿。她没有一丝做母亲的喜悦，只是感到很恐慌。在她的身旁，那个只有三斤八两的女婴睁开眼睛，好奇地打量着这个世界。那一刻她是否知道，这个世界等待她的不是温暖的祝福，而是无情的责罚呢？手术室的门外，乔建斌坐在长椅上，一夜没有合过眼。在经历了辗转于计生委和医院之间的几个月后，他已经疲倦不堪。然而他们家的厄运才刚刚开始……"

许妍盯着屏幕，一只手攥着毛衣领口，感觉自己就快要窒息。

这个"聚焦时刻"有时候还能看看，沈金松说。于岚说，有什么可看的，不是钉子户就是超生。妈妈，妈妈，沈皓辰说，你算超生吗？于岚说，宝贝，生了你加拿大政府还给我奖励呢。

"……记者来到乔建斌家。乔建斌被开除以后，全家人就以这家诊所维持生计。现在门口依然挂着'平安'诊所的招牌，但是已经好几年没有来过一个病人了。一楼的诊断床上堆满了各种保健药。有的早已过了保质期，王亚珍就留给家里人吃。她拿起一瓶药给记者看，这个是帮助睡觉的，我大女儿老睡不着，我就让她吃……在过去二十多年里，乔建斌和王亚珍一直通过各种途径寻求帮助，希望单位能恢复乔建斌的工作……"

镜头掠过他们家。角落里的蜘蛛网，桌子上油腻的桌布，泛着黄渍的马桶，最后停在墙上的照片上。那是一张他们全家的合影，可能也是唯一一张。当时许妍大概四五岁，站在最右边，乔琳的手搭在她的肩膀上。

许妍感觉所有人的目光好像都朝这边涌过来。她几乎就要从座位上弹起来，冲出房间了。

随后，主持人讲述了这些年乔建斌家的生活，也讲到那个超生的小女儿，因为早产和用药的原因导致不孕。但她的去向并没有提及。也没有提到乔琳的女儿，只是说乔琳这些年，一直在为这件事奔波，导致恋爱失败，也失掉了工作。两个多月前，有天晚上她像往常一样，哄孩子睡了觉，然后离开家走到河边，跳了下去。

画面切回演播室。女主持人说："就在自杀的前一天，乔琳还给本节目的编导发过一条短信。在短信里，她这样说：'陈老师，我恳求您给我们做一期节目。这不是我们一家人的问题，很多家庭都有类似的遭遇。我相信节目播出以后，一定会引起很大的反响。如果还需要什么材料，您随时找我。给您拜个早年！'"主持人垂下眼睛，停顿了几秒，"我们将这期迟到的节目献给乔琳，希望她能安息。同时，我们也希望热心的律师朋友能跟乔建斌一家联系，帮助他们走出困境。感谢您的收看，我们下期再见……"

沈皓明气呼呼地说，这也太操蛋了。于岚看了他一眼，你想干吗，这种案子又不是你管的。沈皓明说，我可以去问问我同学，说不定有人愿意接。沈金松说，犯不着打官司，这种事找对了人，就是一句话的事。于岚说，有捐款电话吗，直接给他们打过去点钱就是了。

保姆端上水果。电视里已经在播连续剧，但许妍不敢去看屏幕，仿佛先前的画面下一秒就会再跳出来。她缩着肩膀，低头盯着面前的盘子，直到听到沈皓明说，我们走吧，就站了起来，跟随他走出大门。

她抱着自己的包坐进车里，身体一直在发抖。你的外套呢，沈皓明问。她才发现忘记穿了，别回去拿了，她几乎用哀求的语气说。车子停了，她走下来，发觉自己在一个空旷的院子里，周围都是深红色的砖墙。她打了个寒战，问这是哪里？沈皓明说，苏寒有个生日派对，我不是跟你说了吗？

屋子里很吵，拼起来的长桌两边坐满了人。除了苏寒，她一个都不认识。沈皓明挨个介绍，她一直点头，却记不住任何一个名字。这是方蕾，沈皓明指着右边的女孩说，她跟我在英国一个学校，也读法律，算是我学妹。女孩笑了，你没念几天就转走了，也好意思自称是学长？沈皓明说，嘿，学校的校友录可是有我。女孩耸耸眉毛，那是为了让你捐钱好吗？沈皓明笑起来。许妍也跟着笑了一下。笑意在她的脸上一点点消失，泪水突然涌出来。

乔琳拉着她的手往山上走。许妍说，快下雨了，回去吧。乔琳说，你要去北京了，我得给你求个护身符。许妍说，可是摆摊的都回去了啊。乔琳说，再往上走走看嘛。

大雨降下，她们跑进一座庙里。两人抖着身上的雨水，乔琳长头发上的水珠溅在许妍的脸上，她咯咯笑起来。许妍说，严肃点，菩萨会生气。乔琳收住笑，环视了一圈大殿，低声问，这个庙是求什么的啊？

许妍支起手肘，托住腮悄悄抹去眼泪。沈皓明正在问那个叫方蕾的女孩，你什么时候搬回来的？方蕾耸耸眉毛，你怎么知道我搬回来了呢，我看起来不像是回来度假吗？沈皓明摇了摇头，我才不信你在英国待得下去呢。

她们并排站在大殿中央。菩萨的脖子伸进黑暗里，看不见脸，但许妍能感觉到，有一簇白光从上面照下来。

乔琳小声问，你说那么多人来求她，她能帮得过来吗？许妍说，只帮她喜欢的人吧。乔琳笑了，说那她肯定喜欢我。当时我一直盼着妈妈能把你生下来。而且我还说，想要个妹妹。你瞧，菩萨就把你给我了。许妍说，当时你才两岁，就知道求菩萨了？乔琳说，我说不出来，但心里想的东西，菩萨一定能知道。许妍说，你要是知道后来发生的事，当初就不会那么希望了。乔琳说，我还是会那么希望的。我从来都没觉得不该有你，真的，一刹那都没有，我只是经常在心里想，要是我们能合成一个人就好了。她握住了许妍的手。她的手心很烫，仿佛有股热量流出来。

给我们拍张照片好吗？许妍听到有人在喊自己。是苏寒，她正站在方蕾和沈皓明的身后。许妍接过手机。苏寒笑着问沈皓明，还记得吗，那阵子每个周末我们三个都开车到郊外BBQ。后来过了一个暑假，回来大家都变得很忙，就没有再聚。也可能你们两个聚了，没有叫我。方蕾斜了她一眼，你说对了，我们在瞒着你谈恋爱。沈皓明点点头，后来她把我踹了，我伤心欲绝，就回国了。苏寒笑起来，小心你女朋友当真，回头跟你吵架。沈皓明说，她才不会呢。

大殿里飘过几丝凉飕飕的风，雨好像停了，有个人靠在门边看着她们。那人穿着一件破袄，逆光里看不到脚，还以为是坐着，后来才发现，脚被袄盖住了，他是个矮人。很老，布满皱纹的脸像一团揉搓起来的废报纸。她们往外走，他在一旁开口说，你们想知道自己的命运吗？她们对望了一眼，没停下脚步。他说，不收钱，我就当给自己解闷。

他走到她们跟前，仰起脸盯着乔琳，说你早运不顺，有一些坎，三十岁以后越来越好。乔琳问，怎么个好法？他回答，儿孙满堂，有人送终。乔琳笑起来，有人送终就算是好吗？矮人没回答，把头转向许妍，你啊，想要什么东西，都得跟别人去争。许妍问，那最后能争赢吗？他摇了摇头，说我不知道。许妍问，你也有不知道的事啊？他点点头，有一些。

苏寒用手指戳了戳沈皓明，说你可得劝劝方蕾，她现在是个愤怒少女，什么都看不惯，整天批判社会。沈皓明说，这叫回国综合征，过一段就好了。方蕾问，就像你吗，坦坦荡荡地做着你的沈家大少爷？沈皓明有点激动，说别把我想得那么麻木不仁好吗，我一直都想做点事啊……

然后他讲起出门前看的电视节目来：有对夫妻意外怀了二胎，按规定应该打掉，忘了为什么拖了好几个月，反正不是他们自己的责任，七个月才去引产，孩子生下竟然活着……苏寒感慨道，命可真大。沈皓明说，可是这算超生，男的丢了工作……讲到乔琳自杀的时候，方蕾摇头，这是我觉得最可悲的，因为上一辈的问题，子女的一生都毁了。苏寒说，这个故事有意思的地方是，合法生的姐姐死了，不合法出生的妹妹倒是活下来了。现在他们不就只有一个孩子了吗，还算超生吗？

许妍离开座位，走进洗手间，反锁上门。

乔琳不是不相信她，而是对世界不抱什么希望了。许妍记得最后一次乔琳打来电话，是一天清晨。她说，我今天出月子了。许妍问，你的奶够吃吗，现在能睡着觉了吗？乔琳没有回答，只是说，都挺好的，我就是跟你说一声，你去忙吧。她的声音淡淡的，没有高兴，也没有悲伤，只是有种解脱的感觉。她好像一直在等这一天。等孩子出生，等她过了满月……她那么迫切地希望解决爸妈的事，不是期盼能过什么新生活，只是希望有一个让自己心安一点的结果。如果没有，她也不能再等了。她已经松开了双手。

外面的人在不耐烦地敲门。许妍拧开水龙头，把脸伸到水柱底下。外面的声音消失了。好像沉入了河中，耳边只有汩汩的水声。我就是想来看看你，乔琳转过脸来笑着说。那双有点发红的眼睛在黑沉沉的水底望着她。然后熄灭了。

许妍回到座位上，跟沈皓明说自己可能着凉了，想先回去。沈皓明说，我们一起走吧。在车上，他说，方蕾听我讲了新闻里那个事，也挺来气，说她有几个从国外回来的律师朋友，没准有谁愿意接。我回头再给高叔叔打个电话，让他跟泰安那边的人说一下。这事反响很大，不解决一下，他们自己也难交代。许妍怔怔地望着他，这是乔琳拿命换来的，她想，眼泪掉下来。沈皓明很惊讶，这是怎么了？他抓住许妍的手，你不会是当真了吧，以为我和方蕾谈过恋爱？我们在开玩笑啊。许妍摇头，没有，没有，我只是有点感动，你真的心肠很好，她望着沈皓明，伸过手去，摸了摸他的脸颊。他拿下巴蹭了蹭她的手心，笑着说，我忘刮胡子了。

6

五月初，许妍回了一次泰安。学校已经给乔建斌恢复了工作，按照退休教师的待遇发工资。据说那期"聚焦时刻"惊动了北京的大人物，出面给计生委打了电话。但是乔建斌和王亚珍对结果并不满意，因为赔偿金的事没有落实。他们还在继续上访。

自从节目播出以后，他们接受了不少采访。乔建斌的口才练得越来越好，见到摄影机镜头，眼睛就放光。他有些得意地告诉许妍，那些记者都挺佩服我的，觉得这个社会就缺我这种有点轴的人。王亚珍开了个微博，在上面写这些年他们家的遭遇，被几个有名的记者和学者转发了，很多人在下面留言。王亚珍每条留言都会回复，有的谈得来的，还加了QQ。

这些外界的关注使他们一天到晚都很忙碌，暂时缓解了丧女之痛。但是一旦他们回到眼前的生活，意识到乔琳永远不在了，情绪就会再度崩溃。家里的灯坏了，没有人修。冰箱里臭烘烘的，还放着乔琳买的蛋糕和酸奶。桌上的婴儿奶粉敞着盖子，已经结成了疙瘩。一到天黑，蟑螂就变得猖狂,在桌子上到处爬。于是王亚珍又哭起来。乔建斌的情绪比较两极。有时候安静地坐在那里,对着桌上的酒瓶发呆。有时候暴跳如雷,大骂乔琳没良心,白白把她养到那么大。王亚珍哭完了,就在那台陈旧的电脑前坐下,开始写微博:

"你们不知道我的大女儿有多好,长得漂亮又懂事,性格活泼,所有的人都喜欢她。我难过的时候,她总是安慰我说,妈妈,都会过去的。这个世界上没有过不去的事……"

她写着写着又哭了起来。许妍走过去坐在她的旁边。她转过身,搂住了许妍。许妍轻轻拍着她的背,让她安静下来。电脑发出叮一声,王亚珍从许妍的怀里坐起来,抹了一把眼泪,有人回复我了,她说,连忙握住鼠标点击了两下。

回来的最初两天,许妍住在附近的旅馆里。第三天晚上,乔琳的孩子有点发烧,她留下来照看她,睡在了乔琳的床上。枕巾没有换过,上面还有乔琳没带走的香波的气味。许妍枕着它,想起小时候的愿望,从未被她承认过的愿望,那就是她可以睡在这张床上,不,不是和乔琳一起,而是她自己。这个破烂不堪的家,对她有一种吸引力,她渴望自己能作为一个合法的女儿,住在这幢房子里。在漫长的童年和青春期,她见过不少优秀的女孩,富有的,美丽的,聪明的,可是她一点也不想成为她们。她只想成为乔琳。她想取代她,占有她所拥有的东西。即便那些东西包含痛苦和不幸,也没有关系。因为她觉得那是本来应该属于自己的东西。如果没有乔琳……她无数次这样想。小时候她和乔琳站在河边,一样的太阳照着她们,可是她感觉到乔琳在阳光里,而自己在阴影里。如果没有乔琳……她可以向右挪两步,走到阳光底下。

小时候的愿望是如此真挚和恐怖,被她一直揣在心里,缓缓向外界释放着毒素。很多年后,它实现了。乔琳不在了。现在她睡在乔琳的床上,作为爸妈唯一的女儿。许妍把脸埋在枕巾里,失声痛哭。她可以撤销那个愿望吗,这一切是否会有不同?乔琳会幸福一点吗,而她是不是能长成另外一个人?乔琳不在了,她并不能走到阳光底下。她将永远留在阴影里。

婴儿发出响亮的啼哭。许妍抱起了她。黑暗中，孩子皎洁的脸上没有泪痕，也没有难过的表情，好像先前发出的哭声只是为了把许妍从痛苦里拉上来。她静静地看着许妍。小巧的眼仁里像是蓄满宽广的海水。许妍想对着它忏悔，但更想把所有的祝福都给它的主人。如果她的祝福也像她童年的愿望一样有法力，她希望她能得到自己和乔琳永远无法得到的幸福。

许妍从于一鸣身旁醒来，时间是凌晨三点钟。旅馆的窗户关不严，寒风钻进来。立冬了，北京很冷。许妍约于一鸣吃了晚饭，然后又去喝酒。快结束的时候，乔琳忽然在他们的谈话中消失了。许妍记得于一鸣怔怔地望着自己。随后的记忆一片模糊。许妍不记得自己说了什么，于一鸣说了什么。他们有没有接吻。她好像有点疼，也可能没有，只是她觉得自己应该有点疼。

她把于一鸣叫醒了。他从床上翻下来，抓起地上的衣服。女朋友还在家里等他，喝醉之前他就强调过这一点。他一边穿衣服，一边对许妍说，我知道是因为你刚来北京，有点想家，过些日子就好了。

走到门口，许妍喊住了他，拿起背包伸进手去掏索。他问怎么了。许妍说，乔琳有个东西让我带给你。他站在那里等了一会儿，她还是没有找到。他说，我真得走了，以后再说吧，然后拉开门走了。

那支钢笔一直放在书包的隔层里，许妍前两回见于一鸣总是忘记给。也许是想有个和他再见面的理由。但是现在，她非常想把那支笔给他。她打开灯，把包里的东西倒在地上。

乔琳的孩子特别安静。在度过最初那段离开母亲的日子之后，她很快适应了新生活。每次喝完奶就睡着了，醒来只是轻轻哭几声，然后安静地等着。许妍抱起她来的时候，孩子把头贴在她的胸口，好像在听她的心跳，脸上露出一丝微笑。每次放下她，她都会嘤嘤地发出两声，许妍心里一紧，又把她抱了起来。

外面已经很暖和，她抱着孩子走到太阳底下。槐花开了，地上落了厚厚的一层花瓣，被风吹着，散了又拢到一起。她走到河边，在石阶上坐下，想让孩子睡一会儿。但是孩子不睡，和她一起注视着面前的河。你闻到你妈妈的味道了吗？她问孩子。孩子笑起来。

孩子叫乔洛琪，名字是乔琳取的，但是好像没有人记得她的名字，爸妈都管她叫孩子。乔琳的孩子。他们好像仍把她看作是乔琳的一部分。她的圆眼睛和乔琳很像。有时候望着它们，许妍会有一种想和乔琳说话的渴望。但她不知道该说什么，她想说的乔琳应该都知道。现在乔琳知道世界上所有的事。知道许妍回来了，知道她和孩子在一起，知道她很想念她。

离开的那天清晨，许妍又抱着孩子出去散步。路过火车站，她对孩子说，这里面有火车，呜呜呜，汽笛拉响，然后哐哐开走了。以后等你长大了，坐着它去找我，好不好？孩子没有笑，静静地看着她。她心里一紧，攥住了孩子的手。她无法想象孩子如何在那样一个破败的家里长大。

回到家，许妍把晾在门口的婴儿衣服叠起来，放在柜子里。她看到了那只纸盒，压在柜子最底下，露出一个角。打开盒子，那件白色连衣裙和她记忆里的样子不一样，塔夫绸没有那么硬，荷叶边也没有那么复杂。她给孩子穿上，把她抱到窗口。阳光照在胸前的那些小珍珠上，像雀跃的音符。你知道你很漂亮吗，她小声对孩子说。孩子软软地趴在她的肩上，用脸蛋蹭着她的脖子。

许妍坐在火车上，听到鸣笛声一阵心悸。她合上眼睛，想睡一会儿，但是耳边都是嗡嗡的噪音。她心烦意乱地拧开水，咕咚咕咚喝下去，然后盯着窗外飞快掠过的树和房屋。她一点点安静下来，并且做了个决定。回去以后，她要把所有的事都告诉沈皓明。他早晚有一天会知道的。她想跟他商量，等孩子大一些，把她接到北京住。要是有可能，她想收养她。

司机在车站等她，接她去吃晚饭。沈皓明订了一间日本餐厅。刚谈恋爱的时候，他们来过一回，从榻榻米包间的玻璃窗望出去，能看到小小的日式园林，但是现在天色太晚，覆盖着青苔的石头都变黑了。喝点酒吧，她跟沈皓明说。我正想说呢，沈皓明拿起酒单翻看。

清酒端上来，盛在圆肚子的蓝色玻璃瓶里。她和沈皓明碰了一下杯子。沈皓明问，片子什么时候播？她怔了一下。沈皓明说，这次出差拍的片子。她说，哦，下个月吧，还不知道剪出来什么样。然后她问沈皓明，你妈妈去巴黎了吗？沈皓明说，没呢，下周走，她们非要坐徐叔叔的私人飞机。许妍说，挺好，她们四个可以在飞机上打麻将。沈皓明撇了撇嘴说，无聊透了。

窗外园林的轮廓被夜色吞噬，只剩下灯光照亮的一角，石头发出幽绿的光。许妍喝了一杯酒，抬起头看着沈皓明，说你知道吗，我一直觉得你身上有很多可贵的品质……她笑了笑，说你知道我不擅长表达，可我真的觉得你特别善良，有正义感……沈皓明问，你干吗要说这个呢？她说，而且你对我很包容，我们的家庭情况不同，生活习惯也不一样，我身上肯定有很多地方让你不舒服……沈皓明打断她，别说这种话行吗？许妍又给自己倒了一杯酒，把发烫的脸贴在杯子上，说我十八岁来到北京，谁也不认识。课余时间我当家教，做导购，帮人主持婚礼，赚了钱给自己买衣服，去西餐厅吃饭。我就是想过体面一点的生活，你明白吗，我小时候家里什么都没有，连写字台也没有，要在窗台上写作业……我特别珍惜现在的生活，珍惜你，所以我一直……许妍哭了起来。沈皓明蹙着眉头望着她，她心里一凛，不知道怎么说下去。

服务员送进来甜点。两人默默吃着。沈皓明给她倒了酒，又把自己那杯添满。许妍喝了一口，鼓起勇气说，我表姐，冬天来北京的那个……沈皓明啪的一下把杯子放在桌上。许妍愣住了。他沉了沉肩膀，说我这两天，在方蕾那里过的夜，嗯，他又倒了一杯酒，说我本来想过几天再说，可是你把我说得那么好，让我很惭愧，我没打算瞒你，你知道我最讨厌骗人的。许妍茫然地点点头。她攥住酒壶，想再倒一杯酒，但始终没有把它拿起来。瓶壁上有很多细小的水滴，像一种痛苦的分泌物。她轻声问，你们俩的事是刚开始，还是已经结束了？沈皓明不说话，点了一支烟，白雾从他的指缝里升起来。许妍用手臂支撑着从榻榻米上站起来，说我先走了，等你想清楚了，告诉我你打算怎么办吧。

她拉开门向外走，沈皓明追出来，把外套披在她身上，说你又忘了穿大衣。然后他张开双臂拥抱了她。这是最后的告别吗，她一阵心悸，推开他跑到路边，拦下一辆出租车。

回到家，她发觉自己浑身滚烫，好像在发烧，就设了闹钟，吞了两片药躺下来。帮帮我，她在黑暗中说。外面天空发白的时候，她感觉乔琳来了，背坐在床边，扭过头来望着自己。她的目光并没有应许什么，却使许妍平静下来。

闹钟响了很多遍，她挣扎着坐起来，看了看另外半边床，很平整，没有坐过的痕迹。她洗澡，烤了两片面包。手机上跳出一条短信。她没有看，走过去拉开窗帘，外面下雨了。她把杏子酱涂在面包上，慢慢吃起来。吃完才拿起手机，点开短信。

沈皓明：我们还是分手吧，对不起。

她喝光杯子里的牛奶，拿起伞出门了。

请假十天，积压了很多工作，她一口气录了三期节目。中场休息的时候，编导进来跟她聊节目改版的事：活泼一点，别死气沉沉的行吗？要是收视率再这么低，节目就得停播了。许妍说，那我就去主持一档新闻节目。编导朗朗地笑起来，"聚焦时刻"那种吗？真没看出你身上还有社会责任感。

许妍换了一套衣服，坐在镜子前补妆。她问化妆师，你觉得我剪个短发怎么样？化妆师说，嗯，挺好。别再留齐刘海了，挡着额头影响运势。许妍笑了笑，说听你的。

回家的路上，许妍拐进一家美发店。从那里走出来，天已经黑了。夏天的风吹着脖子，很凉爽。她去便利店买了两个面包，然后往家走。路边有一家酒吧，或许是新开的。她朝里面张望了几下，有很温暖的灯光。她推开门走进去。

酒吧很小，只有一个男人趴在角落里的桌子上。她坐上吧台，点了一杯莫其托。角落里的那个男人走过来，要添一杯威士忌。是对面那个姓汤的邻居。他冲她点了点头，然后回到自己的座位。

店里放着喑哑的电子乐，像是有什么东西发霉了。喝完第三杯，她觉得自己应该醉一次。她从来没有试过，交过的几个男朋友都很爱喝酒，她必须保持清醒，好把他们送回家。有人在敲桌子。她抬起头来。店主面无表情地说，我要关门了，我女朋友在家等我呢。然后他走到角落里，把她的邻居叫醒，站在那里看着他把口袋里的钱摊在桌上，一张张地数着。

许妍坐在姥姥家门口。明天就要动身去北京，箱子已经装好，还有很多小时候的东西要处理。她把纸箱拖到外面，坐在门槛上慢慢挑。乔琳朝这边走过来，手里举着两个蛋筒冰淇淋，融化的奶浆往下淌。她坐在许妍的旁边，把香草的那只递给她。

乔琳说，我买了支钢笔，你帮我送给于一鸣。她们默默吃着冰淇淋。一个住在隔壁院子里的小男孩走过来。约莫十来岁的样子，站在那里看着她们。乔琳指着冰淇淋说，下回我给你买一个，好吗？男孩没说话，仍旧站在那里。地上散着从箱子里拿出来的乱七八糟的玩意儿。装风油精的瓶子，雪花膏的铁皮盒子，一块毛边的碎花布……这些不成为玩具的玩具，曾是许妍童年最心爱的东西。乔琳说，雪花膏盒子好像是我给你的。许妍说，我拿纽扣跟你换的。什么纽扣，乔琳问。许妍说，那是我最喜欢的纽扣，你竟然不记得了。她把蛋筒塞进嘴里，起身进屋洗手，忽然听到背后发出叮咣一声响。

隔壁的小男孩从地上那堆东西里拿起一只风筝，转身就跑。乔琳对她说，走，我们把它抢回来！

男孩到了胡同口，转了个弯，朝大马路跑去。她们给一辆车拦住，落下了很远。但她们还在往前跑。乔琳脚踝上的链子发出丁零零的声响。她的长头发在风里散开了，许妍闻到香波的气味。小男孩消失在马路的尽头，但她们没有停下。头顶上翻卷着乌云。许妍恍惚发现这一会儿的工夫，把小时候整天走的那些街都走了一遍。如同是快进的电影画面，一帧帧飞过，停不下来。乔琳拉了她一下，伸手指了指天空。在天空的最远端，一只绿色的风筝，正在一点点升起来。

许妍停下来，和乔琳仰头望着天上。那只风筝垂着两条长长的尾巴，像只真正的燕子。它在大风里探了个身，掠过低处的黑云，又向上飞去。

许妍和她的邻居站在酒吧的屋檐下。邻居说，好像又下雨了。她笑着说，有什么关系呢。邻居说，我希望下雨，这样土能好挖一点。许妍晃了晃她的短发，你说什么？邻居说，我的狗死了，我等会儿去埋它。它现在在哪里，许妍哈哈笑起来，你不会把它冻在冰箱里了吧？邻居的脸抽搐了一下，说我真的不想回家，我们能再喝一杯吗？许妍说，好啊，我家里有酒。邻居问，你男朋友呢？许妍说，分手啦。邻居说，遗憾。对了，什么时候能尝尝你做的饭吗，经常在走廊里闻见，特别香。许妍说，也可能是外卖。邻居说，不是，周围所有的外卖我都吃过。许妍问，你没有女朋友吗？邻居说，我喜欢的都不喜欢我。许妍说，你肯定有很多怪癖。邻居想了想，喜欢在浴缸里泡澡的时候吃橙子算吗？

雨下大了，他们跑起来。许妍踩到一个大水洼，雨水溅了一身。她笑起来。来到屋檐底下，邻居抖了抖身上的雨水，转过头来问，对了，你的表姐怎么样了？她的孩子好吗？许妍不笑了，望着他。

他说，有天晚上我下来遛狗，拿着手电乱扫，结果忽然在灌木丛边看到一个女人，躺在那里跟死了似的。我刚想喊保安，她睁开了眼睛，说没事，我只是晕倒了。我想扶她起来，但她说想再躺一会儿。我也不好意思丢下她，就坐在旁边，陪她聊了一会儿天。许妍问，她都说什么了？邻居说，忘了……哦对，她说，我肚子里的小家伙好像很喜欢北京，不想离开这儿，我就跟她说，你很快会回来的，你以后会在这里长大的……嗯，你表姐还说，让我到时候别忘了带我的狗和她玩……

许妍哭起来。乔琳从未说过要把孩子托付给她。然而她却知道孩子会来北京的，大概是笃信自己和许妍之间的感情，并且因为她了解许妍是什么样的人，也许比许妍自己更了解。那颗在掩饰和伪装中裹缠了太多层，连自己都无法看清的心。

许妍看向天空，好让眼泪慢点掉下来。她点点头说，孩子很快会来的，跟你的狗一起玩……

邻居说，狗死了啊，我今晚要去埋它……

许妍喃喃地说，你不知道那孩子有多乖，一点都不吵，你一逗她，她就咯咯笑个不停，是个女孩，很漂亮，眼睛圆圆的，穿着白裙子，像个小公主……

邻居说，哦，那我再养一条狗吧……

雨声淹没了他的话。许妍站在楼檐底下，静静听着外面的雨。她不知道能否照顾好孩子，以后会不会为了前途想要抛弃她。她对自己完全没有把握。可是此刻，她能感觉到手心里的那股热量。有些改变正在她的身上发生，她的耐心比过去多了不少。也许，她想，现在她有机会做另外一个人了。

（原刊于《收获》2017 年第 2 期）